A FALSIFICAÇÃO DE VÊNUS

MICHAEL GRUBER

A FALSIFICAÇÃO DE VÊNUS

Tradução de
Beatriz Horta

EDITORA RECORD
RIO DE JANEIRO • SÃO PAULO
2011

CIP-BRASIL. CATALOGAÇÃO-NA-FONTE
SINDICATO NACIONAL DOS EDITORES DE LIVROS, RJ

G929f   Gruber, Michael, 1940-
    A falsificação de Vênus / Michael Gruber; tradução de
    Beatriz Horta. – Rio de Janeiro: Record, 2011.

    Tradução de: The forgery of Venus
    ISBN 978-85-01-08799-7

    1. Pintores – Ficção. 2. Extorsão – Ficção. 3. Ficção americana.
    I. Horta, Beatriz, 1954- II. Título.

11-2096
                                CDD: 813
                                CDU: 821.111(73)-3

TÍTULO ORIGINAL EM INGLÊS:
The forgery of Venus

Copyright © 2008 by Michael Gruber

Editoração eletrônica: Abreu's System

Texto revisado segundo o novo Acordo Ortográfico da Língua Portuguesa.

Todos os direitos reservados. Proibida a reprodução, no todo ou em parte, através de quaisquer meios. Os direitos morais do autor foram assegurados.

Direitos exclusivos de publicação em língua portuguesa somente para o Brasil adquiridos pela
EDITORA RECORD LTDA.
Rua Argentina, 171 – Rio de Janeiro, RJ – 20921-380 – Tel.: 2585-2000, que se reserva a propriedade literária desta tradução.

Impresso no Brasil

ISBN 978-85-01-08799-7

EDITORA AFILIADA

Seja um leitor preferencial Record.
Cadastre-se e receba informações sobre nossos lançamentos e nossas promoções.

Atendimento e venda direta ao leitor:
mdireto@record.com.br ou (21) 2585-2002.

PARA E. W. N.

Quando, a partir de uma imagem imperfeita,
Tentamos dar o nome certo para
A luminosa escuridão existente nas profundezas da arte,
A infinitude que nos prende é a mesma

Do olhar sensual e transcendente
E a arte cresce brilhante na luz que derrama
Direta ou indireta sobre as figuras que povoam
Nossa imaginação e nossos leitos.

ROBERT CONQUEST, "The Rokeby Venus"

— Aposto — disse Sancho — que em pouco tempo não haverá taverna, hospedaria de beira de estrada, estalagem ou barbearia onde nossos feitos não sejam relatados; mas eu gostaria que fossem retratados pelas mãos de um pintor melhor que este.

— Tens razão, Sancho — disse Dom Quixote —, pois esse pintor é como Orbaneja, um pintor que havia em Ubeda que, quando lhe perguntavam o que estava pintando, respondia: "O que ficar pintado". E, se acaso pintasse um galo, escrevia embaixo: "Isto é um galo", com medo de que achassem que era uma raposa.

Dom Quixote, Miguel de Cervantes

Wilmot me mostrou esse texto há tempos, ainda na faculdade, copiado em sua caligrafia elegante e pendurado em uma moldura na parede do quarto. Disse que era a melhor opinião que ele conhecia sobre o tipo de arte que se exibia em Nova York nos anos 1980. Na época, ele costumava me arrastar para as galerias e perambular no meio das multidões barulhentas, cochichando: "Isto é um galo." Mesmo naquele tempo, Wilmot era um cara amargo, e não deveria me surpreender que acabasse mal. Continuo sem saber direito se a história que ele conta é apenas interessante ou fantástica. Mas eu diria que Wilmot era o menos fantástico dos homens: discreto, íntegro, com os pés no chão. É claro que os pintores têm certa fama (pensamos em Van Gogh e Modigliani como doidos de pedra), mas há também o velho e enfadonho Matisse e, naturalmente, Velázquez, o funcionário público e alpinista social. Já na época da faculdade, Wilmot fazia parte desse círculo.

Fico pensando: será que tudo começou na faculdade? Será que os traços de relacionamento, inveja, ambição e traição começaram a ser esboçados tão cedo? Acredito que sim; antes, até. Alguém já disse que a vida é como se fosse o ensino médio e dá a impressão de que os figurões do mundo são apenas colegas conhecidos: aquele detestável merdinha do primeiro ano torna-se o detestável idiota da Casa Branca, ou seja lá o que for. Na época, éramos quatro, unidos pelo acaso e pela ojeriza conjunta pelos dormitórios de Columbia. Tecnicamente, a Columbia é uma universidade da Ivy League mas, ao mesmo tempo, não é Harvard, Yale nem Princeton, e tem a infelicidade adicional de estar localizada em Nova York. Isso tende a fazer com que seus alunos sejam ainda mais cínicos que os das outras universidades: estão pagando aquele dinheirão todo e podiam muito bem estar em uma faculdade de subúrbio. Portanto, éramos cínicos e providos de um verniz de sofisticação, pois não éramos também nova-iorquinos e, afinal, não estávamos no centro do universo?

Morávamos no quinto andar de um prédio na rua 113, perto da Amsterdam Avenue, em frente à majestosa inutilidade e grandeza da inacabada Catedral de St. John the Divine. Eu dividia um quarto com um colega chamado Mark Slotsky e, no outro apartamento do andar, moravam Wilmot e seu colega, um recluso e pálido estudante de medicina cujo nome esqueci até que alguém me lembrou mais tarde, ainda enquanto conto essa história. Afora esse cara, nós três iniciamos uma amizade no estilo dos estudantes, ou seja, profunda, mas provisória: sabíamos que a escola não era a vida real. Na época, essa consciência não era comum e ainda flutuava no ar a ideia de que aqueles tempos nos marcariam para sempre, que seríamos eternos "rapazes de Columbia". Nenhum de nós acreditava nisso, razão pela qual nos unimos, pois seria difícil encontrar três jovens bobos com menos coisas em comum.

Os pais de Slotsky só apareceram na formatura, e percebi que, se pudesse, ele não os teria convidado. Na verdade, o casal era refugiado de Hitler, tinha um sotaque forte e usava roupas engraçadas, caricaturais, além de serem pessoas barulhentas e cafonas. O Sr. S. tinha acumulado uma modesta fortuna como distribuidor de refrigerantes e avaliava em voz alta as partes do campus que ele havia ajudado a construir com suas doações. Achei que o casal parecia indiferente ao fato de seu amado estudante ficar o mais longe possível deles, certamente com o objetivo de ser confundido, devido à roupa, à linguagem e ao comportamento, com outro filho de Charles P. Wilmot pai.

O nome C. P. Wilmot (como ele assinava, em ilegíveis traços grossos e pretos) não é tão famoso hoje como na época, mas houve um tempo em que era considerado o herdeiro natural do trono ocupado por Norman Rockwell. Durante a guerra, ele ficara conhecido como artista de trincheira. Nos anos 1950, tornou-se um fiel retratista da vida americana em revistas de grande circulação e, na época da nossa formatura, não era nem um pouco óbvio que sua profissão e sua fonte de renda iriam desaparecer por completo nas décadas seguintes. Era rico, famoso e estava satisfeito com a parte que lhe cabia na vida.

Devo acrescentar que nesse dia da formatura eu era órfão; meus pais morreram num acidente de carro quando eu tinha 8 anos. Filho único, fui criado por um casal de tios responsáveis, porém distantes, por isso eu sempre estava de olho em figuras paternas convenientes. Durante os diversos festejos da formatura, surpreendi-me olhando para Wilmot pai com um desejo filial. No evento, ele usava um jaquetão creme-claro, gravata-borboleta de seda e chapéu-panamá, e tive vontade de enfiá-lo em uma sacola de compras e levá-lo para casa. Lembro que o reitor apareceu, cumprimentou-o, e Wilmot contou uma história engraçada sobre pintar o retrato do presidente da universidade e do presidente dos Estados Unidos. Ele era muito requisitado por sua capacidade de dar ao rosto de líderes mundiais uma nobreza de espírito que nem sempre se manifestava nas palavras que usavam e nas coisas que faziam.

Depois que a cerimônia terminou, o grande homem levou os três amigos do filho e suas famílias ao restaurante Tavern on the Green, onde eu nunca tinha ido. Naquele momento, considerei o local como o cúmulo da elegância (e não o que é de fato: uma espécie de Denny's melhorado, com uma localização fantástica). Wilmot ficou à cabeceira, ladeado pelo filho, e eu sentei no final da mesa, com os Slotsky.

Durante o almoço, aprendi bastante sobre a distribuição de bebidas gaseificadas e o que o pequeno Mark gostava de comer quando criança, porém o que mais me recordo dessa tarde (e é incrível que consiga lembrar de tudo, considerando que o champanhe era servido generosamente) é da voz mordaz e jovial de Wilmot pai se destacando acima das outras vozes e do tilintar dos talheres. Lembro também do riso de todos, do rosto de Chaz, iluminado rapidamente por uma nesga de sol vinda do parque lá fora, e de seu olhar para o pai, que misturava adoração e inveja em porções iguais.

Ou talvez eu esteja interpretando isso baseado no que soube depois, como costumamos fazer às vezes. Eu, pelo menos, costumo. Mas não há dúvida sobre o que vou contar agora, e isso se refere à veracidade da história inesquecível e horrenda que Chaz Wilmot contou. Ele era o tipo de filho que, avaliando a profissão do pai e aprovando-a, põe-se a competir ou a tentar ultrapassar as conquistas do velho. O pai era um artista e, ainda por cima, insuperavelmente bom.

Conheci Chaz quando estávamos no segundo ano, e eu fazia minha mudança para o apartamento. Por acaso, ele ia saindo do prédio enquanto eu subia com esforço os sujos degraus de mármore carregando uma enorme mala e uma caixa abarrotada; sem dizer uma palavra, ele imediatamente veio me ajudar, depois me convidou para uma bebida no quarto dele — bebida essa que não era cerveja, como eu esperava, mas um drinque com gim Gibson feito em uma coqueteleira cromada e servido em taças previamente geladas. Foi o primeiro drinque da minha vida e subiu direto para a cabeça, deixando-me meio grogue como também aconteceu mais tarde, naquele mesmo dia, quando uma bela garota tirou toda a roupa para Chaz pintá-la. Eu era razoavelmente experiente nessa área, mas aquele foi um novo e amplo estágio de Gibsons e garotas nuas à luz do dia.

Depois que ela foi embora, Chaz me mostrou seu desenho. O quarto recebia luz da rua pelas janelas laterais e durante algumas horas a iluminação era muito boa, por isso ele aceitou ficar com o menor dos dois quartos, apesar de ser o proprietário. Tinha um imenso cavalete de pintor profissional, uma mesa de pinho suja e manchada de tinta, uma escrivaninha estropiada, uma estante feita de tijolos e tábuas de madeira, um guarda-roupa de compensado e uma linda cama antiga, de cobre, trazida de sua casa. Uma parede tinha vários ganchos onde estava dependurada uma incrível variedade de objetos: um faisão empalhado, um elmo de lanceiro alemão, diversas gravatas, pulseiras, tiaras, um castor empalhado, um esqueleto humano articulado, armas, punhais, pedaços esquisitos de armadura, uma grande espingarda e uma série de trajes europeus dos últimos quinhentos anos, com toques orientais. Concluí logo que a coleção era apenas uma sobra da de seu pai, que tinha literalmente um museu de objetos pintáveis no ateliê dele, em Oyster Bay.

O lugar fedia a tinta, gim e cigarros; Chaz fumava muito, sempre cigarros Craven A de caixa vermelha, e dava para ver as manchas amarelas de nicotina nos seus longos dedos, mesmo sob os onipresentes borrões de tinta. Ainda tenho um pequeno autorretrato que ele fez naquele ano. Assisti-o pintar, na verdade, encantado: bastaram alguns minutos se olhando em um empoeirado espelho de uma taverna da Broadway e pronto — a cortina de grossos cabelos negros caindo na testa ampla, o nariz reto e elegante, o queixo comprido e aqueles marcantes olhos claros. Quando elogiei, ele arrancou a folha do bloco e me deu o desenho.

Mas, naquela primeira tarde, eu, bêbado, fiquei na frente do cavalete e dei uma olhada na tela, que era uma pequena pintura daquela garota nua em um fundo ocre. Sem pensar, exclamei que era sensacional.

— É uma porcaria — ele retrucou. — Claro, tem vida e tal, mas está exagerado. Qualquer um pode pintar uma pessoa a óleo. Se você erra, é só pintar por cima, e ninguém vai ligar se a tinta tem dois centímetros de espessura. O importante é captar a vida sem tentar, sem qualquer esforço óbvio. *Sprezzatura*.

Ele disse a palavra de um jeito adorável, com um ondular. Concordei, prudente, pois estávamos sendo apresentados aos anões renascentistas nos livros de Columbia e tínhamos lido *O cortesão*, de Castiglione, que recomendava ao pintor obter excelentes resultados sem demonstrar esforço óbvio. Éramos preguiçosos, mas conseguíamos apresentar trabalhos brilhantes feitos de última hora; desprezávamos os estudos exaustivos do curso de medicina. Devo informar aqui que Chaz deu o tom da nossa pequena comunidade, que era tão esteta quanto desligada. Nós três nos dedicávamos à arte: Chaz, claro, pintava; eu era um ator de teatro sério, com alguns créditos escolares nos teatros off-Broadway; e Mark tinha uma câmera super-8 com a qual fazia pequenos filmes cheios de angústia existencial. Na lembrança, foi um tempo ótimo: vinhos ruins, maconha pior ainda, Monk no toca-fitas e uma série infinita de garotas magras, de calças compridas pretas, olhos muito maquiados e cabelos até abaixo da cintura.

Por estranho que pareça, uma atitude de Chaz me fez desistir do teatro para sempre. No começo do primeiro ano, trouxeram um professor visitante, diretor da Broadway, que adorava Beckett. Encenamos algumas peças dele, e interpretei Krapp em *A última gravação de Krapp*. Chaz compareceu às três apresentações, não para me dar apoio, acho, pois a peça imediatamente lotou o teatro Minor Latham, mas porque ele era realmente fascinado pela ideia de gravar a vida inteira de uma pessoa (voltarei ao tema mais tarde). Na festa do elenco, entrei em uma discussão de bêbados com uns rapazes de fraternidade que estavam de penetra e houve um leve tom de violência. Chamaram a polícia, mas Chaz me tirou do local pela cozinha do restaurante e me levou para o nosso prédio.

Sentamos no quarto dele e bebemos mais um pouco — lembro que foi vodca direto da garrafa. Falei sem parar até perceber que ele estava me olhando de um jeito estranho e perguntei qual era o problema. Ele indagou se eu percebi que continuava no meu personagem, usando a voz briguenta e de meia-idade que eu tinha criado para Krapp. Tentei achar graça, mas isso criou um frio mortal que conseguiu se fazer sentir, apesar da bebedeira. Na verdade, aquilo me acontecia muito: eu entrava em um personagem e não conseguia sair dele. Agora havia mais alguém que sabia disso. Mudei de assunto e bebi ainda mais, até cair desmaiado na poltrona de Chaz.

Acordei ao amanhecer, sentindo um cheiro forte de terebintina. Chaz tinha colocado uma grande tela no cavalete, de uns 2,5x1,50cm. Disse:

— Sente-se, quero fazer um retrato seu.

Obedeci, ele arrumou a pose e começou a pintar. Ficou assim o dia todo até escurecer e só interrompeu para ir ao banheiro e receber uma comida chinesa na porta do quarto.

Devo dizer que, embora eu tivesse tirado a maquiagem da peça, ainda estava com o cabelo cheio de pó e o terno de Krapp, de camisa branca sem colarinho, calças pretas e largas e colete com corrente para relógio. Tinha acrescentado uma barba de três dias para dar um efeito mais desolado. Quando ele finalmente deixou que eu olhasse o retrato, acho que exclamei:

— Nossa!

Eu tinha feito o curso obrigatório de arte e um nome surgiu em minha mente.

— Nossa, Chaz, você está pintando igual a Velázquez! — elogiei, com uma combinação peculiar de sentimentos: surpresa e admiração pela arte e horror total pela imagem em si.

Ali estava Krapp, com a lascívia impotente, a cara maliciosa e os pequenos sinais de loucura ao redor dos olhos. Por baixo dessa máscara, estava eu desnudado, com todas as coisas que achava que tinha conseguido esconder do mundo. Era como o retrato de Dorian Gray ao contrário. Eu me obriguei a olhar e sorrir.

Chaz observou o quadro por cima do meu ombro e disse:

— É, não está ruim. Finalmente, tem um pouco de *sprezzatura*. E você tem razão, posso pintar como Velázquez. Posso pintar como qualquer pessoa, menos como eu mesmo.

Com isso, ele pegou um pincel e assinou com a tinta preta que usaria sempre, o "CW" com um gancho para baixo no "W" para mostrar que era de autoria de Wilmot *Junior*. Ainda tenho a pintura, enrolada em um canudo de papelão na prateleira de cima de um armário na nossa casa. Jamais mostrei o retrato a alguém. Dois dias depois que ele pintou, procurei meu orientador, cancelei todas as disciplinas de teatro e mudei para direito.

A essa altura, eu deveria falar um pouco mais a meu respeito, pelo menos para emoldurar, digamos assim, a história de Chaz Wilmot. Minha empresa é um desses empreendimentos anônimos, batizados com três letras maiúsculas. Somos especializados em seguros para a indústria do entretenimento em geral, de concertos de rock a locações para filmagem, parques temáticos e assim por diante. Gosto de dizer que continuo no ramo do showbiz, apesar de tudo. Temos escritórios em Los Angeles e Londres e durante uns vinte anos trabalhei nesses dois locais, fora do centro. No momento, minha situação doméstica é comum ao extremo e, de certa maneira, relacionada à minha vida profissional, pois casei-me com minha agente de viagens. Quem tem um trabalho como o meu passa um bom tempo ao telefone com a pessoa que arruma voos, vagas em hotéis etc., e criei um apego àquela voz, tão prestativa e disponível em todas as horas, tão calma nas inúmeras emergências, nevascas e demais situações que afligem um viajante. E eu gostava da voz dela: Diana é canadense, e me acostumei com aquelas vogais esticadas e o insolente "hein?" que ela acrescentava no final das frases. Acabava ligando para ela tarde da noite, fingindo alterações de rotas, até chegarmos a um ponto em que deixamos as desculpas de lado. Acho que somos um casal feliz, embora só nos vejamos nas férias. Temos os dois filhos de praxe, ambos atualmente fazendo faculdade, e uma casa confortável em Stamford. Não sou rico da forma como a riqueza é avaliada nestes tempos imperiais, mas minha empresa é bem-sucedida e generosa.

Chaz e eu fomos próximos até eu ir fazer direito em Boston, e perdemos contato. Vi-o por uns 15 minutos durante a nossa 15ª reunião de ex-alunos, quando ele roubou a minha namorada. Ela fazia um gênero artístico, com um nome maravilhoso — Charlotte Rothschild —, e acho que os dois acabaram se casando ou morando juntos, alguma coisa assim. Como eu disse, perdemos contato.

Mark, não, ele continuou dando notícias, pois era um desses caras encarregados das atividades dos ex-alunos, ligava sempre para lembrar a contribuição anual da associação. Uma época, tentou inutilmente ser roteirista em Hollywood, depois conseguiu que os pais montassem para ele uma galeria no SoHo quando a região estava deslanchando, e ele deu certo lá, mas não antes de mudar o sobrenome de Slotsky para Slade. Recebi convites para todos os vernissages da galeria Mark Slade e, de vez quando, aparecia.

Nessas ocasiões, não falávamos muito em Chaz, e concluí que ele era um artista de algum sucesso. Mark gosta muito de falar de si, o que, para ser sincero, é meio enfadonho, além de eu não me interessar pelo mundo da arte. Tenho apenas uma obra de alguma qualidade, ironicamente um quadro de C. P. Wilmot pai. Trata-se de um de seus quadros da fase bélica e mostra os tripulantes de um porta-aviões em Okinawa, com os canhões antiaéreos brilhando e, à frente deles, como um inseto horrendo, está um avião camicase atirando, tão próximo que se pode ver o piloto com a faixa branca amarrada na testa. Eles não podem fazer nada, vão morrer nos próximos segundos. O interessante no quadro é que um dos integrantes do grupo, um rapaz muito jovem, desvia o olhar da morte iminente e encara o pintor, com as mãos estendidas e vazias, em uma expressão que é puro Goya — ou pelo menos é o que me parece, tendo em vista minha formação artística.

Na verdade, o quadro todo é um Goya, uma versão moderna de seu famoso *O fuzilamento de 3 de maio de 1808*, com o camicase no lugar daqueles soldados da cavalaria napoleônica sem rosto. A Marinha e as revistas da época não gostaram da obra, e o quadro encalhou. A partir de então, tenho a impressão de que Wilmot ficou mais preocupado em agradar. Chaz manteve o quadro na parede do quarto durante toda a faculdade e, quando estávamos fazendo as malas, pouco antes da formatura, ele me deu a pintura casualmente, como se fosse um velho cartaz do Led Zeppelin.

Por acaso, eu tinha acabado de chegar à cidade no final de semana em que Mark deu uma festa no hotel Carlyle para comemorar a aquisição de um quadro conhecido como *Vênus de Alba*. Acompanhei a saga da descoberta do quadro com um interesse maior que o habitual por temas artísticos, principalmente devido ao envolvimento de Mark, mas também pelo valor da peça. Comentava-se que o quadro atingiria lances incríveis no leilão, no mínimo duas unidades, sendo que "unidade" é um termo criado por magnatas do cinema que gosto de usar para fazer graça: corresponde a 100 milhões de dólares. Acho essa quantia bem interessante, seja qual for sua origem, por isso resolvi ficar na minha suíte no Omni e acompanhar o leilão.

Mark tinha alugado um dos salões de baile do mezanino para a festa. Assim que entrei, vi Chaz, que me viu também; mais que isso, ele parecia estar me procurando. Aproximou-se e estendeu a mão para mim.

— Que bom você ter vindo. Mark disse que tinha convidado você, mas seu escritório informou que não estava na cidade. Depois liguei de novo, e disseram que você viria — contou.

— É, Mark sabe dar uma festa — comentei, achando estranho ele fazer tanto esforço para descobrir meu paradeiro. Não éramos mais grandes amigos.

Dei uma olhada nele. Pálido, cor de cera, em um tom que parecia resquícios de bronzeado, os olhos claros encravados em uma pele cinzenta e inchada. Ficou olhando por cima do meu ombro, como se procurasse mais alguém, outro convidado, talvez não tão bem-vindo quanto eu. Foi a primeira vez que o vi vestido daquele jeito, em um belo terno cinza, com aquele tom sutil que só os melhores estilistas italianos usam.

— Que terno elegante — elogiei.

Ele olhou a lapela do terno.

— É, comprei em Veneza.

— É mesmo? Você deve estar bem — continuei.

— É, estou ótimo — concordou, de um jeito que dispensava perguntas e mudou de assunto. — Já viu a obra de arte? — indagou, mostrando os cartazes pendurados a intervalos regulares nas paredes do salão: a mulher deitada, à vontade, com um sorriso secreto e satisfeito, a mão cobrindo a virilha, mas não com a palma para dentro, no tradicional gesto de pudor, mas para fora, como se chamasse o homem que aparecia esfumaçado no espelho aos pés do divã, o pintor, Diego Velázquez.

Respondi que não tinha visto o quadro, pois estava fora da cidade durante os poucos dias em que ficou exposto para o público.

— É falso — ele disse, tão alto que algumas pessoas olharam.

Claro que eu já tinha visto muitas vezes Chaz bêbado na faculdade, mas o caso ali era outro, uma bebedeira perigosa, concluí, embora ele fosse o mais moderado dos homens. A pele esticada sob o olho esquerdo estava tremendo.

— O que você quer dizer com falso? — perguntei.

— Que não é um Velázquez. Fui eu que pintei.

Acho que ri. Pensei que estivesse brincando, até que olhei para a cara dele.

— Você pintou — repeti, só para dizer alguma coisa. Lembrei-me de alguns artigos que tinha lido sobre o minucioso exame científico do quadro e acrescentei: — Bom, então você enganou todos os especialistas. Pelo que sei, eles concluíram que os pigmentos correspondiam aos da época, a análise digital das pinceladas eram exatamente iguais às das obras reconhecidas de Velázquez e havia algo sobre isótopos...

Ele deu de ombros, impaciente.

— Meu Deus, tudo pode ser falsificado. Tudo. Aliás, pintei o quadro em 1650, em Roma. A *craquelure* tem autêntica fuligem romana do século XVII. E a mulher que posou se chama Leonora Fortunati. — Ele tirou os olhos dos cartazes e virou-se para mim. — Você acha que estou maluco.

— Para ser sincero, acho. Você está até com jeito de maluco. Mas talvez esteja apenas bêbado.

— Estou sóbrio. Acha que fiquei louco porque disse que pintei isso em 1650, o que é impossível. Escute, que horas são?

Olhei meu relógio e respondi:

— Cinco para as dez.

Ele riu de um jeito característico e disse:

— É mais tarde do que você pensa. E se a nossa vida, desculpe, a consciência da nossa existência em um determinado *agora* for completamente arbitrária? Não me refiro à memória, essa flor murcha. Estou dizendo que talvez a consciência, no sentido de estar ali, possa viajar, possa ser *obrigada* a viajar e não apenas através do tempo. Talvez exista no céu uma grande alameda onde ficam flutuando todos os tipos de consciência para quem quiser experimentá-las e talvez possamos até experimentar a consciência dos outros.

Ele deve ter notado a minha cara, pois riu, irônico, e acrescentou:

— Doido como o Chapeleiro Maluco. Talvez. Escute, nós precisamos conversar. Vai ficar na cidade?

— Sim, só esta noite, no Omni.

— Apareço de manhã, antes de você fazer o check-out. Não demoro. Primeiro, você pode ouvir isso.

Pegou uma caixa de CD no bolso interno do paletó e me entregou.

— O que é?

— Minha vida. Aquele quadro. Lembra do Krapp?

Respondi que sim.

— Krapp era louco, não? Ou estou enganado?

— Isso fica ambíguo na peça. O que ele tem a ver com seu problema?

— É ambíguo.

Nisso, Chaz emitiu um som que, em outra situação, poderia ser uma risada. Passou as mãos pelo cabelos ainda fartos, apesar de ele estar na meia-idade. Lembrei que seu pai usava o mesmo corte, embora eu não conseguisse imaginar o Sr. Wilmot fazendo um gesto como o de Chaz naquele momento, como se quisesse arrancar os cabelos. Achei que essa era apenas uma figura de linguagem, mas pelo jeito, não era.

— Muito bem. Mas posso saber por que está me dando esse CD? — perguntei.

Não consigo descrever os olhos dele. Pareciam acreditar na existência de almas penadas.

— Gravei para você. Só consegui pensar em você. É o meu amigo mais antigo — ele disse.

— E o Mark, Chaz? Você não devia contar isso...

— Não, Mark, não — ele insistiu, com a expressão mais triste que eu já vi em um ser humano. Pensei que ele fosse chorar.

— Então, não sei do que você está falando — concluí.

Mas eu meio que sabia, ao mesmo tempo que senti uma coisa esquisita por dentro. Tenho pouca experiência em matéria de loucura. Minha família foi abençoada com boa saúde mental; mesmo na adolescência meus filhos não trouxeram problemas e na minha área profissional não há doidos de pedra, se excluirmos os cineastas. Assim, fiquei mudo diante do que acreditava ser uma espécie de surto paranoico.

Talvez ele tenha percebido, pois deu um tapinha no meu braço e sorriu, como se fosse um fantasma do antigo Chaz.

— Posso ser doido, mas não tanto. Realmente, tem gente me ajudando. Olha, tenho de sair agora. Ouça o CD e nos falamos amanhã de manhã.

Ele estendeu a mão como uma pessoa normal, nos despedimos, e ele sumiu na multidão.

Voltei para o Omni, abri o frigobar e me servi de uma dose de uísque. Depois, peguei o CD de Chaz e coloquei no meu laptop, pensando: Não tem problema, pelo menos dura só oitenta minutos, e é só uma maluquice, não preciso ouvir. Porém, não era só uma gravação. Eram uns 12 arquivos sonoros compactados, correspondentes a horas e horas de falação. Bom, o que faço? Estava cansado, queria dormir, mas também queria descobrir se Charles Wilmot tinha mesmo pirado.

Mais uma coisa. Já falei um pouco sobre a minha vida, uma existência totalmente pacata, e acho que gostaria de experimentar uma extravagância comum na vida dos artistas, dos quais tinha me afastado, apavorado, muito tempo atrás. Talvez seja por isso que os americanos adoram as celebridades, embora eu as abomine e me recuse a aceitá-las — ou aceite só um pouco. Mas ali estava eu diante de um espetáculo de voyeurismo privado. A situação era irresistível. Selecionei o primeiro arquivo, cliquei nos botões indicados, e a voz de Chaz Wilmot Jr. saiu flutuando pelas caixas de som.

Obrigado por ouvir. Sei que foi uma imposição, mas quando soube que Mark daria esta festa e convidaria você, achei que era o momento certo. Tem mais uma coisa que quero dizer, mas isso pode esperar até nos encontrarmos de novo. Pena que você não viu o quadro — aqueles cartazes são uma porcaria, como todas as reproduções —, mas suponho que tenha lido as reportagens sobre como foi encontrado e tal. É tudo mentira, ou talvez seja. A realidade parece mais flexível do que eu pensava. Mas vou situar as coisas.

Você tomou algum ácido naqueles tempos? Pensando nisso agora, acho que eu lhe proporcionei sua primeira viagem, um ácido em papel mata-borrão roxo. Passamos o dia andando pelo Riverside Park e conversando sobre gaivotas, como deveria ser a vida de uma, e acho que você transportou sua consciência para uma delas e ficou voando por cima do rio Hudson, depois tivemos a parte ruim da sua viagem no quarto do seu apartamento. Foi pouco antes da primavera chegar, no último ano da faculdade. Quando perguntei o que você achou da experiência, respondeu que ficou louco para que acabasse. Ah, sim.

Era isso o que eu queria dizer: você dava a entender que sabia estar drogado, sabia que estava tendo uma alucinação, embora a experiência aparentasse ser completamente real. Uma vez (será que já contei?), eu estava em uma viagem de ácido e passei metade da noite olhando fixo para uma palheta triangular de casco de tartaruga, e aquelas pequenas espirais marrons ganharam vida e me mostraram toda a história da arte ocidental, das pinturas nas cavernas de Lascaux às esculturas nas ilhas Cíclades, os gregos, Giotto, Rafael, Caravaggio até Cézanne. E mais: me disseram como seria o *futuro* da arte, as formas e imagens que eclodiriam das devastações estéreis do pós-modernismo e criariam uma nova era no grande cenário da criatividade humana.

Claro que, depois disso, fiquei ansioso para fazer outra viagem e no fim de semana seguinte arrumei todos os meus apetrechos de pintura e, segurando a palheta, tomei uma porrada de ácido e *nada*. Pior que nada, pois a palheta era a mesma, um pedaço de plástico barato, mas havia uma presença maligna no quarto, como se fosse um enorme boneco negro que estava me pisoteando e rindo, pois a palheta de guitarra tinha servido só para eu entrar em outra viagem e para que aquele boneco pudesse me *comer*.

Você lembra do Zubkoff, meu antigo colega de quarto? Aquele que foi fazer medicina? O cara que ficava no quarto estudando o tempo todo. Lembra que a gente o chamava de Cogumelo Mágico? Tive notícias dele, totalmente por acaso. Hoje faz pesquisas científicas. Participei de um estudo que ele estava fazendo sobre uma droga para aumentar a criatividade.

Você nunca pensou em como funciona seu cérebro? Como, por exemplo, surgem as ideias? Quer dizer, de *onde* elas vêm? Uma ideia totalmente nova, como a Teoria da Relatividade ou o uso da perspectiva na pintura. Ou por que algumas pessoas são tão criativas, e outras totalmente embotadas? Bom, tratando-se de você, pode ser que o assunto nunca tenha lhe ocorrido.

Mas isso sempre me fascinou, sempre foi a questão principal. Além do mais, eu queria muito voltar à palheta da guitarra, queria *ver* o que vinha depois. Na arte ocidental, quero dizer. Ainda não consigo acreditar que tudo tenha borbulhado no nada que existe hoje, grandes estátuas *kitsch* de personagens de histórias em quadrinhos, papéis de parede, *jukeboxes*, cadáveres conservados em líquidos, pilhas de sacolas de tinturaria no canto de uma sala branca e "Isso é um galo". Claro que você vai dizer "bom, as coisas mudam". Os europeus ficaram mil anos sem fazer arte figurativa e voltaram a ela. Poemas épicos costumavam ser a alma da literatura no mundo inteiro, até que deixaram de ser escritos. Portanto, a mesma coisa pode ter acontecido com a pintura de cavalete. E hoje temos os filmes. Mas então é preciso perguntar: por que o mercado de arte cresceu tanto? As pessoas *querem* quadros, mas só existe essa porcaria horrorosa. Deve haver um jeito de não afundar na corrente implacável da inovação, como definiu Kenneth Clark. E como meu pai sempre dizia.

Quer dizer, você tem de perguntar: será que gostamos dos velhos mestres porque são antigos e raros, pilhas de dinheiro portáteis, ou gostamos deles porque nos dão algo precioso, com um valor eterno? Se a resposta for esta, então, por que não estamos mais pintando esses quadros? Está certo, ninguém mais sabe desenhar mas, mesmo assim...

Estou divagando. Voltando ao Zubkoff. Ele me ligou. Disse que estava fazendo uma pesquisa na faculdade de medicina de Columbia, com alto patrocínio do governo, dos

Institutos Federais de Saúde Mental ou sei lá como se chama, para saber se a criatividade humana poderia ser ampliada por uma droga. Estavam usando na pesquisa estudantes de arte, de música, e queriam também artistas mais velhos para ver se a idade interferia. E ele se lembrou de mim. Bom, droga de graça. Não foi difícil me convencer.

O fato é que aceitei ser voluntário, e cá estamos nós. Tenho certeza de que, a essa altura, você está se perguntando por que, depois de tanto tempo, o velho Wilmot vem despejar tudo isso em cima de mim. Porque você é o único que sobrou, a única pessoa que me conhece e não se importa comigo a ponto de se preocupar se fiquei doido. Sei que estou sendo agressivo, mas é verdade. E continuando a ser agressivo: de todas as pessoas que conheci, você é a mais ligada ao que o mundo chama de realidade. Você não tem qualquer imaginação. Mais uma vez, desculpe despejar isso em cima de você. Estou louco para saber o que acha.

Para citar a interessante frase usada no teatro. "A vida é um drama", ato um, ato dois, ato três, *cortinas*. Portanto, comecemos comigo aos 21 anos, recém-saído da faculdade. Você alguma vez se perguntou como consegui me formar? Como eu podia ser bacharel em artes sendo reprovado em três disciplinas? Foi o que meu orientador me perguntou. Bom, senhor, as reproduções me dão enjoo, não consigo olhar para elas e não posso escrever sobre pintura, as palavras parecem piadas. Levei três anos para aprender a fingir e, se não fosse Slotsky, eu teria sido reprovado nas outras disciplinas também. Ele era um gênio para escrever trabalhos sobre arte; se os museus exibissem nas paredes trabalhos de 2 mil palavras, Slotsky seria um dos grandes artistas da nossa geração.

Eu estava em casa, em Oyster Bay, no meu lar, doce lar, e só conseguia pensar em como sair de lá, senão ia me matar ou matar meu pai. Acho que nunca contei isto para você, mas papai tinha um probleminha.

Ele estava novamente perseguindo Kendra, a empregada doméstica, embora ela fosse praticamente deformada. Como ele podia fazer isso? Talvez tivesse deixado de vê-las do jeito que eram. Antes de mamãe começar a contratar empregadas era pior. Não que ela ainda se incomodasse com isso, mas nossas domésticas passaram a não parar no emprego, e mamãe obviamente precisava de uma naquela época, em que mal podia se mexer sozinha.

Lembro que, um verão, você me convidou para ir à casa da sua tia e deve ter pensado por que eu nunca retribuí o convite. Bom, um dos motivos foi o problema de papai — talvez ele não fosse se comportar assim na presença de convidados (sempre teve certo decoro em público), mas eu não quis arriscar. Outro motivo: havia quadros de minha mãe nua em todas as porras das paredes da casa. Mas em uma progressão interessante: de sílfides pré-rafaelitas — o meu quadro preferido, se posso dizer assim; no quadro, ela devia ter uns dois anos a mais do que tenho agora e estava nua, com os cabelos na altura dos ombros, encostada em uma parede, olhando para todos nós como quem diz "Não sou linda?" — até uma Vênus clássica, uma versão ticianesca e, finalmente, um retrato dela no estilo Rubens. A partir daí, ele parou de pintá-la, ou ela parou de posar. Não sei quanto ela engordou naquele verão, uns 80 quilos, talvez até 100. Eu não conseguia mais olhar para ela, mas se igualou a ele em uma autodestruição tipo Dorian Gray.

Você pode imaginar eu me esgueirando por aquela casa enorme e cheia de ecos, desejando ter saco para entrar em alguma seita daquelas que fazem uma tatuagem na testa e tendo outras ideias idiotas como essa, até que resolvi jamais ficar nas mãos dele, nunca me igualaria a ele como mamãe fez. Por que ela não largou meu pai? Sou incapaz de compreender. Não foi por motivos financeiros.

O pai dela tinha muito dinheiro, ganho com equipamentos de conexão elétrica para ferrovias. Todas aquelas complicadas máquinas eletromecânicas que transmitiam eletricidade para as tomadas certas nos trilhos e na ferrovia. Tinha uma coisa chamada junção Petrie, que também era usada em ligações telefônicas. Depois da guerra, a Westinghouse comprou dele essa tal junção por cerca de 30 milhões de dólares, que na época era dinheiro à beça. Vovô morreu quando eu tinha uns 7 anos, mas conheci bem minha avó.

Vovó Petrie era uma figuraça, linda e burra, sempre preocupada se o cabelo estava direito. Ela ficou morando conosco por 12 anos depois que vovô morreu, e foi se apagando a cada ano, ficando cada vez mais preocupada com a igreja e para onde ela iria no outro mundo. Um pequeno drama dickenseniano ou daqueles outros caras, passado na costa de Sound, com um cheiro de lavanda vindo do século anterior. Claro que papai ficava bajulando a sogra, falso como ninguém sobre aquela porcariada de religião, paparicando padres gordos aqui e ali, garantindo que fomos todos criados segundo os princípios cristãos. Frequentamos escolas católicas e tudo; Charlotte estudou no Sagrado Coração, claro, e eu, em Columbia, mas apenas porque ele também tinha sido de lá, em vez da escola de arte decente que eu devia ter cursado. Vovó não gostava muito de mim. A preferida era Charlotte. As duas costumavam ficar horas rezando o terço ou olhando o grosso álbum de fotografias de lombada de couro dela. Eu perguntava a Charlie como ela conseguia aguentar aquilo e ela respondia que era por caridade, pois tratava-se de uma idosa solitária precisando de companhia. Acabei parando de irritá-la com isso, achei natural que minha irmã pudesse ser duas coisas completamente diferentes, a calma moça que se preparava para o convento e a garota desastrada, de short e camiseta, que ia atrás de mim na praia ou nos nossos barcos, sempre coberta de areia e deixando uma trilha pela casa.

Quando ela morreu, isto é, vovó, não adiantou nada toda aquela paparicação. Ela deixou a fortuna para a igreja e uma pensão vitalícia para mim (pequena), Charlotte (um pouco maior) e mamãe. Mamãe ficou com a casa e, no testamento, vovó disse que esperava que Charlotte seguisse sua vocação e entrasse para o convento.

A cena está marcada na minha cabeça, nós sentados em volta do advogado lendo o testamento, todos de preto como em 1880. Quando ele leu essa parte, eu revirei os olhos, cutuquei Charlotte, que estava sentada ao meu lado, e esperei levar uma cutucada de volta, mas ela apenas olhou para mim de um jeito que me gelou.

Fico pensando por que papai nunca largou mamãe, por que nunca teve uma verdadeira amante à francesa em um apartamento em Manhattan, como deveria ter tido vontade de fazer. Lembro que olhei para ele quando descobriu que não ia receber um centavo, aquela imagem ficaria gravada em nós para sempre: ele ficou branco, como se tivesse levado um soco no estômago. Engraçado, pois na época ele tinha uma ótima renda, estava no auge da fama como um Rockwell de segunda classe, poderia ter se separado, porém continuou agarrando as empregadas, garçonetes e atendentes das redondezas.

Mas houve um tempo em que gostou dela; ninguém pinta uma mulher daquele jeito sem gostar dela, eu pelo menos não conseguiria, e há fotos, nossa, que fotos! Eles se conheceram no último verão antes da guerra, integravam a Liga dos Estudantes de Arte, onde ele era instrutor, e ela, a aluna boêmia do curso de verão. Isso seria antes de ela ficar séria e começar a tomar jeito ao lado de um bom rapaz católico, mas acho que ele simplesmente a impressionou com seu talento. Os Petrie devem ter adorado quando ela o levou para casa naquele verão: um ateu sem dinheiro nem família. Mas, quando queria, mamãe era jogo duro, além de ser a queridinha do pai, filha única — um bocado de desgraça ali naquela ótima família católica. Em pouco tempo papai naturalmente se converteu e passou a ser mais católico que o papa; sabia ser sedutor também, agradou ao velho, mas nunca à sogra. Aposto que ela rezou para que uma bomba japonesa resolvesse o problema, mas papai voltou da guerra, os dois se casaram, ele ficou famoso e tiveram Charlotte, depois vários abortos e uma menininha que morreu de poliomielite aos 2 anos. Depois eu nasci, e pronto.

Eis aí a triste história, para registro nesta gravação, ou pelo menos o que eu consegui lembrar. Não que alguém tenha sentado e me contado a verdade. Ouvi várias versões. Em quem acreditar? Mais exatamente: como evitar isso?

Finalmente, planejei ir à Europa: a cura geográfica, sempre atraente na idade em que eu estava. Não tinha dinheiro e achei que meu pai jamais me daria, embora gastasse muito com ele mesmo. Acho que concluiu que eu ia ficar aqui, tinha a esperança idiota de que fôssemos virar pai e filho como os Wyeth ou os Bassano, com um pequeno ateliê no deserto cultural de Long Island. Ficou falando como eu podia receber encomendas de retratos e, talvez, fazer uns anúncios de conhaque. Mas acabou estragando tudo. Isso era o mais enlouquecedor no filho da puta: você acha que ele se julgava o único ser humano que merecia consideração, e aí ele vai e faz esse tipo de coisa. Ele dizia: Pegue quantas mulheres puder, você só vai ser jovem uma vez na vida. E não esqueça de usar camisinha.

Claro que antes eu tinha pedido dinheiro para minha mãe, e ela disse para eu pedir ao seu pai. Eu não conseguia acreditar, fiquei lá no quarto dela, tentando não vomitar com o cheiro de desinfetante nos pés podres dela. Devido ao derrame, ela ficou com a boca aberta, os olhos quase invisíveis nas dobras de pele: peça ao seu pai.

Não pedi, preferi tomar meia garrafa de uísque e acabei desmaiado no banheiro do andar de baixo, em uma poça de vômito, lindo, ele me achou lá e me limpou. O que ele estava tentando provar? Que, no fundo, me amava mais do que ela, que venceu a guerra dos Wilmot? De todo jeito, na manhã seguinte, ele me deu um cheque de 5 mil dólares, conversamos sobre o que eu deveria ver e ficamos no ateliê dele debatendo sobre os museus, Londres, Paris, Madri, Roma, Florença, a mesma viagem que fizemos quando eu tinha 9 anos e vi os acervos europeus pela primeira vez.

Nessa primeira vez, ficamos hospedados no Ritz (nossa, ele era capaz de jogar dinheiro pela janela em seus anos de abastança), todo mundo no hotel era ótimo comigo, e achei que era por eu ser um menino incrível. Mas Charlotte me trouxe à realidade, foi um tremendo constrangimento, embora eu jamais admitisse para ela. Ela detestou essa parte da viagem e, pensando nisso agora, acho que foi a partir desse dia que começou a visitar igrejas e conventos e insistiu em ir à Ávila para ver santa Teresa.

Quando fui à Europa sozinho, aos 21 anos, deixei de lado o Ritz e fiquei no terceiro andar de um albergue de uma estrela, na calle del Amor de Diós, esquina com Santa Maria, endereço que Charlie certamente aprovaria e a uns dez minutos do Museu do Prado. Tinha estado lá aos 9 anos, mas a impressão que tive foi de que me afastei por um minuto, os quadros continuavam nos mesmos lugares. Porém meus olhos tinham se poluído com cursos de história da arte, e eu sabia que jamais recuperaria a porra do impacto de ver aqueles quadros pela primeira vez, pois um dos engodos de papai era não ter reproduções de arte em casa, nem livros de arte em mesinhas de centro para estragar os olhos dourados do jovem Chaz. Meu pai me conduziu ao salão do museu pela entrada dos fundos, pelas horrorosas mediocridades do final dos séculos XVII e XVIII, complicados quadros marrons, depois entramos na Sala Dezesseis, com *A rendição de Breda*, o primeiro grande Velázquez que vi. Gostaria de passar a vida admirando-o, aquele soldado holandês olhando casualmente para fora do quadro — como ele *pensou* em fazer aquilo — e as lanças simplesmente perfeitas, mas meu pai não me deixou ficar, agarrou meu braço e me empurrou pelos famosos retratos e os profetas no deserto com aquele lindo passarinho preto voando, e seguimos pelo grande salão, o centro do culto, a Sala Doze, viramos à direita e lá estava *As meninas*.

Manet chamava esse quadro de Escola de Pintura, e meu pai dizia que, no final das contas, era a melhor tela a óleo que alguém já tinha feito. Disse também, e acredito, que naquela primeira vez em que fiquei em frente ao quadro, abri a boca e coloquei as mãos no rosto, como uma versão de *O grito*, de Munch. Na primeira vez que o vi, o achei maravilhoso, como o Grand Canyon ou a Estátua da Liberdade; ainda por cima eu tinha ouvido falar nele a vida inteira e não o conhecia nem em cartão-postal. Então, fiquei lá tentando não dar vexame e chorar enquanto meu pai falava.

Supõe-se que meninos de 9 anos não reajam a quadros dessa maneira, mas acho que eu era uma espécie de prodígio distorcido. Será que me lembro do que ele disse? Talvez suas palavras tenham ficado encobertas por toda a crítica de arte formal que ouvi na faculdade. Não havia muito material histórico, apenas a admiração de um pintor pelo trabalho de um gênio. Meu pai me fez olhar a luz entrando pela janela à direita e perceber como ela brilha na madeira pintada da moldura da janela. Durante toda sua carreira, Vermeer não colocou luz nas superfícies, disse meu pai, e nunca fez nada melhor do que aquilo que Velázquez simplesmente acrescentou como um detalhe.

O quadro tinha também o jogo com a realidade visual de uma maneira que só ia ressurgir na arte ocidental em meados do século XIX. Na verdade, disse meu pai, foi a partir desse quadro que Manet conseguiu toda aquela tonalidade lisa e os contornos ousados; só no século XX surgiu algo parecido com o tratamento esfumado da anã, que parecia pintado por De Kooning ou Francis Bacon.

E a perfeita condenada no centro, a menininha mais importante do mundo, o dilacerante olhar de orgulho e pavor no rosto dela, e as duas meninas acompanhantes; uma, soberbamente pintada como sua professora; a outra, restrita a planos angulares como uma boneca de madeira, um pequeno Cézanne *avant la lettre* (por quê? Meu pai não sabia, era mistério), e a freira que sussurra alguma coisa, e a figura que espera em um amarelo glorioso na porta distante (assustador! Quem sabia o motivo?), e os insignificantes rei e rainha refletidos no espelho esfumaçado, e todos os gestos e movimentos no grande quadro, dirigindo o olhar para o sujeito de bigode e túnica preta com a cruz de uma ordem de nobreza, calmamente de pé no meio, com sua paleta e pincéis. Meu pai me disse que esse homem estava dizendo "Eu fiz tudo isso, roubei este instante do tempo, é assim que Deus vê o mundo, cada momento é uma eternidade e, quando os anões, o cachorro, a freira, os cortesãos e a família real e suas damas de honra tiverem se transformado em poeira esquecida, este quadro estará vivo eternamente e eu, Velázquez, o pintei".

Lembro da expressão na cara do meu pai ao dizer isso, e devo ter pensado que ele falava de si mesmo, pois aos 9 anos eu achava que ele pertencia à mesma estirpe de Velázquez, o melhor pintor do mundo. Não, não é verdade, acho que depois daquela viagem à Europa, depois de ver os mestres, mesmo aos 9 anos, eu sabia a diferença e acho que ele sabia que eu sabia. No ano seguinte, ele ficou cada vez mais esquisito, mais exigente, mais autoritário. Meu pai era o professor; eu, o aluno, e seria sempre assim. O fato é que sou melhor do que ele era, não tanto quanto Velázquez foi melhor que Pacheco, seu mestre, mas a uma distância considerável. Na verdade, não posso dizer ou afirmar isso nem para mim mesmo e fico pensando como Velázquez lidava com a situação. Claro que Pacheco não era pai dele, só sogro, mas mesmo assim.

Tudo isso me voltou à lembrança quando fiquei na frente de *As meninas* pela segunda vez e compreendi que aquilo era o que eu sempre quis da arte, a capacidade de me distanciar do doméstico, dos cochichos, das favoritas, das pequenas crueldades.

Meu amigo, você verá que, de uma forma estranha e inesperada, consegui. Mas você deve estar pensando: Espera aí, essa gravação não é para ser sobre o quadro? Por que ele está jogando em cima de mim toda essa besteira sobre a sua lastimável vida? É porque isso aqui não é só sobre o quadro, mas sobre se minha memória tem algo a ver com o que realmente aconteceu. Pense nisso, e o quadro se explica, de uma forma ou de outra. Portanto, espalho minhas lembranças sobre você como se fosse uma espátula. Há inconsistências? Impossibilidades?

Por favor, preste atenção.

No dia seguinte, no Prado, conheci Suzanne Nore. Nunca arrumo garotas em museus, não consigo enxergá-las quando estou com a cabeça artística, mas ela estava ali, olhando para o quadro de Velázquez, *Baltasar Carlos a cavalo*, e eu não conseguia tirar os olhos dela, daquela massa de cabelos ruivos que iam até abaixo da cintura. Esperei até ficarmos a sós na sala e então comecei a falar feito um louco sobre o quadro, a incrível mestria da técnica, a tinta tão fina que mostra a trama da tela, tudo feito de uma vez, praticamente sem correções, olhe este cenário de fundo, parece um quadro no estilo oriental Sumi-ê, ou uma aquarela, e a textura do traje, ele toca o pincel aqui e ali e parece uma espécie de bordado dourado, veja o rosto, é quase um esboço de toda a psicologia do menino desnudada e blá-blá-blá, eu não conseguia parar, ela riu e disse "você realmente conhece muito pintura", e concordei, disse que era pintor e queria retratá-la. Quase acrescentei que queria pintá-la nua, mas me contive.

Ela era cantora ou queria ser, frequentava a Skidmore, estava no primeiro ano no exterior, estudando no Conservatório de Paris, e veio de trem para passar um fim de semana prolongado. Levei-a pelo museu, falando sem parar feito doido, achava que ela ia sumir se eu calasse a boca. Ficamos no museu até fechar, depois fomos a um barzinho que eu adoro, na calle de Cervantes, tomamos vinho e conversamos até escurecer, e então era hora de comer *tapas*, comemos e bebemos mais um pouco. Fechamos o bar, e voltei para o hotel onde ela estava hospedada, perto da Plaza Santa Ana, muito respeitável, e dei um beijo nela diante da porta, o que causou olhares irritados de dois guardas civis: Franco não gostava de beijos em público. Aquilo não era para acontecer, eu não estava preparado para *amar* ou seja o que for. Loucura.

P assei todos os minutos dos dois dias seguintes com ela. Falava bem rápido, era engraçada à beça, fazia piada com tudo enquanto perambulávamos pela cidade. Fantasiou que nós estávamos em um filme de guerra por causa dos soldados com capacetes nazistas que marchavam por todo canto (estamos nos escondendo dos nazistas!), e comecei a entrar na história, é difícil de explicar. Na noite seguinte, fechamos a *taperia* outra vez, voltamos para o hotel e beijei-a como antes, porém mais demorado, e quando disse boa-noite como um idiota, ela segurou a fivela do meu cinto, me puxou para dentro do hotel e escada acima.

Então, foi tudo aquilo que os filmes nos ensinam sobre paixão, todas aquelas cenas em que os atores rasgam as roupas, e a atriz supostamente pula em cima do pau dele, e os dois caem em uma cama estreita. Sempre achei que eu fosse um cara frio, controlado, mas aquilo era diferente. Demorei uns dois minutos e ia abrindo a boca para me desculpar, mas ela não parava, disse o que eu tinha de fazer, usou as mãos e a boca no meu corpo e não parou de dizer tudo o que sentia; eu nunca tinha visto uma garota falar aquelas coisas, não conseguia acreditar no que estava acontecendo. Não sei se a palavra adequada seria "insaciável", mas transamos até ficarmos em carne viva e íamos sangrar se não tivéssemos adormecido. E rimos. Lembro que pensei: Isso aqui está bom demais, deve ter algo errado, vou ser castigado.

Ficamos na cama quase o dia seguinte inteiro. Saí do quarto uma vez, tonto, para arrumar comida e cerveja, e aí anoiteceu e levantamos, tomamos banho, nos esgueirando pelo corredor até o banheiro e transamos de novo sob a ducha fraca na cadeira de latão. Saímos tarde, como fazem os espanhóis, e ela conhecia casas noturnas (tudo underground, em endereços dados pelos amigos músicos dela) onde uns caras tocavam. Não tinham discos de rock, pois esse ritmo era proibido pelo governo, então tudo o que eles conheciam era o que ouviam nas ondas curtas da rádio das Forças Armadas americanas e inventaram uma versão deles, uma estranha combinação de flamengo com Hendrix, uma música incrível. Levei meu material e desenhei com tinta loucamente, retratos dos músicos e dela, é claro, tocando brilhantemente uma guitarra feita em casa, fazendo os tons cinzentos com saliva e vinho, tirando as folhas do bloco e dando para quem quisesse. Pensei: Tudo bem, não fica melhor do que isso, é a vida.

Q uando ela teve de voltar para Paris, fui junto. Parodiando aquele filme, ela disse "Nós sempre teremos Madri" e, assim, passamos a ter Paris também. Foi um enorme alívio deixar o fascismo para trás, era uma ditadura que estava envelhecendo, dava aquela impressão de estarem vigiando o que você faz, e havia guardas em cada esquina, com aqueles quepes brilhantes, que olhavam como se você estivesse prestes a derrubar o governo.

Ficamos no quarto que ela havia alugado em um terceiro andar de um prédio com escada, prédio à direita da Rue Saint-Jacques e perto da Schola Cantorum, com um banheiro sujo no final do corredor. O quarto era uma incrível bagunça; eu era o fascista da relação. Ela ia às aulas de voz no Cantorum todas as manhãs, não ao Conservatório, ou vai ver que entendi errado. *La vie bohème*, margem esquerda do rio, passeatas estudantis, todo mundo de preto, pretensioso, fumando, bebendo e se drogando doidamente. Enquanto ela estava nas aulas, eu percorria os museus e as galerias. Na época, Paris estava tão morta quanto a pintura, com toda a porcaria política e a pretensão da New York School.

Mas fui a uma exposição no Museé de l'Orangerie sobre arte na época da República de Weimar: Dix, Grosz e alguns nomes dos quais eu nunca tinha ouvido falar, como Christian Schad e Karl Hubbuch. Gente de primeira, com um estilo chamado de Nova Objetividade. Eles estavam nas ruínas da Alemanha após a Primeira Guerra Mundial, e a moda em todo canto era o modernismo abstrato — Picasso, Braque. O dadaísmo e o futurismo estavam surgindo, e esses caras tentavam resgatar a arte figurativa do *kitsch* e conseguiram, sobretudo Schad, que tinha uma técnica parecida com a de Cranach, uma profundidade e composição maravilhosas, uma perspicácia fantástica. Vejam o que vocês fizeram, seus filhos da puta, é assim que o mundo está. Lembro que pensei: Podemos fazer isso hoje? Alguém conseguiria ver? Provavelmente, não, e o mundo não mudou tanto, exceto se colocarmos os feridos de guerra atrás dos muros dos hospitais para não precisar vê-los; e hoje os ricos são magros, não gordos. Mas mesmo se fizesse isso, os malditos ricos os comprariam: Ah, você tem um Wilmot, gostei muito, obrigado, não tanto quanto o De Kooning, mas, como investimento, dá um bom retorno. Todo mundo hoje é cego, a não ser que a coisa esteja na tevê.

Eu ia ficar na Europa no mínimo um ano, mas voltei para casa naquele outono e descobri algumas mudanças interessantes. Mamãe tinha sido internada em uma casa de idosos devido à piora do diabetes e aos efeitos de mais um derrame, o que talvez tenha sido bom, considerando que outras partes do corpo dela estavam escurecendo e caindo e ninguém quer ver isso em casa. Tiveram de retirar a porta do quarto dela e o batente para levá-la, passando pelas janelas e depois pelo jardim. Torci para que ela não estivesse mais consciente durante a mudança. Ela adorava o jardim.

Quando voltei, os destroços da porta ainda eram visíveis, mas papai não estava disposto a fazer nada. Charlie saiu de casa no dia seguinte ao que mamãe foi embora para fazer o noviciado em algum lugar do Missouri. Ia ser freira missionária e ajudar os pobres de lugares distantes. Não deixou carta nem bilhete para mim, quer dizer, ela falava para mim que ia fazer isso, mas eu não sabia que ela ia embora, escapulindo enquanto eu estava fora. Quando ela começou a falar sério sobre o assunto, eu disse Não faça isso, Charlie, podemos ir embora e viver juntos, mas ela apenas me olhou naquela espécie de vazio sagrado que passara a ter e disse que não é isso, ela estava sendo chamada por Cristo etc., e eu não acreditei. Ela nunca foi tão religiosa quando éramos pequenos, sempre achei que fosse coisa de menina, como adorar cavalos. Passei um tempo pensando que meu pai tinha feito alguma coisa com ela (a gente ouve falar nisso o tempo todo, mesmo em famílias daqui de Oyster Bay, sobre o papai e a menininha do papai). Eu devia ter perguntado para ela, na única vez em que fui visitá-la, mas não consegui, era impossível tocar nesse assunto em um parlatório de convento, e confesso que nunca acreditei muito. Meu pai é um monstro, mas não desse tipo.

Eu sentia falta dela. Sempre achei que fossemos ficar juntos, ou próximos, minha grande irmã, Chaz e Charlie juntos para sempre. Eu achava que a caridade começa em casa, mas não foi o caso. Na época, papai estava cantando a filha do jardineiro, Melanie, uma lourinha bonitinha como todas, sem uma ruga no rosto causada por sofrimento ou algum pensamento mais complexo. Ela era uns quatro anos mais velha que eu, pouco mais jovem que Charlie, e saí duas vezes com ela, o que é muito estranho, mesmo no lar dos

Wilmot. Papai não estava pintando muito na época, embora aguardasse uma grande encomenda de um afresco para o refeitório de um seminário em Long Island. Queria que eu ajudasse, o que fazia parte da fantasia de eu ser o discípulo e herdeiro artístico dele.

Você decerto quer saber por que voltei para casa.

Bom, fazemos aqui um longo intervalo no relato: voltei sobretudo por causa de Suzanne. Nos despedimos em Paris, antes de ela tomar o ônibus para o aeroporto, o dia estava chuvoso e cinzento, e ficamos nos abraçando e beijando, e ela chorava, disse que eu era o amor da vida dela, que jamais me esqueceria e que sabia que nunca mais iríamos nos ver, era bom demais para acontecer com ela. Enquanto isso, eu pensava (tenho vergonha de contar): Uau, que bom ter uma folga dessa garota que me consome e tchau, querida, a gente se vê.

Assim, ela foi embora, e lá fiquei eu com tempo de sobra, e acaba que todos os filmes e canções populares têm razão. O Chaz sensível pensou que ela era muita coisa para mim naquela fase da vida, que eu não precisava do exagero e da grande ópera que faziam parte do pacote Suzanne, que eu tinha trabalho a fazer, me definindo como pintor, essa coisa toda. Mesmo assim, uma parte de mim sentia muita falta dela. Eu passava por uma esquina onde ela costumava cantar com um grupo de garotos franceses sujos, apresentando canções folclóricas e clássicos americanos para ganharem uns trocados. E eu via o grupo cantando com outra garota no lugar de Suzanne, e meu coração ficava apertado.

Fiquei com o quarto dela, o que deve ser considerado um erro; devia ter feito as malas e ido para Berlim ou qualquer outro lugar, mas fiquei lá, sem muito o que fazer, enquanto o perfume dela ia sumindo do quarto. Achei uma miniatura do xampu que ela esqueceu, só com uma sobra, e abria todas as noites, cheirava e lembrava do cheiro dos cabelos dela. Procurei outras garotas? Ah, claro. Quando se tem 21 anos e se sabe desenhar, não é difícil ir para a cama na Rive Gauche. Todo mundo quer ser imortal e talvez um dia eu ficasse famoso. Eu praticamente ouvia as garotas pensando nisso.

Mas, sabe? Eu não descobria por que nenhuma garota dava certo. Quer dizer, saio com o meu bloco de desenhos, faço esboços de turistas no bulevar só para fazer alguma coisa, a garota senta, você melhora um pouco seus traços, e ela fica caída por você por causa disso — claro que não as francesas, mas as americanas, inglesas, dinamarquesas. Começamos então a falar em inglês, conversamos, marcamos um drinque e pronto, você tem um corpo incrível; aí subimos para o apartamento onde elas tiram a roupa, e estamos entendidos, uma transa com um verdadeiro artista parisiense e, na parte que me toca, eu podia estar usando o pau de outro cara.

Então meu trabalho começou a ir por água abaixo, era como se houvesse um pano por cima de tudo, meus olhos não viam, e o quadro não funcionava, dava vontade de jogar fora, é difícil explicar, mas não havia dúvida quanto a isso. Depois que Suzanne foi embora, aluguei parte de um estúdio para trabalhar melhor, pois tinha mais tempo, e pensei em fazer aquele tipo de retrato psicológico que tinha visto no Orangerie, com um pouco da precisão do Eakins, mas, apesar de trabalhar furiosamente, só fiz porcaria. Fiquei furioso, quebrei pincéis, joguei na parede as porras das telas e nada aconteceu. Após duas semanas assim, a palavra "musa" começou a vir à minha cabeça, coisa que sempre achei besteira, mas, pensei: Bom, tinha Rembrandt e Saskia, Van Gogh e a prostituta com o lóbulo da orelha, e Picasso sempre teve um monte de garotas à mão, então pensei: Certo, achei Suzanne, ela é a minha, seja lá como for, preciso dela. Assim que comecei a pensar isso, vi que tudo o que eu tinha feito enquanto ela estava lá era o melhor, era vital e apaixonado, e me lembrei de como *eu* era com ela, minha temperatura era dez graus acima do normal e era possível ver isso nos traços dos desenhos, principalmente nos que fiz dela.

E tinha o sexo também: cara, trepar com turistas (vinho suave, depois aquele conhaque fortíssimo), quer dizer, tem um tipo de sexo em que você fica meio se olhando transar, e a garota também, sabe lá o que os dois estão pensando, e você tem certeza de que não terá nada a dizer depois; mesmo que a garota seja legal e bonita, tem uma hora em que você não aguenta mais e vice-versa. Mas Suzanne exigia que eu estivesse totalmente presente na transa, era como se o mundo fosse acabar, a última transa antes de a bomba explodir, a última trepada da história, falando o tempo todo, narrando as coisas e sem parar o corpo, grudada e sempre *ali*.

Então, voltei, nos encontramos em Nova York e foi igual a Paris, nunca era o bastante, e a primeira coisa que fiz foi alugar um loft na Walker Street, 100 dólares por mês, cinco andares de escada, uma antiga fábrica de arames, cheia de papel e sujeira, e era lá que ficávamos, deitados em uma espuma imensa que comprei na Canal Street. Nós apagávamos as luzes e acendíamos uma dúzia de velas grossas, depois nos lavávamos no pequeno banheiro dos operários. Resolvi transformá-lo em um loft habitável; jogaria o papel no tubo de ventilação ou carregaria para baixo. Pintaria tudo de branco e colocaria o colchão em um estrado, iluminação, divisórias e uma cozinha, e nós moraríamos lá e seríamos felizes.

Enquanto isso, fiquei com papai em Oyster Bay, evitando-o ao máximo. Ele achava que nós íamos voltar a ser uma família (será que fomos algum dia?), nós dois e Melanie, a namorada dele. A namorada-madrasta? E continuou falando no tal afresco na igreja, que seria um enorme retorno àquela grande arte, protagonizada por Wilmot, pai e filho.

Quando por acaso o encontrei, quase não aguentei tanta presunção: ele estava de chapéu de palha, bengala e um manto para andar no jardim cada vez mais abandonado. Talvez o jardineiro não estivesse tão satisfeito em saber que a filha transava com o patrão trinta anos mais velho, ou talvez o jardim estivesse daquele jeito por falta de dinheiro. O manicômio de luxo onde mamãe estava internada consumia toda a pensão dela, e papai vivia das encomendas que conseguia. A essa altura, as revistas *Collier's*, *Saturday Evening Post* e outras tinham deixado de circular fazia tempo. As principais encomendas passaram a ser retratos de gatos gordos e a venda dos originais antigos, mas o afresco ia colocar tudo nos eixos.

Pouco antes de sair de lá, tive uma conversa com a namorada dele. Estava sentado no sofá da sala olhando o fogo na lareira que eu tinha acabado de acender e pensando em minha irmã, pois aquilo era uma das coisas que mais gostávamos de fazer no inverno: acender a lareira, ficar olhando a lenha queimar e jogar nela tudo o que detestávamos — fotos ruins, brinquedos que não usávamos mais, qualquer coisa que não soltasse cheiro ou explodisse mas, às vezes, até isso jogávamos. Melanie então entrou e aboletou-se na poltrona de couro onde meu pai costumava sentar-se. Após algum tempo, notei que estava me olhando. Devolvi o olhar e perguntei:

— E aí?

Ela começou perguntando por que eu estava tão frio e duro com meu pai, que gostava tanto de mim e se orgulhava de mim e tal. Respondi:

— Para quem acabou de entrar na casa, você dá muito palpite sobre esta família. Por exemplo, acabaram de tirar minha mãe daqui com um guindaste. Isso deve ter algo a ver com o que sinto por meu pai.

— Acha que foi culpa dele?

— Não sei. Desde sempre, ele transa com todas as mulheres e garotas por aqui. Isso deve causar alguma coisa na autoestima de uma mulher, fazer com que ela coma demais ou use drogas. Se você ficar bastante tempo aqui, vai ver como é.

Ela deu de ombros e tive vontade de pegar o atiçador da lareira. Ela argumentou:

— Seu pai é um grande artista e artistas têm outras leis. Se sua mãe não conseguia aguentar isso... quer dizer, tenho pena dela e tal, mas...

— Ele não é um grande artista. Tinha muito talento, o que não é a mesma coisa. — retruquei.

— Que bobagem, qual a diferença?

— Quer uma aula sobre arte? Espere aí, eu já volto, Melanie.

Fui até as prateleiras do quarto onde ele guardava suas velharias, o vendável e o invendável cuidadosamente separados, peguei uma pasta de invendáveis e voltei para a sala. Joguei a pasta na mesa de centro e espalhei os desenhos.

Contei para ela:

— Quando eu era criança, dos 6 aos 11 anos, mais ou menos, quando não chovia nem fazia frio, meu pai me levava quase todos os dias para o cais ou para a praia, com aquarelas, cavaletes portáteis, cadeiras de lona, e pintávamos juntos. Meus apetrechos eram iguais aos dele, com cores Winsor e Newton, pincéis de zibelina e os caros blocos de papel D'Arches para aquarelas, de 48x36cm. Meu pai não gosta de material barato mesmo que seja para uma criança usar. Nós pintávamos durante uma, duas horas, conforme a luz. Descíamos para a praia em vários horários para captar todas as variações da luz e seu efeito sobre a água, a areia, as rochas e o céu. Se o dia estava quente, pintávamos pessoas

na praia e barcos no litoral de Sound; no inverno, fazíamos só a praia, o mar, o céu e a mesma paisagem sempre. Era o nosso monte St. Victoire, ou a nossa Catedral de Rouen. Sabe a que estou me referindo?
— Mais ou menos — ela disse.
— Bom, de qualquer modo, o que acha destes quadros? São dele. Eu costumava rasgar os meus por que não conseguia usar o pincel como ele.
— Acho lindos.
— São mesmo. Este aqui, por exemplo, uma mulher gorda e uma criança sentadas na praia, de manhã cedo. Olhe o peso e a presença delas, pintadas à mão livre com pincel, dez pinceladas e pronto. E o movimento da areia molhada! Aquela cor perfeita, o branco do papel aparecendo só para dar brilho à areia. Agora esta aquarela aqui: inverno em Sound e três gaivotas feitas com o branco do papel, apenas recortadas contra o céu cinza, elas são perfeitas, têm vida. Você sabe como é difícil conseguir isso em aquarela? Não se trata daqueles quadros *kitsch* vendidos em lojas para turistas, é quase tão bom quanto qualquer coisa que Winslow Homer ou Edward Hopper fizeram. Percebeu a palavra "quase"? Usei-a por que esta é a história dele como artista: "quase". Jamais conseguiu dar aquele passo que faltava para atingir a grandeza. Parou no limite. E não foi por ser ilustrador. Homer fez ilustrações, Dürer, meu Deus, fez ilustrações. Não, faltava alguma coisa nele ou, talvez, algo ficou reprimido. Por isso ele separou estes, para não se lembrar de como chegou perto da grandeza. Para ser pintor, é preciso mais do que talento. É preciso se arriscar. Não dar a mínima. Tem de estar aberto para... não sei, a vida, Deus, a verdade, alguma *outra* coisa. Arte é negócio, mas não é *só* isso.

Tomei fôlego e continuei:

— E sabe o pior? Ele *sabe* disso. Sabe o que desperdiçou, e isso trouxe um veneno para esta casa, uma maldição, e aquela mulher triste e doente que eles acabaram de botar para fora também sabia e engoliu, tentou absorver o veneno, *carregou* o veneno para ele continuar sendo o arrogante C. P. Wilmot com seu chapeuzinho de palha e seu romântico manto, desfilando pela casa e procurando xoxotas. Ele é um vampiro: educado, sedutor, bem-vestido — Pode *entraaaaaar*. Só quero chupar seu *saaaaangue*. Já vi que ele enfiou os caninos em você também, querida. Ele já disse que precisa de uma mulher que entenda os gênios, gente que não segue as leis das pessoas comuns e que você vai ser imortalizada pelo pincel dele...

E por aí foi. Ela me olhou como se eu fosse um desastre de trânsito em que o carro fica igual a uma lata de cerveja amassada, com sangue espirrado nas vidraças, aquele em que a gente imagina o que aconteceu com os passageiros, mas não consegue desviar os olhos da cena. Ela se levantou enquanto eu ainda tagarelava e saiu da sala sem dizer nada.

O estranho nesse pequeno encontro é que, enquanto falava, lembrei do porquê estava relutando tanto em sair de Oyster Bay. Olhei para as aquarelas: elas eram como um elixir concentrado da minha infância, a praia, os *flats*, o mar, os barcos, minha mãe me vestindo um moletom em uma tarde fria na praia, e a mão de Charlie sobre a minha no leme cálido de seu pequeno veleiro, no verão em que me ensinou a navegar. O cheiro da maré baixa, a faísca e o movimento da luz na água; eu costumava deitar de bruços no cais e olhar o mar como quem olha uma mandala, a entrada para uma vida superior. Nasci naquele lugar, na verdade vivi sempre lá, ficava na cidade durante o ano letivo e voltava no verão.

Depois que Melanie saiu da sala, subi a escada, fui para o telhado da casa, fiquei sentindo a brisa, vi as luzes em Lloyd Point e Centre Island, os marcadores vermelhos e verdes do canal e, depois das areias escuras de Sound Beach, o brilho de Stamford no litoral de Connecticut. Quando éramos crianças, Charlie e eu costumávamos fugir para o mirante à noite e, embrulhados em lençóis, virávamos piratas e exploradores até que mamãe vinha e nos mandava voltar para a cama, mas não ficava muito brava porque fazia a mesma coisa quando menina. Mas agora Charlie se fora e mamãe também, apodrecendo viva, enquanto papai continuava dando suas voltinhas, como se estivesse tudo certo, com seu novo amor. Mas vai ver que ele está mais acabado que mamãe e Charlie — eu não, não vou ser enterrado vivo, nem aqui, nem em lugar algum. Fiquei com o coração partido, mas naquela noite fiz uma "casactomia" sem anestesia, fui embora e nunca mais voltei.

Lembro vagamente que você tinha um carro e ajudou na minha mudança — ou era outro colega? —, e fui morar na fábrica abandonada da Walker Street. Durante cinco semanas, trabalhei feito louco jogando fora uma tonelada de lixo, arames, máquinas enferrujadas, e colocando tábuas nos pisos quebrados, instalando luz, carregando armários por cinco lances de escada, depois um fogão, uma pia de cozinha, o aquecedor de água. Se soubesse no que ia dar, certamente não teria começado. Carregar sozinho um aquecedor por cinco lances de escada!

A única ajuda que tive foi com a instalação da parede de gesso. O cara do segundo andar, Denny Bosco, que também era pintor, teve pena de mim depois de ver a pilha de placas de gesso na calçada e me disse para contratar uns carregadores no Bowery, o que eu fiz: que jeito? Ele me ajudou também com o gesso, que é muito difícil de instalar sozinho, só com três mãos se consegue segurar uma placa e pregá-la. Ele era o Mais Antigo Morador dali, desde que o SoHo era um bairro industrial decadente, e teve de colar uma placa na fachada do prédio com os dizeres AR, ou seja, "artista residente". Assim, se houvesse um incêndio, os bombeiros procurariam um corpo carbonizado. Disse que costumava sentar no telhado à noite (isso foi no final dos anos 1960) para olhar o canal e, exceto pelos neons de Chinatown, que tinham um quarto do tamanho de hoje, só se via escuridão e algumas luzinhas dos lofts dos pioneiros. Ele disse também que a situação ia piorar, que os parasitas estavam chegando, como fazem sempre que artistas dão um pouco de vida a um lugar — os ricos vêm sugá-la e matar tudo outra vez. Sujeito perspicaz, esse Denny.

Uma semana depois, aluguei um pulverizador de tinta, cobri as janelas e a cara e pintei o loft todo de branco. A tinta mal tinha secado quando, conforme combinado, Suzanne apareceu com uma caminhonete abarrotada de móveis. Gostei de vê-la e carreguei tudo para cima de muito bom humor, apesar dos móveis da casa dos pais dela serem pesados e achei que seria um dia ótimo, mudar para onde íamos morar juntos. Mas notei que ela estava em uma de suas fases negras: sentou-se em uma cadeira e fumou, nem achou graça quando comecei a brincar e andar perguntando onde íamos colocar aquelas cadeiras e armários e por aí vai, como se eu fosse um decorador de interiores. O lugar ainda estava meio desarrumado, apesar de tudo o que fiz; achei que fosse por isso, talvez ela estivesse desapontada.

Mas não era. Ela disse:

— Estou grávida.

E veio a pergunta de sempre, tem certeza, tenho, quase dois meses de atraso, tinha feito os testes e tudo e como foi isso, pensei que você tomasse pílula, e ela disse que tinha esquecido, como se dissesse. Ah, eu sabia que você ia dizer que a culpa era minha, minha vida acabou e logo agora que estou deslanchando na profissão. Isso porque ela deu canja em duas boates do East Village, um cara disse que era de uma gravadora e lhe deu um cartão, mas não falei sobre isso. Perguntei então: Bom, o que você quer fazer? A essa altura, ela estava chorando, abracei-a e disse que a amava e que o que ela resolvesse eu concordava, fosse um aborto ou ter o filho, a gente dava um jeito.

Se a namorada engravida, ou tira-se o filho ou deixa-se o filho, e a vida entra por um caminho que você não esperava. O assunto teve inúmeras idas e vindas: primeiro, ela queria abortar, e eu não queria; depois, ela não queria, e eu queria, acho que ainda há algo católico dentro de mim, mas não só isso, é o fluir da existência, fico louco pensando no vazio que ia ter de aguentar pelo resto da vida, e isso não pode ser bom para um relacionamento. Que jeito? Charlie sempre disse: Siga a vida, aceite a sua sina. *Amor fati* é a expressão em latim. Eu faria qualquer coisa para conversar com minha irmã sobre isso, mas quando liguei para a congregação religiosa, disseram que ela estava a caminho de Uganda.

E assim minha vida entrou em um caminho falso, mais uma razão para eu estar lhe contando esta história antiga. Pois o prazer diminui e esfria, disse Petrônio, o Árbitro, como você deve lembrar das aulas de textos renascentistas dos mestres romanos (acho que uma das poucas matérias em que tive conceito Bom). É verdade. Quando entrei na igreja com Suzanne, senti muita culpa, mas achei que podia consertar a situação com fidelidade e afeto e, de alguma forma, conjurar a maldição que meu pai tinha passado. Infelizmente, o hábito de se enganar costuma se espalhar por outras áreas. Estraga outras partes, no meu caso, a pintura, e funciona como um marcador para as outras pessoas, como aquelas experiências científicas cruéis em que pintam um macaco de verde, e os outros macacos o matam. Acho que, se você é falso consigo mesmo, os outros também serão com você. Quer dizer, ninguém mais começou essa história, então qual é o problema?

De certa maneira, é uma pena eu não ter gravado a minha vida, como fez o velho Krapp. O esforço atual não é um substituto adequado pois, como dizer, não sei mais direito quem eu sou. Talvez fosse isso que Beckett quisesse dizer na peça, que ninguém é *alguém*, somos todos homens ocos, cabeças cheias de palha, como fala Eliot no poema, colonizados pela mídia, desconectados da vida real. Por isso não se faz mais arte com alma.

Então vamos à minha vida a partir daí, pois não tem muita graça para mim e também porque pode ser ou não a minha vida. Mas continue me ouvindo.

Certo, a namorada engravidou, fomos visitar os pais dela em Wilmington. Max, o pai, é uma grande e alegre porção de carne; Nadine, a mãe, é uma ex-linda sulista meio murcha. Percebo que não gostaram muito do *bom partido*, mas aceitaram, seja o que a filhinha quiser. Max me chama de lado, pergunta como eu ia sustentar Suzanne da forma como ela estava acostumada; respondo que pretendo trabalhar como artista, e ele deseja muita sorte, filho, espero que queira ser um artista comercial, pois está comprando um pacote de alto custo de manutenção, não se engane com o estilo desapegado.

Mas casamos, moramos no loft e tivemos o filho, Toby. O fato é que Suzanne e eu devíamos ter passado três semanas ótimas em um quarto de hotel espanhol e não casado por dez anos, embora possamos planejar muita coisa baseados em culpa. Pensei que fosse ser ótimo, o contrário do casamento dos meus pais, ou dos pais dela, íamos ser artistas juntos, era essa a base, unidos pela arte. Acaba que, não sei por que motivo, não fui o jovem pintor da temporada, e ela não foi a cantora-compositora da década. O engraçado é que, apesar de nossa mediocridade mútua, ganhamos muito dinheiro durante algum tempo, o que abafou o sofrimento, como costuma acontecer. Eu mal conseguia aguentar o trabalho na agência de propaganda, e uma das canções dela foi gravada por um dos rouxinóis do momento e ficou entre as quarenta mais tocadas durante algum tempo. Canção horrível, ainda toca de vez em quando em rádios mais antigas, todas as canções dela eram anódinas e meio bobas, tilintantes, não era coisa boa que se distinguisse, como as músicas de Joni Mitchell, Neil Young etc. Ou seja, as canções dela eram como os meus quadros, infelizmente.

Aí, como ela disse que não se pode criar um filho em um loft no SoHo, compramos uma casa de quatro quartos no campo, em Nyack, com três acres e meio, mais uma estrebaria. Hoje, só Deus sabe quanto deve valer, mas naquela época casas assim custavam de 150 a 200 mil dólares, o que era um bocado de dinheiro, e comecei a trabalhar a semana inteira na cidade. Eu é que devia ter uns casos: afinal, era rico, vivia em Nova York e aquele era o tempo para fazer isso, mas nunca tive um caso, devia ser a culpa de novo. Não, não quero ser mais um exemplo de caipirão. Nessa época, Mark estava incendiando camas e me convidava para ir aos lugares onde havia mulheres mas, nesse ponto, eu era o contrário de papai. E exatamente igual à mamãe. Levei anos para perceber o que Suzanne andava fazendo; eu achava que tinha um casamento legal até o dia em que ela chegou mais bêbada que o normal e me deu a lista dos caras.

A certa altura, ela desistiu da música, resolveu que cerâmica tinha mais a ver, depois gravura, depois design de livro, depois vídeo, depois voltou à cerâmica, mas em um nível mais alto, e escreveu uma peça, roteiros de filmes, tudo o que dizia respeito ao mundo artístico, Suze, sem se fixar em nada, só tinha desejo desesperado de estar em cena, ser notada.

Ou, pelo menos, é o que penso, mas não tenho ideia de quem ela é. Aquela música de Jackson Browne, "Late for the sky", da época em que achávamos que as letras dos rocks eram a chave de todos os mistérios, ainda me lembra Suze, quando tocam coisas dos velhos tempos. Confesso que não aguento o peso do fim do meu primeiro casamento. Não sou do tipo marido complacente, devo ter ficado muito tempo olhando para o outro lado como os personagens dos contos de Cheever, sofisticado e tal, legal, mas ela trazia os caras para casa, na nossa cama, e eram marginais, bartenders, bobões, falsos artistas, gente que vivia de bicos, com caminhonetes enferrujadas. Uma sexta-feira, depois de passar a semana na cidade, cheguei em casa e tinha um magrelo banguela no meu cais, bebendo a minha cerveja, era o novo amigo dela, e teve uma semana que não voltei para casa e pronto. Acho que meu primeiro casamento se baseou em um acordo tácito: eu cuidava dela, e ela podia fazer o que quisesse, e eu estaria sempre lá para quando ela cansasse, mas no final não aguentei e tenho de dizer que o motivo foi que não me incomodava mais com o que ela fazia. O triste é que só os grandes artistas têm regras diferentes; os amadores têm de viver como todo mundo, ou aceitar serem patéticos.

Quanto a Toby, ficou apenas uma espécie de tristeza enorme, embora eu não deva lamentar por quem está se saindo bem melhor que o pai; um homem que é um pilar da comunidade e da igreja que frequenta, tem três lindos filhos que jamais me apresentou (não, acho que não quero falar sobre isso). Engraçado, assim que ele amadureceu, passou a rejeitar tudo o que eu era, quebrava os lápis de cera de propósito, tac tac tac, deixava na chuva o papel de desenho caro, estragava os caros marcadores alemães que comprei para ele e ficou obcecado pelo avô materno.

Max, o avô, pegou o menino e criou-o conforme seus rígidos princípios, que não tinham dado tão certo com Suzanne, mas que funcionaram com o filho dela. Toby jogava futebol no ensino médio, era zagueiro e foi para Purdue exatamente como o vovô, brilhou lá como ele e virou engenheiro, idem. Todos os anos recebo o cartão de Natal de praxe, com uma foto da linda família, simpáticos estranhos.

Portanto, voltei à maravilhosa solteirice até conhecer Lotte e nos casarmos, depois tivemos Milo e Rose e nos separamos. Passei um tempo achando que Lotte me salvaria, porque podia conversar com ela de um jeito que não conseguia com Suzanne, e pensei que pudesse colocar o verdadeiro Chaz *nela*, como um espelho sempre me refletindo. Ela tem uma memória e tanto, jamais esqueceu uma conversa, um sonho ou uma das minhas inúmeras cagadas; enlouqueço quando penso nisso hoje, não se pode fazer isso com uma pessoa, por mais que ela goste de você. Não há substituto para o verdadeiro eu. Ao gravar isso junto com o que resta de memória, depois de tanta droga que enfiei no corpo, e do que aconteceu com Zubkoff e depois, tenho de admitir o que fiz com ela. Basicamente, cheguei assoviando ao túmulo de meu pai como eu disse que jamais faria, rá, rá, e isso a decepcionou. O veneno penetrou nela como penetrara antes em minha mãe. Acho que por isso ela acabou me traindo, embora fosse a pessoa mais honesta e sincera que conheci. Mas tinha razão em fazer o que fez.

Nunca entendi direito o que ela queria de mim. Autoafirmação? Não pode ser. Eu costumava fazer quadros para ela o tempo todo, pura autoafirmação, se você quiser chamar assim, e o melhor que fiz quando estávamos casados deixou-a furiosa. Era nosso quinto aniversário de casamento, e há duas semanas vínhamos brigando e fazendo as pazes, e eu queria que a data fosse especial para ser um marco. Brigávamos por causa daquela maldita capa da revista *New York* que fiz sobre o casamento de Giuliani com Judith Nathan.

Eles queriam o pastiche óbvio, o *Casal Arnolfini*, de Van Eyck, e eu fiz, com tinta a óleo e painel de carvalho autêntico, como o quadro original. Coloquei a hipocrisia arrogante na cara do marido, o sorriso de satisfação de gato persa na cara da mulher, usei o espelho convexo atrás deles para mostrar a festa do casamento, com todos os políticos e celebridades sorrindo como caveiras; usei também dez janelas em semicírculo em volta do espelho para ilustrar cenas da carreira dele e o fim de seus dois casamento anteriores. Ou seja, fiz um bom trabalho. Um quadro de verdade, não um desenho animado, com certa autoridade do quadro original.

Depois que a revista devolveu a ilustração, levei-a para casa, e Lotte ficou possessa, como sempre perguntando como eu podia fazer aquilo comigo, que o meu talento era como um deus que precisava ser venerado e que todos os palhaços da revista não sabiam o que eu estava fazendo, e eu desperdiçava todo o tempo em porcarias como aquela, a única vida que eu tinha. Essa foi uma das frases dela: "Como você pode desperdiçar assim sua única vida?" Mas eu não a via usando a única vida *dela* para ganhar o dinheiro de que precisávamos para cuidar de Milo, não estava valorizando o talento dela naquela galeriazinha, quando quaiquer figurão a contrataria em um piscar de olhos, ela era ótima. Não, isso era demais para mim, obrigado, e foi nessa época que comecei a usar drogas, a trabalhar mais na minha única vida e a trazer dinheiro para casa.

Lá por meados de maio desse ano, em um domingo que foi um dos primeiros dias lindos do ano, talvez um mês antes do nosso aniversário de casamento, eu estava fazendo café ou algo na cozinha e ouvi risos e gargalhadas no nosso quarto, fui até a porta entreaberta e olhei. Lotte e Milo estavam na cama, ele devia ter uns 4 anos, e brincavam de fazer cócegas. Ela usava uma camisola branca, e ele, o pijama do Homem-Aranha, e fiquei pasmo, com o sol iluminando-os pela janela no edredom branco e o cobre da cama brilhando. Era como se eu invadisse um segredo, aquelas brincadeiras semieróticas que mães e filhos fazem nessa idade, e por um segundo quase lembrei (como uma memória sensitiva, não como algo que estivesse na minha cabeça) que fazia a mesma brincadeira com minha mãe.

Naquela tarde, fui para o loft e preparei uma grande tela, de uns 2,50x1,5m, e comecei a pintar aquela imagem. Fiz o rosto do menino levemente afastado da mãe, como uma expressão de alegria, a mãe no meio da cama apoiada em um braço e com o outro tocando na cabeça dele, o dedo indicador quase escondido em um cacho negro dele. Fiquei imerso no quadro e, nas semanas seguintes, foi como um refúgio; pegava meu sanduíche diário e voltava para o quadro, estava ótimo, tudo estava bem, fiz a boca do menino em três rápidas pinceladas, perfeita, brilhando com a seiva da vida, e o mesmo nos tons da pele da mãe, pele que eu conhecia como se fosse minha, aparecendo sob o tecido transparente da camisola à luz da manhã, rósea e perolada, quase dava para sentir o cheiro da mulher na cama.

Podia ser apenas um quadro estiloso, mas não era; a pintura tinha vida e existia, não era uma simples imagem, o edredom branco tinha o brilho fantástico dos inúmeros tons que o branco pode ter à luz matinal. E a linha do braço da mãe ligando-a ao filho, a pose dela na cama, e o outro braço apoiando: era perfeito, escultural, vital. Eu não acreditava.

Embrulhei o quadro tão satisfeito que imaginei que ela também ficaria feliz. Mas, quando ela desembrulhou, ficou olhando um bom tempo, como se estivesse assustada, depois correu para o quarto aos prantos, soluçando, e quando perguntei o que tinha acontecido, ela respondeu uma maluquice: Você vai me matar, me matar. Ela disse que não sabia que eu podia fazer uma coisa como aquela, quer dizer, um quadro por amor, não por dinheiro, e se acalmou e penduramos a droga da pintura no quarto, mas ela não falou mais nisso, e foi como o presente de uma bruxa em um conto de fadas: em vez de nos aproximar, como deveria, nos separou. Depois disso, só fiz coisas comerciais.

O que estaria ótimo, só que aí apareceu o Photoshop, e os diretores de arte que queriam cópias de quadros famosos podiam simplesmente comprar os direitos de Bill Gates ou de quem quer que fosse e colocar novas caras. Tinham até recursos para dar aquele efeito impressionista ou aquela *craquelure*, e lá se foi a metade do meu faturamento. Assim, tive de trabalhar o dobro, principalmente depois que descobrimos que Milo tinha pulmões ruins, distrofia pulmonar genética, uma doença pouco pesquisada e levemente controlada com um coquetel de remédios que, pelo preço, deveriam ter como ingrediente diamantes em pó. Naturalmente, tive de aumentar a minha dose de anfetaminas e uma noite perdi os comprimidos, destruí nossa casa e tenho a impressão de que espanquei Lotte; eles vieram e me levaram. Digo "tenho a impressão" porque não lembro.

Fui para uma clínica de recuperação como um bom menino e cumpri o programa, mas quando saí, Lotte disse que não podia mais morar comigo, não podia carregar o peso dos fantasmas. Voltei então para o meu loft e, desde então, vivo com um cheque ou outro, vindos principalmente de ilustrações para revistas, jornais, alguns anúncios, mas nunca são o suficiente, desaparecendo no inferno de plástico dos cartões de crédito, no inferno do Imposto de Renda...

Talvez.

Isso nos leva ao último verão, um dia de junho, quando eu estava na redação da *Vanity Fair* falando com o editor de arte Gerstein sobre um projeto deles, uma série de retratos a óleo de mulheres bonitas e famosas, pintadas no estilo dos grandes mestres. Claro que eles tiveram a ideia por causa do filme *Moça com brinco de pérola*, o quadro pintado por Vermeer e estrelado por Scarlett Johansson, era esse o gancho da história. Assim, fariam Madonna à maneira de Leonardo da Vinci (ha ha!), Cate Blanchett à Gainsborough, Jeniffer Lopez à Goya, Gwyneth Paltrow à Ingres e Kate Winslet ao estilo de um pintor que não sabiam ainda quem seria. E ele, claro, pensou em mim e disse que teve de insistir com a direção para fazer quadros de verdade e não fotos retocadas no Photoshop. Perguntei se as artistas aceitaram posar, ele me olhou esquisito e disse: Claro que não vão posar, você vai fazer a partir de fotos. Discuti com ele um pouco, mas era impossível conseguir que alguém, principalmente um arrogante diretor de revista, entenda a diferença entre um retrato posado e um copiado de fotos. Como ele sabia que eu precisava de dinheiro, acertamos por 2.500 dólares cada, uma pechincha. Sugeri Kate Winslet à Velázquez e ele achou ótima ideia. Liguei para Lotte e contei só para ela ficar contente comigo e consegui. Quase dava para ouvir a calculadora mental dela tilintando ao telefone.

O projeto tinha um prazo muito curto, e quando voltei para o loft estava pensando em pintar e não em como usar aqueles 12.500 dólares. Desde que passei a me prostituir como artista, tinha todos os livros de arte, é gostoso olhá-los e pensar nos originais que conheci. O engraçado é que, quando fico com a paleta e o pincel na mão, não me interesso pelo produto final, fico concentrado em pintar.

Lotte, com sua cabeça de galerista de arte, calculava que eu devia ganhar 8 dólares por hora com o projeto, e eu não conseguia explicar por que eu aceitava, por que tenho de trabalhar assim para conseguir levantar da cama a cada manhã, pois sabia o que ela ia dizer: Chaz, por que não pinta os quadros para você e desiste dessa besteira? Eu então me irritava e dizia: Como é que vamos pagar a porra do tratamento de Milo, no mínimo 5 mil dólares por mês? Vamos tirar isso da sua galeriazinha? Aí ela dizia: Mas eu posso vender seus quadros, são ótimos, os clientes vão adorar. E por aí vai, o assunto que nos irritava, a recusa de Chaz Wilmot em pintar quadros de verdade para o mercado comercial, colocado em discussão como uma bosta em cima da mesa. Eu então ia para o ateliê e fazia uma capa de revista ou uma capa de disco e fumava maconha até tudo parecer ótimo.

Eu tinha acabado de sentar com um livro de retratos de Ingres quando o telefone tocou: era uma secretária perguntando se eu podia atender o Dr. Zubkoff. Levei um susto, achei que era um dos médicos de Milo com más notícias. Quando lembrei quem era, e ele disse o que queria, fiquei tão aliviado que era capaz de concordar praticamente com qualquer coisa.

No dia seguinte, peguei o metrô para o campus da escola de medicina de Columbia e fui até o prédio que me indicaram. Eram quatro andares de tijolos e vidro na St. Nicholas Avenue com a rua 168. Dentro, aquele cheiro de remédios de sempre, a recepção gelada com revistas muito manuseadas, a recepcionista de jaleco branco atrás da janelinha. Estavam me aguardando. Preenchi um questionário médico, menti sobre o uso de drogas e cigarro como todo mundo faz, e uma enfermeira de uniforme azul-claro me levou para uma salinha e mandou vestir um avental. Queriam ter certeza de que eu não portava doença alguma antes de participar de um grande estudo sobre drogas, assim eu não poderia acusá-los de ter adoecido por causa das drogas que me deram.

Duas horas depois, soube que estava saudável, apesar da vida que levava; continuava firme e forte, exatamente como Krapp. Foi um exame médico completo, com sangue, tomografias e tudo o mais; depois disso, fiquei ainda mais solidário com meu pobre filhinho.

Após todos os testes, me vesti de novo e fui levado para uma pequena sala de reuniões junto com as outras cobaias e lá estava Shelly, em nada parecido com o sujeito pálido que era na época da faculdade: tinha a pele bronzeada e os cabelos mais compridos, com aquele corte elegante de todos ricos e aquela auréola de autoridade que os médicos devem receber com o diploma. Na sala estavam uns seis homens e umas seis mulheres, todos do tipo artista, a maioria mais jovem que eu. Parecia o almoço de domingo em qualquer lugar da moda em Williamsburg.

O Dr. Z. nos mostrou em um PowerPoint o que era salvinorin A, a droga com a qual estávamos prestes a poluir nossos corpos. A tela mostrava uns índios sujos sentados em roda, mazotecas do deserto de Oaxaca, cujos curandeiros usavam uma planta chamada *Salvia divinorum*, a sálvia dos deuses, para perder a noção de tempo e ver o futuro e o passado. Bobagem, pois, segundo Shelly, isso ocorria na parte deprimida do cérebro deles, como tudo o que assimilamos. Nas últimas décadas, os pesquisadores extraíram o princípio ativo da erva indígena (salvinorin) e descobriram que não era um alcaloide como a maioria das drogas psicoativas, mas uma molécula muito menor, uma diterpene, única no gênero. Era, lembro, uma substância agonista do receptor opioide do tipo kappa, que tinha algo relacionado ao controle da percepção. Segundo o Dr. Z. a droga causava vários efeitos diferentes, variando bastante conforme o usuário. O mais interessante, porém, era a capacidade de dar ao usuário a ilusão de estar excluindo uma parte de sua vida anterior. Ele disse que o encanto e o frescor da percepção infantil eram considerados elementos centrais no processo criativo, por isso aquela droga talvez pudesse ampliar esse processo, daí ele ter escolhido artistas e músicos para a pesquisa. A seguir, ouvimos detalhes técnicos: caso surgissem efeitos psicológicos, eles usariam rastreadores para localizar as áreas do cérebro ligadas à criatividade e o médico garantiu que, embora a droga fosse muito forte, parecia ser bastante segura e não causar dependência.

Depois vieram as perguntas de sempre da plateia, que Shelly encarou, na minha opinião, com uma delicadeza a que não tinha direito quando estudante, e a reunião terminou. Fui falar com ele, nos cumprimentamos, trocamos aquelas frases habituais, e ele me convidou para uma conversa particular em seu no consultório. Que, aliás, era lindo, com tacos de golfe no canto e prêmios de todos os tipos, escrivaninha e cadeiras de madeira clara, monitor de tela plana, paredes com desenhos emoldurados feitos pelos filhos e uma pequena tela a óleo amadora de um vaso com flores, talvez pintada pela esposa; ele parecia um chefe de família feliz, ponto para ele. Não tocamos nos velhos tempos, ele contou vantagens, e eu ouvi. Falou sobre a bela carreira, a maravilhosa família, a casa em Short Hills. Disse que sempre acompanhou meu trabalho nas revistas e me considerava ótimo. Achava que eu era um sucesso como ele.

Disse também que se interessou por mim, particularmente, porque a pesquisa ia penetrar na raiz da criatividade e encontrar formas de ampliá-la. Achei que, se ele queria fazer isso, ia demorar à beça, mas fiquei calado: por que atrapalhar a festa do cara? Eu estava contente por aquele babaca, e receberia 100 dólares por sessão.

A seguir, ele me encaminhou para a Srta. Uniforme Azul, e tomei a primeira dose de salvinorin. Descobriram que a melhor maneira de ingestão é pela mucosa bucal. Eles podem aquecer a droga e aplicar os vapores, ou dar uma esponja cirúrgica embebida em uma solução que o paciente mantém na boca por dez minutos. A primeira forma causa uma reação forte de alguns segundos, que diminui e acaba totalmente em cerca de meia hora. A esponja funciona melhor, a reação dura uma hora inteira, mais ou menos, depois vai diminuindo. É um modo de administrar uma dose controlada, mas ainda imita o mastigar das folhas que os índios mexicanos fazem.

A enfermeira me levou para uma salinha com uma espreguiçadeira, parecida com uma sala de exame, e me deixou com uma pesquisadora de jaleco branco com um crachá escrito HARRIS: uma mulher jovem, parecia uma executiva, com notebook e gravador, sentada em uma cadeira confortável como numa sessão de terapia. Fiz um gracejo sobre essa semelhança, mas não houve qualquer reação. Recado tácito: isto aqui é uma pesquisa séria. Ela abriu um tubo plástico com uma etiqueta numerada e, usando um pegador, tirou uma esponja cirúrgica. Enfiou a esponja na minha boca e disse para eu mastigar durante dez minutos começando *agora* (marcou no relógio de pulso), tente não engolir, depois diminuiu a luz.

Mastiguei a esponja e armazenei o líquido na bochecha como um cântaro de menino camponês. O gosto era levemente herbáceo e parecido com carne de peru, agradável. Dez minutos depois, ela pediu para eu jogar fora a esponja. Nada aconteceu durante algum tempo. Pensei no projeto da *Vanity Fair*, em dinheiro, os tristes pensamentos habituais sobre sentir pena de mim mesmo e como minha vida era medíocre e irreparavelmente fodida, um cocô ambulante. Logo após, senti um certo relaxamento, como se estivesse me olhando pensar aquela bobagem e achando interessante, até ri. A seguir, um vago desconforto físico, como se meus músculos começassem a ter cãibras, e uma sensação de claustrofobia, como se estivesse em um avião, na classe econômica. Levantei e fui em direção à porta.

Harris disse que eu não podia sair, então sentei, levantei, sentei, andei de um lado para o outro, a energia circulando no corpo, elétrica, vibrante, eu pisava em cascalho e folhas mortas, o ar frio e úmido. Fiquei à deriva, sem tristeza, mas com a sensação de estar tendo um déjà vu, enquanto caminhávamos em direção ao túmulo, à frente de muitas pessoas enlutadas, em maior número do que eu esperava. Minha irmã segurava no meu braço, usando seu véu de freira, pois na época os hábitos negros já estavam banidos. Parei, cambaleando desorientado, e Charlie perguntou qual era o problema. Eu disse que nunca tive uma sensação tão forte de déjà vu, e ela disse claro, não é todo dia que se enterra o pai, e o resto da cerimônia prosseguiu.

Depois, Charlie e eu ficamos meio bêbados, e ela me disse que estava pensando em largar o convento. Gostava de ajudar os milhões de famintos em lugares horrorosos do mundo, mas o bem que podiam fazer era tão pouco comparado com o tamanho do mal que não podiam evitar. Sim, era bom educar vinte meninas por ano e impedir que fossem violentadas por homens mais velhos, mas havia milhares e milhares a quem não podiam ajudar. As mães levavam-nas para a escola em Kitgum, centenas de mulheres e garotas imploravam para entrar, mas sabiam que não adiantava, o que podiam fazer? De certa maneira, agora que nosso pai morreu, acabou grande parte das razões para fazer isso — ela admitiu naquele momento — e achava que queria andar pelo mundo, sem exatamente largar a religião, porém sendo mais útil. Falamos um pouco sobre o trabalho de diversas ordens religiosas, e ela perguntou como andavam meus quadros e se eu ia começar a pintar e não apenas irritar o velho, e achei graça.

Conversamos até tarde, exatamente como nos velhos tempos de criança, ela me deu um beijo de boa-noite, e subi para o meu antigo quarto. Não tinha mudado nada, a cama com a colcha indiana, meu velho bastão de hóquei na parede ao lado do quadro da minha mãe, e o cheiro úmido e desagradável de móveis velhos. Tirei a roupa e ia deitar quando lembrei que não tinha fechado as vidraças do terraço; se ventasse à noite, a chuva estragaria os carpetes, então vesti meu velho roupão azul xadrez e tentei abrir a porta. Não consegui, soquei a maçaneta, chutei a porta e senti uma mão no meu ombro e fiquei apavorado, pois estava sozinho no cômodo. Virei e vi aquela mulher de jaleco branco com HARRIS escrito no crachá, e eu estava de volta à pesquisa sobre droga.

Você tem de entender que *não* foi um devaneio ou um sonho, nada disso. Eu *estive* lá. Voltei 22 anos no tempo, entrei no meu corpo mais jovem, conversei com minha irmã na sala da casa do meu pai, a cores, som estéreo, os quadros. Eu disse: Porra! Meus joelhos amoleceram, tive de deitar no sofá, e Harris ficou por perto querendo saber o que tinha acontecido. No começo, foi difícil responder. Eu não me sentia drogado, ou entorpecido, ou muito ligado, como quando se cheira cocaína ou se fuma crack, porém mais desligado, uma pequena alteração na consciência, minha cabeça latejava como se um gatinho estivesse lambendo meu cérebro quatro ou cinco vezes por segundo, *schip schip schip*, bem delicadamente.

Eu estava ao mesmo tempo ligado e desligado, como se sentisse a vida pela primeira vez, sem preocupação nem arrependimento. Não era nem de longe uma sensação como a causada pelo haxixe, nem, muito menos, pelo ácido. Ela perguntou uma porção de coisas que lia em um papel impresso, e respondi o melhor que pude: sim, eu estava no enterro do meu pai; não, não tenho certeza se foi uma lembrança ou uma fantasia. Tudo parecia perfeitamente real, da mesma forma que falar com aquela mulher boba, mas se você me disser que continuo no meu quarto na noite do enterro e que esta entrevista era uma fantasia, eu diria, sim, isso mesmo.

Ela ficou mais uma hora comigo. O gatinho parou de lamber meu cérebro, e voltei mais ou menos ao normal, embora a essa altura não soubesse mais o que era normal. Ao sair, peguei na mesa da recepção uma velha e gasta revista *People* com uma reportagem sobre Madonna. Voltei ao meu loft, arrumei um pequeno painel de madeira coberto de gesso e procurei nos baús até achar um velho traje de teatro, cor de pêssego, entremeado de fios de ouro e com um corpete comprido e duro: alguma Julieta deve ter usado na era eduardiana, cheirava a naftalina, mas estava em bom estado. Dependurei no meu manequim, encostei-o em uma poltrona, arrumei a luz, prendi a cara de Madonna na parede mais próxima e comecei a trabalhar.

Desenhei a carvão uma mulher da cintura para cima, com os braços cruzados de um jeito provocante, os cabelos louros caindo em cachos, sobre um fundo indefinido e uma cidadezinha com muros e torres. Misturei à base cinza-ocre cálido um pouco de secante japonês, pois sou um artista comercial, não posso esperar a tinta secar, e quem vai se incomodar se daqui a cinquenta anos a tinta rachar e escurecer? Quando a *imprimatura* estava pronta para receber a tinta a óleo, preparei as tintas, os esmaltes, os planejamentos, até ficar perfeito, e pintei durante horas, escureceu, tive fome, não atendi o telefone tocando. Foi diferente? Acho que sim. Às vezes, me perco ao pintar e esqueço que estou fazendo apenas uma porcaria encomendada, mas aquela sessão foi mais, fiquei totalmente envolvido, de corpo inteiro, deixando a tinta fluir sobre a superfície branca, mágica.

Meu estômago roncava de fome, e eu queria dar tempo para a base secar, então parei um pouco, fui até Chinatown comer um macarrão e levei a *People* comigo para ler e estudar Madonna mais um pouco. O rosto, naquela impressão barata, mostrava apenas a máscara de uma celebridade, o problema era encontrar o que estava por trás, e claro que não se pode fazer isso a partir de uma foto, porém os agentes de artistas controlam a imagem deles, não gostam de fazer revelações, então eu tinha de imaginar. Claro que pensei em Suzanne, uma cantora conhecida por um público restrito, mas cujo rosto eu sabia bem como era e pintei a partir da lembrança dele. A foto da revista era comum, com a boca justa e um pouco para baixo, os olhos entreabertos de forma a ser considerado sensual segundo os princípios das fotos de celebridades.

Ao voltar para o ateliê, abri a boca de Madonna um pouquinho, como se ela estivesse surpresa com alguma coisa, e dei aos olhos a profunda solidão e insegurança da cantora famosa. E das não famosas também, como eu sabia por experiência própria.

Lembrei do menino. Eles não pediram para colocar, mas achei que dava um toque especial. Então, peguei uma foto antiga de Milo e reproduzi à mão livre. Milo tinha uma expressão meio matreira, sabe? A alegria secreta e incompreensível da criança antes de aprender a falar.

Passei a noite inteira esmaltando a base da tela e quando olhei-a, à luz do dia, era certamente um Leonardo da Vinci digno de crédito, sem contornos definidos, tudo meio nublado (*sfumato*, como dizem), e o fundo estava ótimo.

Coloquei algumas árvores achatadas no estilo dos quadros do século XV, que eu sempre achei que fossem uma convenção artística até ir à Itália e ver que os pintores as copiaram da natureza. Nunca soube de que espécie eram, por isso chamo-as de árvores do *Quattrocento*. Realmente incrível, eu teria perdido um tempo enorme com isso; portanto, se Shelly acha que a droga aumenta a criatividade, tenho de confirmar: sim, aumenta mesmo.

E ainda melhorou. Fiz cinco quadros em cinco dias, de longe a fase mais produtiva da minha vida, sem cocaína nem crack. E não tinha a agitação de quando estava drogado, era como se... droga, não consigo comparar. Talvez ser supernormal, não se distrair, ficar concentrado, sentindo um prazer absoluto no trabalho. Quando eu tinha uns 4 anos, era capaz de passar a vida inteira no ateliê de meu pai enquanto ele pintava, com grandes folhas de papel espalhadas pelo chão, desenhando com meus lápis de cera ou pintando aquarelas. O tempo parava, ou passava em outra velocidade, e só existia o momento antes de eu fazer um traço, o fazer do traço e o momento em que olhava para ele. De novo. Aquela semana foi exatamente assim; não sei por quê, todas as preocupações que costumavam passar pela minha cabeça (dificuldades financeiras, esposas e filhos, o trabalho que eu estava fazendo) pareceram tirar umas férias, deixando um Chaz despojado, que apenas pintava. Maravilha!

Dois dias depois, voltei à escola de medicina para outra sessão. Tiraram uma amostra de sangue e fizeram um rápido exame clínico: eu disse que estava muito bem, ótimo, na verdade, mesmo tendo emagrecido quase 5 quilos, e preenchi um questionário sobre como passei a semana anterior. Interessantes as coisas que checaram: sentimentos paranoicos, sonambulismo, violência, convulsão, catatonia, alucinações, ataque descontrolado de riso, excesso de urina; ausência de urina, ejaculação retrógrada, ingestão de comidas esquisitas, priapismo, impotência, paralisia, discinesia. O questionário tinha também uma parte sobre mudanças no processo criativo, com avaliação do desempenho com notas de um a dez, e eu dei dez para mim. A menos que *aquilo* fosse uma alucinação. Como eu ia saber?

Aí Harris disse que eu ia para a mesma salinha, onde aplicariam uma dose um pouquinho menor, e ela colocou em mim vários sensores, inclusive um aparelho de ondas cerebrais. Mastiguei o pedaço de espuma. Ocorreu o mesmo que antes, em um minuto eu estava na salinha, no seguinte, sentia o cheiro da colônia que minha mãe sempre usou, lírio-do-vale, e estava no colo dela no cais, olhando o litoral de Sound, um dia cinzento, devia ser começo do outono, e ela me enrolou em um pano de veludo azul; Charlie está em algum outro lugar, mamãe é um amor, e estou muito feliz.

Ela me conta uma história, sempre a mesma, sobre o menino corajoso cuja mãe é raptada por um bicho-papão e levada para o castelo dele, mas o corajoso menino enfrenta muitos perigos, expulsa o bicho-papão do castelo e vive para sempre feliz com a mãe, no castelo do bicho-papão.

Certo, a mesma história, estou ali, é real e acontece algo que é mais estranho ainda. Estou no colo dela, tudo escurece, e o cheiro do mar e do perfume dela somem, substituídos por cheiros mais fortes, de comida no fogo e penas queimadas e esgoto e lavanda; continuo no colo de uma mulher, mas não é a minha mãe, e eu não sou eu.

Ao mesmo tempo, sei que ela é minha mãe e que eu sou eu de uma forma estranha, como se os dois meninos fossem um só, da mesma idade, mas estivesse um no cais, olhando o litoral de Long Island Sound, e o outro, no quarto. Um quarto conhecido, com cheiros e sons conhecidos. Minha mãe usa um vestido de veludo azul que cheira à lavanda, há outras mulheres no aposento, e elas conversam assuntos domésticos, como fazer um frango e a necessidade de mais vagem. Estou de vestido também, de um tecido duro, vermelho, com gola de renda. O quarto é pequeno, com teto de vigas baixas, e a luz entra por uma janela estreita, de vidraças redondas.

Minha mãe me tira do colo e se levanta, outra mulher pega minha mão e me leva do quarto para um pátio muito ensolarado, o sol quente de uma região do sul. Aquilo também é muito familiar. No meio do pátio, jorra água de uma fonte contornada de ladrilhos azuis, e fico fascinado pelo azul dos ladrilhos e como a água muda a cor deles. Molho a mão, e a sensação é real, olho o azul dos ladrilhos e o azul do céu e acho que aquilo tem alguma importância, mas não sei qual é. Ouço os sons da rua, a ladainha dos vendedores, cavalos relinchando, rodas de carroças rangendo. Uma mulher morena entra pelo portão com cestos de flores, cravos vermelhos. Olho as flores e desejo pegar o vermelho perfeito delas.

Mas alguém grita, a florista vai embora sem trancar o portão, e saio para a rua, embora tivessem me avisado para não fazer isso, pois os judeus podiam me levar. Sigo a florista por ruas estreitas, ela bate à porta das casas, ou a mandam entrar ou ordenam que vá embora. Enquanto espero, brinco com um graveto; cutuco um gato morto dentro do esgoto que escorre pelo meio da rua. Tomo cuidado para não molhar meus sapatos na sujeira.

A florista sai das ruas estreitas do bairro e entra em uma rua mais larga. Anda mais rápido, e preciso correr para acompanhá-la. Não bate mais às portas. Agora estamos em uma praça cheia de carroças, animais e muita gente, os vendedores gritam o nome de comidas e outras coisas. A florista sumiu.

Alguns homens me olham, falam, mas não entendo o que dizem. São morenos e usam roupas estranhas. Um estica o braço para me pegar e, de repente, sinto medo e corro. Estou perdido, corro chorando pela multidão. Talvez os judeus estejam me perseguindo, vão me levar e beber o meu sangue, como a babá Pilar sempre disse que eles fazem.

Corro sem rumo, tropeçando e esbarrando nas pessoas, caio sobre uma gaiola de galinha, e um homem de preto me levanta pelos pés e me segura, usa chapéu de aba larga e batina: é um padre. Imploro para não deixar os judeus me pegarem, ele ri e diz que não há mais judeus, menino, e quem é você, por que chora? Digo meu nome, Gito de Silva, filho de Juan Rodriguez de Silva, da paróquia do padre Luis Maria Llop, e ele diz que vai me levar em casa, e fico contente por ser salvo, mas apavorado de medo de apanhar, então reajo quando ele me segura. O padre diz: Calma, amiguinho! E vejo que estou lutando com um homem de uniforme marrom, da empresa que faz entregas internacionais.

Eu ainda estava com os sensores de eletroencefalograma pendurados na cabeça e tinha perdido um tênis. Consegui mentir ao dizer que estava muito bem, ótimo, e o homem disse que eu saí correndo do prédio de Shelly e dei um encontrão nele com toda a força. Como se estivesse cego, disse ele. Estávamos na Haven Avenue com a rua 168 e ele ia fazer uma entrega no Instituto de Neurologia. Em pouco mais de um minuto, Harris chegou correndo, pediu desculpas ao entregador e me levou de volta ao prédio.

Ela me deitou na espreguiçadeira e estava tirando os sensores da minha cabeça quando Shelly Zubkoff surgiu, meio esbaforido. Pelo jeito, eu tinha levantado da cama de repente, afastado Harris enquanto ela tentava me conter e saído do prédio, dando um encontrão no entregador. Shelly se desculpou e disse que tive sorte de o entregador não estar dirigindo uma caminhonete. Eu não me lembrava de nada daquilo. Em um momento, eu era um menino em outra época, brigando com um padre; no momento seguinte, estava na rua com o entregador. Desorientado não é bem a palavra.

Shelly me fez ficar lá uma hora em observação, embora eu me sentisse muito bem, calmo e meio ausente, de novo sem aquele diálogo interno, aquela porcaria que costuma encher a cabeça da gente. Sem esses pensamentos passando na cabeça, conseguimos prestar atenção no mundo ao redor, e tudo fica interessante. Tudo.

A cocaína e o crack dão a impressão de que você tem superpoderes: tudo parece possível e, pior, sensato, por isso alguém pode querer pintar um apartamento de seis cômodos com um pincel de dez centímetros, ou cometer assassinatos em massa. Mas, quando saí do consultório de Zubkoff, não senti nada disso. Estava na minha consciência normal e até mais animado, disposto. E com aquela sensação do gatinho lambendo o meu cérebro. Era como ser uma criança muito amada, era *esse* tipo de onipotência, me sentir em casa dentro do universo (sempre gostei disso para o título de um livro), e tudo estava exatamente como devia estar e tudo era interessante.

Certo, eu digo "interessante" porque quando tomei o metrô, o vagão encheu, era hora do rush, gente comum estava indo para casa jantar e viver suas vidas. Não pude deixar de olhar para as caras justapostas aleatoriamente, mas não era nada aleatório: vi que havia muito sentido e percebi que isso podia ser arte. Praguejei contra as horas que perdi aborrecido, contrariado e me drogando porque a vida real não estava perfeita o bastante para mim. Naquele momento eu estava quase chorando de vontade de pintar aquelas caras e aquele grupo de pessoas arrumadas para mim, de pintá-las de forma que depois todos iriam olhar e dizer Ah, sim, é verdade, faz sentido. Aquele momento vibrante.

Não vou dizer que foi uma revelação porque Deus não tinha nada a ver com aquilo, mas eu sabia que *algo* mais estava acontecendo, que o tempo em si é a verdadeira alucinação, que o mundo material não é tudo o que existe na vida. Eu via um toque divino pelas frestas, me senti apoiado pela Criação, e ela fluía por mim mais forte do que nunca; pensei: Certo, devia ser isso que Fra Angelico sentia o tempo todo.

Eu já estava em casa, na cama, quando lembrei que não tinha pensado sobre aquela outra coisa que me fez correr pelas ruas, o menino de vestido vermelho, a casa com cheiros estranhos, a moça com os cravos. Quando comecei a pensar, percebi que todos eles falavam uma língua que eu não conhecia, parecida com espanhol, mas que eu entendia como se fosse inglês. E quem diabos era Gito de Silva? O que ele fazia na minha cabeça?

A semana seguinte foi horrível até para meus padrões, pois me ligaram da *Vanity Fair*. Gerstein estava cheio de dedos, mas o fato era que o editor não tinha gostado dos retratos e não ia publicá-los. Acharam os desenhos muito estranhos, esquisitos, ele disse, pouco parecidos com as celebridades; eu me controlei e disse que as cinco estrelas estavam *exatamente* como seriam vistas pelos cinco antigos mestres da pintura, como eu achava que era a porra da intenção da matéria, e ficamos nisso um tempo, mas eles achavam que ninguém podia ver as coisas de uma forma diferente da deles. Acreditavam que a visão atual de tudo era a pura *realidade*, que essa semana ia durar a vida inteira.

Mas, se você é editor de uma revista de comportamento com pretensões culturais, é assim que deve ver o mundo. Não pode ter muita pretensão. Se as pessoas pensassem muito, não leriam revistas ou, pelo menos, revistas como a *Vanity Fair*. Sou obrigado a reconhecer que eles foram generosos: acertaram me pagar mil dólares por retrato, como compensação pelo trabalho, e disseram que, se quisesse, eu podia oferecer os quadros para outros.

Fiquei bem calmo, comparado a como ficaria em outras épocas, e tive de pensar se era um efeito colateral do salvinorin, uma espécie de tranquilizante, embora eu não me sentisse nem um pouco embotado; na verdade, era o inverso. Sentia, talvez, uma espécie de aceitação pela qual lutei a vida toda, de que posso fazer muito bem algo que não tem valor como obra de arte. As pessoas conseguem ver essa qualidade nos velhos mestres, ou pelo menos escrevem críticas dizendo que veem, mas não em algo que foi feito ontem.

Assim, meu trabalho é uma perda de tempo completa, pelo menos em relação a dinheiro. Eu achava que tinha nascido na época errada. Quer dizer, eu era como um grande lançador da Liga de Beisebol que nasceu em 1500. A capacidade desse lançador de atirar uma bola a 160 quilômetros por hora em qualquer ponto de um determinado retângulo é completamente inútil, então o cara passa a vida chutando bosta e só aparece nos mercados, e aí as outras pessoas dizem: Ei, pessoal, olha o que Giles consegue fazer! Mas não é tão interessante assim, nem mesmo para ele.

Com isso, eu deixaria de receber mais de 7 mil dólares e tinha pavor de procurar os credores e passar vergonha outra vez. Mark Slotsky deixou um recado no meu celular, eu esperava que fosse para falar sobre dinheiro e retornei a ligação, mas caiu na secretária eletrônica, e deixei recado também.

Mais tarde nesse dia, fui ao Gorman's na Prince Street, o único lugar do SoHo onde ainda tenho crédito. Clyde, o barman, adora artistas. Atrás do balcão tem um quadro meu, original da ilustração que fiz há uns dois anos para a capa da *New York*. Mostra a senadora Hillary Clinton como a Liberdade conduzindo o povo no quadro, de Delacroix, com um peito de fora. Clyde adorou o quadro, e dei para ele, em troca da minha dívida e mais um ano de drinques grátis. O Gorman's costumava ser um bar de policiais, quando a central de polícia ainda era no palacete da Centre Street, depois passou a ser frequentado por artistas durante um tempo, até que os aluguéis subiram e quase todos os pintores se mudaram, e agora o local só tinha comerciantes das butiques e galerias. Aquilo foi ótimo para mim. Hoje, não tenho muito o que conversar com pintores; não aguento os mercenários e fico com vergonha de mim se converso com os sérios. Na verdade, estou um pouco isolado, sozinho na grande cidade, um lugar-comum, mas é isso mesmo. Durante a semana, as únicas pessoas que vejo são Lotte, Mark e um cara chamado Jacques-Louis Moreau que, por acaso, estava sentado no balcão do Gorman's quando cheguei. Costuma estar lá, com uma taça de vinho, os jornais franceses e um celular.

Considero Jackie mais amigo de Lotte que meu; ele é filho de diplomata, os dois estiveram nas mesmas escolas em várias capitais do mundo e aqui na cidade. Se Lotte e ele algum dia tiveram um caso, não sei, ela jamais contaria. Mas depois que nos separamos, eles saíram bastante, e me senti confuso da mesma forma que um homem se sente quando um amigo canta sua mulher, mesmo que ela não seja mais sua. Ele é um cara grande, jogador de futebol, com aquela cabeça redonda de francês, cabelos pretos curtos e um sorriso fácil. Nossa amizade consiste principalmente em beber à tarde no Gorman's e reclamar de nossas vidas duras. Talvez por isso eu tivesse ido ao bar naquele dia.

Jackie também é pintor mas, ao contrário de mim, quer ter sucesso nas galerias de arte. Ele tem toda a técnica do mundo mas, infelizmente, não é nada criativo. Desde que o conheço, acompanha o que está na moda, sempre com um pouco de atraso. Começou fazendo grandes quadros abstratos salpicados de tinta e depois fez, sucessivamente, op-art, campos coloridos, pop art, e agora está em uma fase conceitual. Há alguns anos, em um inverno, fui ao loft dele na Crosby Street e encontrei-o jogando enormes telas no estilo Warhol no forno Ashley que usava para aquecer o ambiente. Não se estava perdendo nada em matéria de arte, mas ele parecia curiosamente animado, e lembro que tive certa inveja por ele não se importar com o que fazia. Jackie achava que toda a cena artística era uma fraude e que, mais dia menos dia, ele faria sucesso.

Pois quando entrei no bar, ele acenou me chamando; pedi um martíni e contei o fracasso com a *Vanity Fair*. Ele lastimou e, ao contrário de Lotte, não perguntou por que eu não fazia quadros para galerias, o que, pelo menos, era uma atividade tranquila, depois disse que estava se mudando para a Europa. Um cara rico quer fazer quadros em diversos estilos e paga adiantado.

— É para pendurar em hotéis? — perguntei, mas ele fez uma expressão irônica e respondeu:

— É para clientes particulares colocarem em seus iates e casas de praia. Quem encomendou disse que vai me representar no mercado europeu, com todos aqueles bilionários russos querendo quadros. Vai ser ótimo.

Perguntei o que Mark achava disso, pois Jackie expunha na galeria dele, e vinha carregando-o nas costas havia algum tempo. Jackie respondeu:

— Foi Mark quem me arrumou. Em parte, foi ideia dele.

Então, ótimo, eu estava contente por ele e imaginei que, na próxima vez que eu quisesse reclamar da vida, podia procurar o barman. Ou o espelho dos fundos do bar.

Saí de lá com dois martínis amenizando a dor e fui para a galeria de Lotte na Prince Street pegar as crianças. Era minha noite com elas e avisei que naquele mês eu não daria a pensão toda que Lotte esperava. Recebi um pouco menos de solidariedade do que Jackie me deu, mas, quando mostrei as fotos dos quadros recusados, ela achou-os ótimos e disse que tinha certeza de que seriam vendidos, se eu quisesse. Eu queria, não aguentava vê-los. Ela deu um de seus famosos suspiros, cujo sentido eu entendia muito bem: a insolúvel e neurótica questão de por que eu me incomodava de vender aqueles quadros para as pessoas colocarem na parede e não me incomodava de vender para uma revista. É completamente irracional, vender é vender, mesmo assim... Acho que é porque os compradores não apreciarão o quadro, mas dirão, Ah, eu *adoro* a Kate Winslet, e comprarão o retrato como uma espécie de piada *kitsch*, como se fosse a serigrafia de Marilyn por Andy Warhol, um mero objeto pop, e acabei achando que talvez, sim, talvez seja isso mesmo, e eu estivesse me enganando. Afinal, como eu disse, também sou uma piada, embora sem graça.

As crianças estão brincando no meu loft, que tem todo tipo de coisas para elas se divertirem, se cortarem e se envenenarem, mas nunca aconteceu nada, jamais sequer se cortaram: será que foi por sorte, ou por viverem em uma cidade que não é à prova de crianças? Enquanto os dois mexiam com tintas no chão, fui para meu velho computador Dell e procurei no Google um pouco das esquisitices que me ocorreram naquela segunda sessão da droga. Busquei "Gito de Silva", me redirecionaram para "calle Padre Luis Maria Llop", que é uma rua no centro antigo de Sevilha, na Espanha. Fui para o Google Earth e ampliei o mapa ao máximo.

Apareceu uma ruazinha, e vi o caminho que ele (ou eu) fez da casa dele (ou minha) até a praça. Lembrei que, aos 9 anos, estive na parte antiga de Sevilha com meu pai, portanto era uma espécie de lembrança residual.

Foi muito bom ficar com as crianças, fizemos nosso concurso de desenhos de sempre, nós três sentados em círculo, desenhando uns aos outros. Rose venceu por aclamação popular, como sempre. Ela é ótima para os seus 4 anos; talvez vá ser uma artista famosa como o pai, que Deus a livre. Milo também desenha, mas acho que ele é melhor na escrita. Andando atrás deles pela rua, quase chorei. Milo é tão frágil, enquanto Rose é um robusto caminhãozinho e adora o irmão, vai ficar desolada quando... Essa é outra coisa que preciso falar com Shelly, ele é um pesquisador, talvez haja algum programa assistencial onde eu possa colocar Milo, ou talvez eu possa me mudar para um país onde não seja preciso ser rico para viver. Mas ele precisa é de dois pulmões novos.

Depois que os dois dormiram, fui até a saída de incêndio, fumei um baseado e tive um pequeno devaneio engraçado sobre a minha primeira e única exposição em uma galeria; foi interessante devido à diferença entre isso e o que senti com o salvinorin. Ou talvez o salvinorin estivesse enriquecendo a experiência de alguma forma neurofisiológica. Lembrei que estava atrasado, tinha de entregar um trabalho numa agência de propaganda no centro e depois tomar um drinque com duas pessoas da redação. Uns três drinques depois, liguei para Suzanne de uma cabine telefônica e disse para ela ir sozinha para a galeria, eu a encontraria lá dali a pouco. A exposição era na galeria de Mark Slotsky, na West Broadway, depois da Worth Street, e ela ficou furiosa. Perguntou se eu estava ficando louco, era a minha grande oportunidade, e eu a estava estragando com alguma porcaria de anúncio, eu não sabia quem ia estar lá? Mark tinha convidado todos aqueles bebuns para a galeria ficar cheia, e gastei uma fortuna com o coquetel, não ia servir vinho barato com queijo, mas bufê do Odeon e por aí vai. Suzanne queria chegar ao lado do astro e agora teria de entrar como uma pessoa qualquer.

Lembro que percorri a West Broadway parecendo que estava a caminho da forca. Ainda com as roupas de trabalho manchadas de tinta, um moletom de capuz, calça jeans e tênis totalmente gastos. Fiquei constrangido, parecia que *queria* me vestir daquele jeito para dar aos amantes da arte a impressão de que eu não dava a mínima.

Cheguei e estava tudo iluminado, com gente até na calçada, conversando e tomando champanhe em flutes. Olharam para mim, ao que eu me senti uma nuvem negra no meio da festa; aí fui reconhecido: Mark berrou meu nome, e Suzanne veio correndo junto com ele me encontrar, em um vestido preto de alcinhas que, no tempo da minha mãe, seria considerado uma elegante camisola. Recebi tapinhas nas costas e beijos, todos estavam sorrindo e felizes, pois a exposição parecia um sucesso, muitos quadros tinham bolinhas vermelhas indicando que estavam vendidos, eu estava *vendendo*, isso é sucesso. Depois, tive de conhecer os compradores, os críticos de arte, as mulheres de preto com joias étnicas penduradas no pescoço e nas orelhas, além de ouro e diamantes que pareciam algemas nos pulsos. Tentei ficar feliz como eles, que contaram como se encantaram por terem quadros que se *parecem com alguma coisa*, e Mark falava sem parar sobre avaliação, ou seja, os quadros eram um bom investimento, eles estavam na presença de Charles Wilmot Jr.

Enquanto isso, eu mamava champanhe sempre que conseguia pegar as flutes nas bandejas de prata; as bolhas formaram uma espuma de bile no meu estômago e tive vontade de vomitar. Era insuportável ver os quadros nas paredes brancas, a tinta parecia bosta, pegajosa e sem cor; já as caras ávidas ao meu redor lembravam aves predatórias, em busca de carniça. Isso mesmo, sou neurótico e autodestrutivo, eu sei, e fiquei pensando no porquê daquela exposição justo naquela hora. É uma lembrança que não guardo com prazer a não ser por ter sido a noite em que conheci Lotte Rothschild, embora eu tivesse conseguido transformá-la em bosta também.

No dia seguinte, levei as crianças à escola, voltei para minha casa e pedi emprestada a caminhonete de Bosco para pegar os quadros recusados na redação da *Vanity Fair*, no prédio da Condé Nast, perto da galeria de Lotte. Como a galeria estava vazia, nós dois tivemos uma conversa ótima, quase como nos velhos tempos, meu coração chegou a doer de saudade. Depois, lembrei do devaneio que tive sentado na escada de incêndio e perguntei:

— Lembra da minha exposição?

— Sim, foi quando nos conhecemos. Por que pergunta?

Claro que não ia dizer que no dia anterior eu tinha sentado na saída de incêndio para fumar maconha enquanto as crianças estavam comigo, então respondi:

— Por nada, mas estive pensando nisso na noite passada e me lembrei da minha sensação de... Não sei como você definiria: terror, repulsa.

— É, você parecia péssimo. E eu não entendia por quê, pois estava vendo tudo e os quadros eram maravilhosos.

Essa é a nossa velha história; precisamos falar sobre isso mais uma vez? — perguntou, com a cara meio desanimada.

— Não. Mas lembrei que notei você no meio de todas aquelas pessoas. Você estava de jaqueta de veludo verde com botões de vidro, blusa de renda meio ocre como pergaminho, e uma saia comprida, de um tecido áspero. E botas vermelhas. O resto das pessoas estava de preto.

— Menos você, que parecia um relaxado, ou um artista entre aspas. Pensei: Ai, tomara que não seja um cara arrogante, ele é bom demais para isso.

— Notei seus olhos também. *Les yeux longés*. Olhos de loba. Você dizia que se apaixonou por mim primeiro pelos meus quadros.

— É, eu dizia mesmo — ela confirmou, olhando firme para mim com aqueles belos olhos imensos, puxados e cinzentos como nuvens, mas sem o afeto que eu costumava ver neles. — Pena que você nunca mais fez quadros como aqueles — acrescentou.

Fingi não ouvir isso e continuei a me lembrar:

— Depois, passei anos sem ver você. Suzanne e eu terminamos o casamento, Mark me arrastou para a décima quinta reunião dos ex-colegas da faculdade, e você estava lá, namorando um colega meu...

— Nem me lembre!

— Esqueci como você o conheceu. Como foi?

— Também esqueci.

— Roubei você dele lá mesmo, no salão de festas do Hilton. Fomos para aquela boate na Avenida A, um daqueles porões escuros, dançamos até as 3 da manhã, e levei você para o meu loft.

Ao dizer isso, peguei o braço dela e a fiz dar uns passos de dança, mas seu corpo estava duro como o de um manequim, não como costumava ser.

— Chaz, o que está fazendo?

— Ah, nada, só pensando nos velhos tempos. Tenho me lembrado de muitas coisas ultimamente, bobagens da minha vida. As coisas podiam ter sido diferentes, se ao menos...

— É, mas você tem de se esforçar para isso. Não posso entrar nessa com você. Tentei uma vez, talvez você lembre, e quase morri. Então, você não pode chegar aqui todo simpático e afetuoso e esperar que eu pule nos seus braços — avisou, com olhares que pareciam dardos flamejantes.

Um rápido instante de decepção, aí ela se afastou e disse:

— Então, vamos ver esses quadros.

Encostamos os quadros na parede. Quadros sempre ficam indefesos e sem graça em uma parede branca de galeria, como se gritassem "Me tirem daqui!", mas ela achou que eram maravilhosos e resolveu na hora colocá-los na exposição que ia fazer naquela sexta, de um sujeito chamado Cteki, de Bratislava, que fazia cenas alienadas como se fosse um Hopper da Europa Central: cafés vazios, fábricas enferrujadas, pessoas vestidas com casacos velhos esperando o bonde. Não era o que eu achava que podia ficar numa sala de visitas, mas pelo menos ele sabia desenhar, e fiquei orgulhoso de ter a minha porcaria na mesma parede que a porcaria dele.

— Os quadros devem vender rápido — disse eu, brincando. — Todo mundo gosta de uma celebridade.

Ela não deu atenção ao que eu disse, ficou um bom tempo olhando o quadro de Kate Winslet, depois os outros, balançando a cabeça.

— Meu Deus! Não conheço outro pintor contemporâneo que consiga fazer isso, que tenha essa incrível *bravura* — ela disse.

— Gosta dos quadros?

— Honestamente? À parte o valor comercial, detesto-os. Falando aqui entre nós, certo? Não posso gostar que você pegue esse talento que Deus Todo-Poderoso dá para umas três pessoas no mundo e o considere uma grande brincadeira. Kate Winslet! Madonna!

Eu disse:

— Não vejo diferença entre isso e pintar princesas no século XVII ou filhas de ricaços no século XIX.

— O *problema* não é esse, você sabe muito bem. Esses são *pastiches*. Mas os quadros que vi naquela noite na sua exposição, passei anos me lembrando deles. E quando você apareceu naquela festa no hotel, me apaixonei por me lembrar dos quadros, larguei aquele homem de negócios ótimo com quem eu estava e saí com você como se fosse a mulher diferente que eu achava que era. Pois aqueles quadros não eram *pastiches*. Eram *você*. Não eram Velázquez nem Goya, eram Charles Wilmot.

— Junior — acrescentei.

— É, e como júnior, desperdiçou o talento, passou a tomar ácido e a se acabar como seu pai, como você sempre me diz.

— Só que não sou tão rico quanto ele. Querida, lamento não ter me tornado um artista famoso e rico para você...

— Ah, *dane-se*! Vai pro inferno, me fez tocar nessa história outra vez, seu filho da puta! Saia daqui! Saia, seu merda! Preciso trabalhar. E não esqueça que prometeu pegar as crianças na sexta.

Com isso, saí me sentindo um lixo; fui devolver a caminhonete para Bosco e, como sempre, pagar o empréstimo ouvindo seus discursos e suas teses políticas e artísticas. Quase todo mundo conhece seu trabalho, que consiste em figuras de tamanho natural, anatomicamente corretas, recheadas com pano, enormes bonecas de trapo com rostos brancos e vazios onde ele projeta vídeos. O efeito é estranho; apesar da abstração, parece que as bonecas falam. Algumas se movem graças a motores e hastes que têm dentro do corpo, de forma que nosso presidente, por exemplo, é mostrado tendo relação sexual de quatro com um enorme porco de pano enquanto discursa sobre o Iraque. Devido à política na comunidade artística de Nova York e Los Angeles, Bosco vende muito bem esse trabalho.

Ele alugou meus ouvidos para falar sobre Wilhelm Reich, seu atual herói, e me mostrou uma caixa orgônica que construiu para uma de suas bonecas, uma beleza luxuriante rosa-shocking, mas de cara branca e deitada em um catre dentro da caixa; um mecanismo a faz estremecer e passar a mão no sexo. Bosco pagou para gravar algumas mulheres se masturbando até atingirem o orgasmo, e tomamos uma cerveja enquanto ele projetava as caras das mulheres no rosto da boneca-odalisca na caixa. Com os gritos de praxe e ruídos esganiçados, claro.

Foi uma experiência interessante. Discutimos os rostos, debatemos se é possível distinguir ação de sentimento e também que tipo de exibicionismo fez com que jovens de classe média participassem de um projeto daqueles. Bosco disse que era porque nenhuma delas queria ser presidente dos Estados Unidos, pois essa parecia ser a única restrição ao comportamento hoje em dia.

Depois, falamos sobre o projeto seguinte, feito com pó retirado dos escombros dos ataques terroristas de 11 de setembro. Nessa data, todos nós que morávamos na parte inferior de Manhattan fomos envolvidos por uma nuvem cinzenta, e Bosco juntou um barril inteiro do pó de prédios destruídos, computadores, bombeiros, terroristas, operadores de finanças etc. para usar em um projeto que acabasse, da forma mais agressiva, com o culto ao 11 de Setembro. Hoje, quase todos os artistas estão em paz com a burguesia, a classe da qual vieram e que paga as contas deles em troca de um pequeno frisson de afronta, geralmente de natureza sexual. Mas Bosco ainda acredita no poder da arte e que a anarquia é a única política adequada a um artista consciente. Acha que sou um reacionário do período neolítico e me acusa de tendências republicanas. Sempre diz:

— Wilmot, você é um fascista de merda em tudo, exceto na cobiça por ouro e poder. Você é como sexo sem orgasmo: suarento, desconfortável, caro, sem retorno. Você é um vendido que nunca foi pago.

Somos amigos há vinte anos, desde o dia em que me ajudou com as paredes de gesso: ele é um ótimo sujeito, incapaz de matar uma mosca, tem dois filhos adultos e é casado há décadas. Mora em uma grande casa colonial holandesa em Montclair, Nova Jersey, e é um perfeito impostor feliz.

Por falar em impostor, quando saí da casa de Bosco, fui à galeria Mark Slade ver o que Slotsky queria; era hora do almoço e achei que ele sairia para comer alguma coisa. A garota de preto disse que ele não estava, mas voltava logo, linda garota, achei que a conhecia de um dos clipes do orgasmo, embora Bosco dissesse que, para ele, toda mulher entre

18 e 40 anos que ele vê na rua é uma das caras projetadas na boneca.

Slotsky estava expondo o trabalho de um rapaz chamado Emil Mono, que fazia grandes quadrados abstratos em três cores, no estilo dramático e vago de Motherwelll. Uma cor de fundo, uma gota de outra cor e algumas gotas e traços de uma terceira cor, um trabalho bastante respeitável, adequado para saguões de entrada de grandes empresas, salas de reunião de hotéis e a Bienal do Whitney Museum. Não tenho qualquer problema com coisas desse tipo, em geral são uma espécie de papel de parede anódino, sem nexo, talvez com o objetivo de afirmar que a pintura não tem mais nada a ver com sentido.

Mas as cores eram bonitas. Lembro que, quando estava na Europa, há uns 12 anos, por acaso no Museu do Prado, entrei em um daqueles corredores enormes que encheram de pinturas acadêmicas que mal se consegue distinguir, releituras marrons de Rubens e Murillo, e me senti imerso em sépia. Quase saí correndo do museu, segui pelo Paseo até o museu de arte moderna Reina Sofia e vi em uma sala branca e fria um quadro de Sonia Delaunay que era como uma menina cantando em algum terraço iluminado, adorável e viçoso, apenas algumas listras aguadas, com números e letras; aquilo limpou minha vista da mesma forma que a arte precisaria limpar a sua lá pelo final do século XIX. Deus abençoe a todos eles, os não figurativos, mas não consigo fazer pintura abstrata, fico preso ao mundo como ele é; mas, sim, trata-se de uma forma de pintar, e Cézanne é um bom pai como qualquer outro. Como a famosa frase dele, a arte é um universo paralelo à natureza e em harmonia com ela; é verdade, desde que se mantenha um pé na "harmonia-com-a-natureza". Eu acho que 95% é tão cansativo de olhar quanto aqueles quilômetros de mingau acadêmico, marrom e pegajoso.

Fiquei no museu uns quarenta minutos, tomei um café de graça e ia sair, ou começar uma conversa com a garota de preto, talvez sobre *arte*, quando Slotsky entrou. Estava arrumado como quem vai ao centro de Nova York, de jaquetão e sapatos feitos à mão. Ele sempre me lembrava meu pai em suas roupas finas; talvez usasse um modelo atual, mas nem o pai dele se vestia daquele jeito. Pareceu contente ao me ver, não estendeu a mão, mas me deu um abraço, uma nova forma de afetação (Mark sempre segue as tendências) e me levou para o escritório nos fundos da galeria.

Ele parecia razoavelmente bem, ou tão bem quanto pode estar um sujeito baixo, atarracado, de boca mole e pestanas brancas. Tem cachos louros como os de Harpo Marx, agora um pouco opacos devido à idade, mas que ainda são sua marca, como eram no colégio. Não se veste mais todo de preto. Há alguns anos, quando começou a vender os antigos mestres, adotou o estilo cavalheiro inglês, que lhe cai muito bem, já que combina com seu jeito, enquanto o antigo traje todo preto lembrava judeus hassídicos e não sofisticação urbana. Mas ele também não se parece com um cavalheiro inglês, como, por exemplo, ao deixar o último botão da manga do paletó meio aberto para mostrar a quem sabe das coisas que os botões tinham casas e, portanto, o terno era feito sob medida. Não conheço nenhum cavalheiro inglês, mas acho que eles não fazem isso.

Pegamos um táxi para Chez Guerlin, o local da moda, não o tipo de espelunca aonde eu iria, mas interessante sob o ponto de vista da história natural. Sentamos em uma mesa de banquete, na frente, à direita, que é o melhor lugar nesse boteco, conforme ele me informou assim que nos acomodamos. Depois, desfiou o nome dos famosos que estavam no restaurante, avisando antes para não olhar, o que eu não tinha a menor intenção de fazer, a não ser que Meryl Streep estivesse lá. Mark é conhecido pelo descaramento, faz parte de seu charme.

Seguiu-se uma tediosa conversa com o maître, que veio à mesa nos cumprimentar, e uma discussão com o garçom sobre o que devíamos comer e qual o vinho que estava saindo bem naquela semana, tema sobre o qual os dois discutiram tanto quanto Eisenhower com seus ajudantes de ordens sobre o Dia D. Deixei que fizessem os pedidos por mim. Depois disso, Mark fez uma cansativa explanação sobre seu trabalho e citou uma dúzia de nomes importantes que eu não tinha ideia de quem fossem. Quando ele percebeu, tratou de acrescentar sobrenomes aos inúmeros Bobs, Donnas e Brads. Dava a impressão de que os negócios dele estavam a pleno vapor, e o mercado de arte, enlouquecendo outra vez: as casas de 100 mil metros quadrados que as pessoas de certo nível exigem agora têm paredes à beça, que não podem ficar vazias e, como os ricos não estão mais pagando impostos, o dinheiro em Nova York esguicha como água em hidrante de incêndio, e grande parte desse dinheiro estava indo para a arte sofisticada e cara.

Falamos então sobre o artista que ele expunha no momento, o jovem Mono, e perguntou o que achei dele. Respondi que era um papel de parede de boa qualidade, e Mark riu. Ele finge que, por princípio, sou contra a arte não figurativa como a de Tom Wolfe — nunca pude explicar que isso não é verdade — e ficou enchendo meus ouvidos sobre os valores dinâmicos e o sarcasmo latente no papel de parede do rapaz. Perguntou como eu estava, contei do fracasso na *Vanity Fair*, mas não da exposição na galeria de Lotte; ele está sempre querendo negociar comigo, e eu recuso, não me pergunte por quê.

Confessei que estava totalmente na merda, não tive vergonha de dizer isso, com uma dívida de uns 50 mil dólares, e ele contou que tinha acabado de chegar da Europa, onde foi comprar quadros e falou dos hotéis, da vida luxuosa, sim, ele é um cara completamente insensível, mas conheço-o há muito tempo. Perguntei o que tinha comprado, ele disse um pequeno e lindo Cerezo, dois quadros da escola caravaggista cujos autores eu nunca tinha ouvido falar e uns desenhos de Tiepolo quase tão bons a ponto de serem autênticos (nesse ponto, ele riu, estava só brincando), mas nessa área é preciso ser esperto, porque todo mundo quer vender para você um Rubens que estava desaparecido, e eu disse que a vida dele parecia perigosa.

Depois, ele perguntou se eu podia pintar um afresco, e respondi que fiz um com meu pai há muito tempo para o seminário de Santo Antonio, em Island. Perguntei por quê, e ele disse que tinha um projeto ótimo para mim, se eu pudesse ir à Europa. Tratava-se de um italiano zilionário que conheceu em Veneza; o sujeito tinha comprado um *palazzo* com um dos tetos pintados por Tiepolo, mas que estava em mau estado, ou melhor, péssimo estado. Eu disse que não me interessava, e ele observou: Você não perguntou quanto ele paga.

Então perguntei quanto pagava, e ele disse 150 mil dólares. Ele lançou um olhar tipo "entendeu" que eu odiava, e eu disse que podia me interessar, mas só depois do Natal, pois eu estava participando de uma pesquisa sobre drogas feita por Shelly Zubkoff. Ao ouvir o nome, ele riu, e tivemos uma conversa do tipo "como o mundo é pequeno", daquelas que as pessoas gostam de ter em Nova York. Ele indagou como era a pesquisa, contei o que tinha acontecido quando fiquei sob o efeito da droga. Ele perguntou um bocado de coisas, o que achei meio engraçado porque Mark gosta de falar de si mesmo e das experiências *dele*. Disse então que era meio assustador, concordei, mas eu queria continuar a pesquisa por causa do efeito que estava causando na minha pintura.

Então, comemos porções minúsculas de uma comida pretensiosa que Lotte chama de comida para gato gourmet, bebemos muito do caro Chambertin, e ele contou todas as intrigas do mundo artístico, quem estava valorizado, quem subiu, quem estava caindo, quem estava acabado; enquanto ouvia, eu não conseguia (como era a intenção dele, obviamente) tirar da cabeça a chance de ganhar 150 mil por um mês de trabalho.

Até que confessei:

— OK, você conseguiu: fale desse trabalho do *palazzo*.

Ele contou que o *palazzo* tinha ficado vazio durante um tempo, houve uma infiltração, e o teto apodreceu, portanto não era exatamente uma restauração, mas uma reprodução. Isso meio que me irritou porque estava entrando na área da falsificação, mas ele disse:

— Não, de jeito nenhum, temos uma foto do teto e até os cartões originais usados por Tiepolo, você vai ficar entre os mestres, só que com eletricidade.

— Conhece esse italiano pessoalmente? — perguntei.

— Giuseppe Castelli é um magnata do cimento e da construção, faz aeroportos, pontes, coisas do tipo.

— Mas você o conhece?

— Não muito. Conheci em um jantar que Werner Krebs deu em Roma. Esse nome lhe diz alguma coisa?

— Não. Deveria dizer?

— Talvez não. É um marchand dos velhos mestres. Muito conhecido na Europa, faz vendas particulares no nível dos milhões de dólares.

— Bom, isso me deixa fora do círculo dele, pois sou um jovem mestre.

— É, você pode dizer isso. Olha, Wilmot, na verdade você é um bosta. Está sempre sem dinheiro, faz porcarias para revistas por uma ninharia e fica sentado em cima do seu talento que vale 1 milhão de dólares. Céus, você podia ser outro Hockney.

— Talvez eu não queira ser outro Hockney.

— Por que não, porra? Escute, você quer fazer pintura figurativa? Acha que não consigo vender? Tem gente louca por figurativos, só compram porcarias conceituais e abstratas porque acham que devem fazer isso, porque gente como eu diz para eles comprarem. Mas detestam, se você quer saber a verdade; gostam mesmo é de um velho mestre, um Matisse, um Gauguin, algo que não precisam antes ler o manifesto do artista para saber o que é o quadro. Tenho contato com gente com 1 milhão, 1,5 milhão de dólares para aplicar em arte. É um mercado enorme para cacete. Por que você não está enriquecendo com ele?

Terminei minha taça de vinho e a enchi outra vez.

— Não sei. Sempre que penso em expor de novo em uma galeria, fico apavorado. Quero me embebedar, me drogar, cair no esquecimento.

— Nunca pensou em consultar alguém sobre esse probleminha?

— Um psicanalista. Ah, doutor, me salva, não consigo participar da corrupção do mercado de arte! Vermeer também era assim, você lembra. Pintava um quadro por ano e, quando conseguia vender, tentava comprá-lo de volta. Aí, a esposa dele levava o quadro para o comprador e pedia que comprasse de novo.

— Portanto, ele era louco. Van Gogh também era. Isso prova o quê? Estamos falando de você, o Luca Giordano de hoje.

— Quem?

— O pintor Luca Giordano, napolitano que viveu no final do século XVII. Olha, você é um artista de primeira e estudou pintura italiana do século XVII.

— Devo ter faltado a essa aula. Quem é esse Giordano?

— O mais rápido pincel do Ocidente e conseguia imitar qualquer estilo. Era chamado de Trovão, ou Luca *Fá Presto*, Luca Rápido. Sujeito interessante, aliás, influenciou muito Tiepolo. Nunca teve estilo próprio, mas isso não tinha importância pois, se você quisesse um quadro ao estilo de Rubens, ou de Ribera, Luca fazia. Uma vez, fez um Dürer que foi vendido como autêntico, aí ele disse ao comprador que quem pintou foi ele.

— Por quê?

— Porque não era um falsificador. O cliente acusou-o de fraude, mas Luca escapou da cadeia ao mostrar ao juiz que assinou o quadro e cobriu com uma camada de tinta, além de nunca ter dito que o quadro era um Dürer. Deixou isso por conta dos chamados especialistas. O juiz anulou o caso. A partir daí, Luca não parou mais, imitava qualquer artista famoso de sua época e da geração anterior também: Veronese, os Caracci, Rembrandt, Rubens, Tintoretto e, principalmente, Caravaggio. Sempre com a assinatura escondida, assim escapava da acusação de falsificação. Quando foi pintor da corte de Carlos II da Espanha, imitou um Bassano para uma coleção particular, um retrato que sabia que o rei queria e, quando foi comprado, disse ao rei que era falso e mostrou a assinatura escondida. O rei achou fantástico e cumprimentou-o pelo talento. Quer dizer, o cara era um perigo, mas com um pincel virava um gênio.

— Você está me elogiando com essa comparação? Ou está acabando comigo? — perguntei.

— Não sei. Como você preferir — respondeu, esperto. — Enquanto isso, estou aqui com um sujeito que poderia ganhar milhões com seu talento, mas o desperdiça com trabalho ruim e, quando finalmente faz uma exposição, aleluia, é na galeria barata da ex-mulher. Isso ofende a minha dignidade profissional, é como se eu fosse agente teatral e tomasse café todos os dias onde Julia Roberts ou Gwyneth Paltrow fumavam haxixe. Eu me perguntaria o que aquelas mulheres lindas estavam fazendo ali e iria tomar alguma providência. Sem falar que você é um velho amigo.

— Como soube que eu estava expondo na galeria de Lotte?

Ele deu de ombros.

— Tenho minhas fontes. Na área artística, não há muita coisa que aconteça nesta cidade que eu não fique sabendo. Não quero ser chato, mas se você algum dia quiser botar a mão em uma boa grana... Por exemplo, contei minha ideia sobre os quase-velhos mestres?

Eu disse que não, e ele contou:

— Suponhamos que você é um cara que fatura 10 milhões de dólares por ano em imóveis, ou em ações em Wall Street, ou em qualquer outra coisa. A cidade tem 50 mil sujeitos assim, certo? Eles têm tudo: o apartamento, a casa em Island, o carro, as crianças nas melhores escolas, uma pequena coleção de arte moderna importante e que está se valorizando bem...

— Graças à sua recomendação, claro.

Ele riu.

— Claro. Nós aguçamos a esperteza do cara. Mas ele ainda não pode comprar a grande arte: Cézanne, Van Gogh e Picasso estão fora de alcance, para não falar em Rembrandt, Bruegel, os velhos mestres. Isso causa uma lacuna na autoimagem dele. Suponhamos também que a esposa goste de móveis antigos. Ele não pode pendurar um Butzer ou um Miyake sobre os móveis, ia parecer porcaria. Mas se eu puder vender para ele um lindo pequeno Cézanne falso, uma ótima madona quase-Reni, com moldura dourada, luzinha de cobre em cima, só um especialista vai poder diferenciar de um autêntico. Obviamente, não vamos fazer *Moça com chapéu vermelho* ou a *Mona Lisa*, nada disso. Fazemos coisas obscuras, pequenas, porém lindas. Os convidados chegam e perguntam: "Ué, um Cézanne?", e o nosso amigo diz: "Talvez seja. Comprei por uma ninharia."

— Os quadros serão assinados?

Ele franziu o cenho, desaprovando.

— *Claro* que não! Por favor, é tudo o que eu não preciso! Não, o quadro vai ser como pedras falsas, zircônios cúbicos. Uma mulher que tem um solitário de quarenta quilates não o usa para ir ao supermercado ou ao clube. O anel fica guardado em um cofre, e ela usa um falso, que todas as amigas aceitam porque, em primeiro lugar, fazem o mesmo e, em segundo, sabem que a outra tem um solitário autêntico. Então, nosso amigo está mostrando que tem bom gosto e também (esse é o grande argumento de venda) que talvez tenha *bem mais* dinheiro do que os amigos pensavam, pois olha o que ele tem na parede: Cézanne, Corot. O que acha?

— Acho uma ótima ideia, Mark. É pretensiosa, falsa e, ao mesmo tempo, totalmente legal. Não conheço outro dono de galeria que pensaria nisso.

Mark usa muita ironia, mas tem certa dificuldade de entendê-la. Deu um largo sorriso.

— Acha mesmo? Ótimo. Então, está interessado? Quer dizer, em fazer umas peças?

— Deixa eu perguntar uma coisa antes: outro dia, encontrei Jackie Moreau, e ele me contou que você ia mandá-lo à Europa fazer quadros em vários estilos. É disso que você está falando?

Mark fez um gesto com a mão, negando.

— Não, é totalmente diferente. Quer dizer, Jackie é um pintor bom, mas não é você. Então, o que acha? Aceita?

— Não, desculpe.

— Não? Por que não, porra?

— Acho que não gostaria do trabalho. E... tenho alguns projetos grandes para me dedicar agora, talvez não desse tempo.

Ele engoliu essa mentira, ou deu a impressão, e pareceu não se importar.

— Certo, mas se um dia você quiser ganhar um bom dinheiro, me ligue. Enquanto isso, vou arrumar essa história do Castelli. Quem sabe sai alguma coisa para você.

— Pode ser — eu disse, aí o garçom apareceu, e tivemos que discutir a sobremesa. Depois, Mark quis saber mais um pouco sobre o salvinorin, então fiz uma versão condensada do que Shelly me informou. Ele perguntou por que eu achava que tinha parado de visitar o meu passado e ido ao passado de outra pessoa, respondi que não sabia, mas a sensação era de estar dentro de um quadro barroco, talvez do final do século XVI. Citei o lugar onde estive, que existe, e falei que tinha achado o endereço no Google: calle Padre Luis Maria Llop, em Sevilha. Os olhos dele saltaram quando eu contei isso; Slotsky é uma enciclopédia de história de arte ambulante. Perguntou como era o nome do menino, e quando eu disse Gito de Silva, ele exclamou:

— Porra!

Continuei:

— Ah, você conhece esse Gito? Quer dizer, ele é pintor?

Ele prosseguiu:

— Pode-se dizer que sim. Gito é o diminutivo de Dieguito, que nasceu em Sevilha, em 1599, na casa número 1 da calle Padre Luis Maria Llop. — Quando ele disse isso, juro que saíam faíscas de seus olhos. Continuou: — Era filho de Juan de Silva, como você disse, mas era costume em Sevilha usar profissionalmente o nome materno, por isso quando ele começou a pintar assinava Diego Velázquez.

Certo, andei pintando no estilo de Velázquez pouco antes e devia estar com ele na cabeça, daí tudo aquilo. Expliquei para Slotsky, que observou:

— É, mas você só soube agora que eu contei, então de onde veio *isso*?

Respondi:

— Devo ter lido em algum lugar, não há outra explicação.

Ele balançou a cabeça:

— Não, está mesmo voltando no tempo, você disse que era uma sensação real, não uma visão ou uma fantasia, o enterro de seu pai e tudo. Talvez você tenha uma ligação psíquica com Diego Velázquez.

Argumentei:

— Não sabia que você acreditava nessas besteiras.

Ele retrucou:

— Não acredito, mas talvez a sua mente esteja preparando você para pintar como Velázquez.

— Minha mente é bem capaz de fazer mais uma coisa para foder comigo e cuidar para que produza mais quadros invendáveis — concordei, nós rimos muito, ele insistiu mais para vender os meus quadros até perceber que eu não estava mais prestando atenção.

Bom, foi um dia interessante, seguido de uma noite agitada. Eu não conseguia dormir. Estava com uma energia esquisita, como se a vida fosse mudar radicalmente, e eu estivesse resistindo a, por exemplo, tomar um comprimido, uma bolinha rosa do tesouro de tranquilizantes Xanax que eu tinha do tempo da reabilitação. Eu me comportei como um idiota na galeria de Lotte, depois refleti que talvez as coisas fossem diferentes se eu tivesse dinheiro, pois a verdade é que, apesar de toda a conversa dela sobre a pureza da arte, ela detesta ser pobre, principalmente por causa de Milo e das despesas médicas dele. Por isso, achei meio estranho que, justo nesse momento, Slotsky viesse fazer aquela proposta.

Então, talvez fechar o negócio com ele fosse a solução: se eu pudesse ter um pequeno adiantamento, parar com aquela vida louca, talvez eu conseguisse, não sei, voltar ao tempo em que pintava por amor. Talvez fosse esse o ponto de partida.

Naquela sexta-feira (lembro que era primeiro de outubro), fiquei novamente com as crianças no fim de semana para Lotte expor meus quadros na galeria. Eu estava proibido de fumar perto delas, então me cobri de adesivos de nicotina, mas não foi a mesma coisa que fumar. Fiquei meio enjoado, faltou o gosto do cigarro e olhar a fumaça subindo e desobstruindo misteriosamente o processo criativo.

Após o jantar, liguei para minha irmã na casa onde ela estava morando, em Washington. Ela gosta de falar com as crianças e, depois que conversaram, foi minha vez. Perguntou como eu estava, respondi que ótimo, e ela observou que não parecia ótimo — o radar dela, o *irmãdar*, como nós chamávamos, estava acusando outra coisa. Ri nervoso e concordei que estavam acontecendo umas coisas. Contei então sobre o teste da droga e que a vi no enterro de papai e vi mamãe quando jovem; perguntei o que ela achava de tudo aquilo, ela que sempre foi a minha saída para o inexplicável, e Charlie perguntou o que ela disse quando conversamos na hora — ou naquele outro dia, dependendo de como se vê a situação. Eu disse que falamos sobre sua vida, que estava pensando em sair do convento e fazer outra coisa. Ela disse: É, lembro, foi uma conversa importante, eu estava indecisa sobre minha vocação e conversar com você ajudou muito. Eu observei que não lembrava de nada, até aquela conversa acontecer de novo.

Depois perguntei o que achava da história com Velázquez, e ela quis saber o que o pintor significava para mim, respondi que era um pintor como Rembrandt, Vermeer... e ela disse:

— Não, o que ele significa para *você*.

Respondi:

— Como? Você acha que é um negócio meio freudiano, estou fantasiando que sou Velázquez porque quero um pai substituto, porque meu pai não gostava de mim como eu queria?

— Não sei, mas me preocupa um pouco você ficar mexendo com o cérebro, depois de seu histórico com drogas — ela disse.

— Uma coisa não tem nada a ver com a outra, trata-se de uma droga experimental totalmente segura, administrada sob supervisão médica.

— Bom, isso é o que eles dizem, não? De qualquer forma, em casa você recebeu muito amor, era o queridinho de todo mundo.

— Você sempre diz isso, mas nunca senti esse amor. Eu me sentia o melhor presente dentro de um saco de papai-noel, ou a bola no futebol, eles passavam muito tempo me disputando. Eu achava que você, sim, era a preferida.

— Ah, por favor! A Charlotte sem graça, desajeitada, que mal conseguia pintar, numa casa onde a beleza e o talento eram os únicos parâmetros? Não sei se você lembra, mas mamãe nem disfarçava que não gostava de mim.

— Não devo ter reparado. Por que não gostava?

— Porque eu a obrigava a continuar casada; ela não tinha coragem de enfrentar a morte social que seria abandonar a filha. Além do mais, eu adorava papai. Inutilmente, claro. Por isso fugi para o convento, ou pelo menos é como explico para mim mesma. Decerto estraguei você mais do que eles, por me fixar tanto em você. Era sua escrava. Estraguei você para qualquer mulher normal, que Deus me perdoe.

— É, eu me lembro *disso*. Eu pensava que nós dois íamos crescer e nos casar. Lembra quando você me explicou que as coisas não eram assim? Eu devia ter uns 6 anos e fiquei choramingando. Estávamos na praia e me perdi.

— Claro, eu não ia me esquecer. Depois, você foi paparicado, e eu apanhei por deixar você se perder. Como eu disse, você foi um menino mimado.

— Agora que não há mais leis, talvez possamos nos juntar. De qualquer modo, as crianças adoram você...

Rimos à beça, a risada dela era explosiva como a de um homem; na verdade, era como a do nosso pai. Então ela parou de rir e falou, ofegante:

— Desculpe, eu estava me imaginando no palácio episcopal dizendo: Hum, senhor bispo, sei que iniciamos o processo para eu sair do convento, mas tem mais uma coisinha...

— Quer dizer que eu tenho chance?

Outro acesso de riso.

— Se tivesse, meu caro, eu manteria você em rédea curta. Você é muito duro com as moças.

— Vai me desculpar, mas sou um doce com elas.

— É o que pensa, querido. Você é o cara maravilhoso que consegue acabar com qualquer mulher com quem se envolva. O que faz? Não tenho ideia, pois não entendo nada de homens, mas sempre achei que você e Lotte fossem ficar juntos.

— Ah, Lotte! Pensei que estávamos reatando, mas ela voltou a me detestar.

Contei da briga na galeria, e Charlie perguntou:
— Você disse *isso*?
— Bom, como sempre, ela estava repetindo que eu jamais seria um artista rico e famoso como o meu, digamos, talento me permitia...
— Não foi o que você acabou de dizer. Você disse que ela falou que estava arruinando seu dom e não sobre ser rico e famoso.
— Qual a diferença?
— Ó Deus, dai-me forças! A diferença? A diferença é tudo, seu idiota! Não entende que Lotte era capaz de escovar o chão, fazer qualquer coisa, para você pintar o que quer? Você não entende nada de amor? Estranho que ela não tenha dado uma martelada na sua cabeça.
— Não entendi — falei.
— Sim, eu sei, mas agora tenho coisas a fazer e não posso explicar. Não que você fosse ouvir, pois não ouviu nas últimas cinquenta vezes em que tentei...
— Você tem coisas a fazer? Mas agora é noite.
— Em Uganda, não é.
— Como sempre, você está me trocando pelos pobres lá de longe.
Ouviu-se um longo suspiro.
— Ah, Chaz, você se aproveita de mim porque sabe que gosto de você. Se sou agressiva, é uma forma de autoproteção. E quando se cuida de gente morrendo de fome, sofrida e brutalizada, que passa suas pobres vidas chorando por crianças moribundas, não se tem paciência com neuróticos geniais que não conseguem ser felizes. Boa-noite, irmãozinho.
— Como? Você deixa de ser freira e por isso pode ser má? Você era tão boazinha.

— Na África, os bonzinhos são queimados. Deus te abençoe, menino.

Ela desligou. Sempre que Charlie me dá uma bronca, fico estranhamente fortalecido. Deve fazer parte da nossa relação quase incestuosa. Mas essa foi a última vez que falei com ela por muito tempo.

No sábado à tarde, levei as crianças ao Museu de Arte Moderna. Milo pediu para alugar um audioguia e foi andando, enquanto eu fiquei de guia para Rose. Ela queria saber qual era o *verdadeiro* tema dos quadros, e tive de inventar uma história para cada um. Acho que isso mostra um pouco o que queremos da arte. Ela nem piscou, paciente, talvez uma amante da arte, mas acho que estava, na verdade, monopolizando o pai por algumas horas. Claro que Oldenburg foi um dos que ela mais gostou: quem não gosta de gigantescos objetos bobos do cotidiano? Mas apreciou também Matisse e Pollock. Ela me disse que a grande tela *Número 31* é sobre um ratinho e seguiu com a história, mostrando os diversos locais onde o bicho tinha entrado na grama densa; pena eu não ter anotado, teria revolucionado a visão sobre Pollock.

Depois, almoçamos e fomos assistir a filmes de Buster Keaton. Mais tarde, Rose anunciou que ia ser artista como eu, porém uma artista melhor que eu, e ficou me observando para ver se minha cara demonstrava alguma frustração. Sim, mostrava. Aí, ela fez com o polegar e o indicador que seria apenas um pouquinho melhor, assim. Na rua e no metrô, Milo contou suas piadas com o timing e a cara inexpressiva dos comediantes. É terrível gostar tanto dos filhos, e esse sentimento se mistura com culpa por causa da confusão que fiz com Toby: talvez, se eu tivesse passado mais tempo com ele, as coisas tivessem sido diferentes, mas eu precisava trabalhar feito louco para manter tudo e mais a bendita casa, comprada principalmente para que ele tivesse uma infância feliz, entre pássaros e bichinhos.

Por volta das 11 horas daquela noite, Lotte ligou da galeria e disse que vendeu três dos quatro quadros das atrizes, por 5 mil dólares cada.

— Três minutos após chegar na galeria, Mark comprou a Kate Winslet em estilo Velázquez. Insistiu para que eu tirasse o quadro da parede e pagou a mais por causa disso. Tive de embrulhar em papel pardo, e ele saiu abraçado com o quadro como uma menina com uma boneca nova — Lotte contou.

— Estranho. Mark costuma ser muito controlado. Deve ter pensado em algum cliente, ou então está planejando vender o quadro na galeria dele por um preço duzentas vezes mais alto. Quem comprou os outros?

— Um mandachuva da mídia e a namorada. Que maravilha, Chaz, todo mundo adorou sua obra!

Tentei ficar animado por causa dela. O dinheiro era ótimo, mas pensar que eu podia pintar aquilo eternamente não era tão bom assim. Talvez eu pudesse lançar uma linha masculina, com Tom Cruise e John Travolta retratados ao estilo dos mestres adequados. Será que isso resolveria todos os meus problemas financeiros? Eu poderia voltar a cheirar cocaína e acelerar aquela merda toda; olhei Milo, vi-o respirar com esforço e pensei: Como posso ser tão egoísta e não trabalhar à beça para comprar todos os melhores remédios que ele precisa? Eu não entendo nada.

Só que, além das minhas tarefas domésticas e paternas e apesar da minha obsessão por dinheiro, minha cabeça estava fervilhando de ideias, eu enchia páginas e páginas do caderno de esboços. Estava quase enjoado da explosão de criatividade que começou com aqueles quadros bobos, imagens da fama. Francamente, o que é o mundo hoje? Visualmente, quero dizer. Uma imagem atrás da outra na tela. O problema é que não podemos vê-las, quer dizer, vê-las o bastante para extrair um sentido, é tudo tão rápido que praticamente exclui qualquer avaliação, qualquer reflexão.

Isso acontece por causa do desenho, acho. Quero dizer, como é *realmente* a cara do presidente, como algo é realmente? Não se consegue isso em uma foto, ou conseguimos apenas uma insinuação e assim abriu-se para mim um universo potencial de pintura realista, penetrante, analítica, começando onde Eakins parou, mas acrescentando tudo o que a pintura fez desde então. Seria preciso ir adiante, mas não como Bacon ou Rivers fizeram, ou este cara novo, Cecily Brown, não de uma forma tão óbvia, não o papa gritando, não tão evidente: e se você partisse da estrutura *latente* do quadro? De forma a trabalhar quase subliminarmente, como Velázquez fez. Seria arrasador, sim, se você conseguisse, iluminaria esses tempos áridos. Nova Nova Objetividade. Se alguém ainda conseguisse ver.

No domingo de manhã, levei as crianças para comer *dim sum* em Chinatown, e Milo começou a tossir no restaurante. Pensei que tivesse engasgado com alguma coisa, levantei, e ele jogou a cabeça para trás, os canais respiratórios fecharam, os lábios dele ficaram azulados, coloquei-o no chão e fiz reanimação cardiopulmonar até os paramédicos chegarem. A essa altura, ele estava com o rosto cinza como um saco de cânhamo. No New York Medical Center, quando souberam que eu não tinha seguro-saúde, iam mandá-lo para o hospital Bellevue depois que a situação se estabilizou. Informei que ele tinha distrofia pulmonar progressiva e que já tinha sido tratado ali e mandei a idiota da mulher ligar para o Dr. Ehrlichman. Ela pegou meu cartão de crédito resmungando (teria resmungado mais ainda se soubesse que o cartão estava estourado). Liguei para Lotte do hospital e, antes que eu pudesse dizer qualquer coisa, ela contou que todos os quadros estavam vendidos, as cinco atrizes tinham bolinhas vermelhas indicando venda, e desta vez não precisei fingir que não me importava com aquilo e falei da situação do nosso filho. Então, ela veio para a enfermaria, e esperamos até saber que dessa vez ele sobreviveria. Lotte ficou no hospital; levei Rose para o meu loft.

Depois que Rose dormiu, sentei na saída da escada de incêndio com a minha capa impermeável, fumei sem parar e pensei em ser o menino Velázquez — engraçado o que a mente inventa; eis outra coisa para comentar com Shelly. Depois de fumar até ficar com a garganta em carne viva, voltei pela janela, sentei à escrivaninha e calculei minha fortuna: 25 mil dólares pelos cinco quadros, mais a compensação que a Condé Nast prometeu, o que somava 30 mil dólares. Dava para pagar as dívidas maiores. O trabalho que Slotsky prometera na Itália iria acertar tudo no futuro indefinido; eu teria de pedir a Lotte que pagasse o tratamento de Milo durante algum tempo, não tinha outro jeito. Ela não ia se importar com a minha ausência, pois tem muito dinheiro envolvido na jogada, e a babá poderia ajudá-la. Achei que, finalmente, eu ia conseguir zerar as malditas contas médicas e respirar aliviado.

Dois dias depois, a revista pagou a compensação, foi incrivelmente rápido, eles deviam estar se sentido culpados. Lotte depositou os cheques dos quadros vendidos, então fiquei rico por uns vinte minutos até começar a preencher os meus cheques. O Imposto de Renda deveria ficar com quase a metade por impostos atrasados e atuais, mas eu me recusava a pagar. Deixe que eles venham atrás de mim e me prendam. Acertei as contas com Suzanne (minha parasita mais habitual), depois paguei o aluguel, o telefone, os quatro cartões de crédito com as despesas médicas, o salva-vidas de Milo. Então percorri a cidade com uma pilha de dinheiro para saldar dívidas com todo mundo que me emprestou 100 dólares sem esperar vê-los de volta.

Milo saiu do hospital parecendo um floco de aveia velho. Fiquei um pouco com ele, tentando animá-lo e, claro, ele é que *me* animou, como sempre acontece com nós dois. Animou a babá Ewa também, com sua tendência a entrar em depressão eslava nas melhores horas; mesmo assim, graças a Deus que a temos. Ewa é de Cracóvia e uma das raras polonesas que conseguiram ser babá nos Estados Unidos, em vez de arrumarem emprego em um dos prostíbulos que parecem ser uma das formas mais comuns de globalização.

Não sei por que nós, modernos, temos tanta dificuldade para lidar com uma criança doente. Deve ser aquela ironia enorme que torna o verdadeiro sofrimento quase impossível, e você pensa Ah, que bobagem, como se a sua vida fosse um romance e esse, um truque literário barato; além disso, claro que não temos mais religião ou, pelo menos, eu não tenho. Lembro de ler um texto de Hemingway que dizia: se o seu filho morre, você não consegue mais ler a *New Yorker*. É deprimente, deprimente. Fico pensando nessas coisas horríveis, desejando que ele fosse um merdinha, em vez de a criança mais perfeita do mundo, lindo, talentoso e bom, uma pessoa decente, pois assim não me faria sofrer desse jeito. Mas é claro que os pais de crianças-problema também sentem isso; há mães de assassinos em série que choram nos tribunais com pena dos filhinhos. De onde Milo tira esse dom da alegria? O que é isso, o prêmio de consolação do Deus Todo-Poderoso? Você só vai viver 12 anos, bobinho, então eis uma ajuda extra do Espírito Santo? É outro assunto que pretendo discutir com Charlotte.

Depois de deixar as crianças no Brooklyn, entrei no metrô rumo à escola de medicina. Quando me apresentei à secretária, ela disse que o Dr. Zubkoff gostaria de falar comigo antes da sessão e mostrou aonde eu deveria ir. Shelly estava no consultório, pediu para eu me sentar e mostrou uma pasta. Começou com aquela conversinha de sempre e disse:
— Vamos falar dessas alucinações de vida passada que você tem tido.
— Bom, se você quiser dar esse nome — observei.
Com aquele tom de voz paciente que os médicos usam, ele perguntou:
— Como você chamaria?
— Eu revivo o passado. Não estou tendo alucinações. Estou realmente no meu antigo *eu*, revivendo um momento, quer eu possa lembrar dele agora ou não. É uma experiência real.
— Sei. Qual a diferença entre um sonho muito real e uma alucinação acordado? — perguntou.
— Você é quem deve dizer, você é o médico. Como vou saber se *você* não é uma alucinação? Como vou saber se não estou trancado em uma sala antirruídos em algum lugar,

fantasiando tudo isso? Você se lembra do que Hume disse sobre os limites da observação empírica? — perguntei.

O médico não estava gostando daquilo e disse:

— Vamos considerar apenas que o mundo é real, que está fora de nós e que nós dois estamos sentados aqui. Compreendo a nitidez da experiência com salvinorin, já bastante citada na literatura médica. O que me preocupa um pouco é esta ocorrência mais recente em que, segundo seu relatório, você parecia estar no passado de *outra* pessoa.

Aquela não era uma reação normal à droga, e ele estava louco para saber como tinha sido. Contei o que aconteceu na última vez, mais o que Slotsky tinha dito sobre a provável identidade de Gito de Silva, e acrescentei que estava na fase mais criativa da minha vida.

Isso fez com que ele ficasse muito animado e desse várias informações neurológicas que não consegui entender, mas o principal era que ele achava que várias partes do meu cérebro estavam reagindo ao estímulo químico e, por isso, eu estava elaborando experiências passadas. Disse ainda que era como nos sonhos, onde o verdadeiro estímulo é apenas um ruído cerebral aleatório que interpretamos por meio de de imagens e acontecimentos.

— Isso pode explicar por que revivo o meu passado, mas não explica por que revivo o passado de Diego Velázquez.

Ele me olhou de um jeito que achei esquisito e declarou:

— Ainda ignoramos muitos dos efeitos individuais da droga. Descobrir quais são eles é a meta desta pesquisa.

— Isso não responde à minha pergunta — observei, e ele meio que se escondeu atrás da cara impassível de profissional.

— Bom, você é pintor e está em uma espécie de fantasia de ser um pintor famoso. É apenas uma intensificação do que vemos todas as semanas na tevê, no programa *American Idol*.

— Acha que é a realização de uma fantasia?

— O que mais seria? Vamos reduzir a dose da droga, sim? Você parece bastante sensível a ela — avisou, me deixando intrigado.

Ele tinha um compromisso, por isso fui entregue a Harris, que me levou para uma das salinhas. Deitei no sofá. Ela arrumou a bandeja com vidrinhos, escolheu um e perguntou:

— Você se incomoda em ficar preso? É para a sua própria segurança.

Respondi que não me importava e, depois que mastiguei o chumaço de algodão embebido na droga, ela prendeu fitas de velcro nos meus pulsos e no peito. Tive a sensação de sempre, de flutuar, e de repente estou em uma mesa moendo massicote em um pilão de pedra até virar um pó fino. As quatro janelas da sala estavam fechadas com tábuas, mas, naquele momento, os conflitos na cidade tinham diminuído e havia luz para pintar. Senti nos dedos os grãos do pó amarelo. Não estava bem moído, então continuei. O velho não vai me bater se eu não fizer direito, mas não importa. Preciso fazer, preciso agradá-lo, pois é meu dever, e a honra da minha família exige isso. A honra é como uma pressão constante, que às vezes comprime a região entre meus olhos, às vezes as minhas entranhas, uma coisa viva como a própria vida.

O conflito foi por causa da Imaculada Conceição, título que significa que a Santa Virgem concebeu sem cometer o pecado original. Acredito nisso, me dá um conforto quase físico, embora eu não entenda bem de teologia. Sei que algumas pessoas na cidade negam a Imaculada Conceição, por isso houve uma pequena batalha aqui. Vi nas ruas pessoas espancadas e mortas e tive vontade de ser homem para também lutar pela Santa Virgem e matar a gente má que nega sua glória. A honra de Maria, a da minha família e a minha estão ligadas àquele sentimento sólido dentro de mim.

Sou um fidalgo, o que em espanhol significa filho de alguém importante. Sou nobre pelos dois lados da família, de puro sangue cristão, e tenho isso sempre em mente como tenho meu nome, a história da minha família, a posição dos meus braços e pernas.

Termino de moer e coloco o pigmento com cuidado em um jarro fechado com rolha. Entro em outro cômodo, onde um velho olha um quadro por terminar: é meu mestre, o Velho Herrera. Aviso que acabei de moer e, se ele não for precisar mais de mim, gostaria de sair para desenhar na praça. Ele faz sinal para eu ir embora. Não está mais interessado em mim, pois sabe que já sei desenhar e pintar melhor que ele e que jamais trabalharei para ele se aproveitar do meu talento.

Ponho o chapéu, visto o manto e chamo meu criado Pablo. Em um minuto ele vem da cozinha, com cheiro de fumaça e gordura. Trata-se de um menino pouco mais velho que eu, de pele morena, cabelos pretos e oleosos, que usa as roupas que não quero mais, que ficam pequenas nele. Tenho uma espécie de afeto por ele, embora saiba que não é uma pessoa igual a mim, é mais como um cachorro ou um macaco evoluído. Sei também que há aqueles (os aristocratas) que sentem o mesmo em relação a mim, e isso dá uma coceira insuportável. Quero subir na vida.

Mando Pablo pegar a caixa e a pasta que uso para desenhar e saímos; ele me segue a certa distância. Vamos à praça. É dia de mercado, e as barracas estão cheias de comerciantes e mulheres vendendo legumes, peixe, carne, couro e utensílios domésticos. Sento em um barril de peixe salgado sob o toldo do peixeiro. Abro a caixa de desenho, coloco meu tinteiro e aponto com a faca uma pena feita de junco. Desenho pilhas de peixes, mexilhões, ostras, um polvo, a mulher do peixeiro. Mais tarde, peço a Pablo que faça poses e caretas e o desenho também. As pessoas ali estão acostumadas comigo, mas às vezes passa um estranho, olha o que desenhei e xinga baixo às minhas costas. Outras vezes, uma mulher passa, olha e se benze. Muita gente fica perturbada com meus desenhos, acham que faço algo parecido demais com Deus, como a vida mesmo. Mas esse dom quem me deu foi Deus e a Virgem.

E agora estou pintando a Virgem, o primeiro quadro grande que me permitiram fazer, e paro, o pincel treme, fico lembrando dos tempos que passei com Herrera, moendo os pigmentos e depois indo desenhar no mercado. É estranho, não pensei nele um instante desde que me tornei discípulo de dom Pacheco e, de repente, lembro. Faz quase cinco anos que estou com dom Pacheco, e este quadro será minha obra-prima para ser aceito na guilda dos pintores de Sevilha. Para isso, claro que preciso fazer um quadro de tema religioso. A lembrança some em um lampejo, como um mágico de rua fazendo uma tigela de frutas desaparecer com um movimento de tecido, e estremeço como se alguém tivesse andado sobre minha sepultura.

Volto a pintar. O quadro não é ruim, pelo contrário, é melhor do que qualquer pintor sevilhano consegue fazer, mas não agrada completamente. Há uma dureza na figura que não me interessa, mas é assim que se pinta a Virgem. Ela fica em cima de um globo, o que em princípio é uma coisa pouco natural, vai ver que a dureza do corpo faz parte do que esperam as boas freiras Carmelitas Calçadas. Fiz o cabelo da Virgem igual ao da filha de dom Pacheco. Este ano, houve indícios de que ela não recusaria uma proposta de casamento. Acho que vai acontecer. É importante ter amigos, e meu mestre conhece todos os pintores de Sevilha e até de Madri, tem ligações com gente poderosa. Conhece, por exemplo, dom Juan de Fonseca, que foi capelão de Sua Majestade. Nada pode ser mais maravilhoso e honroso do que servir ao rei.

Dou um passo atrás para conferir o equilíbrio dos elementos no quadro. Acho que precisa de mais nuvens à esquerda. O rosto não está parecido *demais* com o de Juana de Miranda de Pacheco, isso seria irreverente, mas a fisionomia é do mesmo tipo, e é o rosto de uma mulher real, não aquela cara de boneca que os artistas religiosos de Sevilha pintam.

Encharco o pincel com tinta branca e faço mais nuvens, misturando com o ocre do fundo. Já estou pensando no próximo quadro, que será de são João Evangelista, para o mesmo convento. Dom Pacheco escreveu que o santo deve ser retratado como um velho, mas vou pintá-lo jovem. Usarei como modelo um carregador do mercado que é da minha idade e que já retratei antes como um frequentador de bodegas. Acho que as freiras vão gostar de olhar para um jovem. De qualquer modo, daqui a pouco serei mestre de mim mesmo e poderei pintar o que quiser.

Nesse momento, tenho uma sensação estranha, o lugar parece pequeno demais, sinto um aperto no peito, tento tirar as roupas, ouço uma voz feminina dizer "Relaxe, está tudo bem!" e fico lutando para me soltar, enquanto a sala e o divã parecem rodar como um barco em uma tempestade.

— Tudo certo, você está bem? — perguntou Harris várias vezes.

— Quero água — pedi, em voz baixa e áspera. Minha garganta estava com o gosto amargo da droga e uma secura terrível. Pedi água, ela soltou minha mão e me deu uma garrafa plástica rosa, que bebi toda.

— Quanto tempo fiquei inconsciente?

Ela conferiu em um marcador de tempo e disse:

— Dezoito minutos. Como foi?

— Eu estava pintando alguma coisa.

Ela tirou o velcro que prendia meu peito e meus braços, colocou o formulário na prancheta e perguntou:

— Pintando o quê?

Mas eu não estava disposto a dar detalhes da minha experiência para aquelas pessoas. Eles estavam querendo verificar os efeitos da droga sobre a criatividade, e concordei plenamente em responder aos testes e formulários, mas aquilo não era da conta deles.

— Um quadro, Harris. Porra, para que saber o que era? Você não pode vender nem comprar o quadro, ele está na minha cabeça — eu disse, ríspido.

— Você está agressivo — ela constatou, naquele tom de médico.

— Estaria agressivo se quebrasse essa maldita prancheta na sua cabeça. E é verdade, tenho sido um chato porque artistas costumam ser chatos mesmo. Se você queria pessoas obedientes, deveria ter chamado professores de jardim de infância. Saia daqui, deixa eu terminar esta porcaria e ir para casa!

A cara dela ficou rosa-shocking, ia dizer alguma coisa, mas virou-se e saiu da sala. Terminei de responder ao questionário e reparei que ela havia deixado a bandeja cheia de provetas e esponjas, além de um grande jarro fechado identificado com um código numérico. Abri e, não sei por que, peguei no armário uma luva de látex e duas esponjas úmidas, que enfiei dentro da luva. Não sei por que fiz isso, talvez por Shelly ter dito que ia reduzir minha dosagem. Não gostei. Ser Velázquez tinha algo de, não diria *viciante*, mas atraente. Eu queria mais e não menos.

Saí do laboratório com a sensação, mais intensa que antes, do gatinho lambendo meu cérebro (é uma loucura não poder parar com aquilo) e agitado, animado, como se tivesse fumado crack, mas sem aquela impressão de estar com a boca travada. Eu estava ótimo, andando firme e tal. Depois que saí do metrô, circulei um pouco por Chinatown, desenhando os mercados, as pilhas de peixes e frutas. Estava tentando retomar a sensação que eu tinha acabado de ter, ser Velázquez jovem. Foi muito bom e quando voltei para o loft, preparei uma grande tela de uns 2,5x3,5m. Cobri a tela com cola misturada com carbono preto e, quando secou, coloquei uma camada fina de óxido de ferro, verniz vermelho e carbono preto, misturado com pó de cal. Para pintar como Velázquez, preparar a tela como Velázquez. Levei o dia todo fazendo isso. Fiquei com fome, saí e comprei comida em Chinatown, voltei, acendi minhas lamparinas e passei um tempo olhando a grande tela. Consultei os esboços mais recentes, mas as ideias que achei que tinha sumiram. Continuei com aquela impressão de Lotte estar olhando por cima do meu ombro, na expectativa, pronta a me dar afeto de novo, desde que eu fosse fiel ao verdadeiro Chaz. Ou então, se eu ganhasse um bocado de dinheiro, ela talvez conseguisse gostar de mim outra vez, pensei, me escondendo atrás do cinismo.

Andei de um lado para outro, enchi um cinzeiro com guimbas de cigarro, peguei um lápis-carvão e fiquei na frente da tela, esperando a faísca da inspiração aparecer para eu começar. Acabei perdendo a paciência e peguei uma das esponjas escondidas na luva de borracha.

Deitei na cama e mastiguei a esponja; desta vez, não houve uma experiência extracorpórea, nada maluco, só as cores pareciam mais fortes e brilhantes, os contornos das cores meio que reluziam, aquele gatinho lambia meu cérebro, e eu estava na aula de psicologia, no final da primavera, segundo ano da faculdade em Schermerhorn Hall, com a brisa cálida entrando pelas janelas e o professor falando que a vida humana era apenas uma série de condicionamentos, a mente era uma ilusão e o resto era aquela história cansativa e enganadora, e eu não estava mais prestando atenção nele, desenhava uma garota da fileira de carteiras ao lado, com um pescoço lindo como o de Nefertiti e os cabelos puxados para cima, mechas loiras e pequenos cachos brilhantes voando na brisa que vinha das janelas, levemente dentuça, belos olhos claros. Ela sabe que a estou desenhando e faz pose. Uso um lápis macio sobre papel e faço sombras passando o polegar na folha; o queixo está pouco definido, vou corrigir, essa é a magia de desenhar, é assim que ela gostaria de ser, mas há uma semelhança bonita, enquanto o professor continua *parlando*, embora agora fale mais baixo. Lê a vida dos santos, santa Cecília, cujo dia se comemora hoje, e estou agora desenhando o rei da Espanha.

O frei continua lendo, e ouço uma fonte esguichando água ali perto. Estou em uma sala do Palácio Alcázar. De um lado, há um estrado onde o dominicano lê e, à minha frente, está Sua Majestade e uma grande tela que preparei com cola, mistura de cal preto e por cima uma camada de vermelho-terra (*tierra de Esquivias*) como costumam fazer aqui em Madri. No momento, pinto o rosto do rei, que usa um traje negro, como de costume na corte, com uma gola pregueada branca.

O frei termina de ler o capítulo e olha para avaliar se o rei está apreciando. Sua Majestade manda o frei se retirar, pois quer conversar com o pintor.

E conversamos. Estou falando com o rei da Espanha! Tenho de segurar o pincel com força, pois ele treme sobre a tela. O rei está com a mão esquerda na cintura e o peso do corpo apoiado na perna esquerda, uma pose simples; ele segura um documento do reino na mão direita. Gentil, pergunta sobre minha casa e minha família, sobre dom Pacheco, dom Juan Fonseca e como estão as coisas em Sevilha. Depois, falamos sobre pintura: ele deseja ter o melhor acervo da Europa, maior que o do rei francês, e falamos sobre quais eram os melhores pintores de cada tema. Acho que não faço papel de bobo, ao mesmo tempo que não me vanglorio da minha situação. Ele é três anos mais jovem que eu, não chega a 18 anos.

Entra um cortesão, cochicha com o rei, e este avisa que precisa sair. Acrescenta que gostou da nossa conversa e espera ansioso pela próxima vez que posará para mim. Sorri. Vem ver o meu trabalho, observa o rosto pintado, onde naturalmente gastei mais tempo, e diz:

— Dom Diego, conheço minhas feições. Veja se consegue me pintar como eu sou.

E toca de leve no meu ombro. O rei tocou em mim! Quando saiu, meu corpo todo transpirava. O frei dominicano me lança um olhar maligno e sai da sala também. Meu ombro ainda formiga, noto que caí da cadeira e sinto a quina da mesa do computador pressionando meu ombro.

Olho o relógio: fiquei inconsciente por oito minutos, mas, em tempo subjetivo, durou pelo menos uma hora. Aí, pensei: Certo, estava pintando como Velázquez, mas minha tela continua vazia, será que eu poderia *pintar* aqui e agora durante uma alucinação dessas? E se eu ficasse na frente da tela com o pincel na mão e tomasse mais um pouco de salvinorin? Talvez a droga tenha efeito cumulativo e, na próxima vez, eu vá ainda mais fundo na alucinação.

Coloquei outra dose na boca, fiquei dez minutos olhando para o nada e comecei a desenhar. Resolvi que seria uma cena de grupo, oito homens sentados em uma taberna, não, uma festa ao ar livre como um casamento, só um grupo de sujeitos que gosta de tomar uns tragos depois do trabalho. O desenho sai depressa, sem detalhes, só um esboço da disposição das figuras. Depois, misturei uma grande porção de pigmento branco em lasca, acrescentei um pouco de ocre e lazulita para fazer um cinza natural e fiz o contorno do desenho.

Essa é a minha resposta para quem diz que só sei fazer cabeças. Carducho e os outros pintores da realeza zombam de mim como um arrivista que sabe imitar a natureza, mas não consegue fazer um quadro com ideias próprias, no estilo florentino. Todos eles — Carducho, Caxés e Nardi — jamais me perdoarão por ter vencido o concurso que Sua Majestade fez para um quadro sobre a expulsão dos mouros. Ouvi-os rindo e dizendo que só ganhei porque sou mouro, vim de Sevilha, onde há muito sangue impuro.

Mesmo assim, sou pintor do rei, camareiro da corte e ainda vou subir mais. Se essas calúnias sobre meu sangue chegarem aos ouvidos do rei, ele não vai dar importância; além do mais, caí nas graças do conde-duque de Olivares e a palavra dele vale mais que a de todos os difamadores.

Termino de fazer os contornos e volto para meus aposentos. Passo pouco tempo com Juana, como sempre acontece quando estou pintando um novo quadro, e vou me deitar cedo. Tenho novamente aqueles estranhos sonhos com inferno, monstros barulhentos, luzes que não vêm do sol nem de vela, luz infernal que transforma todas as cores em sombras impossíveis. No dia seguinte, assisto à missa cedo, rogo para não ter mais esses pesadelos e volto ao trabalho, desta vez com modelos.

Hoje, meu modelo é Antonio Rojas, um pedreiro, e dou-lhe todo o vinho que quer. Ele sorri para mim como um macaco e logo capto suas feições, depois dispenso-o com um tapinha nas costas e 50 *maravedi*. Em seguida, vem um açougueiro da cozinha do rei, que pinto como Baco.

Quando ele sai, olho para o quadro por terminar. Tem algo errado, não sei o que é, talvez as figuras estejam muito próximas em primeiro plano, como se estivessem sentadas em um trilho. Tentei corrigir a composição, mas continuei insatisfeito. Os rostos e corpos são de pessoas reais e cheias de vida, mas o espaço em que estão não parece real. Há um segredo nisso que desconheço, e nenhum dos idiotas que pintam neste reino é capaz de me ensinar. Não que eu fosse perguntar. Mas, queira Deus, Sua Majestade há de gostar do retrato, que ainda é melhor do que qualquer coisa que Carducho fez.

Chega um menino com um recado de Sua Majestade. Para ver o rei, preciso trocar de roupa, me vestir adequadamente. Acho que Sua Majestade resolveu fazer o retrato de seu falecido pai, como mencionou na sexta-feira passada. Aquele braço também não está bom.

Saio dessa alucinação andando pela Canal Street na chuva fria, de camiseta, jeans e sem sapatos. Quando volto para o loft, não me surpreendo ao ver que em minha tela há *Os bêbados* ou *O triunfo de Baco*, de Velázquez, não o quadro completo, mas a preparação da tela e dois rostos quase prontos, o Baco e o cara do meio, de chapéu e sorriso de bêbado. O quadro ainda estava um pouco úmido e dava para ver onde ele (ou eu) tinha repintado o camponês da extrema direita, fazendo uma nova cabeça, e onde a figura ao fundo estava recém-pintada, em uma tentativa frustrada de dar mais profundidade ao conjunto. Entendi o que ele quis dizer sobre o braço de Baco: estava mal posicionado no ombro e a perspectiva também estava ruim. Mas o rosto era excelente.

Tomei um banho, mudei de roupa e preparei com capricho um Gibson na coqueteleira de prata de meu pai. A única comida que minha geladeira tem é cebolinha e azeitona em conserva, pois às vezes prefiro um martíni.

Pensando bem, pelo trabalho no quadro acho que dessa vez devo ter passado pelo menos dois dias na vida de Velázquez, e estava curioso para ver a quanto tempo correspondia... Será que ainda posso chamar de "em tempo real"? O visor na secretária eletrônica informava que tinham se passado aproximadamente 34 horas desde que preparei a tela, algo que meu estômago começava a confirmar, e o drinque começava a surtir efeito na minha cabeça e no meu equilíbrio. A luzinha da secretária eletrônica marcava 15 recados. Ouvi todos e respondi à ligação de Mark Slotsky.

— Onde tem andado, cara? — ele perguntou, ao celular, antes de eu dizer quem era. Ainda me incomoda essa história de a tecnologia mostrar quem está ligando, é outra pequena erosão do convívio social. Ouvi sons de bar ao fundo. — Deixei recados na sua secretária. Você soube que comprei o quadro de Kate Winslet?

— Soube, obrigado. Suponho que você conheça um fã da atriz para quem vai vender o quadro.

— Na verdade, um fã de Velázquez. Excelente trabalho.

— É. Escuta, pode vir aqui? Preciso lhe mostrar uma coisa.

— Agora? Estou com Jackie Moreau no L'Orange Bleu. O que foi?

— Mais um Velázquez. Você realmente precisa ver.

Ele concordou e vinte minutos depois os dois chegaram, agitados pela bebida, mas se acalmaram ao ver o que estava no cavalete.

— Wilmot, que porra é essa? — perguntou Mark.

— Parece com o quê?

— Com *O festim de Baco*, de Velázquez, faltando terminar dois terços. — Olhou em volta procurando uma reprodução pregada em algum canto e, como não achou, perguntou:

— Você pintou de *memória*?

— Não estou copiando. Tomei um pouco de salvinorin, voltei a 1628 e me transformei *nele* pintando. Quando recuperei a consciência, esta tela estava no cavalete. Legal, não?

— Incrível — disse Mark, aproximando-se e tocando de leve na tela com a ponta do dedo. — Já viu as radiografias desse quadro publicadas na literatura de arte?

— Não, não sou um intelectual como você. Por quê? — perguntei.

— Porque essa é a primeira versão, sem *pentimenti*. Sabe, se não fosse totalmente maluco e impossível, quase acreditaria que você está dizendo a verdade.

Jackie perguntou:

— Você consegue ser outros pintores também? Pois, se fosse Corot ou Monet, podia se dar muito bem.

Rimos, mas Márk parou de rir e perguntou:

— Quanto você vai pedir por ele?

— Não terminei e não está à venda — respondi.

— Eu sei. Mas quanto vai pedir?

— Dez mil — falei, brincando. Ele tirou um talão do bolso e fez um cheque com uma caneta Montblanc de ouro do tamanho de uma granada antitanque.

Olhei assustado para aquele pedaço de papel amarelo, o cheque.

— Você acha que há um mercado para cópias inacabadas de velhos mestres?

— Há mercado para tudo. Você só precisa fazer.

Eu não soube como reagir a essa notícia, então virei para Jackie que, gentil como é, ria feito um macaco, desfrutando da minha boa sorte.

— Pensei que você fosse para a Europa — lembrei a ele.

— Vou amanhã. Estávamos tomando um drinque de despedida no L'Orange Bleu quando você ligou. Você estava convidado, mas não respondeu às ligações.

— Bom, então vamos continuar a festa — sugeri.

— Certo. E a bebida é por sua conta — disse Jackie.

Bebemos muito, fomos os últimos a sair do bar e enfiamos Jackie em um táxi, depois que ele nos deu vários abraços à francesa, ou seja, com beijos. Mark entrou em outro táxi e disse que algumas pessoas viriam ver o quadro dali a mais ou menos uma semana, quando a tinta estaria seca, e ele poderia ser embalado. Voltei para casa, tirei o quadro do cavalete e virei-o para a parede. Eu estava ficando meio assustado com aquilo.

No dia seguinte, acordei de ressaca, com alguém batendo na porta do loft. Era Bosco. Queria me mostrar seu trabalho mais recente; é ótimo ver um cara que ainda se anima com a arte, então desci para dar uma olhada. Fazia tempo que ele vinha falando em usar o barril com pó do 11 de Setembro que juntou na época do atentado; queria fazer uma crítica ao que ele chamou de histeria fascista que causou a Guerra do Iraque.

O trabalho com as garotas se masturbando tinha saído de seu loft (vendido para um verme rico de Miami, ele disse) e fora substituído por uma enorme caixa de acrílico que devia ter uns 3x6m. Tinha luzes e holofotes de tevê e estava cheia das bonecas de pano que eram a marca registrada dele. Ele me fez sentar em frente à tela e ligou o equipamento.

Devo dizer que foi um ótimo espetáculo. Projetou vídeos do presidente Bush e do prefeito Giuliani na cara das bonecas vestidas de palhaço e, ao fundo, vídeos dos aviões atingindo as Torres Gêmeas. Usou pneus para fazer as torres, que subiam e desmoronavam em contrações espasmódicas. Na base de uma das torres, ele construiu um pequeno trilho por onde homenzinhos vestidos como judeus ortodoxos fugiam dos prédios antes que eles caíssem e sumiam em uma entrada de metrô em miniatura. O compressor que fazia as torres funcionarem atirava jatos de ar em pequenos bonecos de isopor vestidos de policiais, bombeiros e civis que subiam e caíam de novo; pegavam fogo, espirravam sangue, e a cena era complementada por cabecinhas, pernas e braços soltos. Ele tinha enchido a caixa com cinza do 11 de Setembro, o que criou nuvens interessantes acima dos bonecos, além de formas sempre mutantes graças a tudo o que se mexia na caixa. A trilha sonora era uma mistura confusa de políticos discursando, jornalistas noticiando, explosões, gritos de horror e uma caixa de som separada emitindo um riso histérico. Esse alto-falante era embutido em um daqueles bustos mecânicos sorridentes de parques de diversões dos anos 1940, enfeitando uma série de máquinas que vendiam comida, bebida ou jogos. Bosco tinha vestido esse boneco de árabe.

— O que acha? — perguntou, depois que olhei por alguns minutos.

— Acho que você se superou na agressividade. É como se Duchamp tivesse exposto o *readymade* do pinico cheio de urina.

— É mesmo? Bom, obrigado, eu queria colocar gás para dar a impressão de chamas de verdade, sabe? Mas tive medo de que o pó pegasse fogo, e a galeria não aceitou por causa do seguro de incêndio. Talvez eu pudesse usar chapas de metal colorido ou filme plástico, que a brisa movimentaria, dando um efeito de fogo.

— Acho que está ótimo assim, a projeção do vídeo já mostra chamas de verdade. Vai exibir em uma galeria?

— Vou, no mês que vem, na Cameron-Etzler, que está me cedendo todo o espaço no SoHo. Vai ser ótimo.

Concordei com ele e saí, tentando sem muito sucesso arrancar a inveja do meu coração. Olhei para meus esboços mais recentes e pensei no que Chaz pintaria se virasse um grande artista, e me lembrei do que imaginei pouco antes no metrô: uma análise profunda de rostos modernos usando técnicas tradicionais. Como mostrar dignidade e evitar cair no *kitsch*? *Homem pedindo uma pizza. Mulher procurando o cartão do metrô.* Será que ainda é possível? Nada de fotorrealismo, não, tudo em aço, exceto os peitorais, os para-choques dos carros são todos falsos, cópia de um slide Kodachrome projetado na tela. Estrutura, peso, poder, a força da tinta aplicada sobre uma superfície viva: *sprezzatura*. Os anões e os personagens grotescos de Velázquez, os taberneiros, mas somados ao que se viu nos séculos passados: os rostos precisam mostrar isso. Fumei meio maço de cigarros, enchi de esboços minha máquina de picar papéis, mas não apareceu nenhuma boa ideia. Depois de um tempo, desisti e saí.

As três semanas seguintes passaram com o mesmo entusiasmo em suspenso. Fiz uma pequena ilustração para o *Observer*, retratando Bush como Pinóquio, com o nariz comprido ao estilo Disney, e os outros personagens na pele de políticos atuais. Recusei dois trabalhos importantes como esse e passei a viver com os 10 mil dólares que Mark tinha me pagado, descansando um pouco antes de ir à Itália fazer o afresco. Mas não tinha jeito, tudo o que eu fazia parecia uma porcaria ou uma porcaria feita por alguém.

Para aumentar o sofrimento, um domingo levei as crianças à exposição de figurativos americanos, no Metropolitan. Milo sumiu com seu crítico de arte eletrônico enfiado no ouvido, puxando o pequeno balão de oxigênio sobre rodas enquanto Rosie respirava o ar divino, mas só tinha a mim para dissertar sobre arte. O museu estava lotado pois, no fundo, todo mundo adora arte figurativa, mesmo que seja medíocre, e praticamente todo mundo confunde essa mediocridade com arte.

O museu tinha grandes cartazes com frases de artistas famosos. Richard Diebenkorn dizia o seguinte: "Assim que comecei a usar a figura, tudo o que eu pensava sobre pintura mudou. Talvez não só no sentido estrutural mais evidente, mas as figuras alteraram minha noção de interior ou ambiente, ou do quadro em si de uma forma que foi muito bem-vinda para mim. A pintura abstrata não tem isso... Na pintura abstrata, não se pode lidar com... um objeto ou pessoa, com a psicologia de uma pessoa em oposição ao lugar onde a figura *não está* no quadro... Na pintura abstrata, isso sempre me falta, não tenho essa espécie de diálogo entre elementos que podem ser... muito diversos e podem lutar entre si, ou ficar em grande conflito."

Também acho, Dick. E Tom Eakins fez coro: "O grande artista não senta como um macaco e copia... mas fica atento à natureza e rouba as ferramentas dela. Aprende o que ela faz com a luz — que é a grande ferramenta —, com a cor e com a forma e depois passa a usá-las... Mas, se um dia pensar que pode velejar de outra forma que não a determinada pela natureza, ou inventar uma embarcação melhor, vai naufragar."

Nós, artistas menores, sempre naufragamos. Seria bem mais fácil para mim se a pintura figurativa estivesse morta e enterrada, como a poesia épica ou a tragédia em verso, mas não está, pois toca em algo no fundo do coração humano. Eu gostaria mesmo era de uma droga que me dissesse por que não posso ter uma carreira normal como pintor figurativo moderno.

Mais uma vez, conto tudo isso para mostrar que minha vida continuava como há anos, lamurienta, insatisfeita, bloqueada, às vezes com um desejo suicida que só não concretizo por causa das crianças. Era essa minha vida, eram essas as lembranças que eu tinha, exceto as lembranças de ser Diego Velázquez que, claro, eu *sabia* que estavam sendo provocadas por uma droga.

As crianças e eu olhamos os lindos quadros junto com a multidão de outros visitantes, e a querida Rose perguntou onde os *meus* quadros estavam expostos. Respondi que não estavam; ela perguntou por que, respondi que os museus só expõem os melhores quadros, e os meus não eram tão bons assim; ela disse: Você deve se esforçar mais, pai.

Bom conselho, sem dúvida. Voltamos para o meu loft; Milo ficou jogando no computador, eu me esforcei mais e Rose inventou uma nova forma de arte usando restos de papel picado e cola em bastão para fazer colagens fantásticas, várias camadas de tiras coloridas entremeadas que, se tivessem 6 metros de comprimento, seriam perfeitas para a Bienal do Whitney Museum. Ao observar Rose, lembrei-me da tese de Shelly de que a criatividade sai do eu infantil e, ao voltar para esse eu sob efeito do salvinorin, deflagra o processo a um nível mais profundo. Fiquei desejando a próxima dose e afastei a ideia de que, mesmo sob o efeito da droga, eu era um *pasticheur* que não estava minando meu passado, mas o de outra pessoa.

Tive mais uma sessão no laboratório e, ao chegar lá, a recepcionista não me entregou a prancheta, mas disse que o Dr. Zubkoff queria falar comigo outra vez no consultório.

Entrei, ele fez um gesto para eu sentar e me olhou sério, como se a tomografia do meu pulmão mostrasse uma sombra estranha. Tenho certeza de que ele treinou esse olhar na faculdade de medicina e não teve muita chance de usá-lo na profissão. Ele disse:

— Bom, Chaz, tenho um probleminha para resolver com você.

— Hum?

— Você não nos informou que tinha um histórico de vício em drogas.

— Eu não chamaria de *histórico*...

— Não? Duas internações em clínicas de reabilitação, sendo uma delas por ordem judicial. Eu chamaria isso de problema com drogas.

— Shelly, vendi alguns comprimidos em um bar. Foi uma besteira. Fui fazer um favor para o amigo de um amigo e acabou que o cara era traficante.

— Bom, seja como for, você não pode continuar na pesquisa. É uma variável que pode confundir os resultados.

— Não uso drogas há anos.

— É o que diz, mas não posso fazer um teste de drogas em você todas as vezes em que vier aqui. Além disso os funcionários reclamam que você não coopera e é agressivo.

— Ah, faça-me o favor! Só porque não descrevi como era um quadro que fiz durante uma alucinação?
— Isso mesmo. Você deve nos contar todos os efeitos da droga. Os relatos fazem parte da pesquisa.

Ele comentou então que a história de Velázquez ainda o incomodava; aquilo não era para acontecer com o salvinorin.
— Então o que está acontecendo comigo?
— Alguma outra coisa. Algo desconcertante. — Ele parecia procurar uma forma delicada para dizer o que queria.
— Um problema psicológico subjacente.
— Uma psicose, por exemplo?
— Eu não iria tão longe, mas é evidente que algo estranho está acontecendo com você, algo que não deve ter relação com o salvinorin. Infelizmente, não estamos preparados para ajudá-lo como você precisa. Sugiro que marque uma consulta no hospital daqui, faça uma bateria de testes, com exame de sangue completo, eletroencefalograma, tomografia computadorizada e ressonância magnética para garantir que não há nenhuma patologia. Ou seja, pelo que sabemos, você deve ter algum desequilíbrio endócrino ou alguma reação alérgica ao salvinorin ou, espero que não, um tumor cerebral.

Eu disse que ia pensar. Shelly deu de ombros, nos despedimos com um aperto de mão e pronto.

Depois, pediram que eu assinasse alguns papéis, e estava oficialmente fora da pesquisa. Confesso que fiquei triste. No metrô a caminho do centro, fiquei pensando onde poderia conseguir mais salvinorin. Lembrei que era uma das poucas drogas psicoativas que não foram proibidas, portanto poderia consegui-la em algum lugar da cidade. Depois, pensei: Deixe de ser maluco, Chaz, se Lotte souber disso, você nunca mais verá as crianças. Foi o que me ocorreu durante o trajeto.

Quando subi a escada do metrô vi que havia dois recados no meu celular: um da minha irmã e outro de Mark, sobre o mafioso italiano que queria fazer o teto do *palazzo* naquele outono, antes que começasse a temporada de chuvas em Veneza. Ele estava consertando o teto e queria que o afresco fosse pintado ao mesmo tempo e perguntava se eu podia ir logo; para tanto, receberia uma gratificação de 25 mil dólares para começar no dia primeiro e mais 25 mil para terminar antes do Natal. Liguei na hora para Mark e disse que estava ótimo, pois eu tinha sido excluído da pesquisa.

A mensagem de minha irmã dizia que ela ficaria sem entrar em contato por um tempo, pois teve a chance de ir à África salvar bebês ou algo assim, e precisava partir imediatamente. Não dava detalhes porque não tinha e também porque desconfiava que fazia parte do esquema entrar como clandestina em um país africano cujo nome não sabia, mas que era horroroso.

Fui então para a galeria de Lotte, contei que teria de me ausentar da cidade por uns três meses e expliquei o motivo. Ela ficou meio irritada, mas o tilintar do dinheiro, talvez 200 mil dólares, era um argumento que não podia desprezar. Usei um tom bastante formal na conversa, não falei como na vez anterior. Agora era só uma relação de negócios e ela perguntou:

— Ei, viu que saiu uma crítica sobre seus quadros?

Na sala principal da galeria, minhas atrizes (com exceção de Kate Winslet) continuavam lá, com as benditas bolinhas vermelhas indicando que estavam vendidas, e tinha também uma crítica do *Village Voice* emoldurada ao lado.

Nada mal. O cara que escreveu entendeu que não se tratava apenas de uma apropriação pós-modernista, mas de um esforço real usando os meios tradicionais de pintar para penetrar em uma personalidade e espreitar o que havia por trás da máscara de celebridade. O crítico esperava que eu continuasse explorando esse veio. Pena que terminou o texto com um pequeno comentário jocoso dizendo que Andy Warhol tinha começado como artista comercial e vejam só onde foi parar. É mesmo, vejam só.

Comentei com Lotte:

— Muito bom. Mas é sempre perigoso ser comparado a Warhol.

— Não seja bobo. É uma ótima crítica. Alguns grandes colecionadores me ligaram, tem mais algum trabalho para mostrar? Seria muito bom para você.

Olhei para ela prestes a dizer algo cínico e grosseiro, como costumo fazer nessas situações, mas notei que ela estava realmente encantada (o rosto brilhava de felicidade e admiração por mim), então apenas concordei e, após um instante de indecisão, abracei-a. Ela retribuiu. Avisei então:

— Muito bem, mas esses colecionadores terão de esperar — querendo dizer que primeiro eu tinha de fazer o afresco na Itália; ela concordou e fiquei satisfeito de estar livre, pelo menos por um tempo, dos trabalhos para revistas. Contei algumas ideias que tive e, meu Deus, foi ótimo voltar a conversar com Lotte sobre pinturas e trabalho, exatamente como fazíamos no começo, e ela ficou com esperança de que meu trabalho tivesse dado uma guinada.

Fui para casa, com medo da solidão que pintar exigiria de mim. Ao subir a escada, vi que a porta do loft de Bosco estava aberta, olhei lá dentro, e ele estava se mirando no espelho sujo que fica ao lado da porta. Usava um velho paletó de smoking, jeans e uma camiseta da banda Nine Inch Nails. Lembrei-me da exposição dele e de que tinha prometido acompanhá-lo.

Apesar de ter uma esposa e filhos bastante apresentáveis, um agente e uma galeria para expor, Bosco só vai a vernissages comigo ou com outro artista. É uma tradição que sempre suportei com meu habitual masoquismo, então fomos e cortamos caminho pela Broadway para a Broome Street. A galeria fica a oeste da Broadway e, quando chegamos na esquina das duas ruas, vimos que algo estava acontecendo. Havia dois carros de polícia parados, impedindo o trânsito e com as luzes do teto girando; ao entrarmos na Broome, vimos que estava lotada com, no mínimo, umas quinhentas pessoas e uns vinte policiais. Os motores de dois furgões de tevê roncavam e zuniam perto da entrada da galeria e iluminavam-na com holofotes.

— Cara, quanta gente! Tem até televisão, que ótimo! — exclamou Bosco. Sorriu e seus dentes alternaram entre vermelhos e amarelos, conforme giravam as luzes das viaturas. — Vamos logo, antes que o champanhe acabe — e foi em direção à multidão. Ou ao populacho, o que seria o termo mais adequado.

Na metade do quarteirão, já dava para ver que não era uma multidão de amantes de arte. Ouvi o barulho de um vidro sendo quebrado, um grito e sirenes ao longe. Surgiu atrás de mim uma grande caminhonete preta vinda da Broadway, que parou perto dos carros de polícia e expeliu um batalhão do grupo de operações táticas, com homens de uniformes pretos e capacetes, proteção no rosto e cassetetes. Fizeram fila, e tratei de dar no pé. Entrei calmamente em um restaurante chinês e pedi uma quentinha. Uma vergonha, é verdade, mas o que eu podia fazer?

Quando voltei para o loft, sentei para comer o *lo mein* e liguei a TV. Uma mulher transmitia as notícias locais, com expressão séria e voz grave, próprias de temas agourentos, e falava com alguém fora da tela. Era uma edição especial, e a câmera estava mostrando um cara com microfone perto de onde eu tinha deixado Bosco. Atrás dele, via-se o que restou da galeria, com a vitrine quebrada e uma fumaça preta saindo do interior. Bombeiros passavam pelos destroços, fazendo o habitual rescaldo. A repórter dizia:

— Não, Karen, ainda não sabemos qual o estado de saúde do artista Dennis Bosco, mas testemunhas afirmam que ele apanhou muito e foi levado para o hospital St. Vicent. Voltaremos assim que tivermos mais informações.

Mais algumas perguntas e respostas sobre feridos e prisões, depois mostraram um trecho da instalação do 11 de Setembro e cenas gravadas antes da explosão, com a peça funcionando como eu tinha visto ao vivo, e Bosco sendo reconhecido e empurrado no meio do povão. Em seguida, um bando de garotões aos berros chutando e dando socos, e policiais vindo resgatá-lo, não muito animados, pelo que me pareceu. Então uma lata de lixo atingiu a vitrine, o populacho invadiu a galeria, e amantes da arte saíram gritando e levando uns safanões; aí houve um incêndio que fez a tela da tevê ficar branca, ouviram-se mais gritos e berros. A última cena era do grupamento tático finalmente entrando como uma tropa imperial de assalto e esvaziando a rua.

Não consegui desgrudar os olhos da TV, apesar dos âncoras e das entrevistas idiotas feitas no local. "Deveriam ter tirado do ar os palavrões que as pessoas disseram. Mais tarde, mostraram imagens de Bosco com a cara parecendo uma massa ensanguentada, sendo levado de maca para a ambulância. A câmera cortou para mais entrevistas, com todos concordando que era um absurdo fazer piada com o 11 de Setembro, principalmente usando cinzas reais do atentado. E que o artista teve o que merecia. Um porta-voz da assessoria do prefeito disse o de sempre sobre liberdade de expressão, nossos valores constitucionais e que os culpados seriam punidos, mas ele também não parecia muito animado, e por que haveria de estar, já que o tumulto fora causado por policiais e bombeiros de folga? O evento em si era uma obra de arte.

Tentei falar com Connie Bosco em Jersey, mas o telefone estava ocupado. Liguei então para o hospital, e me informaram que Bosco estava sendo operado e que só dariam informações para a família. Então, fui dormir.

No dia seguinte, estive no hospital, mas não pude vê-lo. O andar estava vigiado por três corpulentos policiais: dois na sala de enfermaria e um na porta do quarto de Bosco, então tive que usar meu charme com uma das enfermeiras. Ela aceitou dar um recado para Connie, que dali a pouco apareceu e disse que eu poderia acompanhá-la. Pela conversa dos policiais, concluí que eles não estavam gostando de dar proteção a Bosco, preferiam dar uns socos também. Claro que a polícia não tomou conhecimento da ironia pós-modernista.

Connie Bosco é mexicana e ceramista de certa qualidade. Parecia confusa e surpresa com o que aconteceu ao marido. Entendia que os policiais chutassem o traseiro das pessoas, pois era assim que faziam em sua terra natal, mas não que fizessem isso por causa da arte e não por dinheiro. Bosco achou tudo ótimo. Estava tão feliz quanto é possível para um homem com ferimentos internos, três costelas fraturadas e a cara amassada. Disse que sorrir doía mas, mesmo assim, ele ria. Era a realização do que quis a vida inteira: fazer a sociedade se indignar graças à arte dele. Tentou fazer pornografia, tentou arte do absurdo e nada. Mas tinha descoberto a vaca sagrada nas cinzas do 11 de Setembro e, finalmente, estava ao lado de Monet, Van Gogh e Marcel Duchamp. Era um momento para ser degustado.

— Pelo jeito, a instalação já era. Soube que houve um incêndio? — perguntei a ele.

— Não tem problema. A história vai ficar. Além do mais, tenho um bocado de cinzas sobrando e posso reconstruir a instalação. Talvez eu faça isso.

— Faça, e mato você — ameaçou a esposa.

Deixei Bosco, entrei na rua 11 e em uma amarga depressão. Certo, ele tinha descoberto uma das últimas e poucas feridas na cultura, enfiou nela a faca com vontade e pagou o preço. Ele tinha literalmente sofrido pela arte, o que, supunha-se, fazia parte da coisa, a qual não me interessava. Eu queria... eu *queria*...

Fiquei pasmo, pois eu não sabia o que queria. Estranho. Estava vazia e empoeirada a prateleira da região do meu cérebro dedicada a o-que-eu-realmente-quero-da-vida. Havia só uma vontade.

Pensando nisso e seguindo pelo lado negativo, me vi em frente ao Gorman's, onde passei a tarde bebendo sob meu quadro bobo da Hillary Clinton. Comecei a conversar com um sujeito que disse ser professor de filosofia desempregado, e falamos um bom tempo sobre a natureza da realidade, depois cambaleamos na escuridão brilhante da cidade. Ele queria um táxi, disse que me daria carona, chamou um e... na verdade, não consigo me lembrar de tudo direito. Lembro de Wittgenstein e "o mundo é o que for" e do táxi, mas não tenho qualquer registro de sair do táxi e subir a escada, o que costuma servir para queimar bastante álcool no meu corpo. Só me lembro de acordar.

Não estava na minha cama, mas em um colchão king size com lençóis bem mais finos e limpos que os meus, olhando para um teto bem mais alto e mais limpo que o do meu loft. Ocorreu-me a ideia ridícula de que eu tinha sido seduzido pelo filósofo desempregado. Chamei, ninguém respondeu. Então, me levantei devagar para não mexer aquela coisa pontuda que parecia estar dentro da minha cabeça e procurei o banheiro.

Alguém gastou um bocado de dinheiro ali, pois dispunha de todos os mais modernos acessórios europeus e um enorme boxe envidraçado, em nada parecido com a minha velha tina sobre suportes de madeira e cortina mofada. Lavei o rosto, abri o armário da pia procurando uma aspirina e achei um vidro de Advil. Tomei três comprimidos e conferi o que mais tinha dentro. As coisas de sempre e, pelos apetrechos de maquiagem e cremes caros para o rosto, concluí que uma mulher também morava ali; mas, quando vi os vidros marrons de remédios, tive um choque: um dos remédios era amoxicilina, e o meu nome estava no rótulo.

Lembrei que tomei aquele remédio durante quase um ano, desde a tosse que tive no inverno passado. Era o mesmo vidro, com mais ou menos a mesma quantidade de comprimidos restantes e a mancha de tinta azul na tampa. Então, comecei a sentir pequenos tremores em volta do coração, e meu cérebro tentava dar explicações: talvez eu tivesse emprestado o remédio para alguém e esquecido; essa pessoa emprestou para outra etc. e o remédio acabou naquele armário. Coloquei de volta no lugar, andei pelo loft e olhei pela janela. Esperava estar em Tribeca, pois via Greenwich Street e um pedaço reluzente do rio, então aquele deveria ser um dos lofts esvaziados e reconstruídos para os poderosos da mídia e a fina flor do mundo artístico.

Sob a janela havia uma comprida prateleira pintada, cheia de fotos de família; dei uma olhada desinteressada, como quem vê fotos dos parentes de outra pessoa, depois olhei de novo cada uma delas e naquele momento meu coração bateu forte e grossas gotas de suor escorreram pelo meu rosto, pois todas as fotos eram da minha família e de Lotte: meu pai, com sua capa vistosa, minha mãe quando jovem; depois, com os dois filhos nas nossas melhores roupas brancas; os pais e avós de Lotte na velha Europa. Eram fotos que eu tinha visto no tempo em que fui casado; algumas eram esquisitas como, por exemplo, eu e Lotte um pouco mais jovens, no que parecia ser a Grande Muralha da China, onde jamais estivemos. Isso eu consigo lembrar.

Continuei explorando o local, com as pernas bambas. Entrei nos quartos das crianças e reconheci lá várias coisas (embora o computador de Milo ali fosse melhor que o da vida real) e o quarto de Rose com seus bichos de pelúcia e um grande mural de cortiça para os desenhos dela.

A enorme sala de estar tinha uma boa coleção de arte contemporânea nas paredes, inclusive um quadro de Wilmot Jr., aquele que mostrava Lotte com Milo, que dei de presente para ela no nosso quinto aniversário de casamento. Havia também móveis confortáveis e caros, um grande piano preto espreitando no canto, brilhante, horrendo. Uma cozinha toda da moda, com bancadas de granito, geladeira e freezer com fotos das crianças e papéis da escola presos com ímãs, um fogão Vulcan, o livro de culinária manchado e gasto de Lotte na prateleira no canto.

Pensei: Isso deve ser efeito de alguma droga, alguma reação estranha, como a alucinação com Velázquez, mas não, era completamente diferente porque nas outras vezes eu *era* Velázquez, à vontade como ele mesmo, enquanto ali eu era apenas eu, tremendo de pavor.

Mas eu tinha que ver tudo, então segui o cheiro de terebintina até uma porta e, quando entrei, vi um espaçoso ateliê com claraboia e um grande cavalete de carvalho mostrando o quadro mais recente que, supostamente, eu tinha feito. Dava a impressão de que eu estava pintando grupos de pessoas em uma tela grande, talvez de 2x3m. Eram três mulheres e um homem em um sofá namoradeira de veludo avermelhado, os quatro caídos para um lado, com os braços entrelaçados como se tivessem tropeçado e caído no chão, um monte de pernas rosas lindamente pintadas, com a superfície lustrosa do estilo Barbizon em pinceladas invisíveis, um quadro tão bom quanto qualquer Bouguereau. Os rostos eram facilmente identificáveis: Suzanne, Lotte e mamãe, todas no auge da juventude, e o homem era papai. Era inacreditavelmente pior do que as fotos de família. Saí de lá rápido, sem olhar mais.

Desci de elevador até o saguão e vi que o prédio tinha mesmo passado por uma boa reforma, pois não havia o habitual corredor, mas uma entrada de verdade, com vasos de plantas, luz indireta e uma pequena mesa para o porteiro. Este me cumprimentou, efusivo:

— Olá, Sr. Wilmot. Pelo jeito, teremos um lindo dia hoje.

Era um homem moreno e baixo, de uniforme cinza com uma plaquinha na lapela onde se lia AHMED. Aproximei-me e perguntei:

— Você me conhece?

O tom e a expressão deviam ser incríveis, pois o sorriso formal amoleceu e ele disse:

— Claro. O senhor mora na cobertura, Sr. Wilmot.

— Há quanto tempo?

— Não sei, senhor. Trabalho aqui há seis anos e, quando fui contratado, o senhor já era morador. Algum problema, senhor?

Não respondi àquela pergunta sem sentido e saí do prédio, daí a pouco estava subindo a Broadway e só parei ao chegar ao meu prédio. A porta da rua estava aberta, o que não era normal, mas às vezes as pessoas faziam isso quando aguardavam uma entrega. Subi correndo a escada para o loft e fiquei em frente à minha porta.

Só que não era a minha porta. A minha tem a tinta original cinza-encouraçado, com um monte de descascados e manchas que conheço como a palma da minha mão. Aquela porta era nova, pintada de azul-cerúleo forte e um suporte de cobre mostrava um cartão impresso com o nome de alguém que eu não conhecia. Demorei um pouco para enfiar minha chave na fechadura; minhas mãos tremiam muito, e a chave não girava. Bati na porta até ralar o nó dos dedos, ninguém atendeu.

Então, desci devagar a escada até o loft de Bosco, como se o mundo pudesse se desfazer se eu corresse. A porta de Bosco estava pintada de vermelho brilhante. Ele ainda estava no hospital, mas eu sabia que Connie estava morando ali para ficar por perto enquanto ele se recuperava. Bati na porta. Um negro alto e atlético abriu a porta e me olhou, curioso.

— Onde está Connie? — perguntei.

— Quem? — disse o sujeito.

— Connie Bosco. Esse loft é do marido dela.

— Desculpe, deve haver um engano. Este apartamento é meu.

— Não, Bosco mora aí há mais de vinte anos — insisti.

— Não, o senhor deve ter entrado no prédio errado. Aqui é Walker Street, 49.

— Eu sei que é, droga! Moro no quinto andar há anos. O que está acontecendo, porra?

O sujeito fechou a cara e, enquanto ia fechando a porta também, falou:

— O senhor precisa se controlar. Quem mora lá é Patty Constantine e não acredito que o senhor more com ela e Yvonne. Não sei quem é o senhor, mas tenho certeza de que não mora neste prédio.

Fechou a porta com força. Bati e gritei várias vezes. Eu sou Charles Wilmot! até minha garganta doer e o homem ameaçar chamar a polícia se eu não fosse embora.

Então, eu fui. Cheguei na rua chorando alto como uma criancinha perdida. Eu dizia: Está bem, volte para como era antes! Volte! Volte! Porém, a cidade continuou sendo a mesma Nova York cruel do século XXI. Só que eu tinha sido expulso dela como a acne é expelida do corpo, substituído por um pintor que estava ótimo, ainda casado com a mulher que amava e pintando o tipo de coisa que eu podia ter feito e não fiz.

Aí, peguei o celular e teclei o número particular de Mark; jamais ligaria para Lotte, pois ela não podia me ver daquele jeito, não podia saber da droga nem nada. Além do mais, e se Lotte confirmasse que nós morávamos com as crianças naquele lindo e rico loft e que todas as lembranças que eu tinha dos últimos vinte anos eram falsas?

Mark atendeu, grasnei qualquer coisa, ele disse que estava com um cliente e não podia falar, ia tentar interromper a conversa mas, pelo amor de Deus, que eu me acalmasse. Na verdade, a voz dele, saindo por aqueles furinhos do telefone, *estava* calma, era alguém que conhecia meu verdadeiro eu. Respirei fundo algumas vezes, senti o suor começar a refrescar meu rosto e aceitei encontrá-lo no Gordon's dali a meia hora.

Cheguei e sentei no bar; o movimento do almoço já tinha terminado.

— Onde está Clyde? — perguntei à jovem atrás do balcão. Nunca a tinha visto, e Clyde trabalhava de barman diurno ali desde o tempo em que Beame era prefeito de Nova York.

— Clyde? — ela repetiu, confusa.

Minhas entranhas começaram a sacudir de novo. Pedi um martíni, bebi, pedi outro e notei que meu quadro da Hillary não estava mais na parede. Tinha sido substituído por um cartaz antigo de luta de boxe, emoldurado. Perguntei à moça o que tinha acontecido com meu quadro, e ela disse que não sabia do que eu estava falando. Eu já ia discutir — na verdade, estava gritando com ela — quando Mark chegou, me puxou para uma das mesas de canto e perguntou que diabo estava acontecendo.

Contei. Contei do loft elegante, da minha chave que não entrava na porta, do sujeito no loft de Bosco e... o quê? Alguém tinha tirado a minha vida e substituído pela de outro homem? Enquanto eu falava, minhas palavras me pareciam a própria definição da loucura, como uma conversa com alienígenas e mensagens da CIA. Mas ele me ouviu e disse:

— Nós estamos com um problema, cara.

— Nós?

— Ah, é. Acabo de confirmar com Castelli que você vai fazer o teto, e você vem com um ataque de nervos para cima de mim.

Uma faísca de esperança.

— Então quer dizer que o trabalho no teto é verdade, e eu não teria aceitado uma coisa dessas, a menos que fosse um fodido morrendo de fome que aceita qualquer trabalho, não é?

— Não sei, Chaz. Talvez você esteja precisando descansar. Talvez esteja fascinado por Tiepolo. Quem sabe o que os artistas vão fazer? Durante anos, Hockney fez aquelas fotos Polaroid...

— Foda-se o Hockney! E foda-se você também! Que fim levou o quadro da Hillary Clinton? — perguntei, mais alto do que pretendia, e as pessoas do bar olharam.

— Do que está falando, Chaz? Que quadro da Hillary Clinton?

— Aquele que está há anos ao lado do bar e...

— Chaz, se acalme, porra!

— Diga que eu sou eu, só isso!

A essa altura, eu estava berrando, e ele respondeu com aquela voz suave que piora ainda mais a loucura insipiente:

— O que adiantaria, cara? Se você está tão louco como diz, poderia imaginar que eu disse exatamente o que você queria ouvir. Ou o contrário. Vamos embora. Se você continuar gritando, vai acabar sendo expulso.

Ele jogou um dinheiro na mesa, mais que o necessário para pagar a conta e uma boa gorjeta, e me empurrou para a rua. Pelo celular, chamou a limusine preta, que apareceu em seguida. Até aí, tudo ótimo. Limusine preta, Mark falando ao celular com algum cliente, uma situação normal; ele não estava muito preocupado com o que aconteceu comigo, então por que eu estaria? Era uma lógica maluca, mas naquele momento era a única que eu tinha.

Saltamos do carro na frente da galeria dele e entramos. Mark tinha um negócio para acertar, eu podia aguardar no escritório, que era em cima da sala de exposições. Fiquei satisfeito, não tinha compromissos urgentes. Sentei na grande cadeira de couro de Mark e fechei os olhos. Pensei que talvez conseguisse dormir e quando acordasse tudo teria voltado ao normal. Não, não ia dormir, eu estava ligado, apesar dos drinques que tomei. Certo, continuava achando que aquilo devia ser um efeito colateral do salvinorin, algo que os pesquisadores não tinham imaginado — alguma parte delicada do meu cérebro havia entrado em curto, e eu estava em uma alucinação, uma realidade alternativa na qual eu era um pintor bem-sucedido de quadros que costumava detestar.

Depois, pensei: Espera aí, eu tenho uma *vida*, com todas as características concretas, como contas no banco, documentos, sites na internet, então vou conferir agora. Liguei o computador de Mark e procurei meu nome no Google. Eu tinha um lindo site que mostrava meus maravilhosos nus e, por mais estranho que parecesse, mostrava também alguns quadros do começo da minha carreira, que eu me lembrava de ter pintado. Mas o site do qual eu me recordava, com as ilustrações para revistas, tinha sumido.

Tentei acessar minha conta bancária. A senha foi recusada.

Peguei o celular e consultei a agenda de telefones. Eu costumava ter o número de todos os diretores de arte de revistas em Nova York, mas tinham sido substituídos por nomes desconhecidos. Porém, Lotte estava lá e, quase sem esforço, liguei para ela sem identificar o número, pois era de Manhattan. Tocou, atendeu uma secretária eletrônica dizendo que eu tinha ligado para a casa de Lotte Rothschild, Chaz Wilmot, Milo e Rose e podia deixar uma mensagem após o sinal. Não deixei.

Não tinha jeito, a alucinação era total. Tudo o que eu lembrava não existia mais. A não ser Mark. E eu estava apavorado com ele. Mark agora era Deus, podia acabar comigo com uma palavra. Então, esperei até ele voltar. Joguei paciência no computador. Limpei as unhas com meu canivete suíço. E, já que eu estava com o canivete, gravei minhas iniciais na lateral da gaveta da escrivaninha; assim, caso aquilo fosse uma alucinação completa e eu estivesse mesmo em outro lugar, podia voltar e conferir. Se eu lembrasse.

O fato é que, se você está enlouquecendo, deve ser melhor ficar próximo de um narcisista absoluto como Mark Slotsky do que com alguém que se preocupe com você. Para ele, o sofrimento do outro é tão trivial que, estranhamente, não o incomoda. Mark chegou com um largo sorriso, falando de uma boa venda que tinha acabado de realizar. Estava disposto a comemorar e, por coincidência, tinha sido convidado para um grande vernissage na galeria Claude Demme, no Chelsea. Ia ter sushi do Mara e Taittinger a rodo. Pelo jeito, meu pequeno problema estava esquecido, e fiz de conta que, naquele momento, não era nada de mais, pois eu esperava melhorar. Um dia de cada vez, como dizem na clínica de reabilitação. Pode ser usado em relação a minutos também.

Então, fui atrás dele como um caminhãozinho de madeira puxado por uma criança, entramos na limusine preta e fomos à Claude Demme. A exposição era de três sujeitos que tinham uns 15 anos a menos que eu; os quadros eram o que eu esperava e as pessoas, também — os aficionados da arte, o lixo europeu, os marchands e um casal de celebridades. Mark encheu um prato com sushi caríssimo, começou seu blá-blá-blá de sempre e a mandar beijinhos pelo ar. Não mandei beijos para ninguém e enchi a pança de champanhe.

Depois de meia dúzia de *flutes*, precisei de ar e saí para a rua em direção à Oitava Avenida.

Todas as galerias de arte estavam iluminadas, e passei por elas sem muito interesse até chegar a uma grande fachada com a placa ENSO GALLERY em letras elegantes, brancas sobre fundo preto. Parei para ver um enorme quadro na vitrine, um nu feminino muito bem-executado, com a modelo apertando carinhosamente no peito uma versão dela mesma em miniatura: mais um espasmo de ironia espremido do cadáver do surrealismo, embora o autor desenhasse muito bem. Levei alguns segundos para perceber que era exatamente o mesmo estilo da peça inacabada que vi no loft elegante. Fiquei pasmo e olhei o cartão na vitrine. Estava escrito OBRA RECENTE DE CHARLES WILMOT JR. e, justamente, o quadro tinha minhas iniciais pintadas no canto direito.

Continuei a caminhar, tremendo dos pés à cabeça. Havia algumas pessoas no pequeno espaço branco da galeria e uns dez quadros nas paredes. Todos mostrando homens e, principalmente, mulheres nuas, algumas jovens. A técnica era realista: luz abrangente, sem esconder nada, mostrando boa parte dos pelos púbicos, fazendo um efeito levemente explícito meio Balthus, meio Ron Mueck, meio Magritte. Reconheci algumas das modelos nos quadros, inclusive Lotte e Suzanne. Os preços eram acima dos cinco dígitos, e vários quadros já estavam vendidos. Eu nunca tinha visto nenhum deles.

Procurei a bonita moça sentada atrás da mesa, de olhos azuis, imensos óculos redondos e cabelos pretos armados com gel. Ela me olhou e deu um largo sorriso.

— Olá, Sr. Wilmot — ela me cumprimentou:

— Que diabo está acontecendo aqui? — perguntei.
O sorriso dela sumiu.
— Como assim?
— Você me conhece? — exigi.
— Aham — ela respondeu com cuidado. — Sim, o senhor é o artista. Algum problema?
Fiquei furioso.
O pobre filho da mãe fracassado que eu era na minha lembrança se irritou e gritou:
— Algum problema? Algum *problema*? Vou dizer qual é o problema, querida: jamais pintei nenhuma dessas porcarias.
Dei um berro, peguei meu canivete e ataquei os quadros, cortando as lindas e tão vendáveis telas, ó meu Deus, que bom! Os amantes da arte gritaram, saíram correndo, a moça também gritou, chamou "Serge!" e pegou o telefone. Corri para a vitrine, tirei o cartão com meu nome e ia rasgá-lo com o canivete quando alguém me segurou por trás — imagino que o Serge que ela havia chamado. Enquanto Serge e eu brigávamos, deixei cair o cartão com o canivete preso nele. Consegui me desvencilhar e dei o primeiro soco de verdade desde os tempos da escola. Serge revidou com uma facilidade que ninguém espera de um gerente de galeria, acrescida de um golpe pela esquerda e um poderoso soco cruzado pela direita que me derrubou. Desmaiei.
Entrei algemado na traseira de um carro de polícia. Zonzo, notei um policial conversando na calçada com Serge e o dono da galeria; fui levado para o que achei ser a delegacia e apreenderam minha identidade, relógio, cinto, cadarços dos tênis e me puseram em uma cela, onde vomitei o caro champanhe da Claude Demme e um pouco da comida chinesa meio digerida.

A partir de então, eu era oficialmente doido, além de perigoso. Nova York tem um sistema para lidar com as chamadas pessoas emocionalmente perturbadas, e eu agora fazia parte delas. A polícia avisa o parente mais próximo, mas quando me perguntaram quem era essa pessoa, fiquei mudo. Muitos perturbados se comportam assim, então não teve muito problema. Eles me mandaram para o hospital Bellevue com a roupa ainda cheia de vômito e lá me lavaram, ganhei um avental, um robe, um par de chinelos, uma injeção de Haldol, e me amarraram em uma cama.

Passou-se algum tempo. No lugar da picada da agulha no ombro ficou um inchaço dolorido, e reclamei. Disseram que dariam as injeções no outro braço, caso eu precisasse de outras doses, mas fui bonzinho e não criei caso. Dois dias depois, trocaram as injeções por comprimidos, e tive uma entrevista de 15 minutos com um médico residente que tinha metade da minha idade. Perguntou quem eu era, respondi que não sabia. Foi a resposta mágica, pois parecia que a Enso Gallery não estava preocupada em me processar. Meu ataque foi considerado um pequeno mal-entendido artístico, coisa que acontece a toda hora. Recebi uma receita para comprar olanzapina e me soltaram, então retornei ao maior serviço de cuidados ao ar livre, ou seja, as ruas de Manhattan.

Na rua, abri o envelope no qual meus pertences foram guardados, peguei o celular e consultei a agenda telefônica. Era a antiga, com os nomes dos diretores de arte. Ah, pensei, o Haldol fez efeito. Liguei para Mark.

Ele queria saber por onde andei, respondi que estive na enfermaria de doentes mentais do Bellevue, e ele perguntou:

— Bom, deve ter sido a melhor solução. Você voltou a ser você?

Eu disse que sim.

— Você vai fazer o afresco do meu cliente, certo?

Confirmei. Na verdade, eu queria viajar naquele dia mesmo.

— Certo. Ligo para você mais tarde — ele disse.

Voltei para a Walker Street; a velha porta do meu loft estava lá, e a chave entrou na fechadura. Dei uma olhada na minha casa, mas não me tranquilizei. Parecia que eu não cabia mais naquela vida, é difícil de explicar, mas tinha a impressão de que eu jamais moraria ali de novo. Tomei banho, me vesti e fiz uma malinha de viagem. Mark ligou e disse que à tarde eu podia passar na galeria para pegar as passagens e as outras coisas de que precisaria. Foi o que fiz, e o carro preto dele me levou ao aeroporto Kennedy e me tirou da minha antiga vida.

Eles me deram uma passagem para Veneza na primeira classe da Alitalia. Hoje em dia, as pessoas reclamam muito das viagens de avião, mas aquilo foi bem melhor do que estar no hospital Bellevue. Para começar, tomei uma ou duas doses de prosecco, depois comi *gnocchi alla romana* escoltado por um bom Montepulciano. Conforme o combinado, fui recebido no aeroporto por um homem calado e eficiente que se apresentou como Franco e me levou em uma lancha particular para um hotel pequeno no Campo San Zaninovo, perto do *palazzo* que fica no canal Zaninovo, entre as pontes Storto e Corona. Eu estava me instalando no quarto quando o celular tocou. Era Lotte. Tive outro ataque de terror e não atendi à ligação. Ela deixou uma mensagem irritada: eu devia estar em um hospital psiquiátrico e não passeando pela Europa. Tinha sabido do meu acesso de loucura, pois alguém da galeria usou uma câmera de celular para tirar uma foto minha sendo levado com a cara toda ensanguentada. Os tabloides tinham publicado a foto, e Lotte ligou para Mark, que contou tudo, o cafajeste. Não retornei a ligação dela.

Após um dia de descanso no meu maravilhoso quarto de hotel, Franco me levou para o *palazzo* e me apresentou ao *signor* Zuccone, que é mordomo e responsável por aquela porcaria. Como se sabe, Veneza é uma cidade muito úmida. O *palazzo* foi construído em 1512 e, desde então, devem ter gastado 50 mil dólares no teto da sala de jantar; quando olhei para cima, vi um mingau cinzento e cedendo, meio riscado com anjos e nuvens. Disse então a Zuccone que aquilo tudo tinha de ser retirado. Ele nem piscou e, no dia seguinte os operários já estavam trabalhando. Enquanto isso, dei uma olhada nos cartões desenhados por Tiepolo. Era o plano de trabalho completo, com os furinhos e as marcas de giz vermelho que ele havia feito, miraculosamente preservados. Então estava tudo certo em relação ao desenho, que mostrava a Assunção da Virgem com um coro de anjos e santos, muitas nuvens grossas, sem grandes emoções, só um puro esplendor. Adorei a cena e, estranho, aquilo acabou com meu recente problema de identidade. Às vezes, sentimos isso quando nos envolvemos em um projeto artístico arrebatador, que abafa as vozinhas do ego (ou, no meu caso, da loucura) e passamos a existir entre a forma e a cor. Nada mais importa, a não ser a próxima pincelada.

Claro que aquilo não era, de maneira alguma, uma restauração. Era uma falsificação. Mesmo assim, adorei: por tão pouco, vendi minha tão preservada virgindade!

A primeira coisa que eu precisava fazer era encontrar quem entendesse de gesso para afresco. Lembrei de meu pai, do trabalho que fizemos no seminário de Santo Antônio, do grande fiasco dele e do Sr. Belloto, que cuidou do gesso para nós. Esse senhor parecia ter 100 anos, era o último homem nos Estados Unidos a usar chapéu-coco, ia trabalhar de terno e gravata com alfinete de brilhante. Mudava toda a roupa, vestia um macacão, mas mantinha a gravata. Algum ricaço ligado à Igreja doara um refeitório para o seminário no condado de Suffolk, e sobrara dinheiro também para a pintura de um afresco do santo padroeiro. Claro que, imediatamente, papai passou a ser Michelangelo ressuscitado. Aquele trabalho era sua chance de imortalidade, portanto o afresco tinha de sair direito e durar séculos, pelo menos tanto quanto Pompeia. Eu era o aprendiz e, se voltasse ao século XV, estaria preparado para ganhar dinheiro — ideia maluca, é claro, mas obrigado, papai, acabou sendo realmente útil.

Passei a maior parte daquele ano (eu tinha 22 anos) fazendo tudo o que se faz em um afresco, além da pintura, sob as instruções do Sr. Belloto. Não era a mesma coisa que colocar gesso em uma cozinha. O truque é que a cal hidratada tinha de ser bem antiga. Não se pode usar cal desidratada na mistura porque ela pode hidratar na parede e criar um gás que formará bolhas.

Nota de rodapé: no caso, a imortalidade durou cerca de dez anos. Quando iniciamos o afresco, o lugar tinha uns cem seminaristas, número que baixou para meia dúzia pouco após o Concílio Vaticano II, que refutou a grande e antiga Igreja Tridentina. Assim, a diocese vendeu tudo para uma casa de repouso leiga, que não queria cenas da vida de santo Antônio no lugar onde a velharada comia, mas obras de arte feitas pelos residentes: flores, palhaços e coisas do gênero. Então, cobriram o afresco com uma linda camada de tinta cor de pêssego, mas não se perdeu grande coisa, pois o afresco era típico do Finado Papai, muito bem desenhado, mas sem qualquer emoção. Acho que até o Sr. Belloto sabia disso, pois, ao final de cada dia de trabalho, costumava apoiar a mão no meu ombro e suspirar.

Depois de perguntar pelas redondezas do *palazzo*, descobri o *signor* Codognola, que também devia ter uns 100 anos e disse ter um resto de gesso de antes da guerra — acho que ele queria dizer que lutou na Primeira Guerra. Trabalhava devagar, mas bem, ajudado por alguns parentes (netos ou bisnetos, não sei). Levaram uma semana para conseguir o *trullisatio*, a base que gruda na argamassa, e mais uma semana para a camada marrom aderir, o que eles chamam de *arricciato*. Nem pensei em fazer de conta que supervisionava o serviço; passei quase todo o tempo percorrendo a cidade a pé ou de *vaporetto*, olhando todos os Tiepolo que encontrei para entender como ele lidava com a cor e a forma. Sim, ele foi um grande desenhista, mas era meio superficial. Os famosos desenhistas de histórias em quadrinhos da Idade do Ouro eram todos tiepolescos. Então, me senti em casa. Mas Tiepolo realmente fazia um lindo trabalho com pincel pequeno, que usava como se fosse uma caneta. Fiquei triturando as tintas e esperando a camada marrom secar.

Pintar um afresco faz a pessoa se concentrar em cada dia, só pensando em como vai ser a próxima *giornata*. Claro que para mim era bem mais fácil, pois Tiepolo marcava as *giornatas* no cartão. É preciso, digamos, ter uma parte de nuvem fofa e um triângulo de céu azul entre algumas nuvens, um pedaço de nuvem mais escura, e eis tudo o que se pode fazer em um dia de trabalho sobre o gesso úmido do *intonaco,* ou superfície. Tínhamos andaimes e iluminação modernos, ou seja, nenhuma vela presa na cabeça de Chaz. Eu simplesmente misturava as cores com água de limão, preparava a paleta, subia no andaime e começava. Marco, ou um dos netos, me ajudava a prender o cartão, e eu o marcava com giz vermelho, depois tirávamos o cartão, e eu fazia as linhas do giz com um buril de madeira. Eles colocavam o *intonaco,* e eu pintava enquanto ainda estava úmido, me guiando pelas linhas marcadas.

Era como um brinquedo gigante do tipo ligue-os-pontos, só que no estilo de Tiepolo; de perto, parecia esquisito mas, visto do chão, dava a impressão de que o velho Giambattista tinha pintado ontem. Possuía aquele tom de quem não está ligando a mínima, a verdadeira *sprezzatura,* um domínio absoluto da tinta, como se eu tivesse feito afrescos tiepolescos a vida toda. No centro, ficava o mais importante: a Virgem gloriosa. Tomei a liberdade de dar a ela o rosto de Lotte; afinal, era uma linda garota judia ou, pelo menos, o lado Rothschild era judeu, e tenho certeza de que Tiepolo espalhou suas sementes por toda a Europa.

Lá por meados de novembro, quando eu já estava há umas três semanas trabalhando no afresco, recebi a visita-surpresa do meu ex-sogro, isso é, o pai de Lotte, não o primeiro sogro. Ele estava em Veneza para participar de uma conferência. Era um sujeito interessante, de quase 80 anos, mas ainda ativo, que teve uma longa carreira no serviço diplomático da ONU e depois foi estudar arte. Ele se considera um amador, mas escreveu muito sobre história da arte e consta que é bastante respeitado no meio. Não é um *daqueles* Rothschild, como ele gosta de frisar, portanto teve uma infância difícil, os pais foram mortos pelos nazistas, e ele sobreviveu ao ser recolhido em um convento da Normandia. Casou-se com uma italiana, a mãe de Lotte, que morreu de câncer quando a filha tinha 12 anos. Ele nunca mais se casou. Lotte tinha contado para ele onde eu estava, e percebi que aquela visita era uma espécie de inspeção. Não me incomodei, pois eu também queria saber como eu estava.

Almoçamos em um restaurante de que ele gosta, perto do Palazzo Grimani e tão pequeno que parecia um buraco na parede. Fizemos uma demorada refeição veneziana.

Perguntei como estavam Lotte e as crianças.

— As crianças estão ótimas, como sempre. Sentem sua falta. Rose acha que a Grande Itália, como ela diz, fica em uma estação de metrô perto de Little Italy. Ela agora tem um passe de metrô e ameaça visitar você quando der vontade. Quanto a Milo... bom, o que dizer? Está triste após a última recaída, mas é muito inteligente e tem uma coragem impressionante. Disse que espera viver o bastante para ver você de novo.

— Que droga!

— É, às vezes a vida é uma droga. Lotte está aguentando, apesar de... talvez você não saiba... Jackie Moreau faleceu.

— O que? Meu Deus! Como foi?

— Assassinado, em Roma. Esfaqueado e jogado no rio. A polícia acha que foi uma tentativa de assalto que deu errado.

— Meu Deus! Ela deve estar arrasada!

— É. Acho que era o amigo mais antigo dela. Como eu disse, às vezes a vida é uma droga, mas temos de seguir em frente. Conte-me do trabalho que você está fazendo aqui.

Gostei de mudar de assunto e poder comentar sobre Tiepolo. Ele disse que era uma pena eu não ter podido ver os afrescos no palácio episcopal em Würzburg, onde, na opinião dele, estavam as melhores peças que Tiepolo fez.

— Suponho que seu próximo trabalho vá ser sobre os Guardi — disse, com um sorriso.

— Por que os Guardi?

— Não sabe? Tiepolo se casou com a filha de Francesco Guardi. Os dois filhos, Giovanni Domenico e Lorenzo, se tornaram ótimos pintores. Um dos poucos casos de talento hereditário, e esse é um dos enigmas da humanidade, não? Eu, por exemplo, adoro pintura, mas jamais pensaria em pintar. Ou melhor, *pensei*, infelizmente. Após a guerra, passei um ano infeliz em uma escola de arte até ficar evidente que jamais seria alguém importante na área. Como você sabe, Lotte também experimentou, e a falta de talento também se herda, coitada. Você, claro, é o exemplo inverso.

— Eu diria inverso do inverso. Herdei muito talento de um homem que jamais usou o que tinha de forma adequada. Sabe o que aconteceu? Eu também não uso.

— Você está bloqueado.

— Eu *sou* bloqueado.

Naquele momento, quase contei tudo o que aconteceu: o surto em Nova York, o loft elegante, a Enso Gallery, a chave do loft que não abria, a memória falsa. De todas as pessoas que eu conhecia, Maurice Rothschild era a que melhor poderia entender aqueles acontecimentos. Mas não contei nada. Por quê, Chaz? Por que você não se abre com esse homem tão bondoso e erudito? Talvez houvesse um grande desbloqueio e ele seria o mágico, acabando com a maldição com uma palavra sutil. Mas o fato é que gostamos do nosso lado negro, nós o acalentamos no fundo do coração mesmo quando nos corrói por dentro. Confesso: da mesma forma que ocorreu quando estive com Slotsky, eu me sentia apavorado demais para falar.

Dei um riso forçado e disse:
— O que posso fazer? Pelo menos estou ganhando dinheiro.
— Não é uma quantia desprezível — ele concluiu, após uma pausa adequada. — Vamos tomar um café, uma grapa e depois veremos seu teto.

Foi o que fizemos. Quando ele viu meu trabalho, olhando para o alto com o telescópio portátil que uso para ver o afresco do chão, riu e disse:
— Está ótimo! Uma pequena piada artística. Você captou muito bem minha querida filha.
— Acha que ela não vai gostar?
— Pelo contrário, vai adorar.
— Pensei que ela não gostasse de piadas artísticas.
— Depende da piada e do contexto. Piadas artísticas só têm graça sobre um fundo sério. Mozart escreveu uma piada musical, mas ele é muito diferente de Spike Jones. Isso aí — ele fez um gesto para cima — é incrível. A tinta ainda está fresca, mas seria difícil não considerá-lo um trabalho do mestre, não só pela composição, que naturalmente você viu nos cartões, mas pelas cores, o maravilhoso efeito de seda, a delicadeza do desenho nos detalhes, o lindo traço dele. Ou seu. É uma falsificação perfeita. Na verdade, acho que é a melhor falsificação que já vi. E vi poucas.
— É mesmo? Quando?
— Ah, foi um trabalho no começo da carreira. Eu havia me formado em história da arte, mas achava isso totalmente inútil para um diplomata, profissional mais ligado à

economia e à sociologia e, no ramo da história, à vida dos poderosos e seus assassinatos elaborados, guerras e assim por diante. Mas alguém no ministério deve ter olhado os currículos, pois me escolheram para participar das negociações de devolução das obras de arte saqueadas pelo Terceiro Reich. Isso foi, creio, em 1956. Claro, os grandes tesouros, as obras mais famosas roubadas por Göring e os grandes ladrões, já tinham sido devolvidos. Mas o saque acontecera com tal magnitude... quer dizer, a maioria dos alemães cultos e das terras conquistadas foram saqueados, além dos museus da Holanda, França e Polônia. Não foram só os judeus que perderam tudo o que tinham, mas também os profissionais liberais e os socialistas. Ou seja, se você tem um governo basicamente sem lei, qualquer um que se achar poderoso pode tirar o que quiser de qualquer pessoa considerada inimiga do Estado.

— E o que você fez?

— Bom, as forças defensivas montaram um escritório em Paris, aonde, digamos, um judeu francês que sobreviveu ao nazismo poderia ir e reclamar: "Eu tinha um Cézanne e um Rubens, os alemães chegaram e meus quadros sumiram." Então a polícia, digamos, localizava os alemães que estiveram na região onde esse homem vivia e, com certeza, o ex-oficial nazista Schultz tinha um Cézanne enfiado no sótão. Mas, como se tratava de uma organização internacional e muito correta, era preciso confirmar que se tratava do mesmo quadro, que o judeu francês possuía a obra e por aí vai. Para isso, eles precisavam de um diplomata que entendesse de história da arte e lá estava eu. O *Herr* Schultz ficou algum tempo na prisão, talvez três anos, pois, afinal, só matou cem judeus e não cem mil, estava participando da reconstrução da Alemanha e queria muito ficar com o quadro, que pretendia vender para investir em seu negócio. Então, resolveu contratar um estudante de arte para copiar o quadro e alguém precisava estar por perto para pegar suas fraudes. Lá estava eu de novo.

— Puxa, eu não sabia de nada disso. Acontecia muito?

— Não, pois você sabe que falsificar é difícil, e essas pessoas não entendiam tanto de arte. Os esforços que faziam para enganar geralmente eram pueris. — Ele sorriu e apontou o indicador para cima. — Graças a Deus, na época, você não estava no mercado de arte.

Naquele instante, talvez a palavra "mercado" tenha tocado em algum neurônio e lembrei da conversa que tive com Mark sobre falsificação. Perguntei:

— Você conhece algum Krebs no mercado de arte?

Ao ouvir o nome, sumiu o rosto que me era familiar, substituído por um instante pela máscara do diplomata, que ele deve ter usado para trabalhar durante trinta anos.

— Está falando de Horst Axel Krebs?

— Não, acho que o nome é Werner.

— Então é o filho dele. Por quê?

Contei que Slotsky comentou da ligação entre o afresco e Krebs. Ele ouviu em silêncio, depois disse:

— Vamos dar uma caminhada. Quero olhar de novo a São Zacarias, de Bellini.

Saímos do *palazzo* e andamos em direção ao sul na Corte Rotta, sob a chuva fria que faz os turistas rarearem no inverno, entre o Natal e o Carnaval veneziano, e as ruas tortas refletirem, como se fossem canais, os entalhes de pedras coloridas nas grandes fachadas. Enquanto andávamos, ele disse:

— Bom, vou lhe falar sobre *Herr* Krebs. Primeiro, o pai, Horst Axel Krebs. Como Hitler e eu, ele foi um artista fracassado. Era jovem demais para se alistar na Primeira Guerra e, depois de ter uma juventude boêmia em Munique, se estabeleceu como marchand lá, em 1923. Em 1928, entrou para o Partido Nazista. Quando os nazistas assumiram o poder, ele se tornou curador da Alte Pinakothek no lugar de um judeu afastado. Nessa época, já estava casado e tinha um filho, Werner Horst, nascido em 1933. Em 1940, os nazistas organizaram o Grupo Especial do Reich, também conhecido pela sigla alemã ERR, e chefiado por Rosenberg. Sabe o que era isso?

— Não, mas imagino que não fosse algo para aumentar a felicidade humana.

— Tem razão. Eram os burocratas encarregados de saquear coleções de arte, principalmente pertencentes a judeus, na França e Europa ocidental, que interessassem aos novos governantes. Nosso Krebs foi indicado para o escritório de Paris, o melhor filão de todos, e lá se especializou em fazer arquivar as obras de arte. Ele sabia o que tinha sido roubado de quem e onde estava guardado. E assim fez durante quatro anos até que chegou o Dia D, em 1944. Os Aliados avançaram, e o ERR fugiu de Paris com vagões de trens e comboios de caminhões cheios de obras de arte. Alguns foram impedidos de sair do país pela resistência francesa, e toneladas de objetos artísticos foram encontrados pelos Aliados, mas muita coisa desapareceu e continua perdida até hoje. No final de 1945, Horst Axel Krebs foi preso pelos ingleses, julgado em Nuremberg e condenado a dois anos de prisão.

— Parece uma pena leve — observo.

— É, mas na época, como eu já disse, assassinos em massa recebiam dez anos de pena ou menos, e ele não tinha matado ninguém, pelo que se sabia. Era apenas um ladrão. Então, voltou para Munique em 1949 e participou do milagre econômico. Abriu uma pequena galeria em Kirchenstrasse, onde vendia paisagens e flores inofensivas para os burgueses que estavam redecorando suas casas destruídas pela guerra. Claro que ele era uma ameaça ao mercado de arte legítimo e foi investigado pelas autoridades da ocupação aliada. Fizeram um dossiê completo sobre ele, mas tudo indicava que era um cidadão honesto, nada além de um comerciante. O tempo passou, o ódio contra os nazistas diminuiu, todo mundo era apenas um bom alemão tentando sobreviver e ser um baluarte contra o comunismo e tudo o mais. O pequeno Werner cresceu, se formou em história da arte e conservação de obras de arte pela Universidade Ludwig-Maximilian. Morou em Frankfurt para ficar perto do pai em Munique e também porque era lá que estava o dinheiro. Ele ajudava nos negócios da família, claro, mas no verdadeiro negócio, não na galeria.

— E qual era o verdadeiro negócio? — perguntei.

— Como você sabe, o fantástico nos saques feitos pelos nazistas é que tinham registros quase perfeitos de tudo o que levaram. Por exemplo, no julgamento de Alfred Rosenberg em Nuremberg, a acusação mostrou 39 grossos volumes com tudo o que confiscaram, com fotos e tudo. Eram centenas de volumes. Os Aliados encontraram salas cheias de armários com dezenas de milhares de cartões descrevendo cada peça, de quem saquearam etc.

Ele fez uma breve pausa e depois falou:

— Então, digamos que estamos em meados de 1944 e que alguém está roubando peças de arte e fazendo esses catálogos há quatro anos, esse alguém é esperto, sabe que o nazismo acabou e quer ganhar dinheiro após a guerra. Planeja procurar algumas peças de valor, nada que chame muita atenção, por isso não cataloga essas peças e retira as fichas do índice também. Escolhe exatamente as peças que pertenciam a judeus sem filhos, mortos nos campos de concentração. Essas informações eram fáceis para Horst Krebs conseguir, graças a suas velhas ligações com os nazistas. Aí, essa pessoa aproveitava a excelente capacidade dos oficiais da SS de falsificar recibos de compra e, em vez de, digamos, um lindo Pissarro ter sido vendido a um tal Jacques Bernstein em 1908, em Paris, o recibo de venda era feito em nome de um tal Kurt Langschweile, de Genebra, na Suíça, no mesmo ano. Após a guerra, os herdeiros desse senhor supostamente venderam o quadro para a respeitável firma de W. H. Krebs, em Frankfurt. Sim, sabemos que o dono da firma é filho do conhecido Hors Axel Krebs, mas na República Federal Alemã eles não examinam muito o que os pais das pessoas fizeram durante a guerra, senão ninguém negociava. O velho Krebs morreu aos 79 anos como pilar da comunidade.

— E Werner continua fazendo isso? — perguntei.

— Não. E, pelo que sei, nunca houve prova concreta de que *algum dia* tenha feito. Como já disse, o tesouro nazista era tão imenso, e as peças passaram por tantas mãos, tantas pessoas tiveram acesso a elas durante os "anos loucos", que perdeu-se o paradeiro de inúmeras obras. É apenas um detalhe que o jovem Krebs tenha começado a enriquecer vendendo pequenos quadros impressionistas escolhidos a dedo e peças do início do século XX que comprou na Suíça. Muitos judeus enviaram seus bens para a Suíça tentando ganhar dinheiro depois de perderem tudo nos anos 1930. Mas depois foram assassinados, e as peças ficaram com as pessoas para quem eles as venderam. A origem falsa era um ótimo detalhe a mais, um pequeno isolante, e os nazistas que falsificaram recibos para os Krebs estavam mortos, muitos foram presos por inúmeras acusações, judeus e assim por diante. Portanto, contra Krebs há apenas boatos, embora sejam muitos e consistentes.

A essa altura da conversa, meu sogro e eu estávamos em frente à grande elevação branca da Igreja de São Zacarias e nos protegemos da chuva sob o pórtico simples.

— Você conheceu Krebs? — perguntei.

— Só estive com ele uma vez. Estava vendendo uma paisagem de Derain que as autoridades francesas descobriram ser do dono de uma confecção, chamado Kamine, falecido na guerra com a família, exceto um filho que fugiu para a Inglaterra. Os herdeiros dele é que pediam oficialmente a reintegração de posse. Bom, para não incomodar com detalhes, Krebs admitiu que a origem da peça era falsa e entregou o quadro com desculpas.

— E...

— Bom, olhei o quadro e encaminhei para especialistas examinarem. Eles disseram que era de Derain. O quadro era bom, a tela e a moldura... mas só o que eles tinham para se basear era uma marca preta e branca quase sumida. Achei que era falsa, mas minha opinião não foi comprovada, e o quadro foi devolvido ao herdeiro.

— Se você tivesse razão, que fim teria levado o quadro original? Quem comprou não poderia vendê-lo no mercado de arte.

— É verdade, mas existe um grande mercado de arte *fechado*. Há uma demanda muito maior pelos velhos mestres e impressionistas do que o mercado oficial pode suprir pois, obviamente, a maioria das obras já está em museus, e os velhos mestres já morreram. Não há mais o que vender.

— Interessante. O que você achou do homem?

— Sedutor, culto. Conhecia muito de pintura, não era apenas um marchand. Gostava realmente do assunto, a ponto de alguém poder achar que era verdadeira a história de que ele ficou com o restante dos quadros de Schloss.

— Nunca ouvi falar nesse pintor. É moderno?

— Não era pintor. Adolph Schloss era intermediário de lojas de departamento e fornecedor da corte imperial russa. Era um judeu muito rico, cidadão francês, que juntou o que talvez seja a melhor coleção particular de velhos mestres holandeses. Isso foi na virada do século XX, e tais mestres eram os preferidos de Hitler e Göring. Para resumir a história, os nazistas confiscaram os trezentos quadros da coleção dele, levaram para Munique e guardaram no prédio do partido. Hitler planejava fazer um grande museu de arte em Linz, sua cidade natal, e nesse depósito estocava as peças que formariam o museu. Em abril de 1945 os Aliados entraram em Munique, e a coleção já havia sido quase toda pilhada por alemães que tinham acesso a ela e depois pelos americanos. A família Schloss acabou recuperando 149 quadros, o resto ficou espalhado ou perdido. As provas apresentadas no julgamento de Krebs pai mostram que ele trabalhava no depósito de Munique no inverno de 1944 e que deixou a cidade com duas caminhonetes e uma escolta militar em janeiro de 1945. Não temos ideia do que aconteceu com essas caminhonetes e o que elas levavam. O velho Krebs nunca disse, e o filho sempre negou saber de qualquer roubo das obras dos velhos mestres. Na verdade, ele lidava com quadros mais modernos quando começou a se estabelecer como marchand.

Meu sogro parou e deu a impressão de que ia contar algo mais sobre Krebs, mas o que disse foi:

— Agora, vamos ver o Bellini.

Entramos na igreja e, quase automaticamente, mergulhei o dedo na pia de água benta à entrada e fiz o sinal da cruz.

Ficamos um bom tempo em silêncio na frente do altar, até que Maurice suspirou fundo e disse:

— Além da qualidade como obra de arte, esse quadro me faz aceitar melhor minha idade decrépita. Ele tinha 75 anos quando pintou isso, acredita? Conhece o *Mulher nua em frente ao espelho*?

— Vi quando menino, em Viena.

— É o único nu que pintou, aos 85 anos. Uma maravilha e, ainda por cima, com essa idade!

— Imagino que ele achasse na época que estava fora de perigo.

— É. Tristemente fora de perigo. Mas isso... como alguém pode pintar isso? O ar ao redor das figuras... Esse quadro parece resumir toda a Renascença. Com justiça, pode-se dizer que Giovanni Bellini iniciou aqui a Renascença, pelo menos na pintura, e continuou-a década após década, incrível! Começou pintando como Giotto e terminou como Ticiano, que foi discípulo dele, assim como Giorgione. O estilo da época tinha sempre uma reflexão profunda de uma geração perdida. Ele nos mostra a Virgem e o Menino Jesus ao fundo do nicho, sem nenhum dos demais personagens da cena estarem olhando para eles. O anjo toca viola, enquanto a Virgem, são Pedro e são Jerônimo olham para nós e as santas Lúcia e Catarina estão em contemplação. No que ele pensava? Quase todas as obras nos altares do mundo mostram a Virgem como o centro da atenção de todas as outras figuras, mas não nessa.

— Talvez eles estejam apenas pensando nela. É um estudo sobre contemplação, um exemplo para nós que não podemos ver a Virgem.

— Sim, essa é uma boa interpretação para o quadro. E o subtexto histórico-artístico é que, se você é um verdadeiro artista como Bellini, deve se dedicar, manter o espírito aberto e, se permitir, a arte o alimentará. Lotte me contou que você teve alguns problemas em Nova York.

— O que ela contou?

— Ah, não entrou em detalhes, mas deu a entender que você deveria consultar um psiquiatra.

— Foi por isso que você veio me visitar? Para ver se eu estava doido mesmo?

— Só em parte — ele disse, com um sorriso que me desarmou. — E vou ter o prazer de dizer que você parece perfeitamente saudável. Aliás, está pintando algo seu?

— Não sei, Maurice. Às vezes penso: Para quê? Que sentido tem o *meu* trabalho? Olho para esse quadro, e ele tem toda uma cultura coerente incorporada. O espaço ilusório, a teatralidade como um palco, o clima... Como você disse, ele aprendeu a pintar o ar e pode fazer isso porque a arte e a técnica estão a serviço de algo maior que o artista. Mas hoje não há nada maior que o artista: ele *é* a arte. E há os críticos de arte e o potencial investimento financeiro. Se eu fizesse algo parecido com esse quadro, a não ser como paródia, seria considerado *kitsch*. E *seria* mesmo. Não acreditamos mais na Virgem e nos santos, pelo menos não como Bellini acreditava. Nossos ícones são vazios, e a única religião que vemos nas galerias é a ironia. Posso fazer uma ótima ironia, mas me enjoa.

— Sim, meu caro amigo, mas existe uma florescente escola de pintura figurativa moderna, que Kitaj chamou de Escola de Londres e que inclui ele mesmo, Bacon, Lucien Freud, Auerbach. Se você quer pintar assim, por que não pinta?

— Mas *não* quero pintar assim. Inventar um estilozinho pessoal e vender para os otários? Quero pintar *assim*, quero pintar em uma cultura que *transcenda* a arte que mostra. E tudo isso acabou.

Ele concordou, sério.

— É, entendo o que você quer dizer. E não tenho resposta para o seu problema. Mas estamos aqui absorvendo certa experiência. Acho que nenhum de nós é tão crente quanto Bellini era, mesmo assim estamos encantados com ele. Será apenas admiração pela audácia do artista? Estamos apenas admirando sua arte?

— Ou estamos nos drogando. Você sabe o que Duchamp disse sobre arte.

— Sim, "Como droga, deve ser útil para algumas pessoas, muito calmante, mas como religião, não chega a ser tão boa quanto Deus." Duchamp era um homem interessante, provavelmente a maior influência na arte do século passado depois de Cézanne, embora tenha produzido pouco. Eu o conheci, sabe?

— É mesmo?

— Sim, em Nova York. Eu estava no Greenwich Village, queria tomar um café e só tinha uma cadeira vaga, então pedi licença ao senhor à mesa. Ele estava com um tabuleiro de xadrez e disse que eu poderia me sentar ali se jogasse com ele. Só depois que sentei vi que era Duchamp.

— Você ganhou o jogo?

— Claro que não. Ele era um grande campeão internacional. Jogamos três partidas, ele ganhou a última depois de comer duas torres minhas. Infelizmente, não conversamos sobre arte. Falei sobre o que eu estava contando para você agora, sobre meu trabalho de recuperação de peças de arte. Quando eu disse que havia dezenas de obras de arte sumidas, sabe o que ele disse? "Que sorte." Todo mundo achava que ele tinha parado de pintar, mas quando morreu viram que, nos últimos vinte anos de vida, trabalhou no mesmo quadro, um nu. Que é visto por um buraco.

— O que ele achava da herança artística que deixaria?

— Gostaria de ter perguntado mas, pelo que escreveu, acho que não gostava muito da arte pop ou conceitual. Da mesma forma que imagino que essas pessoas, a Virgem e os santos não seriam muito úteis para o que a Igreja Católica virou mais tarde. Nós somos um bando de macacos bobos, mas é um milagre incrível que também possamos fazer e apreciar coisas como essa. Depois da vida que eu tive... sabe, muita gente acredita que, depois do que a Europa fez consigo mesma no século XX, aquela imensa catástrofe, não se pode mais ter poesia, arte, que tudo isso é uma *merde* sem sentido, pois leva aos campos de extermínio. Suponho que eles tenham uma finalidade mas, como eu estava dizendo, depois da vida que tive, aqui estou, em uma igreja olhando para Bellini. Talvez seja outro tipo de milagre.

Eu não sabia o que dizer e, após um instante, ele puxou a manga da camisa e olhou o relógio no pulso.

— Infelizmente, preciso ir. Tenho um encontro às 16 horas, exatamente no Gritti. Faz parte da eterna *pagaille* da União Europeia sobre como salvar Veneza e seus tesouros das inundações.

— Espero que você consiga — eu disse.

— Talvez consigamos. Ou talvez um dia haja peixes nadando e mordiscando os santos pintados nas paredes.

Saímos da igreja, tinha parado de chover. O sol do inverno se esforçava para brilhar por meio das nuvens finas, iluminando as fachadas da igreja e as construções próximas com um efeito dramático. Maurice olhou em volta, radiante de alegria.

— Agora, estamos dentro de um quadro de Canaletto — disse, e nos abraçamos, como despedida. Ele segurou nos meus ombros e me olhou direto. — Chaz, não sei qual é o seu envolvimento com *Herr* Krebs, mas insisto para que não continue com isso.

— Por quê? Pensei que você tinha dito que ele não é um escroque.

— Não, eu disse que ele nunca foi pego. Não é a mesma coisa. Mas seja qual for a situação legal dele agora, não é uma pessoa que você precise conhecer. Por favor, lembre-se do que estou lhe dizendo.

Terminei o teto antes do Natal, e Castelli deu uma festa de inauguração. Descobri então que meu *patrono* era exatamente como um daqueles *condottieri* cruéis que dominaram a Itália no século XV. Tinha cara de tubarão vestido de Armani e apareceu com um bando de sombrias rêmoras e uma belezinha loura vinte anos mais jovem que ele e que, certamente, não era a Sra. C. Ao lado dele, discreto e parecendo se encaixar em tudo, estava meu velho amigo Mark Slotsky.

Assim, sob o meu afresco, houve cascatas de champanhe seguidas de um enorme banquete de sete pratos para duas dúzias de ricos, mulheres cobertas de joias, políticos, tipos que lembravam negociantes fascistas e por aí vai. Zuccone me informou que os venezianos de berço tinham sido convidados, mas recusaram; aquelas famílias tradicionais não viriam olhar o falso Tiepolo de Castelli. Eu não fui convidado para o banquete. Colocaram uma mesa em uma sala empoeirada perto da cozinha, que funcionava como apoio ao pessoal de serviço, do qual eu era parte, afinal fiz uma restauração — o *artista* era Tiepolo, mas ele estava morto. Ora, ninguém ia querer que os gessistas e o cara dos andaimes ficassem lá dentro com a porra do patrão.

Mas, sabe, me senti bem com tudo aquilo, ótimo mesmo, talvez pela primeira vez na vida achei que estava no lugar certo. Uns sujeitos deram tapinhas nas minhas costas e me beijaram, essas coisas. Foi muito divertido, comemos a mesma comida e bebemos um vinho talvez até melhor que o da festa, cortesia de Zuccone. Ficamos bêbados e barulhentos. Foi como em *As bodas de Fígaro:* a vida real, o decoro e a honestidade estavam no andar de baixo.

Lá pelo final do jantar, Mark apareceu gaguejante para pedir desculpas por causa da infâmia de não me colocarem no salão do afresco, desculpas essas que me pareceram totalmente falsas. Falei tudo bem, Mark, estou me divertindo com os paisanos, e ele se inclinou um pouco e disse:

— Castelli ficou realmente impressionado com o seu trabalho, disse que não imaginava que alguém pudesse fazer aquilo, quer dizer, o afresco está perfeito, porra, não difere de um Tiepolo, a não ser por estar novo e limpo.

Observei, então:

— Isso quer dizer que vão me pagar?

— Óbvio, o depósito vai entrar na minha conta agora, enquanto nós conversamos. Mas olhe, Chaz, isso é apenas o começo. Duzentos mil é troco, comparado ao que você poderia ganhar tendo os contatos certos.

— Poderia fazer tetos maiores? — perguntei.

— Não, tem uns sujeitos aqui esta noite que... — Ele então falou ainda mais baixo, como se alguém naquela sala pudesse entender inglês: — Gostaria de ganhar uma bolada de 1 milhão de dólares?

Bom, isso chamou minha atenção. Perguntei de novo:

— Quem vai me pagar isso? E para fazer o quê?

— Werner Krebs. Ele está aqui e adora o seu trabalho.

Pensei então no que Maurice tinha dito sobre o cara, ele tem índole duvidosa, mas gosta de arte, diferente do habitual aficionado por arte e também do vulgar e meio mafioso Castelli. Resolvi que, apesar do que Maurice dissera, eu *queria* conhecê-lo.

— Certo, vamos lá.

— Não, agora não. Amanhã. Você tem uma roupa direita?

Respondi que não e perguntei de novo por que Werner ia me pagar 1 milhão de dólares, mas Mark disse:

— Você fala com o homem amanhã. Só precisa dar uma ajeitada na aparência.

Na manhã seguinte, ele me deu um enxoval: fomos até San Marco e compramos roupas Armani, sapatos Bottega Veneta, tudo nessa linha, depois passamos em um barbeiro no hotel Danieli que me olhou com a atenção de um pintor de afresco avaliando um teto caindo aos pedaços e me fez um corte de cabelo, limpeza de pele e barba. Embarcamos então na lancha do hotel Cipriani para ir a Giudecca, onde Krebs estava hospedado em uma suíte. Mark passou a manhã inteira nervoso ao telefone mas, quando entrou na lancha, mergulhou no silêncio. Pensei que estivesse mareado, mas devia ser só nervoso. Ou apavorado.

Eu também estava apavorado, mas não por causa de Krebs.

Enquanto navegávamos, aconteceu de novo: eu olhava a cidade, aproveitando o fato de estar a bordo outra vez, e a vista era fantástica, apesar de exagerada. Então, pisquei e vi o Riva degli Schiavoni cheio de navios, caravelas, barcaças de pesca, barcos mediterrâneos à vela, muitas embarcações pequenas, e uma fumaça negra formando uma nuvem escura por cima do Arsenale. Não havia ruído de motor, eu estou no tombadilho de uma galeota, sob um toldo bordado, com um traje negro de gola frisada. Outros homens usando esses mesmos trajes estão no convés, e um deles fala comigo, é dom Gilberto de Peralta, mordomo do embaixador da Espanha e meu cicerone nesta primeira viagem a Veneza. Não estamos saindo, mas chegando à cidade, ao Molo, na frente da praça San Marco, e ele me fala dos Tintoretto e Veronese da Sala del Gran Consiglio. Atrás dele, vejo a brilhante estaca que se sobressai em meio ao mastro dos navios, e meu coração retumba no peito. Mal consigo acreditar que estou na cidade de Ticiano e dos outros mestres, meus olhos estão sedentos do que o mordomo prometeu que eu veria. A galeota toca de leve o cais, nosso grupo desembarca e se junta no passadiço. Grandes piras queimam incenso e espalham rolos pesados de fumaça que nos envolvem; mesmo assim, sentimos o mau cheiro dos escravos. Uma comitiva nos aguarda no cais, pois viajo com dom Ambrogio Spinola, marquês de los Balbases, capitão-geral dos exércitos católicos que combatem os hereges nos Países Baixos. Ele foi muito gentil comigo durante a viagem, iniciada em Barcelona e, claro, é o primeiro a desembarcar, seguido de parte de seu séquito; depois eu desço, finalmente pisando no solo de Veneza.

Era um cais, mas o do Hotel Danieli, e vou tropeçando feito um bêbado. Teria caído se Mark não segurasse meu braço. Ele disse:

— Puxa, cara, você devia ter me avisado que enjoava em barco. Teria lhe arranjado um comprimido de Dramin.

— Nunca enjoo — garanti.

— Então você está sentindo alguma coisa. Está com a cara branca como papel. Tem certeza de que está bem para fazer isso?

Menti que estava ótimo, embora estivesse longe disso. Eu pensava: Há semanas não tomo salvinorin e tive uma alucinação, posso acordar outra vez no Horrendo Loft do Terror, e toda essa história de Veneza vai se revelar outro intervalo psicótico. Com dificuldade, coloquei um pé na frente do outro e segui ao lado de Mark até o saguão do hotel.

Krebs estava na suíte Dogaressa. Móveis claros e estofados, tapetes orientais no chão e, pelas janelas estreitas e altas, uma vista da torre do Palácio do Doge, em San Marco. Eu tinha ouvido falar naquele lugar, devia ser o quarto mais caro de Veneza, 3 mil euros por noite ou algo assim. Eis o homem ali, em um elegante terno escuro, sapatos feitos à mão, gravata de 500 dólares e um enorme charuto. Ele tinha aquela pele bronzeada, viçosa, plástica como a de uma boneca, que só se vê em homens realmente ricos, lisa, com todas as marcas da idade retiradas por especialistas (ele devia ter mais de 70 anos, mas parecia ter 15 a menos.) Baixo, cabelos brancos formando uma franja em volta da careca — certamente um implante capilar. Olhou para mim de cima a baixo como se estivesse avaliando um cachorro que pretendia comprar.

Olhei-o do mesmo jeito: a impressão de poder, rudeza, algo que não se vê no operador de títulos comum; características que eu identificava logo, pois tinha acabado de conversar com o capitão-geral Spinola, lá no século XVII. Encaramo-nos, ele abriu um sorriso. Levei um pequeno choque: ele estava realmente satisfeito por me encontrar.

Mark fez as apresentações, um aperto de mão suave e seco, não um quebra-ossos de machão; não precisava, claro. Vi que meu velho amigo Franco estava lá, pensei que trabalhasse para Castelli, mas não, a menos que estivesse emprestado, como as pessoas comuns emprestam ferramentas: toma o meu motorista fortão, pode usar! Afundamos em um sofá macio, ele aboletou-se na poltrona em frente, ofereceram charutos, Mark escolheu um Cohiba cubano. Preferi uma taça de Dom Pérignon que Franco serviu; pelo jeito, tratava-se de um sujeito de múltiplos talentos. Mark começa um papinho de amenidades, como foi a viagem, que lindo quarto etc., que foi silenciada por um olhar. Krebs só queria falar comigo.

Então: parabéns pelo Tiepolo, perguntas inteligentes sobre como fizemos, depois a conversa passa para arte, os velhos mestres, de quem eu gosto, qualidades e defeitos deles. O que vi em Veneza? Pouca coisa, só os Tiepolo, pois eu estava ocupado. Pena, ele diz, e informa o que vale a pena ver: os Veronese no palácio, algumas coisas na Galeria Franchetti no Ca' d'oro, a *Vênus com espelho*, de Ticiano, e não perca os quadros em San Sebastiano, bom lugar para se livrar dos turistas. Comentamos que não existem grandes museus em Veneza pois a própria cidade *é* um museu, os antigos venezianos só compravam quadros dos artistas locais, era de lei, e colocavam em seus *palazzi*. Falou um pouco sobre isso e pareceu aprovar minhas reações.

Eu ainda estava meio tonto da viagem de barco como Velázquez, mas sentia o efeito do champanhe e da lisonja. Não tenho muita experiência com colecionadores ricos elogiando meu trabalho e se interessando pela minha opinião sobre arte, por isso comentei coisas sem importância. O cara conhecia pintura clássica muito bem, como Maurice havia dito. Parecia ter visto pelo menos uma vez praticamente todos os quadros importantes do mundo, não só em museus, mas nas grandes coleções particulares. Uma verdadeira cultura enciclopédica. Ao lado dele, Slotsky parecia ter acabado de sair do curso básico de história da arte.

Dali a pouco, falou sobre Velázquez. Disse que ninguém pintava como ele, era incomparável, não tanto as figuras, mas a técnica. Então, comentei sobre a técnica, a paleta, a pincelada. Eu disse que achava que Velázquez era bom porque não se incomodava, não se importava com a pintura, não era trabalho para ele, sua segurança não vinha disso.

— Como sabe? — perguntou Krebs.

— É óbvio. Confira a trajetória dele, concentrou toda a sua energia em subir na vida colecionando cargos, abrindo caminho na aristocracia. Tinha muito talento e usou-o, mas era como se encontrasse uma arca do tesouro em algum lugar, as coisas vinham *por meio* dele, mas não eram ele. E não se envolveu com a arte, pois tinha uma sinecura vitalícia, daí ter pintado menos quadros que qualquer artista do mesmo nível, com exceção de Vermeer.

Ocorreu então algo interessante: Krebs pareceu se interessar mais por mim, seus olhos azuis ficaram mais argutos e mais cálidos, eu não estava apenas dissertando sobre história da arte, nem dando minha opinião; falava por conhecimento próprio, como se realmente sentisse aquilo na arte de Velázquez. Claro, eu tinha adquirido tudo aquilo pela droga, mesmo assim era estranho isso acontecer.

Depois que falei um pouco, ele se levantou e disse que gostaria de me mostrar algo. Mark e eu também nos levantamos, mas Krebs deixou claro, com um gesto, que só eu estava convidado. Fui atrás dele até o quarto da suíte. Lá, um cavalete estava armado com um pequeno quadro de uns 60x50cm; ele pediu para eu dar uma olhada.

O quadro retratava um homem usando veludo preto e pequena gola frisada, de rosto gordo, bigode, barba quadrada, mão sobre uma corrente de ouro no pescoço, olhar sensual, à vontade. A tinta não era espessa, quase se podia ver a tela, as pinceladas soltas como uma andorinha no céu; a paleta simples não usou mais que cinco pigmentos. Eu nunca tinha visto um Velázquez fora de um museu. Nem qualquer reprodução daquele quadro. Era uma porra de um Velázquez *desconhecido*, colocado em um cavalete no quarto de hotel de um sujeito. Meu corpo inteiro transpirava.

Após um tempo, ele perguntou:

— O que acha?

— Acho que é um Velázquez, parece uma obra da mesma época do retrato do cardeal Pamphili e do papa, provavelmente pintado durante a viagem que fez a Roma, em 1649. — Ele parecia aguardar mais alguma coisa, então acrescentei: — Não conhecia esse quadro.

Ele concordou com a cabeça e informou:

— Porque é um dos quadros perdidos dele. Trata-se de um retrato de dom Gaspar Mendes de Haro, marquês de Heliche. Tem um rosto interessante, não? O tipo de homem que consegue o que quer.

Concordei e perguntei como tinha encontrado o quadro. Ele não respondeu diretamente. Em vez disso, perguntou se eu gostava de museus. Eu disse que sim, muito, havia passado centenas, talvez milhares de horas em museus, só assim se pode ver os quadros originais.

— Sim, essa é uma das maneiras, mas você *gosta* deles, prefere que só estejam abertos em determinados horários para convir aos burocratas e aos almofadinhas de uniforme; gosta das hordas de turistas pálidos arrastando os pés pelos corredores, olhando obras de arte para poderem dizer que viram algo que certamente não entendem? Você não gostaria de ter o dia inteiro para ver um quadro, talvez este aqui, a qualquer hora do dia, só você? Como dom Gaspar fez com esse e como fez antes com a *Vênus*, de Velázquez, ou como Felipe IV fez com os outros quadros que o artista pintou para ele? Não seria ótimo?

Concordei que seria ótimo, mas era como desejar nadar como um peixe ou voar como um pássaro, um desejo inútil; os olhos dele brilharam, e ele disse:

— Não é, não.

Apontou para o retrato.

— Você acha que *esse* homem permitiria que criadores de porcos e criadas da cozinha entrassem na galeria dele para espiar sua *Vênus e Cupido*?

Ri e perguntei:

— Talvez, não. Mas ele morreu faz muito tempo, as coisas mudaram.

— Não tanto quanto você pensa — garantiu. — Ainda existem homens assim e, eu, obviamente, sou um deles, pois esse quadro jamais será exibido em um museu. Quanto aos outros homens, digamos que são muito ricos, de grande poder e discernimento, donos de coleções particulares que o mundo ignora. Eu me relaciono com esses homens e garanto a você que este é um mercado muito rentável, Wilmot.

Não entendi o que ele disse, pois comentei:

— O senhor deve ter razão. Eu não saberia disso, nem se fosse marchand.

— Não, você é um pintor, tão talentoso quanto Velázquez. Quero dizer que, se eu pedisse para você fazer o *meu* retrato nesse mesmo estilo, tenho certeza de que você conseguiria.

Ele me lançou um olhar inquisidor, e eu disse que provavelmente conseguiria mesmo.

— Quando vi o teto que você pintou, fiquei pasmo — disse ele. Pois era *melhor* do que Tiepolo, mais vistoso, mais vivo e, ainda assim, é possível identificá-lo como sendo de autoria dele. Sabe, acompanho seu trabalho há muitos anos.

— É mesmo? Estranho, pois não exponho há muito tempo.

— Não, estou falando dos pastiches, dos anúncios e das ilustrações para revistas. Eu pensava: Por que esse cara está perdendo tempo com besteira? Ele sabe pintar em grande estilo e não da forma degradada que dominou esse tipo de pintura durante 150 anos, Landseer, Bouguereau e assim por diante, mas como os velhos mestres faziam, com perspicácia, densidade, sentimento. Para mim, era como se você tivesse nascido na época errada.

Senti uma bolha de tensão se formar na minha barriga e subir até a garganta, então tive de conter um arroto: primeiro, porque desde meu esgotamento nervoso, era a primeira confirmação independente e inegável de que a vida horrenda de que eu lembrava era real, no sentido objetivo da coisa. Em segundo lugar, porque, pela primeira vez na minha vida adulta, eu conhecia alguém que realmente entendia quem eu *era*.

Consegui dizer:

— Obrigado. Eu também achei isso muitas vezes.

— Com certeza. Também nasci fora de época, portanto nós dois temos algo em comum. Quando Castelli comentou que estava restaurando o *palazzo* e queria contratar um artista, pensei logo em você, e ele fez a proposta por meio de Mark Slade.

— Obrigado, novamente.

— É, mas isso não é nada comparado com o que você é capaz de fazer, não? Lá, você copiou um desenho que já existia, mas, claro, é capaz de usar sua própria imaginação como fizeram Velázquez, Rubens e outros. O destino nos uniu, não?

Nesse ponto ele deu um sorriso charmoso. Nós, homens do mundo, estávamos desfrutando do momento. Certo, para ser honesto, fiquei um pouco perplexo. É como eu digo, essas coisas não acontecem todos os dias comigo em Nova York.

Ele voltou comigo para a sala e o almoço foi servido; os garçons trouxeram uma mesa com vinho e tudo, fizemos a refeição. Krebs tirou Mark da geladeira, e ele atendeu como um poodle. Eu estava um pouco tonto de tanto vinho e custei a notar que era o tema da conversa dos dois, que combinaram de eu fazer algo que envolvia 1 milhão de dólares. Mark não se deu ao trabalho de me comunicar que eu era parte do acordo.

Então, voltei:

— Desculpem, amigos. Acho que perdi um pedaço da conversa. O que preciso fazer por 1 milhão?

Fez-se um silêncio, Krebs lançou um olhar que fez Mark ficar verde como asa de mariposa, então disse:

— Pensei que você tivesse dado todas as coordenadas do projeto para Wilmot.

Mark deu uma desculpa esfarrapada, e Krebs fez com que ele se calasse. Então, lançou-me um olhar que parecia um chicote de aço e dessa vez não houve sorrisos. Disse:

— Segundo testemunhos confiáveis, quando Velázquez esteve em Roma, pintou quatro mulheres nuas, ao que tudo indica, por encomenda do próprio dom Gaspar. Como todos sabem, só resta um desses retratos, o chamado *Vênus olhando-se ao espelho*. Você vai pintar um dos três desaparecidos, no mesmo estilo, com a mesma técnica. Depois, quem sabe? Poderá ter outras oportunidades como essa.

Certo, primeiro achei que era algo como aquele trabalho para a *Vanity Fair*, o que era ótimo, mas depois pensei: Por que tanto dinheiro? Lembrei do esquema maluco de Mark de vender falsificações-autênticas para os donos do mundo e, por um instante, concluí que era a mesma coisa, só que em escala maior. Perguntei sobre isso, ele respondeu:

— Não, não estou interessado em decoração para novos-ricos. Quero um quadro igual em estilo e técnica de um autêntico Velázquez, perfeito em todos os detalhes: o chassi, a tela, os pigmentos, tudo. E isso exige certa técnica, pela qual me disponho a pagar.

Aí então, ufa, entendi. Perguntei:

— Você vai vender o quadro como se fosse autêntico, não? Vai me pagar 1 milhão de dólares para falsificar um Velázquez.

Ele não pareceu se incomodar com a palavra falsificar

— Chame como quiser. Sabe, Wilmot, existe uma demanda enorme por obras dos grandes mestres, sem falar na atração desse tema. Quem não quer ter uma *Vênus* de Velázquez? Esse tipo de coisa existe há anos. Você vai a um museu, lê as plaquinhas ao lado do quadro e fica sabendo que este é um Tintoretto, este é um Vermeer, e grande parte dessa garantia se baseia na expertise de pessoas como Duveen, Berenson, ou até o seu amigo aqui, cujo interesse maior é vender quadros por altos preços. Mas o principal é a qualidade do quadro, o que provoca nos olhos e no coração. Se o quadro fala aos olhos e ao coração, quem quer saber se veio do pincel de Ticiano ou de alguém tão bom quanto ele?

Destaquei que, mesmo assim, isso era ilegal, e eu preferia não ser preso. Quando o quadro desconhecido de um velho mestre aparece em um leilão, as pessoas perguntam, fazem testes de perícia... quanto mais se tratando de Velázquez. Krebs mexeu a mão como se estivesse afastando moscas no ar.

— Primeiro, não se trata de nenhum leilão. Será uma venda estritamente particular, paga em dinheiro. E quanto à perícia, tenho especialistas nisso, eles vão lhe mostrar. Além disso, não há ilegalidade sem denúncia e não haverá denúncia. Os clientes ficarão felizes, você ficará feliz, eu ficarei feliz, até o Sr. Slade aqui presente ficará feliz. Todo mundo feliz, o que há de errado nisso?

— Acho que nada. Olhe, não leve a mal, mas acho isso um pouco estranho. Posso pensar melhor antes de decidir?

Krebs então se inclina para a frente, esfrega as mãos em forma de concha e dá um sorriso diferente. Diz:

— Meu caro, assim você me põe em uma situação complicada. Está tudo combinado com várias pessoas, partindo do princípio de que você concorda com o projeto. Adiantamentos foram feitos, e o tipo de pessoa que adianta dinheiro nessas coisas não é o Deutsche Bank. Você agora faz parte do plano. Se eu procurar as pessoas e disser, olha, o Wilmot não vai fazer, estarei em uma grande enrascada e, tenho quase certeza, você e seu amigo Mark também. Estamos aqui, na linda Veneza, terra das masmorras, conhece? Aquele pequeno buraco no chão onde se joga o sujeito que se tornou inconveniente? Claro que, se você esperar a maré certa, o mar apagará todos os seus erros. Lamento dizer que meus parceiros não perdoam.

Aquele era o tipo de situação em que a pessoa não acredita no que está acontecendo com ela. Meio que achei graça, como se ele fosse um brincalhão. Perguntei:

— Quem são esses seus parceiros?

Ele continuou rindo como se eu fosse uma criança idiota: não, meu bem, não devemos enfiar o garfo na tomada.

— Eles preferem continuar incógnitos, são pessoas muito discretas. De qualquer modo, insisto para você reconsiderar. É uma escolha entre sermos ricos e felizes, ou nossos três corpos aparecerem boiando na lagoa.

— E Franco? Ele também vai boiar?

Olhei para Franco, de pé em um canto, com os braços cruzados no peito. Ele me deu um sorriso de dentes brancos. Todo mundo estava feliz, menos Mark, que parecia uma fatia de gorgonzola velho.

Krebs disse:

— Ah, Franco? Ele vai ficar bem. Ele não trabalha para mim, sabe. Representa os interesses das pessoas que acabei de citar. Na verdade, acho que ele participaria das providências, caso necessário. Lastimando muito, tenho certeza.

Ele bateu palmas, e Mark pulou um centímetro na almofada onde estava sentado.

— Mas por que estamos tratando de aborrecimentos hipotéticos? Você vai fazer o trabalho, não é?

Concordei com a cabeça.

— Já que você coloca nesses termos... Faço com prazer.

— Excelente! — Ele esticou a mão e nos cumprimentamos. — A partir de agora, você faz parte da grande tradição veneziana da *contrafazzione* na qual já ingressou com o seu maravilhoso Tiepolo. Wilmot, acho que você não percebeu que entrou em um estilo de vida completamente diferente. Antes, você pertencia ao mundo das pessoas que esperam como ovelhas na fila do metrô e do aeroporto, se arrastam para sobreviver porque o dinheiro nunca chega e comem merda todos os dias. Até agora, você desperdiçou seu talento fazendo ilustrações para revistas e tendo de esperar na antessala de homens que não têm gabarito para limpar suas botas. Quando você adoece, ou seus filhos adoecem, também precisa esperar que algum médico lhe conceda um instante de seu precioso tempo. Tem um filho doente, não é? Pois não imagina como vai ser agora para você e esse seu filho. Vai receber os melhores cuidados. Clínicas na Suíça... Precisa de doação de órgãos? Remédios caros? Pode ter certeza de que vai conseguir, entregue com um sorriso e na mesma hora.

Falei alguma coisa idiota sobre a indústria da falsificação ter um bom plano de saúde. Ele fingiu que não ouviu e ficou falando um bom tempo sobre a diferença entre os proletários e seus patrões; como estes mereciam a arte e os proletários não, e como ia ser maravilhoso para mim. Não eram exatamente as opiniões que eu ouviria na sociedade nova-iorquina, mas vai ver que eu estava errado, vai ver que era isso que as pessoas achavam o tempo todo, quando gente como eu não estava por perto. De qualquer modo, era uma mudança interessante, em vez de ficar circulando com ricos liberais. Aí, ele disse uma coisa que realmente me pegou:

— Você é um grande artista, Wilmot, e agora que nos encontramos, vai seguir o seu destino, vai ser o meu Velázquez. É o que quis a vida toda, pintar assim e ser recompensado, não é?

Sabe de uma coisa? Ele estava certo. Era o que eu queria. O que sempre quis e não sabia, até aquele momento. Eu disse:

— E você é o rei da Espanha.

Ele concordou com a cabeça.

— É. Sou o rei da Espanha — Ele falou, sem ironia. Estávamos em uma zona onde a ironia fluía livremente que eu também achei estranha e revigorante.

— Certo, Majestade. E onde quer que o quadro seja produzido? Aqui em Veneza?

— Não, em Roma, claro. Já está tudo acertado — avisou.

Slotsky e eu embarcamos na lancha e, assim que saímos do cais, virei para ele e comentei:

— Poxa, Mark, você sabe oferecer bons momentos para uma garota.

— Por Deus, Wilmot! Acha que eu sabia o que aquele filho da puta louco ia propor? Pensava que era outro trabalho de restauração. Acha que gosto de ser ameaçado de *morte*, porra? Sou um marchand, com todas as letras! Cheguei a pensar que eu ia borrar nas calças!

— Não me sacaneie, companheiro. Acho que agora não cabe mais isso. Eu já conhecia *Herr* Krebs por outra fonte. Ele não é apenas um marchand de velhos mestres e, se eu sabia disso, você também sabia. Você montou essa coisa toda, mas foi muito medroso para me avisar antes de eu ouvir a proposta e ser tarde demais. Por quê? Porque você sabia muito bem que, se eu soubesse, jamais aceitaria. Portanto, conte tudo!

Ele disse:

— Juro por Deus que não sabia que ele estava falando em falsificação. Jamais meteria você nisso se...

Cheguei mais perto, passei o braço em torno do ombro dele e o segurei.

— Mark, deixa eu interromper você — pedi, falando perto do ouvido dele. — Estou muito irritado. Sou um cara calmo mas, como muita gente com esse temperamento, quando estouro, perco as estribeiras. Estou tremendo por causa da adrenalina e talvez por ter aquela força sobre-humana de que a gente ouve falar. Assim, meu amiguinho, se você não disser o que sabe sobre esse Krebs e a história toda, corto você em pedacinhos e jogo do barco.

Com um pouco de esforço, a história saiu, pois ele sabia que eu realmente o jogaria no mar. Acho que não tinha medo de se afogar, mas de perder o terno de 4 mil dólares e os sapatos de 500.

— Certo, vou contar a coisa toda. Primeiro, o que você sabe sobre roubo de objetos de arte? — perguntou.

— Bastante. Sei, por exemplo, que 95% dos roubos são feitos por idiotas que tiram o quadro da parede e saem correndo pela porta. A segurança de quase todos os museus é uma piada.

— Exatamente. Mas estou me referindo aos outros 5%. Estou falando de quadros muito conhecidos, que jamais poderão ser vendidos no mercado. Considerando que são roubados por ladrões não tão espertos, o que eles lucram com o roubo?

— O dinheiro de resgate?

— Também, mas quando ladrões profissionais roubam grandes obras de arte, é por motivos paralelos. Organizações criminosas precisam de dinheiro, da mesma forma que as empresas normais mas, obviamente, não podem obtê-lo em fontes de crédito legais. Um quadro que vale 20 milhões de dólares é leve, fácil de carregar e de esconder. Entrego o quadro para você, que me dá os 5 milhões de que preciso para comprar heroína ou armas e, quando recebo a minha fortuna, devolvo o seu dinheiro mais o seu percentual, e você devolve o meu quadro. Se o negócio der errado, você fica com o quadro. Sabemos de quadros usados assim inúmeras vezes. São melhores que drogas ou dinheiro vivo porque há menos chance de furto, são como uma mercadoria de troca para os bandidos.

— Pensei que esses caras matassem quem não paga.

— Ah, também matam, mas isso não adianta nada para o fluxo de caixa deles. Já com obras de arte, eles ficam cobertos.

— E onde nosso amigo entra nisso?

— Já lhe digo. Pense só: a qualquer hora, cerca de uma dúzia de grandes obras estão circulando pelo submundo da arte, nas mãos de caras que nem sempre são especialistas. Um Renoir para eles não tem utilidade. Depois que terminam a transação financeira, ou se o bando que está com o quadro precisa de dinheiro vivo, o que faz? Tem um quadro que vale 20 milhões e não tem ideia de como vender. Krebs vende.

— Vende obras de arte roubadas por bandidos. Incrível. Para quem?

— Para as pessoas que ele mencionou. Ricaços que não ligam a mínima.

— Deixa eu adivinhar: e você acha os ricaços para ele?

— Você é doido? Sou um marchand de verdade, não posso me envolver com venda de objetos roubados.

— Então, qual é o seu papel nessa história?

— Sou consultor.

Ri na cara dele.

— Sério. Não estou brincando. Ele precisa de alguém com quem discutir — explicou.

— Quem, Krebs? Mark, com todo o respeito, Krebs não precisa dos seus conselhos sobre quadros.

— Não, mas precisa de um marchand autêntico para aproximá-lo dos museus. Não que os grandes museus não sejam espertos, mas Krebs é perigoso. Quando chega a hora, alguém cujo nome não pode ser citado oferece a Mark Slade Associates o Renoir roubado. O museu quer o quadro de volta? Claro, assim como as seguradoras que pagaram o resgate. Eu cuido da entrega e recebo uma comissão. O ladrão fica com um pouco, Krebs fica protegido, a seguradora reduz sua perda, o quadro volta para o lugar. Todo mundo fica feliz.

— Então você é um testa de ferro.

— Se quiser chamar assim. Para o museu, sou um herói. E tudo é muito discreto. Veja, você me conhece há anos e não fazia a menor ideia disso.

— Mas não me surpreende. O que a polícia faz?

— Que polícia? Parte disso não é nem denunciado, além de a maioria dos policiais achar que seu tempo deve ser usado em coisas mais importantes, como assaltos, tráfico de drogas e estupros. Eles não querem nem saber se um ricaço idiota perdeu dois quadros, principalmente se conseguiu reavê-lo. Mas gostam quando um ladrão de arte os leva a uma quadrilha de traficantes de drogas ou armas.

— A polícia não se interessa nem por falsificação?

— Que *falsificação*? Falsificar é roubar uns cheques e tirar dinheiro da sua conta. Falsificar é fazer um testamento falso, em que o dinheiro da tia Agatha vai para o mau sobrinho e não para o velho abrigo de gatos. Alguém é prejudicado. No caso, você está fazendo uma obra de arte impossível de se diferenciar do original. *Impossível*! Qual é o problema disso? O comprador olha e sente exatamente o mesmo orgulho e prazer que teria se o quadro fosse de um sujeito que morreu há trezentos anos. Como disse Krebs: como saber se *alguma coisa* é autêntica? É autêntica porque, digamos, um perito pago por um marchand garantiu? Do princípio ao fim, tudo é uma besteira.

— Portanto, podemos enriquecer com a corrupção — concluí.

— Isso mesmo! Você certamente não conhece nenhum cara de Wall Street, mas eu conheço operadores de títulos, administradores de fusões de empresas e operações de risco. Eles são meus melhores clientes. Chaz, acredite em mim, eles são uns idiotas, não sabem de nada. Quando a bolsa está em alta, eles são gênios, mas quando está em baixa, o erro é seu, e eles saem da história com bilhões. São caras que gastam em uma noite no bar 15 mil dólares e nem *pensam* nisso. E você quer que eu tenha escrúpulos sobre a autenticidade de um *quadro* que vendo para eles?

— Bom, é o seu ponto de vista.

— É o único ponto de vista que faz sentido neste mundo. Olhe, Chaz, eu *adoro* pintura. É algo que Krebs e eu temos em comum. Não se trata apenas de comércio ou de defender nossos direitos. É a única porra *autêntica* que sobra disso tudo. E adoro o que você pinta. É um artista ótimo, e nesses anos todos, cada vez que eu via uma daquelas coisas que você fazia para revistas, sentia uma punhalada no meu coração. Eu pensava: Que desperdício! Está certo, você não fazia exposição, nem quero perguntar por que, mas, sinceramente, sempre quis que você saísse daquela porcaria, ralando para receber 4 mil, 5 mil dólares por ilustração, morando naquele buraco onde vive, sem nunca ter tempo para descansar, sem ter o respeito que seu trabalho merece, e aí, quando apareceu essa oportunidade...

— Como surgiu a oportunidade?
— Bom, como ele disse, admira muito o seu trabalho.
— Ele não estava falando por falar?
— Não, e na verdade foi assim que me aproximei dele. Conheci-o em uma festa na casa de Castelli. Vendi para ele, ou melhor, para Castelli, um ótimo estudo em giz ocre de são Marcos feito por Correggio, e fomos apresentados. Isso há uns sete, oito anos. Claro que eu tinha ouvido falar de Krebs, e passamos a conversar sobre pintura contemporânea, o fato de que jamais poríamos na parede de nossa casa um quadro de quem não sabe desenhar e citamos quem sabia e quem não sabia, e ele falou de você. Tinha visto aquele cartaz que você fez para o grupo Aids, do Bosch, lembra? Ele achou incrível e quase caiu para trás quando eu disse que você era praticamente meu melhor amigo.
— Ex-melhor amigo.
— Ah, pare com isso, Wilmot! Seu olho brilhou quando ele falou em dinheiro. Pare de fazer de conta que é uma garota que acabou de perder a virgindade.

Olhei sério para ele ou, pelo menos, foi a minha intenção, mas nós dois sabíamos que não havia moral por trás daquele olhar.

O barco aportou no cais, o marujo saltou em terra firme e puxou a proa para um cunho. Perguntei:
— É verdade, por que não fazer isso, diabos?

Mark sorriu e deu um tapinha no meu ombro. Entramos em Veneza como pessoas comuns.

No hotel, recebi um envelope com as instruções sobre minha viagem a Roma. Interessante. Será que eles tinham tanta certeza de que eu ia aceitar a proposta, ou será que Krebs tinha agentes prontos para entregar as instruções a qualquer instante? Descobri que esse detalhe não me interessava e que não estava ofendido. Então eles sabiam o número do meu quarto? E daí? De todo jeito, um jato particular decolaria na manhã seguinte, e eu iria com Franco. Mas até lá, eu estava livre.

Saí do hotel e fui na direção de San Zaccaria. Cara, eu estava apavorado, mas com uma energia incrível, era como acordar na Terra de Oz, as cores eram mais brilhantes, minha pele arrepiava. Cheguei à estação de San Zaccaria, onde uma lancha aguardava os passageiros. Embarquei e pensei que aquela poderia ser minha última viagem em transporte coletivo. A lancha foi pipocando pela lagoa e saltei em San Basilio, no Dorsoduro. Lembrei-me de Krebs falando sobre San Sebastiano e fui dar uma olhada. O espaço em frente à igreja e a Scuola dei Carmini é um dos poucos lugares de Veneza que têm árvores, mas a Scuola estava fechada. Balancei uma nota de 50 euros na cara do guarda, pois eu agora era uma daquelas pessoas que não precisam esperar nada. Lá dentro, havia paredes e mais paredes de afrescos de Giambattista Tiepolo de que eu gostava, mas achei-o um pouco influenciado demais pelo estilo de Charles P. Wilmot Jr.

Depois, fui à igreja propriamente dita, que é coberta de quadros de Veronese, exceto *Ester e Assuero*, de Rubens, um dos raros dele em Veneza. Estava escuro, por isso tive de me aproximar, então notei que não era de Rubens, mas de Ticiano, *Danae recebendo a chuva de ouro* e, por um estranho e transitório momento, pensei: Cara, que quadro engraçado para se ver em uma igreja, aquele corpo branco, sensual e nu... Estou no El Escorial e sou tomado por uma emoção esquisita... um pouco de medo, mas sobretudo alegria, júbilo. É um dos melhores dias da minha vida, quase tão bom como quando fui nomeado pintor de Sua Majestade, pois, ao meu lado, ouvindo respeitosamente o que tenho a dizer, está Peter Paul Rubens, o terceiro homem mais importante do mundo, depois do rei da Espanha e do papa.

Ele me diz que preciso ir à Itália ver os clássicos e os grandes artistas locais e, embora ele seja uma pessoa muito diplomática (aliás, é diplomata profissional), dá para notar em seu tom uma sugestão de que Madri não é o centro do mundo artístico e que ser o pintor do rei da Espanha não é tudo o que um artista pode almejar. Concordo, sim, devo ir à Itália, e acho que isso pode ser combinado com o rei e com meu senhor conde-duque de Olivares que, além do mais, administra o dinheiro.

Então, falamos mais um pouco sobre Ticiano e como ele consegue os efeitos, como expressa movimento controlando o olhar do espectador pela cor e pela composição, um problema técnico que espero resolver, pois ele está dando a entender que eu e todos os pintores espanhóis da época não tínhamos movimento, nossas figuras ficam estáticas como se estivessem no túmulo; existe sentimento, sim, mas não o movimento que os italianos têm.

Mais tarde, ou em outro dia, Rubens está copiando um dos Ticiano da coleção de Sua Majestade, e observo-o pintar enquanto demonstra alguma coisa e, neste momento, um dos anões entra correndo, não lembro o nome dele, uma coisa feia e atarracada. Ao nos ver, dá cambalhotas e faz caretas e, como não quero que nada me distraia, dou um tapa nele e mando que saia dali. Ele corre.

Rubens para e olha a criatura passar. Fico surpreso quando pergunta:

— O que acha do seu rei?

Começo a dar a resposta esperada, mas ele balança a cabeça e diz:

— Não, dom Diego, não quero ouvir a opinião do cortesão, mas da pessoa. Sei que ele é generoso com você e que você é leal, mas se Felipe não fosse rei pela graça de Deus, o que acharia dele?

Respondo:

— Como pintor, não é grande coisa.

Ele ri e acrescenta:

— Nem como rei, acho eu. É um bobo, respeitável, mas sem nada na cabeça. E o seu Olivares é igual. A Europa inteira sabe disso, você pensa que não? — Ele mostra o quadro que está copiando, *Carlos V a cavalo*, de Ticiano, e diz: — Quando Carlos foi rei da Espanha, ninguém duvidava de que aquele era o reino mais poderoso do mundo, e hoje, oitenta anos depois, os holandeses são imbatíveis. Ou os franceses, ou os ingleses. Nessa mesma época, trouxeram das Índias montes de ouro e prata, montes! E continuam entregando-os em Cádiz, todos os anos. Mas Castela e Aragão estão entre as terras mais pobres da Europa, com aldeias e estradas miseráveis, por toda parte só se vê gente que é trapo e osso. Flandres é rica, a Holanda e a Inglaterra são ricas, a França é o reino mais rico de todos, mas a Espanha, com todo o seu ouro, é pobre. Como pode?

Respondo que não sei, ignoro essas coisas, mas que a riqueza dos palácios de Madri desmente o que ele diz.

Rubens contesta:

— Sim, há ouro suficiente para construir palácios. Sua Majestade ainda me deve 500 *reales*, e não creio que pague antes de eu ir embora. Mas escute uma coisa, senhor. Você é um ótimo pintor e um dia pode ser grande. Tão grande quanto ele, talvez — mostra com o pincel o quadro de Ticiano —, ou eu. Nunca vi ninguém pintar como você. Imagino um quadro, penso e, digamos, desenho o esqueleto dele na tela, às vezes os rostos também, e meus assistentes fazem o resto. Pois, como você sabe, ganho meu pão com o pincel, não sou o pintor do rei da Espanha. Mas você tem o dom do pincel, embora conheça pouco de composição, e suas figuras sejam colocadas de qualquer jeito, apertadas como uma multidão em uma taberna. Você tem o dom de um pincel vivo, o quadro sai de você como um sopro. Mas precisa ir à Itália, senhor, lá é onde se aprende a compor um quadro. E vá logo, enquanto o rei ainda tem dinheiro para pagar a viagem.

Ele riu. Nós dois rimos, embora meu riso fosse meio forçado.

— Outra coisa. Você é um pintor nato e se tornou um bom cortesão, mas nunca será um diplomata. Está na sua cara. Agora há pouco, enquanto eu desdenhava do seu rei e do seu país, você fazia um olhar de ódio que nós, diplomatas, jamais podemos ter. Mas vai se dar bem, o rei gosta de você, ele me confessou. E digo mais, pois conheci mais reis que você, senhor. Eles nos amam, sim, mas como amam os anões e os bobos da corte, como aquele que estava aqui há pouco: divertem por um instante, depois são expulsos com um pontapé e um palavrão. Por mais que Sua Majestade o elogie, nunca pense que é diferente: nenhum deles merece confiança.

Agora estou em um aposento todo iluminado por velas, falando sobre a Itália com meu senhor, o conde-duque de Olivares, primeiro-ministro do rei. Ele diz que vão enviar o general Spinola à Itália, e eu posso ir junto. Sua Majestade vai aprovar a viagem e pedir que compre quadros para ele, mas pelo amor de Deus, pechinche!

Então estou andando por uma rua estreita, onde tudo é de mármore antigo. Nas construções, as cariátides de rostos carcomidos pelo tempo olham-me fixamente; os cheiros e o clima são diferentes, o clima é úmido; tenho a impressão de que as mulheres me olham com mais ousadia e mais malícia. Estou em uma rua apinhada da Itália, olho ao redor procurando meus criados e há alguns artistas de rua e guardas, não consigo lembrar em que cidade estou: Módena, Nápoles...?

Sou empurrado por algumas pessoas. Há uma espécie de ponte que me parece familiar e alguém pergunta:

— Moço, pode tirar uma foto nossa, por favor? — A mulher estica a mão com uma câmera digital.

Olho, pasmo, e o marido dela diz:

— Querida, ele é estrangeiro, não fala inglês.

A mulher contesta:

— Fala, sim. Você é americano, não é?

Era uma mulher de meia-idade, pequena, bronzeada, com o marido enorme ao lado, usando jaqueta amarela de golfe cuja cor me doía a vista. Estávamos na ponte de Rialto, e levei meio minuto para entender o que era aquela coisinha prateada na minha mão. Ah, certo, uma câmera digital, tirei a foto e devolvi a máquina. Ela sorriu de um jeito inseguro, deve ter achado que eu era maluco.

Fiquei ali exatamente como aquelas estacas onde os gondoleiros prendem as embarcações enquanto os turistas se enxameavam em volta de mim. Pensei: Como, diabos, andei sem perceber por meia Veneza, de San Sebastiano no Dorsoduro até San Polo e a ponte Rialto sem cair na água?

Entrei em um bar, bebi uma grapa, depois outra e uma cerveja. Fiquei olhando os turistas e, quando um grupo do século XVII passou por mim, pisquei e bebi até que eles sumissem.

Mais tarde, entrei em um café com acesso à internet e naveguei. Confirmei: Velázquez e Rubens se conheceram quando Rubens foi a Madri em missão diplomática e para pintar o rei. Fez o retrato de Felipe a cavalo, que ficou no lugar do que Velázquez tinha feito, o que talvez tenha sido só por gentileza, mas os dois não se importaram. Rubens deu uns bons conselhos ao colega, e Velázquez, que tinha 30 anos na época, foi à Itália no ano seguinte. Eu vivi a chegada dele em Veneza.

O engraçado disso é que eu estava meio contente de continuar doido pois, na fantasia de ser Velázquez, eu permanecia sendo quem eu era, se é que você me entende. O *eu* Chaz Wilmot. O *pasticheur*, o futuro falsário. Não aquele outro sujeito em Nova York em quem eu não queria pensar. Uma pequena tábua para me agarrar durante o redemoinho, mas era só o que eu tinha. Saí do café, voltei ao hotel para fazer as malas e bebi no bar até ficar com sono. Dormi e acordei. Um calafrio de horror ao acordar. Conferi: eu ainda era eu mesmo.

O jato particular decolou de Nicelli, que é um pequeno aeroporto bem no Lido, a leste da cidade. Um modelo Gulf Stream II, e fiquei fingindo que estava calmo, como se costumasse viajar assim. Teria de aprender a gostar a partir de então, embora a única pessoa que eu tivesse que impressionar ali fosse Franco, que me ignorava solenemente. Na cabine, além de nós dois, havia uma bonita jovem que fazia de tudo para nos agradar. Em memória de papai, bebi uma garrafa de Taittinger bem gelada, fiquei meio tonto e pensei no que aconteceria se eu virasse Velázquez dentro de um avião. Será que ficaria louco? Mais do que já sou, quero dizer.

Franco só bebia café, talvez por estar a serviço, e lia uma revista de esportes italiana. Ele não era de falar muito. Perguntei para quem ele trabalhava, disse que para o *signor* Krebs, embora nós dois soubéssemos que era mentira. Ou talvez Krebs estivesse mentindo, pensei. Talvez não houvesse nenhum chefão por trás daquilo tudo, talvez ele tivesse dito isso apenas para me assustar. Mas eu não estava assustado, pelo menos não com o negócio de falsificação. Aonde quer que aquilo fosse acabar, eu estava com ele nos milhões de dólares.

Lembro de estudar a cabeça de Franco, que parecia um romano de Masaccio, aquela bela brutalidade sem qualquer toque de sadismo. Um homem do gatilho, como dizem, um matador profissional. Será que ele me mataria, se mandassem? Sem dúvida. Descobri então que não me importaria tanto se tivessem me explicado tudo antes, só para eu poder ter uma escolha. A maioria dos grandes pintores anteriores ao século XIX viveu ao lado de pessoas que degolavam outras em troca de algumas moedas. Havia algo de muito barroco naquilo, algo distante dos aficionados de arte de Manhattan, tão revigorante quanto oxigênio puro.

Aterrissamos em Roma e fomos de Mercedes para uma casa na Via L. Santini, que é uma das ruazinhas que saem da Piazza di San Cosimato, no Trastevere. Ficamos hospedados em uma casa. No térreo funcionava uma loja de móveis antigos que eles falsificavam nos fundos, e eu fiquei no *piano nobile*, no andar de cima, em três cômodos ótimos, com ateliê no outro andar. Quando chegamos, Franco me apresentou a um velho chamado Baldassare Tasso, que ia me ajudar no trabalho. Pelo jeito, era o chefe da falsificação. Mostrou-me o ateliê onde eu deveria pintar e explicou que todo o revestimento das paredes, dos pisos e dos tetos tinha sido arrancado até chegar à parede original do século XVII, ou de antes, até. O entulho foi retirado com aspirador, e o cômodo foi lavado e depois foi aspirado novamente. As janelas foram hermeticamente fechadas, e todo o ar interior vinha de um respiradouro que dava em um aquecedor e em um sistema de filtragem de alta eficiência projetado para captar e recolher qualquer molécula do século XXI. Eu só podia entrar no ateliê por uma antessala onde tirava toda a roupa que não fosse de couro, algodão, linho e lã. Tinha de trabalhar usando fibra natural, pois seria lastimável se, depois do trabalho terminado, a tela contivesse fragmentos de náilon ou polietileno na tinta! O ateliê era mobiliado com um cavalete de madeira antigo, algumas mesas e cadeiras velhas e um divã, todos cuidadosamente inspecionados e aprovados. No último andar da casa moravam a cozinheira, *signora* Daniello, sua filha e seu neto. Franco, Tasso e eu ficamos nos três cômodos. Tudo era uma maravilha, só sorrisos.

Após a mudança, Franco me entregou um envelope com um cartão preto Mastercard do Deutsche Bank e um cartão da minha conta, que eu não sabia se tinha pedido, mas pelo jeito as coisas seriam assim na minha nova vida. Almoçamos um fantástico risoto servido pela filha da Sra. Daniello cujo nome não entendi e que era a empregada e copeira da casa; acho que Franco tinha algo com ela ou queria ter. Após o almoço e uma pequena sesta tradicional, andei pela Viale di Trastevere até encontrar uma agência bancária e saquei 500 euros no caixa eletrônico. Fiquei sabendo então que meu saldo era de 100 mil euros.

Voltei para a casa meio flutuando sobre a bela pavimentação de pedras arredondadas. Franco estava à porta, parecia preocupado, perguntou aonde fui, expliquei e perguntei se havia algum engano na minha conta, pois havia muito dinheiro, e ele disse que o *signor* Krebs era bastante generoso com seus empregados. Abriu um grande sorriso. Percebi que estava contente por eu ter voltado, pois precisava me vigiar o tempo todo.

Imaginei que era melhor começar o trabalho e fui para o ateliê, onde Baldassare desembrulhava algo. Terminou de abrir o pacote e colocou a tela no cavalete. Tinha mais ou menos 1,40x1m, era uma *Fuga para o Egito* tão escura e suja que só dava para ver que o pintor era uma porcaria sem talento, alguém que gostaria de ser Caravaggio e que mal sabia desenhar.

— O que acha, *signor*? — perguntou Baldassare.
Fiz o gesto italiano que indica surpresa e ele riu.
— De quem é? — perguntei.
Ele disse:
— O nome do artista se perdeu no tempo, mas o quadro é de 1650, mais ou menos, foi pintado em Roma na mesma tela de linho de trama muito delicada que Velázquez gostava de usar. Então vamos apagar essa porcaria, e o senhor vai pintar sobre a mesma boa base preparada com cola que ele usava no século XVII.
— O chassi da tela também será da época — acrescentei.
Ele sorriu torto e de forma engraçada e disse:
— É, pode ser.
Só muito tempo depois entendi o que quis dizer.
Ele falava devagar, em uma mistura de italiano com inglês que eu entendia bem. Era magro e careca, devia ter quase 70 anos, usava óculos pequenos de armação de ouro, e o alto da careca tinha manchas causadas pela senilidade e uma franja de cachos brancos. Parecia o Gepetto do *Pinóquio* até no avental com peitilho, as mangas da camisa enroladas e o lenço no pescoço.
Perguntei sobre tintas e pincéis, e ele me levou a uma das mesas com garrafas e jarros arrumados com o que pareciam ser vários pincéis usados. Com certo orgulho, contou o que era aquilo.
— Pigmento terra exatamente como o que Velázquez usava em 1650; naturalmente, temos calcito para dar transparência aos brilhos. Para o amarelo, óxido de chumbo; para os vermelhos, cinabre de mercúrio, vermelho-laca, vermelho de óxido de chumbo; e, para os azuis, pigmento azul e azurite. Oxidamos o azul para ficar mais cinza do que ficaria quando pintado, então você terá de considerar isso quando

usá-lo. E os marrons — marrom de óxido de chumbo, ocre, óxido de manganês. Não há verdes, pois ele sempre os preparou, como você deve saber.

— Sei, mas e o vermelho-laca? É orgânico, pode ser datado.

Ele sorriu e acrescentou que estava conhecendo ali um discípulo teimoso, mas interessado:

— É verdade, mas ele usou muito o vermelho-laca. Conseguimos localizar um estoque de pano vermelho e extraímos a tinta com álcali. Pelo exame espectrográfico, vimos que essa tinta vem do caracol e da laca, o que combina com o que seu pintor usava, e os isótopos de carbono não devem nos preocupar. O mesmo quanto à tinta preta. Usamos carvão retirado de sítios arqueológicos. Muitas construções e muitas pessoas foram queimadas durante a Guerra dos Trinta Anos. E você sabe que eles podem datar o branco também.

Eu só sabia que era preciso usar chumbo e não zinco ou titânio, e ele acrescentou:

— Claro, usamos alvaiade, o chamado branco em flocos, mas hoje eles conseguem analisar a proporção de vários radioisótopos no chumbo, e datar quando o chumbo foi retirado do minério de galena. Portanto, temos de fazer o branco em flocos com chumbo do século XVII e assim fizemos. Os museus da Europa estão cheios de velhas balas de chumbo, e as igrejas têm teto revestido de chumbo antigo. Não é muito difícil. No porão, temos um barril de cerâmica onde corroemos o chumbo com ácido acético e fazemos carbonato de chumbo. Em vez de enterrar o barril em excremento de animais, usamos aquecedores elétricos, mas que não afetam a autenticidade. O pigmento fica um pouco áspero, e você pode usar com bom efeito, como fazia Velázquez. Claro que é extremamente venenoso, não deve encostar o pincel na boca, *signor*. Quanto aos pincéis, vai concordar que fizemos um bom trabalho.

Segurou um jarro com cerca de uma dúzia de pincéis de todos os tamanhos. Eu nunca tinha visto pincéis como aqueles, de cabos pesados, madeira escura e pelos presos à férula com um fino arame de cobre.

Baldassare disse:

— Estes pincéis foram pegos emprestados de um museu de Munique. São autênticos do século XVII e, se um fio soltar da tinta, não queremos que alguém diga, ah, este esperto morreu em 1994.

— Você disse que pegou pincéis emprestados de um museu? — perguntei.

— Maneira de falar, *signor*. Serão devolvidos quando terminarmos de usar.

— Eles pertenceram a quem?

— Dizem que a Rubens, mas quem vai saber? Talvez sejam falsificados também.

Um grande sorriso, como o de Franco, porém com menos dentes. Havia sorrisos por toda parte, o que me deixava nervoso.

Ele mostrou o divã onde eu colocaria a modelo, com os veludos e as roupas de cama nas cores aproximadas às que Velázquez usou: vermelho, um cinza-esverdeado e branco, tudo de fibra natural. Um pesado espelho retangular com moldura de madeira estava encostado na parede.

— Você providenciou a modelo também — concluí.

Ele deu de ombros.

— Temos Sophia e o filho. Podemos conseguir outra, mas preferimos ter toda essa história dentro de casa por uma questão de segurança.

Perguntei:
— Quem é Sophia?
Ele pareceu surpreso.
— Ela serviu o seu risoto hoje no almoço.
— Ah, a copeira — eu disse, e sinceramente não consegui me lembrar da cara dela.
— Ela ajuda a mãe, mas é uma artista. Como você.
Eu acrescentei:
— Você quer dizer uma falsária.
Um aceno de cabeça, um sorriso, um gesto italiano com a mão.
— O falsário é um artista. Ela faz antiguidades e desenhos muito bem, coisas pequenas, de ótima qualidade. O menino vai posar também, com o espelho. Fará o Cupido. Naturalmente, você usa a sua imaginação para os rostos, não queremos que alguém diga que viu aquela mulher com o menino no ponto de ônibus.

Concordei que seria complicado e passei o resto da tarde vendo-o raspar a camada de tinta do horroroso *Fuga para o Egito*.

Ele usou fogo e terebintina, não qualquer uma, mas a mesma que eu usaria no quadro, a autêntica de Estrasburgo, feita com resina do abeto-branco tirolês. Tinha um cheiro horrível, que me causou uma pequena reação pavloviana: senti o cheiro e tive vontade de pintar. Pintar afrescos é ótimo, mas não existe nada como a tinta a óleo, só de senti-la na ponta do pincel, o brilho forte e sedoso que tem, além de, claro, o cheiro. Baldassare estava falando sobre verniz e sobre o fato de que usaríamos o verdadeiro betume das árvores de pistache, o melhor de Chios, preparado com aquela mesma terebintina.

— Como vamos envelhecer a tela? — perguntei.
Ele parou de limpar e colocou o indicador sobre a boca para indicar que aquilo era segredo.
— Você vai ver, mas primeiro pintamos o quadro, certo?
A limpeza e secagem da tela levou dois dias, durante os quais flanei pela cidade, a pé e de transporte coletivo. Franco se ofereceu para me levar a qualquer lugar de carro, mas eu preferia vagar sozinho. Não ia a Roma desde os 10 anos, quando estive lá com papai. Obviamente, a cidade tinha mudado e se tornado mais parecida com todas as megalópoles.

Vi muitos quadros, porém voltei bastante à galeria Doria Pamphili e ao *Papa Inocêncio X*, de Velázquez, que Joshua Reynolds considerava um dos melhores retratos do mundo. Concordo. A primeira vez que o vi, fiquei apavorado e tive pesadelos durante semanas. "Papa inocente, uma ova!", exclamara meu pai, antes de me dar um texto sobre a obra. Ele sempre falava sobre a superioridade de um retrato a óleo em comparação a uma foto, principalmente quando a imagem era em tamanho natural, como no caso. Não se veem muitas fotos em tamanho real. Mesmo atores em um filme, mostrados maiores que na vida real, não são a mesma coisa. Algo na escala humana detona um gatilho no nosso cérebro, e aquele quadro tem as habituais lendas ligadas a ele — uma delas diz que os criados entraram na sala onde estava e fizeram uma reverência para o retrato, pensando que fosse o próprio papa.

Mas a força desse quadro vai muito além das dimensões, pois uma foto colorida em tamanho natural seria uma piada. Não é mera ilusão, não tem nada a ver com aquelas espalhafatosas naturezas-mortas ou os *trompe l'oeil* que ficam nas salas laterais dos museus; trata-se do próprio quadro, que expõe a vida de dois homens, artista e modelo entrelaçados, vivos, o surgimento de uma vida em um determinando momento, por isso não é de espantar que os criados fizessem reverência. Como técnica, há o tratamento dado ao cetim do *camauro*, a *manteletta* e o caimento denso da *rochetta* branca, feita com todas as cores exceto o branco, e a pele úmida de um homem vivo: pode-se olhar o quadro por horas, digitalizar as benditas pinceladas e examinar por radiografia: mesmo assim, o quadro mantém um mistério. Todos os aspectos que Velázquez precisou equilibrar ao mesmo tempo, cada pincelada equilibrada com todas as demais, e que pinceladas! — Todas e cada uma certeiras, livres, soltas e graciosas. Sinceramente, fiquei pensando que eu devia estar louco, achando que era capaz de pintar assim, aliás, louco de pedra. E para mafiosos! Estava começando a me sentir como a rainha no conto de fadas *Rumpelstiltskin*: "Sim, rei querido, posso transformar a palha em ouro..."

A essa altura, estranhei que os complicados nomes dos trajes eclesiásticos surgissem na minha cabeça enquanto observava o quadro; eu tinha certeza de que não sabia o que era uma *rochetta* quando entrei no museu. Os pelos da minha nuca eriçaram e saí correndo, com a estranha sensação de que alguma coisa estava me seguindo de perto.

Depois disso, eu precisava de um drinque, achei um café no Corso e tomei uma grapa. Então bebi uma cerveja para tirar o gosto da grapa, liguei para Mark em Nova York e pedi que enviasse o pagamento de Castelli para Lotte, descontadas as comissões e despesas. Ele concordou, quis saber o que eu estava fazendo e como estava ficando aquela-coisa-que-você-sabe, mas eu não quis comentar e desliguei logo.

Fiz então a ligação cheia de culpa para Lotte, que eu vinha adiando. Eram umas 21 horas, e ela pareceu sonolenta e irritada.

— Até que enfim, resolveu ligar para nós. Sinceramente, Chaz, o que você anda pensando? — perguntou.

— Desculpe, tenho trabalhado muito — eu disse, desajeitado.

— Você sempre deu essa desculpa. Acha que pode tratar as pessoas como quiser e tudo bem, pois você está produzindo.

— Eu pedi desculpas, Lotte.

— Não basta. Fiquei muito preocupada. Você teve uma espécie de ataque psicótico, foi preso, internado e aí, em vez de procurar ajuda, foge para a Europa...

— Como estão as crianças? — perguntei, tentando mudar de assunto para o tema mais seguro, estratagema que sempre funcionou no passado.

— Ah, sim, as crianças! O pai delas sumiu sem nem se despedir, depois que elas o viram com a cara ensanguentada no jornal, sendo levado pela polícia. Como acha que estão?

Continuou nessa linha e ouvi sem reagir, nem interromper; finalmente, ela cansou, e amenizei a situação mentindo que ia procurar ajuda psiquiátrica na Europa. Passamos para nossa conversa de sempre e perguntei pelas crianças outra vez, então ela respondeu:

— Bom, tivemos um pequeno problema outro dia. Rudolf morreu.

— Já era tempo, ele estava velho para um hamster. Morreu de quê?

— Morreu de *morte*, como diz Rose. Ela ficou muito séria, mas aceitou bem. Nós vestimos luto e fizemos um enterro no fundo do quintal. Milo tocou a marcha de *Saul* no flutofone, e Rose fez uma eulogia que faria um gato rir. Foi incrível Milo conseguir continuar tocando. Ela descreveu o céu dos hamsters em detalhes, aonde o Menino Jesus vai todos os dias, antes de dormir. Fez um altar com uma das colagens de papel picado mostrando Rudolf levado ao dito céu por são Pedro e os anjos, com um pano de altar de papel picado. É muito engraçado e mandei Milo jamais zombar dela.

— Como ele está?

— Ótimo, só que o novo remédio dá coceira, e ele diz que está fraco. Gostaria de confiar mais nos médicos, mas o que podemos fazer? No final das contas, nosso filho é um porquinho-da-índia e é isso que temos de fazer para ele continuar vivendo.

— Você não vai precisar se preocupar com dinheiro durante algum tempo. Pedi para Slotsky enviar para você o pagamento que recebi pela restauração. Deve ser quase 200 mil.

Um pequeno silêncio enquanto ela assimilava a quantia, depois disse:

— Mas, Chaz, você vai viver do quê, se mandar tudo para nós?

— Ah, foi por isso que liguei. Parece engraçado, mas tenho um mecenas.

— Mecenas?

— É, como antigamente. Um cara rico, amigo do homem para quem fiz a restauração. Ele viu meu trabalho, ficamos conversando, contei minha triste história, e ele disse que não tinha razão para um artista como eu ficar ralando no mercado. Ele tem um ateliê que posso usar de graça, prometeu me pagar um salário fixo e comprar tudo o que eu fizer.

— Quem é? — Lotte perguntou, desconfiada, naturalmente; será que ela é capaz de reconhecer uma mentira deslavada até pelo telefone? Mas, se você pensar bem, verá que não é uma mentira, pois Krebs é realmente um mecenas e, provavelmente, *menos* bandido que os antigos reis da Europa, considerando o tipo de merda que fizeram. Por exemplo, Krebs nunca mandou seus soldados incendiarem uma cidade, violentarem as mulheres e queimarem pessoas.

— Ele se chama Krebs, é um colecionador e marchand alemão. Mark conseguiu tudo, mas não trabalho com ele. É tudo direto com o colecionador.

— Ridículo, ninguém vende quadros assim. Como seus quadros serão vendidos? Vai ter participação nos lucros?

— Não está acertado e não me interessa. Estão me pagando muito bem para agradar a um único conhecedor de arte que adora meu trabalho. Todo artista europeu fazia isso antes da Era Moderna. Lotte, busquei isso a vida inteira. Você passou anos berrando para eu fazer o melhor e não besteiras. E o dinheiro... é *fantástico*. É uma vida completamente nova para nós.

— Por exemplo...

— Ele vai me pagar 1 milhão pelo quadro que estou fazendo agora.

Uma pausa mais longa, seguida de um longo e triste suspiro.

— Oh, Chaz. Por que ainda falo com você? Não sei o que fazer.

— Como assim?

— Você está fora de si, continua em uma espécie de mundo fantástico. Desculpe, eu não posso...
— Olha, *não* é fantasia. Krebs existe, pergunte ao Mark.
— Não confio em Mark. Ele é muito capaz de incentivar a sua loucura para tirar vantagem e, de todo jeito, o que você diz não existe! No mercado, ninguém pode ganhar tanto assim com o seu trabalho...
— Lotte, não há mercado. Esse é o *detalhe*. Ele é um zilionário excêntrico. Tem jatos particulares, iates particulares, pode ter um artista particular como Lourenço, o Magnífico, Ludovico Sforza, como todos aqueles caras tinham.

Mais um longo silêncio; finalmente, ela falou:
— Bom. Então tenho que lhe dar os parabéns. Sinceramente... desculpe duvidar, mas parece tudo... não sei, uma enorme e impossível fantasia. Você costumava tê-las sempre quando se drogava, se é que lembra, então me perdoe se não estou estourando champanhe. Aliás, meu pai ligou, disse que esteve com você e que parecia bem.
— Então você vê que não estou me drogando — lembrei, talvez um pouco ácido, mas ela retrucou:
— Eu não quis dizer isso. Mas, como você sabe, trabalho nessa área, todo mundo é desconfiado, os artistas pensam que estão sendo enganados, os clientes também, e todos regateiam. Ninguém chega na sua galeria e diz adorei esse quadro, aqui está o cheque pelo preço pedido no papel. A conversa é sempre: se eu comprar dois, posso ter 20% de desconto? E eu vendo um quadro, o artista descobre o quadro em um leilão pelo dobro do que recebeu e grita comigo por subestimar o trabalho dele.
— Então largue isso. Não precisamos mais do dinheiro da galeria.

— É, a sua nova fortuna. Vou lhe dizer uma coisa, Chaz, gostaria de conhecer esse homem e ver com meus olhos onde você se meteu. Então, pode ser que eu acredite.

— Bem-aventurados os que não viram e creram.

Risos.

— Bom, se você cita a Bíblia, acho que devo me animar um pouco. — Ela suspirou. — Ah, se fosse mesmo verdade! Há clínicas na Suíça que tiveram ótimos resultados com crianças como Milo e que cobram por mês o que eu ganho, digamos, em um ano bom.

— As despesas com Milo estão cobertas. Garanto, Lotte, é um mundo novo. Olha, o outro motivo para eu ligar é porque queria que você viesse aqui.

— Onde, em Veneza?

— Não, estou em Roma. É onde fica o ateliê. Vou lhe mandar passagens de primeira classe, você vem, e ficaremos em um hotel luxuoso. Quando foi a última vez que fizemos isso? Nunca.

— Mas e a galeria? E as crianças...

— A moça pode cuidar da galeria por alguns dias, e as crianças ficam ótimas com Ewa. Venha, Lotte, você pode passar quatro, cinco dias.

Ela concordou na hora, o que achei meio estranho. A reação de Lotte à pobreza é aquela clássica dos franceses, de amargura, abnegação e raiva do prazer que os outros têm em gastar dinheiro. Brigávamos muito por isso; nunca podíamos jantar fora em um bom restaurante e, quando conseguia arrastá-la, ela pedia o prato mais barato do cardápio, bebia só uma taça de vinho e ficava como o organizador do velório em um enterro de interior. Não era assim quando a conheci, ela sabia aproveitar o que era bom. Era por causa do filho doente. Ou por minha causa. Talvez eu tivesse um dom especial de fazer as mulheres ficarem amargas.

Dois dias depois, Franco e eu fomos buscá-la no aeroporto e a levamos para o San Francesco, que não chegava a ser o Danieli de Veneza, mas era o melhor hotel do Trastevere. Ela estava calada, meio retraída, o que eu já esperava, e quando saímos da Mercedes em frente ao hotel, olhou para mim. Como filha de diplomata, Lotte está acostumada com o melhor do melhor (ou estava, antes de se casar comigo), e o olhar dela dizia "você pode *mesmo* pagar um lugar assim?" Então, puxei meu cartão preto mágico e entreguei na recepção.

O funcionário da recepção pegou o cartão com as duas mãos, fez uma pequena reverência e foi todo sorrisos. Ia confirmar o quarto que eu tinha reservado, quando Lotte colocou a mão no meu braço e me puxou para o lado.

— Quero um quarto só para mim — avisou.

— Acha que vou atacá-la em um frenesi erótico?

— Não, mas não vim para passar férias agradáveis. Há alguns meses, você era um maluco que apontou uma faca para o dono de uma galeria, por isso eu gostaria de ter pelo menos uma porta entre nós, caso aquele maníaco reapareça.

— Ótimo. Então, você veio para quê? Para fazer uma viagem de inspeção, como uma comissão de saúde mental?

Ela ficou em posição de combate, com os braços cruzados no peito e o rosto duro. Naquele instante, tive vontade de contar tudo, mas contive-me. Tinha pavor de que, ao me ouvir, ela fizesse um determinado olhar que eu conheci bem nas últimas fases do nosso casamento, que mostrava choque, dor e um enorme desapontamento, onde cada um tinha sua parte. Eu sabia que a cara desconfiada e atenta dela naquele momento não fazia parte de seu expressivo repertório. Fui eu quem colocou aquela cara lá, como se a tivesse pintado a óleo. Aliás, minha mãe costumava usar muito aquela cara, que eu tinha passado para a minha amada para todo o sempre. A vida é *tão* maravilhosa.

— Se você quiser, pode chamar de viagem de inspeção. Disse que está com muito dinheiro, e eu vi uma parte, mas quero ter certeza de que o resto não é delírio seu. Chaz, é por causa do nosso filho e o futuro dele. Por isso tenho dificuldade em confiar em você...

— Claro, não tem problema. Dois quartos. Podem ser contíguos, ou você precisa ficar bem longe desse louco?

— Quartos vizinhos, ótimo — ela respondeu, fria, e voltei à recepção.

Um carregador mais velho, cujos modos pareciam um embaixador, nos levou aos quartos e recebeu uma gorjeta à altura de suas maneiras. Depois que ele foi embora, Lotte e eu combinamos nos encontrar dentro de uma hora e sair para jantar. Joguei a mala naquela que seria minha cama solitária e fui para o bar na cobertura, onde tomei dois Campari, vi o céu escurecer e as sombras subirem lentamente pelas paredes ocres do pequeno convento do outro lado da rua até sumirem na escuridão.

Voltei, bati na porta do quarto de Lotte, e ela estava pronta, em um vestido no exato tom de rosa que Fra Angelico costumava colocar em seus anjos e uma velha jaqueta de veludo, de uma espécie de verde típico do *Quattrocento*. Harmonizava com os cabelos louros escuros e os olhos negros dela, uma combinação pouco comum, mas muito vista nos quadros daquela época. Por herança da mãe italiana, Lotte tem o costume de usar roupas coloridas, enquanto todas as pessoas que ela conhecia em Nova York andam de preto, sinal, diz ela, de luto pela morte da arte.

Andamos pela margem do rio e entramos em um restaurante de que eu gostava, perto da Piazza di Santa Cecília, no Trastevere. Resolvemos esquecer os assuntos graves e a tensão da tarde e tivemos as nossas habituais boas horas fora do casamento. Após o jantar, voltamos a pé, devagar, de braços dados, conversando assuntos leves. As vezes caíamos em um silêncio solidário por longos trechos das ruas escuras. No hotel, cada um foi para seu quarto, após beijos em estilo europeu, ou seja, no rosto, bem civilizados.

Eu estava exausto, mas não conseguia dormir, andei de um lado para o outro, assisti à TV italiana sem som, depois fui ver se a maçaneta da porta do quarto ao lado estava fechada. Não estava. O que significava? Ela esqueceu de fechar? Ou vai ver que era assim que os hotéis italianos faziam com quartos adjacentes.

Entrei no quarto dela, sentei na cadeira ao lado de uma mesinha e olhei-a dormir; depois, peguei um papel de carta do hotel e o lápis que forneciam para anotar recados de telefone e desenhei Lotte dormindo: os cabelos fartos, a orelha, a adorável e forte linha do pescoço, o rosto, as maçãs do rosto. Voltei ao meu quarto, peguei uma das caixas de canetinhas que comprei para as crianças e colori, dali a pouco estava com o problema técnico de obter efeitos interessantes com as poucas tonalidades disponíveis e me vi fazendo o velho caminho expressionista, colocando as cores com muito sombreado; ficou bem interessante.

Voltei para o meu quarto e fiz um retrato de memória de nós dois sentados na cama, meio ao estilo de Kirchner, mas com a anatomia correta e mais detalhada; na verdade, aquele era um Wilmot e me fez bem, embora eu continuasse tendo aqueles estranhos ataques oníricos que ocorrem nessas ocasiões e só, depois voltasse à lucidez.

Lembrei que não vinha dormindo direito, acordava de pesadelos com monstros rosnando nos canais de Veneza, montados por mulheres seminuas. Quase todas as noites, mesmo quando conseguia dormir, era acordado por gritos e tiros. Desde que cheguei, ocorreram tumultos dia e noite, rixas entre as grandes famílias venezianas; o embaixador me explicou que é sempre assim. Veneza tem um papel perigoso entre o papa, o poder espanhol e o Império. Foi o que me explicaram, mas não consigo entender, tem algo relacionado com o principado de Montferrat. Assassinos espreitam pelas ruas, ontem mesmo vi retirarem um corpo do canal. A cópia que faço de *Crucificação*, de Tintoretto, está quase terminada, depois dela vou copiar *A última ceia*. Agora que vi os quadros daqui, a composição dos meus me envergonha, mais pelo desconhecimento do que pela falta de talento. Depois de ver algumas vezes os artistas italianos, concluímos, claro, que é assim que se dispõem as figuras em um quadro.

A melhor coisa que vi foi o retábulo que Ticiano fez da família Pesaro; na Espanha não existe nada parecido. Com massas de cor, Ticiano dirige o olhar do espectador para mostrar as diversas partes do quadro na ordem que ele quer. É como a missa, uma parte segue a outra, e cada uma é maravilhosa: são Pedro, a Virgem com o Menino, o estandarte, os turcos cativos, são Francisco e a família Pesaro com aquele impressionante menino olhando para fora do quadro; só esse rosto já faria do retábulo uma obra de arte, e que audácia! Mas também posso fazer isso.

Ouço tiros e gritos vindos da direção da praça San Marco. Assim que terminar essas cópias, sigo para Roma.

Então acordei suando, o coração acelerado. Estava na rua, tinha vestido as calças, calçado os sapatos e saído. Incrível! Essa deve ter sido a primeira vez que Velázquez foi a Veneza, em 1629. Sempre gostei daquele retábulo de Pesaro feito por Ticiano. Estranho, mas as lembranças dessa alucinação incluem sonhos que ele teve, e parecia que estava sonhando com minha vida no século XXI. Ou estava lembrando da minha vida enquanto era ele. Tudo era assustador e maravilhoso ao mesmo tempo; deve ser parecido com saltar de paraquedas subitamente ou mergulhar no tempo em vez de no espaço.

De qualquer forma, fiquei arrasado com essa pequena excursão pelo irracional, voltei para o hotel, o porteiro da noite me olhou com interesse, e fui para o quarto. Coloquei por debaixo da porta de Lotte os desenhos que tinha feito, deitei na cama e dormi imediatamente. No dia seguinte, acordei tarde, pouco depois das 10 horas. Lavei-me, vesti-me e bati na porta ao lado. Nenhuma resposta. Aí, notei que um dos desenhos tinha sido devolvido por baixo da porta com três exclamações (!!!) no nosso retrato, um coração rodeado de linhas e o recado "Encontro você no café, L."

Fui para o restaurante na cobertura e vi-a em uma mesa. Conversando com Werner Krebs.

Fiquei tão assustado que gelei só de olhar os dois. Pareciam velhos amigos. Conversavam em francês, mas Lotte demonstrava um relaxamento formal, como quando falava sua língua materna. No entanto, ela parecia estar se esforçando para adotar um comportamento informal típico dos americanos. Naquele momento ela havia voltado a ser, paradoxalmente, mais natural.

Não fiquei apenas surpreso, era como ser derrubado por uma onda inesperada na praia; estava desorientado, sem saber como me levantar, sem conseguir respirar.

Enquanto estava lá paralisado, um garçom se aproximou e perguntou se eu queria uma mesa. Isso chamou a atenção deles: Lotte olhou e acenou para mim. Fui para a mesa deles, Krebs levantou-se, fez uma pequena reverência e apertou minha mão. Fiquei pensando como ele tinha combinado aquilo, como devia estar me vigiando; ao mesmo tempo, eu estava louco para saber do que falavam.

Sentei à mesa. Estava um pouco frio, e os prédios do outro lado da rua tinham camadas de neblina que pareciam estandartes dependurados, mas o hotel tinha ligado os aquecedores de aço, bem mais eficientes que os cristãos que Nero mandou mergulhar em piche e colocar fogo para aquecer as ruas de Roma no inverno.

Krebs disse:

— Esta sedutora senhora acaba de me contar que você passou a noite desenhando, com excelentes resultados.

Nesse ponto, mostrou o desenho de Lotte que estava sobre a mesa, na frente dele.

— Impressionante, um desenho em papel barato, usando lápis de hotel e canetinhas de crianças. Na verdade, seria um desenho incrível com qualquer material: a força das linhas e as cores se juntam para dar uma impressão real de volume e presença.

Lotte observou:

— Ele fez outro melhor ainda.

— É ? Gostaria de ver.

— Vou buscar, se quiser. E se você me der a chave do seu quarto, Chaz — ela disse, virando-se para mim.

Entreguei a chave como um zumbi, e ela saiu.

— O que está fazendo aqui? — perguntei, tentando, talvez inutilmente, tirar a agressividade da voz.

— Você parece surpreso. Tenho muitos negócios em Roma, e este hotel fica perto do ateliê. Por que não poderia estar aqui?

— Tomando café da manhã com minha mulher?

Um gesto reticente.

— Creio que sua ex-mulher. Ela estava olhando seu desenho, demonstrei admiração e daí veio toda a coincidência. Tem mais: conheço um pouco o pai dela, dos negócios.

— Ele andou investigando você.

— Acho que essa é uma forma grosseira de colocar o fato. Ele estava em uma comissão internacional de investigação, e tive o prazer de ajudar com meus conhecimentos. Uma mulher sedutora, se me permite dizer.

— Você contou para ela da falsificação?

— Que falsificação?

— Ah, não se faça de bobo! O Velázquez que estou falsificando logo ali nessa mesma rua.

— Wilmot, isso está ficando desagradável. Parece que você acha que sou uma espécie de criminoso, mas sou apenas um marchand de arte que contratou um pintor, você, para fazer um quadro ao estilo de Velázquez usando materiais antigos. Se algum perito achar que é um Velázquez autêntico, não posso fazer nada.

— Exatamente como fazia Luca Giordano.

Ele riu, e o deleite mudou sua cara.

— De certa maneira. Mas, com as modernas técnicas de análise, podemos dispensar a assinatura sob uma camada de tinta.

Riu outra vez, e a situação era tão maluca que também ri. Eu não sabia se ele tinha ficado desapontado comigo ou se estava brincando. É uma falsificação, ou não é, como queira, majestade...

Então a expressão dele mudou, seu semblante ficou sério e meio ameaçador.

— Por outro lado, seria muito ruim se todos soubessem o que você está fazendo. Acho que já disse que negocio com pessoas que não têm o nosso senso de humor sobre esses assuntos. Entende o que estou dizendo? Vivemos em mundos paralelos: o mundo da criação artística e o mundo dos bens comerciáveis e do dinheiro. Nós nos associamos aos novos *condottieri* como faziam os pintores do *Quattrocento*. Eles querem investir neste projeto, e quem atrapalhar corre perigo. Como, digamos, alguém cheio de princípios que ouviu falar da origem deste suposto Velázquez por uma fonte confiável e comentou isso em público. Sua ex-mulher, por exemplo. Portanto, sejamos muito, muito discretos, Wilmot. Fui bem claro?

Concordei com a cabeça, pois minha garganta ficou seca demais para falar. Eu estava apavorado, mas estranhamente satisfeito por ele não dar nenhuma pista para Lotte sobre o que eu estava fazendo.

A essa altura, ela voltou e deve ter notado a minha cara, pois perguntou:

— O que foi?

Krebs respondeu:

— Estávamos discutindo os dissabores do cenário artístico atual, assunto lamentável e deprimente. Agora, falemos de arte de verdade. — Pegou o desenho que Lotte trouxe e examinou-o. Bebi um gole de água. — Você tem razão, é ainda melhor do que o outro, talvez por causa da energia que flui entre as figuras. Simplesmente maravilhoso! Wilmot, você faz esse estilo há muito tempo?

— Sim, há uns vinte minutos. É chamado de fase Canetinha Mágica — respondi.

Krebs e Lotte se entreolharam daquele jeito que os pais fazem quando a criança mimada apronta alguma travessura. Tive vontade de esganar os dois.

— Gostaria de ficar com os desenhos e emoldurá-los — ele disse.

Dei de ombros.

— Depende de Lotte, fiz para ela.

O clima ficou pesado, e Krebs resolveu dizendo:

— Bom, não quero lembrar acordos firmados mas, como estava explicando a Lotte pouco antes de você chegar, nosso trato diz que toda sua produção me pertence.

— Até rabiscos? — perguntei, enquanto minha mente se debatia entre o susto e o alívio, pois ele de certa forma confirmou a história do mecenato que eu tinha contado para Lotte.

— Desculpe, mas esses não são rabiscos e garanto que Lotte pode dizer que o preço de obras em papel subiu como um foguete nos últimos anos. Eu ficaria constrangido de dizer quanto valem os rabiscos que Picasso fez em guardanapos de restaurante.

— Mas eu não sou Picasso.

— Ainda não. Mas vai certamente ficar rico. E sou um investidor a longo prazo. — Com isso, ele pegou uma pasta de couro gasta, abriu-a, tirou um folheto, guardou os dois desenhos e fechou-a novamente. — Desculpe ser tão grosseiro, mas quando vejo algo bonito quero agarrar, agarrar... — ele disse.

Ilustrou essa compulsão pegando o ar com a mão direita e com uma feroz ganância estampada no rosto, que para mim era a verdadeira cara dele e não aquela expressão paternal que jogou para cima da minha ex.

Mas naquele momento éramos todos amigos e por isso rimos polidamente; pedi para o garçom trazer *biscotti* e *cappuccino*, e passamos o resto do tempo conversando, afáveis, sobre quadros, mercados de arte e o que há de bom para se ver em Roma. Krebs tinha um compromisso e jurou que estava desolado por não poder nos convidar para jantar naquela noite, pois precisava ir a Stuttgart. Uma outra vez, quem sabe. Beijou a mão de Lotte ao se despedir.

— Então, o que achou? — perguntei, depois que ele foi embora.

— Bom, eu acho que, se os cheques dele continuarem sendo depositados na sua conta, você é o pintor mais sortudo da atualidade. Ele adora você. Já vi isso antes: um colecionador rico se encanta por um artista, faz de tudo por ele, agrada, compra... e, enquanto dura, é maravilhoso para o artista.

— Às vezes não dura?

— Infelizmente, não. Os artistas mudam de estilo, exploram novos temas nos quais o colecionador não está muito interessado. Mas acho que o seu *Herr* Krebs será fiel, desde que você produza. Vai ficar impaciente se, digamos, você produzir pouco, da mesma forma que um rico se aborreceria com uma linda amante se ela não lhe cedesse sua liberdade.

— Hum, você faz com que eu me sinta uma puta velha.

— Não. Se você realmente começou a pintar como deve, não há dúvida de que fará sucesso, com ou sem Krebs. Eu já disse isso milhares de vezes, mas você não acredita em mim, só em Krebs porque ele tem dinheiro. Se, por algum motivo, ele não quiser mais saber de nada, você fará muito sucesso no mercado, principalmente se souberem que *Herr* Krebs é um colecionador importante da sua obra.

Havia alguma frieza na forma como ela disse isso e, pensando agora, a expressão dela também tinha algo estranho. Lotte tem um olhar sincero e destemido — é uma de suas características —, mas, naquele momento, estava dissimulada, os olhos negros fugiam dos meus.

— Você desaprova?

— Não tenho o direito de aprovar ou desaprovar. Mas, se quer saber, lamento que você tenha dado as porras das comissões para Krebs e não para mim!

— Sinto muito.

— Não sente, não. Mas não vou brigar por isso. Estamos em Roma. Leve-me para ver quadros em museus!

Então, fomos. Devo dizer que, mesmo nas fases mais difíceis do nosso casamento, quando mal conseguíamos fazer uma refeição sem brigar, sempre pudemos sair e ver quadros. Quando havia uma grande exposição no Met ou no MoMA, era um sinal de trégua: andávamos pelos corredores apinhados, olhávamos, ficávamos encantados e nos elevávamos a realidades superiores antes de voltarmos a brigar. E assim foi naquele dia, em um contexto um pouco diferente, pois eu achava que podíamos voltar para alguma outra coisa, que eu podia transformar a mentira em uma realidade concreta.

Levei-a ao Doria Pamphili e chegamos ao retrato do papa, depois de vermos Memling tirar Cristo da cruz, Caravaggio mostrar a Madalena arrependida, os Bruegel, o maravilhoso retrato duplo de Rafael e os metros e metros de enrolação com todos aqueles maneiristas e caravaggistas ruins que formam o grosso dos acervos dos museus do mundo.

Não sei bem por que, mas eu queria ficar próximo daquele quadro com Lotte, talvez para que ela funcionasse como um amuleto e a fé dela em mim pudesse entrar na minha cabeça e iluminar meu espírito. Realmente, comecei a melhorar e pensei: É, posso fazer isso, posso não ter inventado como fazer, mas agora que sei como ele fez, chego a sentir o cheiro da terebintina no quadro. Estou com um pincel cheio de mistura de flocos de branco, pintando a *rochetta* branca do papa e a seda vermelha do *camauro* com as tapeçarias e o trono atrás e o rosto ligeiramente virado de lado como se um lacaio entregasse um bilhete, e então os olhos terríveis se viram para mim.

Fico assustado e também animado, esse é o quadro mais importante que já fiz pois, se o papa gostar, fará por mim o que ninguém no mundo pode fazer, conseguirá o que mais desejo.

O pincel segue rápido, quase sem eu pensar, quando chego às sombras do manto branco — não é branco no quadro, claro, pois o branco nunca é branco, só os idiotas pintam branco com tinta branca — e preciso apoiar a bengala na mão esquerda para o pincel não tremer. Entra outro homem e entrega um papel ao papa, ele lê, diz alguma coisa, se mexe na cadeira. Está ficando impaciente. Deixo minha paleta de lado, faço uma reverência e me adianto:

— Sua Santidade, posso terminar sem a sua presença. Está quase pronto.

Ele se levanta, dá a volta e olha o quadro no cavalete.

— Você não é um adulador, dom Diego.

— Não, Sua Santidade, eu pinto a verdade. A verdade vem de Deus.

Antes mesmo de as palavras saírem da minha boca, penso: Jesus, estou perdido, será que ousei ensinar religião ao papa?

Por um instante, ele me olha duro e então, graças a Deus, um pequeno sorriso se forma no rosto terrível.

— É verdadeiro *demais*, mesmo assim, me agrada. E que papel é este que estou segurando?

— Uma fantasia minha. Uma carta, um pedido.

— É? Que pedido?

— De autorização, Santidade. Quero fazer moldes das estátuas do Belvedere e de outras esculturas que pertencem à Santa Sé. Meu senhor iria gostar.

Ele concorda.

— Vou falar com o camerlengo. Seu rei é um amado servo da Santa Igreja.

Ele se vira para ir embora e, com o coração na garganta, acrescento:

— Sua Santidade, gostaria de fazer um pedido pessoal, com sua permissão.

Ele olha, um pouco impaciente, e pergunta:

— Qual é?

— Quero ser cavaleiro da ordem militar de Santiago. Na Espanha, ainda acreditam que, por mais nobres que os pintores sejam de nascença, não podem aspirar a tais honrarias. Minha família tem sangue puro desde os tempos mais primevos, mas minha profissão me impede tal conquista.

Pausa. De novo, o sorriso furtivo.

— Então precisamos informá-los de que aqui na nossa Itália não é assim.

Por um segundo, fico olhando o quadro na parede e repasso o trono vazio; então vejo o retrato de novo, e um guarda emburrado segura meu cotovelo e pergunta, irritado, o que estou fazendo. Lotte está ao lado dele, com o rosto pálido.

Mal consigo ficar de pé. Perguntei o que estava acontecendo, e o guarda disse que eu estava resmungando, andando pelo museu e tropeçando nas pessoas. Sugeriu que eu fosse para casa e descansasse.

Olhei para Lotte, e ela estava furiosa, disse que comecei a falar sozinho, que fui andando decidido, sem dizer nada a ela e que o guarda tinha razão, eu parecia um doido, o que estava havendo?

Burro como sou, disse que não era nada (evidente que era), como aquela velha piada do cara que, surpreendido na cama com outra mulher, pergunta à esposa: Você vai acreditar em mim ou nos seus olhos? E aí Lotte começou a dizer que não aguentava, eu estava doente e ia estragar aquela nova oportunidade com Krebs como tinha estragado toda a minha carreira de pintor, mas ela não ia ajudar, não queria mais saber daquilo, eu tinha de procurar um médico, sempre fui doido, tinha me destruído por causa do meu maldito narcisismo com meu precioso trabalho, e isso destruiu nosso casamento também, ah, todo grande artista do mundo tinha vendido seu trabalho em galerias, mas Chaz Wilmot era bom demais para isso, preferia ver o nosso filho morto, e ela tinha pena de mim e jurava que nunca mais falaria comigo ou deixaria que visse as crianças até eu me internar em um maldito hospital para doentes mentais, que era onde eu devia estar naquele momento.

Também não fiquei calado ouvindo tudo isso. Acho que lembro de chamá-la de puta louca por dinheiro e ficamos batendo boca bem ali na frente das bobas virgens maneiristas olhando para nós. Então os guardas vieram e disseram que tínhamos de sair. Lotte saiu correndo, fui atrás e quando cheguei à rua, ela havia sumido. Chamei um táxi. O motorista achou que eu era um turista rico e fez o caminho mais paisagístico até o hotel, passando pelo trânsito enlouquecedor da região do Vaticano, e eu estava mal demais para reclamar. Ela fora embora do hotel, sem um bilhete. Liguei para o celular, ela não atendeu. Quando ouvi o sinal para deixar recado, não consegui dizer nada.

Depois disso, saí do hotel e voltei para o ninho do falsário. Sophia me cumprimentou animada quando passei por ela no corredor, como se eu nunca tivesse saído, mas desconfiei que eles sabiam muito bem o que havia acontecido. Não sou paranoico nem nada, mas observo muito as pessoas e sei que, quando você presta atenção nelas, mais cedo ou mais tarde elas notam. Há dois dias eu tinha certeza de que estavam de olho em mim.

O estranho é que não mergulhei em uma orgia de autodesprezo como na vez anterior em que houve algo parecido. Era como se a minha vida real (Lotte, as crianças e Nova York) tivesse se tornado apenas outra vida alternativa (uma das inúmeras que agora estavam ao meu dispor) e, assim, aquela rejeição não doeu como antes. Como diziam os Beatles, "Nada é real, não precisa se preocupar com nada". Além do mais, havia o dinheiro, aquele bálsamo universal. As pessoas sempre falam que o amor faz aguentar a falta dinheiro melhor do que o dinheiro faz aguentar a falta de amor, mas isso não era totalmente verdade. Claro que o dinheiro não é tudo, mas também não é nada.

A outra coisa boa era que eu realmente *gostava* de ser Velázquez. Lembrava muito bem de como era pintar como ele; na verdade eu tinha *feito* aquele retrato e achava que, se eles pudessem transformar *aquela* experiência em pó, ninguém jamais ia querer saber de cocaína.

Passei a manhã seguinte olhando a tela limpa no cavalete. Baldassare tinha diminuído um pouco o tamanho dela, alguns centímetros de cada lado, mas eu não quis saber por quê. Nem toquei nos pincéis, só fiquei olhando o branco na tela. Dei uma estudada nas radiografias de quadros dele feitas por Brown e Garrido e li várias teses para ter uma ideia de como Velázquez preparava as telas. O problema era que, na fase madura, ele era tão bom que quase não fazia estudos preliminares. À parte alguns esboços questionáveis do retrato do papa, não há estudos feitos por Velázquez. Nada. O filho da puta apenas pintava. Ele espalhava a base com um pincel grande ou uma faca de paleta com lascas de branco e cinza feitos de ocre e azurite, variando conforme a composição do quadro. Feito isso, desenhava as figuras diretamente na tela, o que se chama pintura *alla prima*, depois usava pigmentos diluídos para colori-las de forma a aparecer a base da tela e, às vezes, até a trama, uma técnica totalmente ousada. Por isso só um idiota podia tentar falsificar um Velázquez.

Toda a segurança que senti na galeria Doria, na frente de Inocêncio X, sumiu com Lotte, assim como o prazer com minha nova riqueza. Pois, para ter aquela opulência, era evidente que eu precisava pintar, o que naquele momento não tinha a menor vontade de fazer. E como a luz boa para pintar acabou, eu tinha bastante tempo para considerar a covardia de Charles Wilmot Jr., o Chaz que eu lembrava tão bem, como o verdadeiro motivo para ele não ser um pintor de 1 milhão de dólares: o culpado não era o mercado, não era a avaliação, mas o puro pavor, pois naquele momento, quando realmente valiam a pena as grandes associações, uma encomenda de 1 milhão de dólares, Chaz some.

Fiquei dois dias assim, só olhando para a maldita tela. Baldassare veio uma vez e disse que tinha passado na tela antiga uma cola de amido e uma mistura secreta, solúvel em água. Era para preencher as rachaduras do século XVII onde eu pintaria, assim a nova tinta não penetraria nelas. Depois que a falsificação estivesse pronta e seca, ele mergulharia tudo em água e a cola dissolveria. Curvando e sacudindo um pouco a tela, ela se adaptaria às antigas rachaduras e viva! Estava pronta a *craquelure*.

Pedi que ele me desse duas novas telas com as mesmas dimensões e textura, pois achava melhor fazer um teste, digamos, para me sentir à vontade com a tinta e o estilo. E a modelo. Então, comecei a olhar para Sophia, e ela para mim, um discreto flertezinho na hora do jantar, sorrisos cada vez mais calorosos, piadinhas recíprocas. O fato é que Franco não estava tão interessado nela, embora não fosse expulsá-la da cama, caso a encontrasse lá — nem eu. Era só o que eu precisava naquele momento, afinal a situação com Lotte estava ruim: liguei para o celular dela umas dez vezes, e ela não retornou.

Isso me deixou irritado, então convidei Sophia para um drinque depois do jantar, e ela me levou ao Guido's, um bar que ficava depois da praça Santa Maria e estava cheio de gente local pois, com o inverno, quase todos os turistas tinham ido embora. Ela era conhecida lá, conversou com amigos em dialeto romano que eu mal consegui acompanhar. Falávamos inglês, e ela me contou sua história. Tinha feito curso de arte na La Sapienza, onde se envolveu com um australiano que sumiu depois que ela engravidou. Ficou então com o pequeno Enrico, saiu da escola sem diploma e sem perspectiva de arrumar emprego. Ganhava dinheiro como *madonnara*, desenhando cenas bíblicas na calçada em frente às igrejas. A mãe dela então procurou Baldassare, um *cugine* que a colocou no negócio da família.

Sophia fazia principalmente desenhos de artistas do século XVII — Cortona, os Caracci, Domenichino — e ajudava nos quadros falsos de provincianos antigos. Perguntei se ela se incomodava em falsificar, e ela disse que não: se incomodar por quê? Desde antes de Cristo os romanos falsificavam arte para *bàbbioni* de turistas. Era boa no que fazia, só usava os melhores produtos, papel autêntico de livros antigos, tintas certas, e conhecia o estilo. Fez um *Cristo crucificado*, de Cortona, arrematado por 30 mil euros em um leilão na Alemanha. Com certeza um quadro vendido por este valor foi avaliado por algum curador de museu de província.

Achei que ela estava um pouco na defensiva, não por constrangimento, mas por inveja. Eu era O cara, contratado para dar o grande golpe. Baldassare tinha dito a ela que eu não seria capaz de pintar o quadro. Perguntei se ele tinha mesmo falado isso, ela confirmou, acrescentando que eu não tenho *le palle sfaccettate*, que é o que se precisa neste negócio. Sabe o que significa a expressão? Eu não sabia. Significa colhões de ferro.

Falei veremos, perguntei se ela já havia posado como modelo, ela negou, mas Baldassare achava que era perfeita para aquele quadro e quis saber se posaria, ela aceitou, claro, o que podia dizer? Posaria com o filho, pois Baldassare disse também que precisavam de uma criança no quadro. Confirmei e perguntei por que ela achava que seria adequada para o quadro, ela respondeu que eu queria uma mulher como a da *Vênus olhando-se ao espelho*, não? Então, levantou-se, foi andando devagar, voltou e sentou-se, sorrindo de lado. *Bellesponde*, como dizem. Cintura fina e traseiro em forma de pera, pernas longas. O rosto era o que eles chamam de "interessante", as formas um pouco exageradas para serem belas, nariz comprido demais, queixo um pouco pequeno, mas cabelos pretos e fartos, negros com toques acobreados. De todo jeito, eu ia inventar um rosto, por motivos óbvios.

Bebemos mais um pouco, depois uns amigos dela chegaram, começaram a falar no dialeto, e peguei meu bloco de desenho. Fiquei rabiscando e aí, como sempre, eles viram o que eu estava fazendo, e retratei cada um deles. Como sempre também ficaram impressionados. Pensei então: Se essa história da falsificação não der certo, eu podia virar *madonnaro*.

Ficamos até tarde, bebemos muito e voltamos por um Trastevere onde todos os moradores dormiam, e caía uma chuva fina. Quando chegamos à casa, era evidente que Sophia estava disponível, mas me desculpei e me despedi, o que fez com que ela franzisse o cenho e desse de ombros. Como quiser, *signor*. Na verdade, não era só por causa de Lotte que eu não queria ficar com ela, mas porque tudo parecia meio planejado, outro jeito de me enredar mais ainda no círculo de Krebs.

Disse a Sophia que eu gostaria de começar o quadro de manhã, ela concordou e foi dormir também. Acordei com a primeira luz do dia. Ou alguém acordou, mas não fui eu e nem na cama onde deitei.

Acordei em outra cama, imensa, de dossel, com pesadas cortinas de veludo. Senti cheiro de comida e uma espécie de incenso, sob outro cheiro doce e desagradável, talvez de esgoto pois, naquela época, o mundo tinha esse cheiro. Eu estava com vontade de urinar e usei o penico que tirei de uma caixinha de madeira ao lado da cama. Vestia uma camisola branca bordada e uma touca. Abri as cortinas da cama.

Um quarto enorme, de pé-direito alto, teto cofrado e pinturas nas paredes, sobretudo de Zucchi, mostrando, como sempre, ninfas romanas despidas; cada vez que olho, me irrito. Não dormi direito. Sonhei de novo que estava no inferno, que tinha enormes rochedos com olhos e carroças desgovernadas pelas ruas de ferro, soltando cheiro de enxofre e azeviche.

Os criados me ajudam no banho e a me vestir. Pareja está mal-humorado como sempre, embora eu o tenha deixado pintar, desobedecendo às leis, por que não? Estamos em Roma, onde tudo é permitido, principalmente o que é proibido.

Sirvo-me de uma comida — esqueço qual era — em uma grande sala que se abre para os famosos jardins. Estou na Villa Medici. O duque me deixou ficar aqui como na primeira visita que fiz a Roma, embora, como embaixador honorário de Sua Santidade, eu devesse me hospedar no Vaticano. Não suporto ficar lá, a comida me desagrada —

é pesada demais — e as refeições são formais, servidas em horários rígidos. Aqui, posso comer o que quero, na hora que quero, e trabalhar.

Após a refeição, desço para assistir à missa na Trinitá, volto para o ateliê e pinto uma paisagem: um portão que abre para os jardins. É coisa pequena, mas me dá um prazer especial, pois não é para nenhum mecenas, é para mim mesmo, uma paisagem ao estilo francês, ou holandês. Nunca fiz nada parecido antes, e é uma espécie de limpeza mental depois do retrato do papa.

Ao meio-dia, faço outra refeição, dessa vez com alguns dos outros hóspedes da Villa Medici, todos de alto nível, e nenhum acha uma desgraça estar à mesa com um pintor.

Mando Juan Pareja chamar uma carruagem, e saímos da *villa* para nossos compromissos na casa de meu senhor, dom Gaspar de Haro, marquês de Heliche, figura importante entre os espanhóis radicados em Roma, que me considera melhor que todos os da minha profissão. Durante o percurso, cuido da minha agenda de bolso, onde listei todas as coisas aflitivas que Sua Majestade me incumbiu de fazer: obter autorização para fazer moldes de esculturas famosas; supervisionar os artesãos dos moldes; garantir que os moldes sejam bem-embalados; pagar pelo transporte deles por navio; cuidar para que os carroceiros não roubem tudo; ver quadros que estão à venda; marcar de fazer retratos dos nobres que me prestigiam e dos quais Sua Majestade quer ser amigo. O tempo e o dinheiro nunca são suficientes para fazer tanta coisa, pois só os quadros de Ticiano custam mais de mil ducados, e o mordomo da embaixada diz que não há dinheiro. Parece que a Espanha inteira não tem dinheiro ou, pelo menos, é o que me dizem. O rei deseja comprar esses tesouros, mas todos os mesquinhos administradores me desprezam. Como eles dizem, quando se assa muita carne, queima-se uma parte.

Chegamos ao *palazzo*, sou anunciado e levado a um corredor cheio de quadros. Pinturas ótimas, mas não consigo estudá-las, pois eis que chega meu senhor de Heliche e seu séquito. Estão alegres, um cheiro de vinho e perfume flutua entre eles. São sobretudo romanos, de um tipo que o pai dele jamais pensaria em entreter (menos ainda o tio dele, o conde-duque.) Sou apresentado, faço uma reverência, eles também, o marquês me pega pelo braço e percorremos a galeria a sós. Falamos de quadros: ele demonstra conhecimento para alguém tão jovem e avidez por adquirir mais pinturas; condena-me por fazer os preços subirem com minha visita e meu ouro trazido de Madri, embora eu quase não tenha nada. Paramos na frente da *Vênus com espelho*, cópia do quadro de Ticiano que está no Alcazar. Ele quer um igual. Uma cópia, meu senhor? Não, um quadro, um novo quadro. Mas depois falamos nisso. Primeiro, quero lhe mostrar um gênio. O senhor não vai acreditar, dom Diego, na Espanha não há nada parecido.

Subimos um andar e percorremos um corredor. De uma sala, vem um cheiro conhecido. Ele manda o lacaio abrir a porta sem fazer barulho, e paramos à entrada. Na sala, há uma tela no cavalete, sendo pintada por um homem de avental comprido e turbante; uma modelo posa, segurando um bebê de gesso envolto em panos. O homem pinta rápido, colocando um esmalte azul. Imagino que seja veneziano, ou alguém que conheça bem o estilo deles.

Meu senhor pergunta, baixo:

— O que acha, dom Diego?

Respondo:

— O quadro está bem-feito. Pelo menos, as formas têm alguma vitalidade, e as cores são claras e harmoniosas. Deve ser um pintor jovem, de pouca experiência. A composição podia ser melhor.

Na mesma voz baixa ele diz, maldoso:

— Está totalmente enganado.

— Então, rendo-me ao seu grande conhecimento da arte do pintor, meu senhor — retruco.

— Não, não é a isso que me refiro. Quero dizer que não é um jovem, não é um pintor!

Em seguida, chama:

— Leonora!

O pintor vira-se, vejo que é uma mulher. Ela fica parada um instante, assustada, com o pincel na mão. O marquês entra na sala e abraça-a de maneira lasciva, embora seja casado há pouco tempo com uma moça tida como a mais bela da Itália, além de rica. Ainda apertando-a de encontro ao corpo, ele me chama:

— Não é um milagre, dom Diego, uma mulher que pinta! Imagina o que diriam na Espanha? Tesouro, este é dom Diego Velázquez, pintor do rei, que veio a Roma comprar todos os quadros que puder e empobrecer todos nós, pobres colecionadores. Dom Diego, dizem que o senhor permite que seu escravo pinte, mas acho que nesse ponto estou à frente: tenho a honra de lhe apresentar Leonora di Cortona di Fortunati.

A mulher sorri, indulgente. O marquês se inclina para beijar o pescoço dela e escorrega a mão entre os botões do avental. A modelo desvia os olhos e enrubesce. Estou pasmo.

A mulher empurra-o, ele resiste, rindo; ela toca a ponta do nariz dele com o pincel, que fica azul brilhante. Ele põe a mão no nariz e arregala os olhos ao ver a mão. Começa a se irritar, mas transforma isso em um sorriso cheio de dentes como um carroceiro e dá uma risada.
— Limpa! — ele manda, e ela obedece, com um trapo embebido em terebintina. — Ah! Vou ficar o dia todo fedendo como um pintor. Olhe, dom Diego, quero que o senhor pinte isso. — Ele apontou para a mulher.
— Uma madona com menino, meu senhor?
— Não, claro que não, com os diabos! O que eu faria com mais uma madona com menino? Não, quero que pinte Leonora como *Vênus com espelho*.
Olho para a mulher, e ela para mim, ainda segurando o trapo de tinta. Ela tem olhos verdes-acinzentados, e o cacho que escapou do turbante é castanho. Tem o rosto oval e ousado, testa alta, nariz arrebitado, queixo forte: o rosto de uma comerciante do mercado, não é bonita, mas me olha de forma perturbadora, meio irônica, porém com certa cumplicidade, como se só nós dois naquela sala soubéssemos de um segredo importante. Eu nunca tinha sido olhado daquele jeito por uma mulher, nem por minha esposa, nem por nenhuma dama da corte. Irrita-me, e minha voz chega a tremer um pouco quando pergunto:
— Uma Vênus, meu senhor? Despida, quer dizer?
— Claro! Nua. Despida, sem roupa, como quiser chamar. Há uma mulher sob aqueles trajes, o senhor vai ver. E pode ser rápido? Quero que faça outras coisas. — Com isso, dá um tapinha no meu ombro e sai da sala.
Assim que a porta se fecha, ela libera a modelo, que sai rápido da pose com o bebê de gesso. Leonora tira o avental

na minha frente, não se preocupando em ficar fora de vista. Sob o avental ela usa um vestido de fina seda carmim, com gola solta, de boa renda; uma espécie de espartilho por cima do vestido, amarrado com fios de ouro; blusa de mangas rendadas, mas discretas e sem um decote tão profundo quanto algumas romanas usam. Aliás, em Roma elas não usam *guardinfante,* preferem amarrar as anáguas na cintura. Leonora tem uma cintura incrivelmente fina. Tira o turbante e solta os cabelos, que têm tons avermelhados. Usa algumas pulseiras de âmbar, outras douradas, nenhuma joia. Penso no que o marquês comentou sobre o corpo dela; nunca ouvi ninguém se dirigir a uma mulher daquele jeito, a não ser que seja uma prostituta, porém aquela não era. Essas romanas não ligam para a honra. Aqui nessa cidade, ouvi homens usarem palavras e fazerem gestos entre eles que em Sevilha causariam briga, talvez até morte.

    Ela se aproxima do quadro que estava pintando e diz:

    — O senhor tem toda a razão sobre o meu trabalho, dom Diego. Desenho bem, sei misturar as cores e tenho boa perspectiva, mas não encontro equilíbrio nas formas. É algo que preciso aprender e acho que ninguém vai me ensinar.

    — Pois ninguém me ensinou também. Quando eu tinha a sua idade, sabia tão pouco quanto você. Dom Pedro Rubens me aconselhou a vir à Itália ver os quadros, e foi o que fiz. Assim, aprendi a arte da composição e como fazer formas sólidas sobre uma superfície lisa — explico.

    — É, mas infelizmente já estou na Itália e não sou Velázquez — ela disse, com uma risada. — O senhor acha escandaloso uma mulher pintar?

— Não. Talvez seja inútil, como aprender a lutar espada. Fico surpreso que seu marido permita — observo.

Séria, ela comenta:

— Meu marido é um conde romano muito rico e pouco macho. Coleciona enfeites e rapazes. Se ele não se incomoda que eu me deite com o marquês de Heliche, o senhor acha que vai se incomodar com meus quadros? Desde que eu não alardeie as pequenas encomendas que recebo nem destrua o tradicional nome dele. Ou não urine no altar da Catedral de São Pedro na missa rezada pelo papa, o que seria quase tão escandaloso quanto. Lastimo ter chocado o senhor, um elegante cavalheiro espanhol, mas é assim que nós, as cortesãs romanas, falamos. Mas ninguém se preocupa em me impedir de pintar. Heliche acha interessante, para ele, sou como um macaco que aprendeu a dançar para ganhar uma uva.

Pergunto:

— Então por que a senhora pinta?

— Por gosto. Me dá prazer criar um mundo a partir de uma tela branca onde posso fazer o que quero. O senhor deve entender o que digo.

— Devo?

— Claro. Pintando como pinta, deve adorar.

Explico:

— Adoro minha honra, minha família, meu rei e minha igreja. Quanto à pintura, para mim é como respirar ou comer. É meu sustento e minha função no mundo. Se eu tivesse nascido marquês, talvez jamais pegasse em um pincel.

Ela me olhou fixamente como se eu tivesse dito algo grosseiro.

— Isso é incrível. Conheço vários pintores e escultores: Bernini, Poussin, Gentileschi...

— Conheço a obra de Gentileschi, para mim é o melhor caravaggista — opinei.

— Esse é o pai, refiro-me à filha, que também é pintora e hoje está bem idosa, mas a conheci quando eu era menina. Ela ajudou a entortar minha cabeça, como diz meu marido. De qualquer forma, é comum os pintores competirem. Para confundir seus rivais, eles põem sentimento na vontade de sobressair-se na arte. Não sente isso, dom Diego?

— Não tenho rivais — garanti.

Ela riu e disse:

— Desculpe, senhor, esqueci que é espanhol. Sabia que nós, italianos, mandamos nossos perfumistas à Espanha para recolher excrementos? Lá, eles têm cheiro de violetas.

— Pode fazer graça, não me incomodo em ser alvo de piadas. Desejo-lhe um bom-dia, *señora*.

Não fiz reverência, mas ela emitiu um pequeno "ó", postou-se na minha frente e pôs a mão na manga da minha camisa. Sinto o calor da mão por cima do tecido.

— Por favor, por favor, não vamos nos despedir assim. De todos os homens em Roma, o senhor era o que eu mais queria conhecer, e agora estraguei tudo. Ah, meu Deus! O senhor não imagina: quando seu quadro do homem negro estava exposto no Panteão, fui lá todos os dias. Queria me ajoelhar e adorá-lo, como na época em que o Panteão era templo dos pagãos. É o melhor retrato que já vi, senhor, todos os pintores que viram queriam lhe cortar a garganta, e o senhor o criou... como? Por mera inspiração? Qualquer cardeal romano daria seu peso em ouro por uma garantia assim de fama eterna, e o senhor retratou um *escravo*? É a maior ousadia da nossa época.

Ela continuava com a mão no meu braço, e eu queria ir embora, mas também queria que a mão continuasse ali. Lembro então do pedido do marquês e quase tremo. Minha voz falha ao dizer:

— É muita gentileza sua, *señora*, mas creio que precisamos combinar algumas coisas.

— É, o quadro. Obviamente, não pode mostrar meu rosto, ou deve disfarçar. A Vênus alguma vez usou máscara?

— Não conheço nenhum quadro em que ela esteja assim, mas daremos um jeito, tenho certeza.

— Certamente. O senhor está na Villa Medici, não? Talvez às 2 da tarde seja mais discreto, quando Roma inteira está fazendo a sesta. Vamos começar amanhã.

Penso na minha agenda, com todas as tarefas e compromissos. Impossível!

— Amanhã não, *señora*, nem depois de amanhã. Daqui a uma semana, pois não?

— Não, tem que ser já — ela diz. — Heliche é como uma criança grande e agora está obcecado com meu retrato de Vênus. Nosso caso está terminando, ou vai terminar em breve. Daqui a pouco, quando descermos para o salão, o senhor vai ver que ele está encantado pela condessa Emilia Odescalchi, que é mais bonita e mais burra que eu, duas qualidades desejáveis em uma amante. Para não ficar com culpa na consciência, vai me passar para um dos cortesãos de seu séquito, mas antes quer uma lembrança minha, esse quadro. E não pense que será apenas uma pintura. O senhor precisa começar logo, ele não aceita desculpas. Heliche é perverso, mas não é bobo, e o senhor não vai querer contrariá-lo, pois também não é tolo. Não precisa tê-lo como inimigo na corte de Madri.

Não me lembro de como aquele dia terminou. Esperei meu senhor algum tempo no *palazzo* dele e bebi mais vinho que de costume. Voltei para meus aposentos e dormi mal, tive mais pesadelos com Roma transformada em inferno. Graças a Deus, lembro de pouca coisa além dos bramidos e do fedor, senão pintaria como aquele pintor flamengo, Geronimo Bosco, apreciado pelo falecido rei e que dizem ter enlouquecido devido às visões de tormento eterno.

No dia seguinte, mandei meus mensageiros levarem cartas para as pessoas que eu não poderia encontrar na hora marcada, mas tinha de ir à fundição onde estavam moldando o meu Laocoonte, depois de muito implorar a permissão de Sua Santidade, do camerlengo e de muitos subornos... Preciso ir lá garantir que seja bem-feito, depois corro para chegar na hora ao encontro com aquela maldita mulher, com a carruagem correndo ao máximo pela chuva fria; este inverno romano faz meus ossos doerem. Os sinos repicam duas vezes e quando chego à *villa*, que está silenciosa como um túmulo, é hora da sesta.

Armo meu cavalete e preparo as tintas, não há tempo para conseguir um espelho dourado, então mando Pareja trazer o espelho simples que fica no quarto das criadas, depois dispenso-o e aos outros rapazes, arrumo um pano vermelho por trás do divã e cubro-o com um lençol de linho. Há uma tela já preparada que ia usar para fazer outra paisagem dos jardins, mas serve. Com tudo pronto, aguardo, pois é claro que a mulher se atrasou: quem pensaria que ela é pontual?

Uma batida na porta e ei-la com um pesado manto de veludo preto comprido até o chão, capuz na cabeça, máscara no rosto e um lenço de seda verde-claro no pescoço. Tira a máscara e o capuz. Os cabelos estão presos no alto da cabeça imitando as Vênus de Ticiano, de Caracci e a da Villa Medici, a famosa estátua que originou toda a arte dedicada às formas femininas. Falamos um pouco sobre o tempo, o frio, ela se desculpa pelo atraso, e nos calamos. Jamais pintei uma mulher de classe nua, ao vivo. Não há precedentes, não há regras de etiqueta para esse caso.

Ela mostra o divã.

— Vou ser uma Vênus reclinada ali?

— Sim, por favor, *señora*. E aqui está o seu espelho — digo.

Ela se aproxima, olha o espelho:

— Não é adequado para uma deusa. Além de ser de parede: como posso ver meu rosto nele, reclinada no sofá?

Fico envergonhado e mudo pelo constrangimento de não ter pensado nisso.

Ela diz:

— Se tiver um Cupido segurando o espelho aos pés da deusa, no divã, ela poderia ficar deitada, se mirando. E você pode pintar o menino depois.

Concordo que vale a pena tentar; na verdade, não falo, grasno, pois minha garganta está completamente seca. Sugiro:

— A senhora pode se despir atrás daquele biombo.

— Não preciso do seu biombo — ela diz, tirando o manto. Por baixo está nua, tem uma pele de alabastro, sem uma mancha.

— Posso abrir o manto e deitar sobre ele? Esta sala é fria. Será que a cor do manto vai estragar sua paleta?

— Não, de maneira alguma — gaguejo. Viro para pegar paleta e pincéis e, quando olho para o divã de novo, ela está deitada com as costas apoiadas no divã, relaxada, de pernas abertas, mostrando os pelos cacheados e negros da virilha e uma pequena parte de seu sexo rosado.

— Como arrumo os braços, dom Diego? Ponho a mão aqui como a Vênus de Ticiano, cobrindo-me, pudica? E a outra atrás da cabeça, assim?

— Sim, está bom. Vire um pouco a cabeça para o espelho.

Acertamos o maldito espelho e, ao me inclinar sobre ela, sinto seu perfume forte. Transpiro como um carroceiro sevilhano. Seguro a paleta e o pincel, tremendo. Começo a colocar as formas na tela em cinza-ocre e vejo que ela me olha divertida pelo espelho, essa puta zombeteira!

Paro e largo a paleta.

— O que foi, dom Diego?

— A pose. Fica estranho assim de costas, a linha do pescoço está canhestra...

Digo outras bobagens parecidas, mas o fato é que não ouso olhar para o sexo dela, nem consigo pedir para fechar as pernas, então tenho uma ideia:

— Deite-se de lado.

— O senhor quer me pegar por trás?

Não faço caso do chiste vulgar e explico:

— Sim. Na Villa Borghese há uma estátua de que gosto, um antigo andrógino que estou moldando em bronze para Sua Majestade; as costas dele ficam bastante evidentes. Há também a *Vênus, sátiro e Cupido*, de Caracci, que está de costas. Acho que nesse caso cabe...

Falei mais besteiras do gênero até que ela virou lentamente de lado e arrumei o manto preto, com o lençol branco aparecendo dos dois lados e também um pedacinho do lenço de seda verde. Dessa forma, não tinha de olhar os seios com os bicos marrons e duros de frio e o rosa mais escuro da vagina, mas posso pintar a linha das costas depois de mais alguns ajustes. Se eu fosse um rapaz ou homem comum, apenas afastaria as pernas ou a cabeça com as mãos, mas isso é a mesma coisa que pintar o rei, devo pedir a ela que faça pequenos e importantes movimentos, colocar a perna que está por baixo um pouco para a frente, assim a coxa superior fica natural e a inferior apertada; entre elas, a luz penetra por aquela fina dobra de carne. Sim, meu senhor marquês vai gostar, vou mostrar isso, uma pequena lamparina vermelha às portas do paraíso.

É inverno, há pouca luz, por isso paramos mais ou menos às 16 horas, e ela veste o manto outra vez. Senta-se no divã com as pernas para cima como uma menina; essa mulher não tem qualquer pudor e, mesmo assim, não se degrada por causa disso. Combinamos de nos encontrar mais cedo no dia seguinte para captar a luz.

Mas ela não vem, manda um recado dizendo que esteve com o marquês até tarde. Então tenho de me apressar para aproveitar o dia, remarcando encontros e correndo pela cidade. Consigo que o cardeal Pamphili pose pela última vez; o rosto inexpressivo dele está terminado, e posso fazer o restante aqui, o hábito, o fundo e por aí vai. Porém, passo o dia todo inquieto, com os mesmos pesadelos desagradáveis que mostram salas cheias de uma luz estranha e rostos brilhando como cadáveres apodrecidos, a luz não vem de nenhuma vela ou fogueira, e eles gritam em uma língua que desconheço.

Ela chega cedo, pouco depois do amanhecer, usando o mesmo manto negro, sem nada por baixo.

— Não pense, dom Diego, que ando sempre assim pela cidade de Roma — ela explica. — Mas, se eu me vestir, precisarei trazer uma criada para me despir e depois vestir de novo o espartilho, as rendas e tudo o mais. Nós, mulheres, não conseguimos nos vestir sem ajuda, e o senhor e eu queremos que esse quadro seja um segredo nosso. A menos que queira me ajudar? — Ela me olha e ri. — Vejo que o senhor não gostaria. Então, vou posar.

Ela posa, eu pinto. À luz da manhã, sua pele brilha como pérola, coloco leves camadas de verniz misturado com flocos de branco, sempre finos, de forma que o branco de baixo apareça, e muita calcita para dar transparência, pequenas pinceladas misturadas para a superfície ficar completamente lisa, a um toque de mão. Quero dar a impressão de que a luz vem de dentro dela e pinto a imagem no espelho, o rosto simples, depois escureço-o e mudo-o para que pareça qualquer moça no divã.

Trabalho sem parar, perdi a conta dos sinos tocando as horas, até que ela reclama de estar com o corpo endurecido e precisar ir ao toalete. O corpo está quase pronto, peço mais um instante e algumas pinceladas, a forma um pouco mais definida na parte superior da perna, um cinza-azulado bem fino. Deixo o pincel de lado e faço sinal para ela se mexer. Ela se levanta, resmunga, ri e, com o manto sobre os ombros, dá a volta no cavalete e olha a tela.

— Este braço está fora da tela, mas sei que você fez assim para a linha das costas ficar mais ousada, um movimento atrevido. Faz efeito. Olha como a tinta é fina, a trama da tela aparece por baixo, como você é sovina! Quase não tem nada e, ao mesmo tempo, tem tudo, você obriga os olhos a verem a diferença. Sim, o quadro mostra minha cintura fina, tenho um orgulho diabólico dela, não chega a ser a cintura de uma deusa, mas de uma mortal. Agradeço por disfarçar meu rosto, mas a pintura registra para sempre o meu enorme traseiro e acho que alguns homens vão reconhecê-lo. Ah, minha Nossa Senhora, estou falando como uma puta outra vez, ofendo sua sensibilidade espanhola.

Ela me olha sorrindo, mostra os dentes como uma camponesa e completa:

— Só faço isso por que detesto você. Ao ver esse quadro, tenho vontade de quebrar meus pincéis. Daria a alma para conseguir fazer a pele brilhar assim em uma pintura. Quando vir o quadro, Heliche vai morrer de prazer, é o tipo de coisa de que ele gosta. Imagino que vai dar um jeito de olhar o quadro quando estiver com a nova amante.

— Tem certeza de que ele tem outra amante?

— Ah, essa é a minha especialidade, assim como a sua é ser pintor.

— E você foi jogada para um dos homens do séquito dele, como previu?

— Fui — ela confirma.

— Quem é ele? — pergunto, como um idiota.

— Você, Velázquez. Quem mais poderia ser?

Ela tira o manto e se aproxima, aperta o corpo cálido no meu, a boca na minha, a língua se movimentando como um peixinho.

— O que acha do amor, Velázquez? — pergunta, entre beijos. — Acha que é uma arte, como pintar, ou apenas uma habilidade que qualquer camponês rude ou prostituta pode aprender? Ou, menos ainda, um espasmo, como fazem os animais, herdado do pecado de Eva?

Não sei responder. Estou tonto. Meus joelhos tremem. Caímos no divã. Ela fica por cima de mim, nua, a pele emite um calor que sinto no rosto, como se fosse um braseiro. Ela arranca minhas roupas, põe a mão dentro da minha camisa e percorre meu corpo. Sei que eu deveria me livrar dela, mas não tenho força nas mãos nem nas pernas.

— Vamos fazer de conta que tal arte existe e que se situe muito acima da cópula humana, da mesma forma que a sua arte é superior a uma placa pintada na porta de uma hospedaria, ou que a música do divino Palestrina está acima do assovio de um menino na rua. Acha possível? Vamos discutir agora essa questão interessante.

Assim, aprendi a amar, mas não gostei do aprendizado. Eu nunca tinha sido prisioneiro da própria carne e encontrei em Leonora uma carcereira implacável que não dormia, estava sempre de olho em mim e tinha um ferro quente mais cruel que os instrumentos de tortura da Santa Inquisição, pois eram usados para merecer o inferno e não o céu. Que artifícios ela dominava com o dedo e a boca, poções e bálsamos que me transformavam em um rapaz de 18 anos no divã — não que eu tenha feito aquilo antes, nem quando tinha 18 anos. Ela parecia uma gata no cio, atrás de mim por toda parte, no ateliê, nos meus aposentos, nos corredores, nas carruagens, no campo, entre as ruínas da Roma antiga, na casa dela no Trastevere a noite inteira. E eu continuava com meus deveres a cumprir: comprar quadros, acompanhar a remessa deles, fazer reuniões com pessoas notáveis, pintar o quadro.

Pintei-a mais duas vezes como Vênus, por exigência do meu senhor Heliche: uma, na mesma pose da Vênus da Villa Médici, e outra, quando é descoberta por Vulcano, nos braços de Marte. Envelheci uma década naquele ano.

Na cama, em meio à paixão, ela me chamava de Velázquez, e avisei que não devia fazer isso, pois ninguém me chamava assim. Então, perguntou:

— Como o chamam na Espanha?

— El Sevillano, ou señor de Silva, ou dom Diego.

— Até sua esposa?

— Você não precisa saber como minha esposa me chama. Mas não é Velázquez, esse é meu nome como pintor.

— Eu sei, por isso chamo-o de Velázquez na minha cama, pois se você não fosse Velázquez, não estaria nela. — E começava a fazer as malditas carícias de novo.

Acho que seu único credo era a pintura, pois sem dúvida não acreditava em honra, posição social, nem nos princípios da Santa Fé, ou só um pouco. Por isso, às vezes me tratava como um deus e, outras, como um escravo. Admito que eu era um escravo e um deus com ela.

Ela conhecia pintura. Olhava com argúcia o que eu tinha comprado e me avisava sobre os quadros que seriam colocados à venda, ou que cardeal ia fazer um elogio para lisonjear o rei. Uma vez, mostrei um Annibale Caracci que pretendia comprar, *Vênus rodeada pelas Graças*, ela riu e disse:

— Não é um Caracci, é aquele maldito rapaz de Nápoles outra vez, com seus truques. Ele é muito bom.

— Que rapaz? — perguntei.

— Luca, filho do velho Giordano. O pai não é nada, um pintor de placas, mas o rapaz é um gênio, talvez outro Giotto, se deixar de falsificar para ter um estilo próprio.

— E por que não condenam o falsário? — perguntei.

— Porque ele assina o próprio nome na tela e pinta por cima. Veja.

Ela foi até minha mesa e umedeceu um pano em terebintina. Esfregou o pano em um canto e lá estava a assinatura. Nós rimos. Acho que nunca ri tanto na vida como com ela. E brigamos também.

Uma vez, ela me levou ao pórtico da Igreja de Santa Maria, no Trastevere, onde os mendigos se juntam aos deformados e idiotas para esmolar, e ela perguntou se eu queria pintá-los como tinha retratado os anões e bobos da corte.

— Para quê? Pintei anões e bobos porque estavam a serviço do rei e fazem parte do palácio. Pintei os cachorros do rei também.

Vi que ela não aprovou a resposta e perguntou:

— O rei gosta de você?

Retruquei:

— Certamente, pois me elogia bastante e me concede cargos nobres no palácio.

— Deve elogiar mesmo, pois você também o lisonjeia com seu pincel e pinta o luxo em que vivem as filhas dele para que possam se casar com reis e imperadores. Mas gosta de você como pessoa, como eu gosto? Ou você é um passatempo da natureza, como são esses miseráveis? As infantas da Espanha têm anões ao redor para, comparadas a eles, ficarem mais bonitas. Assim, o rei tem o maior pintor da Europa para aumentar a glória dele, é só o que interessa aos reis.

— Ele gosta de mim — repeti. — Disse que vai me sagrar cavaleiro de Santiago, quando eu voltar.

Não pretendia contar isso, pois não costumo me vangloriar com uma mulher. Mas ela me irritou, e pensei como tinha comentado o assunto com Rubens, e como ele desprezou meu rei.

— Comendas são baratas, é como dar um doce para um bobo ou restos de comida para um cachorro — comparou.

Zanguei, pois ela não era Rubens:

— Você não entende nada disso, é filha de um comerciante e não sabe o que é honra.

— É mesmo? — perguntou alto, de forma que as pessoas na rua viraram a cabeça para trás e olharam. — Acha? É verdade, minha mãe casou-se com um comerciante para não morrer de fome, mas descendia dos Colonna e antes, dos Aurélio. Fomos importantes em Roma, quando Madri era apenas uma aldeia lamacenta. E o seu sangue, Sr. Sevilhano, é de uma cidade cheia de meios-judeus, meios-mouros e todo tipo de vira-latas mestiços!

Ela voltou para casa, enquanto todos riam de mim na rua.

Brigamos assim muitas vezes. Ela não tinha noção de como uma mulher devia se comportar. Afastamo-nos muitas vezes, mas o feitiço dela sempre me fez voltar, aquela loucura, destruindo toda a honra e o dever como um trapo oleoso que passa pela tinta e transforma tudo em lama.

Quase no final de minha estada em Roma, pintei-a de novo. O rei me mandou voltar para a Espanha, cada carta era mais inoportuna que a outra, mas eu não podia ir. Ela estava com um filho no ventre, disse que era meu, acreditei. O marido expulsou-a de casa e deixou-a sem nada, ela foi viver em um apartamento simples perto do rio, ao lado da ponte do Papa. Eu disse que reconheceria o filho e o educaria, mas isso não a agradou o suficiente. Sabia que eu ia embora, claro que ia! Será que pensava que ia ficar com ela, ou levar uma amante para o Alcázar? Ela bebia. Sempre bebeu muito vinho, mas começou a tomar conhaque e cachaças holandesas. Ficava mais louca ainda, perdida na lascívia. E me levava junto.

Assim, numa tarde de primavera estávamos exauridos no divã do meu ateliê; por acaso, o mesmo espelho empoeirado refletia nossa imagem sobre uma arca. Ela disse:

— Isso podia ser um quadro, Velázquez. Uma Vênus como o mundo ainda não viu, tornada insensível por seu

Adonis. Mas você jamais pintaria. A sua Santa Inquisição e a sua corte espanhola jamais aprovariam. Acho que esse quadro está além até da sua arte, capta como estamos agora e provavelmente jamais estaremos outra vez. Não, nem você conseguiria.

— Posso pintar qualquer coisa, até isso — garanti.

— Então, pinte! As tintas estão ali, eu estou aqui. Pode pintar depois o menino da cozinha como nosso Cupido.

Levantei do divã, coloquei no cavalete uma tela já preparada e pintei Leonora como estava. Trabalhei a tarde toda e, quando a figura estava pronta, virei a tela para a parede e não deixei que ela visse, embora rosnasse como uma raposa. Depois, achei o menino que tínhamos usado no primeiro quadro, em que ela está de costas, pintei-o e fiz o resto, os cortinados e tudo mais. Quando terminei, escondi no armário onde guardava meu dinheiro e só eu mexia.

Só mais tarde mostrei para ela, na última vez em que estivemos juntos. Eu tinha empacotado todos os meus pertences; os moldes de gesso e os quadros foram à frente, íamos embarcar em Gênova naquela semana.

Ao ver o quadro, ela riu como um corvo e disse:

— Ah, Velázquez, se alguém visse isso, nós seríamos queimados vivos, a fumaça de nossos corpos se misturaria sobre o Campo dei Fiori; é a coisa mais ousada que já se pintou. Peço que dê para o papa como presente de despedida e assim nos matarão juntos.

— Não se mata mais ninguém por causa de um quadro — eu disse.

— Tem razão. Ao longo de todos esses meses, não lhe ensinei o humor e nem a perceber quando estou brincando. Mas, meu amor, mesmo assim, esse quadro pode acabar com você. O que houve para você retratar nossos verdadeiros rostos nele?

— Eu estava bêbado — justifiquei.

— Essa desculpa não vai adiantar quando você for levado ao tribunal da Inquisição. Só há duas coisas a fazer: uma, vender o quadro para Heliche, que vai valorizá-lo e guardá-lo com ele.

— Não vendo quadros, não sou comerciante — eu disse.

— Ah, desculpe, dom Diego de Silva y Velázquez, eu tinha esquecido. Então você pode dar uma pincelada de branco em flocos e resolver o problema.

— Pensei em dar o quadro para você, de presente.

— É mesmo? Que generosidade! Assim, na miséria em que vivo, poderia lembrar diariamente da grande paixão da minha vida? Velázquez, meu querido, você é uma besta. Vou pintar já alguma coisa religiosa por cima ao estilo veneziano e doar para uma igreja. Então, Deus poderá me perdoar.

Assim, deixei-a e voltei para meus aposentos; ocupado com a partida, não pensei mais naquilo. Até a noite, deitado, quando percebi que nunca mais a teria na minha cama nem sentiria os prazeres que ela sabia me dar. Então, fiquei aborrecido, não consegui dormir, pedi vinho quente ao criado para conseguir esquecer.

Acordei apavorado, com uma luz que vinha de um vidro, os sons da rua lá fora e de uma pequena caixa que parecia guardar um demônio dentro. Pensei primeiro que tinha morrido durante a noite e despertado no inferno, como castigo. Um rosnar como de um temporal e um gorgolejo que vinha de um cômodo próximo; depois, para meu pavor absoluto, entrou pela porta uma mulher nua que eu não sabia quem era, gritei, saí da cama e me encolhi em um canto, me cobrindo e rezando alto, implorando perdão. A mulher chegou mais perto com um olhar consternado, tentando me abraçar e falando uma língua como a romana, mas não entendi nada. Quando percebeu que não ia me seduzir, ela se vestiu e foi embora; puxei o lençol sobre minha cabeça e chorei por causa da minha maldição.

Isso deve ser parecido com descrever o ato sexual para uma criança, ou o êxtase religioso para um ateu, é algo que se precisa sentir para saber como é. Eu estava tendo aqueles pensamentos e sensações de Velázquez desesperado e, ao mesmo tempo, flutuavam pela minha consciência as lembranças e os comportamentos que formam a personalidade de Charles Wilmot Jr. como se fossem cenouras em uma panela fervente. Não ouvi uma caixa de demônios, mas um rádio despertador ligado e o trânsito de carros passando cedo pela praça. Quanto à luz, vinha de uma lâmpada acesa.

Então, tudo aquilo que tinha acabado de acontecer atingiu minhas partes vitais. Por sorte, lembrava onde era o banheiro, pois mal consegui chegar lá a tempo. Fui encontrado coberto de vômito e tremendo; Franco me colocou embaixo do chuveiro e me limpou; Sophia me deitou na cama e ficou comigo, tentando saber o que acontecera: o estranho era que ela falava dialeto romano e achava que eu entendia, até que pedi que falasse inglês e, com um olhar intrigado, ela mudou de língua.

Ela, naturalmente, queria saber o que havia comigo, então inventei uma história. Disse que algo deve ter acontecido com a minha cabeça durante a noite, talvez um pequeno derrame, pois acordei sem saber quem eu era nem onde estava. E minha memória estava esquisita, com uma espécie de amnésia.

Ela se assustou. Apertou minha mão e colocou a outra na própria garganta.

— Sim, mas você se lembra de *nós dois*.

— Não, não lembro. A última lembrança que tenho é de irmos àquele barzinho e conversarmos com seus amigos; recordo que desenhei várias pessoas.

— Chaz! Essa foi primeira vez que fomos ao Guido's, há meses! Como você não lembra?

— Que dia é hoje, Sophia?

— Três de março.

— Certo, então tudo o que aconteceu a partir de meados de dezembro é um vazio.

— Mas você vai consultar médicos... Sua memória vai voltar, não?

— Pode ser — respondi, com cuidado, sem acreditar. — Você podia me ajudar, dizendo como eu era, como nos conhecemos, o que andei fazendo.

Foi preciso um esforço, pois a amnésia é um fato muito assustador. Grande parte da nossa vida se baseia em lembranças vividas ao lado de outras pessoas, e podemos entrar em pânico quando elas não confirmam o que lembramos. Dali a pouco, quando viu que eu não ia lembrar de tudo sozinho de uma hora para outra, ela foi me contando. Disse que começou a posar para mim no dia seguinte ao que fomos ao Guido's. Foi muito agradável. Conversamos enquanto eu pintava, depois falamos sobre nossas vidas, a família, os amantes, o que ela queria para ela e o filho. Trabalhávamos de manhã, depois almoçávamos com os empregados da casa. Ela contava de Baldassare e seus problemas no fígado, os remédios caseiros que usava; Franco e sua vaidade, suas mulheres e seu passado negro; o pequeno Enrico, seus professores e colegas da escola. Uma vida doméstica com sua riqueza italiana. Parecia ter sido um tempo feliz.

Contei da minha família nos Estados Unidos e como eu ainda arrastava uma asa pela minha ex-mulher. Sophia sabia que estava se arriscando, mas gostava de mim. Achava que eu era gentil, honesto, um gênio da pintura. Ela me admirava. Não se importava de eu estar envolvido com outra. Todo homem que valia a pena tinha outra mulher em sua vida, mas eu estava ali, e ela gostava de mim, coisa que não sentia há muito tempo. E assim foi. Uma vez, no final do dia, ela saiu nua do divã, me abraçou e fiquei indeciso como uma mocinha, ela achou isso sedutor, acabei caindo no divã com ela, nos amamos e foi ótimo. Assim continuou pelos meses seguintes; ela gostava do meu relacionamento com Enrico, que tinha ficado mais extrovertido, estava sempre perguntando se Chaz ia ser o novo *babbo* dele.

A essa altura, ela estava chorando, buscando no meu rosto algum sinal de que eu tinha participado de tudo aquilo, porém não o encontrou. Quer dizer, eu não estava sendo cruel, mas realmente não lembrava de nada: ela era uma mulher ótima com quem eu tinha saído uma vez e, assim, mudei gentilmente o assunto da conversa para o quadro.

— Ah, claro, você fez o quadro. Também não lembra? — perguntou.

— Não, mas gostaria de vê-lo. Talvez faça minha memória voltar ou algo assim.

— O quadro não está aqui. Baldassare levou-o para o laboratório na Via Portina, uma região industrial, sabe?

Precisa de aspiradores e fornos especiais para o trabalho de envelhecimento.

— Como ficou o quadro?

— Como ficou? Como Velázquez. É um Velázquez, a coisa mais incrível que já vi. Baldassare diz que é um milagre.

Ela contou o que eu tinha pintado e lembrei bem, tendo-o terminado (em tempo subjetivo) algumas semanas antes, em Roma, no ano de 1650. Os quadros não são feitos apenas com os olhos e a cabeça, mas com o corpo também, como uma dança: a mão, o braço, as costas, o jeito que você se inclina para a frente e para os lados para conferir uma parte, aproximar-se, distanciar-se dele. Então, quando se olha para algo que você fez, há sempre a lembrança do corpo e, nesse caso, eu tinha uma série de outras lembranças, o sentimento e o cheiro da pele daquela determinada mulher, a densidade da carne de Leonora na minha mão, por baixo de mim, por cima, se contorcendo, úmida, real. Além disso, o que é mais difícil ainda de explicar ou até de pensar, eu tinha a lembrança de *mais* alguém, de outra pessoa durante a pintura. O cérebro engana a mente, mas o corpo não mente jamais, ou foi o que pensei.

Passei a semana seguinte completamente arrasado, com medo de dormir, com medo de acordar outra vez não sendo eu. Desde que voltei, passei os primeiros dias andando pela margem do rio até o Castel Sant'Angelo e a ponte Testaccio, ficava exausto e bebia em um bar antes de voltar para casa. A maior parte de mim ainda estava em 1650: lembrava de dezenas, centenas de detalhes, mais do que lembrava do último ano da minha vida dita real. Talvez o século XVII fosse uma vida mais densa, mais animada: vejo cenas de rua, eu falando com cardeais, criados, a comida dos banquetes, a conversa nas recepções diplomáticas, a companhia de Leonora.

Sim, ela. Meu corpo, minha mente, meu coração se você quiser chamar assim, estavam assolados por uma relação que nunca tive antes com uma mulher que tinha morrido há mais de trezentos anos. Então qual era a história real? Obviamente, uma reação jamais relacionada ao salvinorin, junto com uma amnésia também causada pela droga. Já sabíamos que havia um dano em meu cérebro e, como a única relação afetiva profunda que tive foi com Lotte, de alguma forma misturei tudo com Velázquez e acabei tendo essa vida inventada e pronto: eis uma explicação que Shelly Zubkoff engoliria sem pestanejar.

Outro motivo para eu ficar fora de casa foi que Sophia começava a chorar quase todas as vezes que olhava para mim, e isso me assustava, pois ela teve um caso de amor com um fantasma, um amante demoníaco, enquanto eu amava Leonora, trezentos anos antes.

Um dia, ela não estava em casa, e a mãe me disse que tinha ido visitar amigos em Bolonha, com o filho. Notei que a *signora* também andou chorando e, apesar da barreira da língua, ela me disse que eu era um merda.

Você precisa entender que parte do problema era meu total isolamento. Olhei meu celular quando voltei do passado: não havia recados. Nenhum. Jackie Moreau tinha morrido; Mark era, bem, Mark, e não um ouvido solidário; Charlie estava na África, só Deus sabia onde; e Lotte, incomunicável. Era como se eu tivesse sido preso pela polícia secreta.

Então, uma noite, liguei para minha ex-mulher e assim que ouviu minha voz, ela disse:

— Só quero saber se você está recebendo ajuda psiquiátrica.

— Olha, pretendo fazer isso, sinceramente, mas escute... andei pintando como louco e amanhã Krebs vem ver o quadro; se ele gostar, recebo 1 milhão de dólares. Lotte, imagine o que vamos fazer com isso...

Mas ela não ouviu:

— Sabe, não adianta falar com um doido, fico triste em ouvir você assim. Ligue quando receber a ajuda médica de que precisa.

E desligou. Completo isolamento, portanto. Ainda bem que eu não disse o que andei fazendo ou imaginando ter feito nos últimos três meses. Ela ficaria *realmente* aborrecida. Então, certo, eu estava louco, mas sabe de uma coisa? Não me *sentia* louco. Quer dizer, estava agindo como artista pois, pelo jeito, tinha pintado aquele enorme quadro falso. Em Nova York eu me sentia louco, mas naquele momento, não. E, francamente, estava encantado com o dinheiro e a promessa de receber mais. A regra diz que, se você é muito rico, não é tão louco. Por isso eu realmente aguardava a chegada de Krebs até porque ele parecia ser o único amigo que me restava.

Chegou o grande dia. De manhã, Baldassare saiu e trouxe o quadro do laboratório secreto de falsificação. Colocou um cavalete na sala de estar, coberto com um veludo preto, e ficou protegendo-o como um dragão, ninguém podia olhar antes de Krebs chegar. Franco foi buscá-lo de carro no aeroporto; enquanto isso, cansei do ambiente tenso da casa e saí para dar uma longa caminhada a leste do Tibre e pelo Ripa, voltando pela Porta Portese, nas ruínas dos antigos muros. A temperatura ainda não estava muito alta, a primavera tinha chegado em Roma, podia-se sentir o cheiro do rio e das árvores ficando verdes e florindo.

Quando voltei para a casa, em Santini, vi a Mercedes estacionada em frente e corri. Krebs estava na sala com Franco, Baldassare e um homem que eu não conhecia, um sujeito pequeno, atarracado, de pele azeitonada e óculos de aro escuro, com cara de acadêmico. Estavam todos ao redor, bebendo Prosecco, e o veludo ainda cobria o quadro.

Krebs me saudou quando entrei, me deu um abraço caloroso e disse que insistiu que esperassem eu chegar para ver o quadro. Apresentou o estranho como sendo o Dr. Vicencio de Salinas, curador do Palácio de Liria, a coleção particular da duquesa de Alba. Fiquei meio intrigado e pensei: Não é prematuro mostrar o quadro para um especialista antes de o chefão dar uma olhada?

Então, Baldassare fez um floreio, descobriu o quadro e exclamações vieram de todos os cantos. Nós três (Krebs, Salinas e eu) nos aproximamos para ver mais de perto e batemos os ombros; recuei e deixei-os olhar melhor. Eles eram os clientes. Eu tinha visto o suficiente para reconhecer que Baldassare tinha realizado uma maravilha. A tinta à óleo leva anos para ficar completamente seca e, nesse processo, muda; as coisas que desenhei quando criança ainda parecem recentes, pois realmente eram. Mas aquele quadro parecia *velho* e tinha a aparência concreta das coisas velhas. Parecia rachado e antigo como todos os quadros do século XVII vistos em museus, e tive uma leve vertigem, como se eu realmente o tivesse pintado no século XVII.

O espanhol observou o quadro de várias distâncias pelo que me pareceu um longo tempo. Finalmente, virou-se para

Krebs com um sorrisinho e concordou com a cabeça de um jeito que me pareceu relutante.

— Então? Você disse que não era possível, o que acha agora? — perguntou Krebs.

Salinas deu de ombros e disse:

— Sinceramente, confesso que estou pasmo. A pincelada, as cores, o brilho na pele, tudo é inteiramente fiel à *Vênus olhando-se ao espelho*. E a... preparação também está ótima, a *craquelure* parece perfeita, em um exame preliminar.

Caloroso, Krebs deu tapinhas nas costas de Baldassare.

— Sim! Parabéns, *signor* Baldassare!

Salinas prosseguiu:

— De acordo com o exame técnico, os pigmentos e tudo mais, eu não teria dúvida em considerá-lo autêntico.

Fiquei entre os sorrisos, ninguém olhou para mim nem me deu tapinhas nas costas; achei que a situação era parecida com o falso Tiepolo de Castelli: eles estavam ensaiando fingir que o quadro era verdadeiro. Não consegui olhar de perto, quando tentei senti uma dor nos olhos, a visão ficou turva, precisei me sentar.

Olhei de novo para Krebs, que falava com Salinas sobre as medidas exatas do quadro, e Krebs garantiu que a amostra tinha menos de um décimo de milímetro. Salinas pediu para retirar uma amostra rapidamente, pois tinha de voltar para Madri logo para não notarem sua ausência no museu.

Salinas abriu uma pasta, tirou um binóculo, uma lâmpada forte de prender na cabeça e uma caixa preta do tamanho de um porta-óculos. Colocou o binóculo, prendeu a lâmpada, acendeu-a e ficou parecido com um ET explorando uma caverna. Aproximou o quadro e tirou de sua caixinha uma ferramenta pequena e brilhante.

— Está cortando uma tira da tela para analisar as camadas de tinta — explicou Krebs. — Pequenas e literalmente invisíveis. Vai conferir os pigmentos, a base da tela para saber a idade do quadro e se existe algum anacronismo. O qual, naturalmente, não vai encontrar.

— Espero que não. Qual era o problema com o tamanho exato do quadro?

— Obviamente, em toda análise técnica de especialistas, o quadro só tem valor quando sua procedência é garantida. Quando se trata de um desenho, de um Corot menos importante, ou até de um Rubens, é fácil dar garantias, tenho certeza de que você sabe. É simples forjar um recibo de venda do século XVII, o velho Baldassare faz isso com o pé nas costas. E existem milhares de sótãos empoeirados na Europa, além de velhas famílias que podem comprovar, por uma gratificação, que o conde antepassado deles comprou aquilo em 1600 e qualquer coisa. Mas para uma coisa como essa, tais rodeios não adiantam.

Salinas parecia ter terminado. Apagou a lâmpada, tirou o binóculo e mostrou um vidrinho como se ali dentro estivesse a cura do câncer.

— Eis aqui — disse e colocou o vidro dentro da caixinha.

— Excelente — elogiou Krebs. — Franco levará você ao aeroporto Ciampino, onde o jato que lhe trouxe está esperando; estará de volta à sua escrivaninha menos de quatro horas depois de ter saído de lá. Uma sesta longa, mas que todo mundo conhece em Madri.

Salinas sorriu e cumprimentou nós dois com as costumeiras garantias de estima, sem conseguir esconder completamente o que vi de perto naquele momento: o terror absoluto. Juntou suas coisas e saiu meio correndo. Ouvi a Mercedes ser ligada lá fora.

— Um homenzinho útil, esse — elogiou Krebs, pensativo, enquanto o ruído do carro ia diminuindo. — E amargo: tem experiência, mas não o instinto que os diretores de museus precisam ter hoje. Ele foi relegado ao cargo de diretor de acervo e esta é sua vingança. E sua rentável aposentadoria.

— Ele vai comprar o quadro para o Palácio de Liria?

Krebs me olhou incrédulo e riu.

— Claro que não. A função dele é nos garantir uma procedência impecável.

— Como?

— Você vai ver com seus próprios olhos, talvez já na próxima semana, quando formos a Madri.

— Nós?

— É, claro. — Olhou para o relógio de pulso. — Já passa das 13 horas. Não está com fome? Eu estou.

Assim, saímos da casa e andamos até um pequeno restaurante na Piazza San Cosimato onde os funcionários pareciam conhecer Krebs e ficar muito contentes de vê-lo. Recebemos uma mesa ao lado da janela e quando nos instalamos com um prato de anchovas secas, outro de arenques fritos e uma garrafa de Krug, ele disse:

— Wilmot, sei que você é um artista e portanto não pertence totalmente a este mundo, mas devo informá-lo de que, a partir de agora e pelo tempo que for necessário, você deve manter uma disciplina quase militar. Não pode sair sem rumo pelas ruas nem dar telefonemas sem autorização. Na volta, pedirei para você entregar o seu celular. Não sou eu quem exige isso.

— Então, quem é?

— São nossos amigos, os parceiros nesta empreitada.

— Quer dizer que você faz parte da organização? — perguntei, ou melhor, o vinho perguntou.
— O que disse?
— Organização. A máfia.
Ele pareceu achar engraçado e, enquanto ria, o garçom surgiu, e fizemos os pedidos. O garçom informou que o *scampi Casino di Venezia* estava muito bom, e Krebs disse que deveríamos pedi-lo em homenagem à cidade onde iniciamos nossa sociedade, eu concordei, o mesmo prato para mim também, e ele pediu uma garrafa de Procanico para acompanhar. Quando o garçom saiu, ele continuou:
— Organização, não posso esquecer essa palavra. Mas não vamos confundir as coisas. A máfia trata de prostitutas, drogas e contratos corruptos. Estamos falando de um tipo completamente diferente de empreendimento.
— Empreendimento criminoso. Os especialistas não podem mais tirar suas próprias conclusões? O que houve com Luca Giordano? Você está planejando uma grande fraude.
Ele me olhou com o que pareceu uma divertida piedade.
— Ah, Wilmot, alguma vez você pensou que seria diferente? Mesmo?
Tive de admitir a mim mesmo que ele tinha razão. Tenho mania de acreditar nas minhas próprias mentiras. Respirei fundo, bebi mais um pouco de vinho e perguntei:
— Então, quando recebo meu dinheiro? Ou isso é outra coisa, como aqueles malditos desenhos que você quis, que eu devia ter percebido ser bom demais para ser verdade?
— Meu Deus, acha que pretendo enganar você? — perguntou, com o que pareceu uma autêntica surpresa. — É a última coisa que eu faria. Wilmot, passei quase a vida toda procurando alguém como você, com uma fantástica facili-

dade para reproduzir estilos do passado. Você é, pelo que sei, único no mundo. Eu seria louco se tratasse você com menos do que o maior respeito.

— Ótimo. Mas, por outro lado, tenho de pedir autorização para telefonar.

— Eu já disse que não sou eu que faço essas leis. Mas quando a operação terminar e a vigilância diminuir, pode ligar para quem quiser. Sempre com discrição, claro. Porque, entenda o que eu quero dizer: não há como explicar?... Não há estatutos de limitação na arte da falsificação. Ou seja, até as atuais testemunhas morrerem, a autenticidade do quadro estará sempre em risco. Graças a uma palavra descuidada, um objeto que vale centenas ou milhões de dólares torna-se uma mera imitação sem valor, e os compradores querem o dinheiro deles de volta. Vão ao marchand, que, claro, conta tudo, e solta a corda que amarra as coisas. Aí, ou somos todos presos ou temos um destino pior, se os cavalheiros que citei antes estiverem minimamente envolvidos. Não é uma boa perspectiva. Principalmente para você. Ou para a sua família.

Quando ele disse isso, o arenque que eu mastigava quase caiu da minha boca. Consegui engolir e perguntei:

— O que você disse? Minha família?

— Bom, é só uma maneira de controlar você. Enquanto está vivo.

— Como?

— Bem, estou me referindo a testemunhas em geral mas, em negócios como esse, só existe uma testemunha que interessa. Quer dizer, Baldassare, Franco e a moça que posou sabem de tudo, mas ninguém se incomoda com eles. Qualquer um pode dizer que um quadro é falso, mas os interesses para que o quadro seja autêntico sempre falam mais alto. Isso acontece o tempo todo. Mas há uma testemunha que jamais pode ser abafada. — Fez uma pausa, inclinou a cabeça para o meu lado e mordeu um pedaço de peixe no garfo.

— O próprio falsário — concluí.

— Exatamente. Mas não desanime, Wilmot, por favor. Como eu sempre digo, você está começando uma nova vida. Perigosa, sim, mas quando é que a verdadeira arte não esteve ligada a certo perigo? A Florença do *Quattrocento* era violenta e os maiores mecenas sempre foram violentos.

— Como os nazistas? — Um pequeno sarcasmo aqui, mas ele não piscou.

— Pensei nos barões norte-americanos e nos aristocratas europeus. Os próprios artistas sempre foram piratas, vivendo à margem da sociedade. Quando a arte passou a ser um ramo do entretenimento, ela se tornou flácida e sem graça como é hoje.

— Desculpe, mas isso é bobagem, como a observação de Harry Lime em *O terceiro homem*, sobre a Suíça e o relógio cuco. Velázquez tinha um trabalho fixo...

— É, e durante a vida inteira fez menos de 150 quadros. Rembrandt, que viveu sempre à margem, fez mais de quinhentos.

— E Vermeer, que vivia ainda mais à margem, fez quarenta. Desculpe, não adianta, Krebs. Não se pode generalizar sobre os tipos de temperamento e posição social que produzem grandes quadros. É um mistério.

Vi que ele estava ficando meio irritado por ter suas teses preferidas detonadas assim, mas *eu* sempre me irritei ao ouvir teses atiradas na minha cabeça por pessoas que jamais pegaram em um pincel. Ele deu de ombros, sorriu e disse:

— Bom, talvez você tenha razão. É uma vida à qual estou acostumado, e todos nós contamos histórias para justificarmos uns aos outros, pois queremos companhia nesses pequenos cenários. Mas vejo que não dá, sua cabeça é tão dura quanto a minha. Na verdade, não ligo a mínima, desde que você não esqueça que a espada que está sobre nossas cabeças é mais dura do que elas. Ah, que bom, eis o nosso almoço.

A comida estava excelente, mas minha língua ficou ácida e mal consegui provar. Bebi mais do que devia, me esforcei para continuar sentado em vez de sair dali correndo e gritando, histérico. Krebs mastigava seu *scampi*, e fiquei pensando como se acostumou com aquele tipo de vida. Quer dizer, ele parecia um sujeito comum, em nada mais grosseiro (na verdade, talvez menos grosseiro) do que o típico magnata de galeria nova-iorquino.

Eu queria dar mais umas alfinetadas nele, então perguntei:

— Aliás, é verdade que você começou vendendo quadros roubados de judeus mortos?

— É verdade — ele respondeu, calmamente. — Mas tenho certeza de que você sabe que não havia como devolver aquelas peças aos donos. Seria como querer devolver uma escultura para um assírio ou um asteca. Estavam mortos. Sinceramente, gostaria que eles não tivessem morrido, mas não fui eu quem os matou. Eu tinha 13 anos quando a guerra acabou. Portanto, o que eu devia fazer: deixar os quadros para sempre em uma caixa-forte na Suíça?

— Um ponto de vista moral muito interessante.

— É, e digo mais, já que você tocou no assunto. Meu pai era nazista, e fui criado como nazista. Todos os da minha geração foram nazistas. Quando menino, eu era louco para ter idade para entrar no exército e lutar pelo Reich. Eu acreditava em todas as mentiras que eles me contavam, como imagino que você acreditou em todas as mentiras que seu país lhe contou. Você esteve no Vietnã?

— Não, fui dispensado porque tinha um filho.

— Sorte sua. Segundo os vietnamitas, seu país matou 3 milhões de pessoas, a maioria civis. Claro que não estou justificando o que os nazistas fizeram, só mostrando que a Alemanha não é a única a dizimar inocentes e durante muito tempo os americanos apoiaram a guerra. Vou lhe contar uma história engraçada. Em dezembro de 1944, toda a minha família estava de volta a Munique, que era bombardeada dia e noite. Meu pai, naturalmente, ficou preocupado com nossa segurança, deu um jeito e nos levou para um lugar que nunca foi bombardeado e era considerado seguro. Sabe qual era? Dresden. Estávamos lá em fevereiro, quando os Aliados incendiaram a cidade inteira. Eu sobrevivi, minha mãe, não. Eu me escondi nos esgotos.

Nesse ponto, ele bebeu um pouco de vinho e soltou um pequeno arroto.

— Depois do bombardeio, voltei para onde ficava nossa casa e só havia cinzas. Minha mãe tinha virado um pequeno manequim carbonizado de um metro de altura. Nós a retiramos da parede do porão junto com pedaços de uma privada esmagada. A guerra acabou, soubemos toda a história da nossa vergonha e fomos proibidos de falar do sofrimento pelo qual passamos. Aquela destruição, aquela dizimação de crianças, aqueles milhares de estupros que suportamos não podiam ser conhecidos. Foi a nossa recompensa, o nosso prêmio. E, assim, quase toda a minha geração continuou a viver e a reconstruir nosso país.

Ele se calou e resolvi perguntar:

— O que isso tem a ver com....
Ele empunhou o garfo.
— Espere, tenha paciência, eu chego lá. Então, todos nós participamos da reconstrução do país, mas havia cicatrizes que jamais podiam vir à tona. Alguns nunca se recuperaram da desilusão, daquela traição em massa, aquela coleção de mentiras em torno da qual fomos criados. Estávamos para sempre isolados de nossos concidadãos, pois qualquer noção de cultura compartilhada, nossa *heimat*, tinha sido envenenada. Os nazistas foram muito inteligentes: perceberam que, para criar um grande mal, é preciso deturpar bastante o nosso amor pelo país, pela família e pela cultura.

Mais um gole de vinho e ele continuou:

— Quando perguntei ao meu pai o que ele fez durante a guerra, ele foi sincero e não me espantei nem o rejeitei, pois no fundo sabia que eu não era melhor que ele e não fazia parte dos falsos da minha geração, aqueles que achavam que teriam se comportado com mais nobreza do que seus pais se estivessem na mesma situação. Então, virei a pessoa que sou hoje. Quando terminei os cursos de arte, fui para a Suíça, falsifiquei a procedência dos quadros dos judeus mortos e os vendi sem um pingo de culpa. Eu estava devolvendo a beleza para o mundo. Talvez essa fosse uma mentira que me servia mas, como eu já disse, quem não conta essas mentiras para si mesmo? Mas a beleza é real, talvez a única coisa real que existe. Não nos salva, mas é melhor, acho, existir beleza do que não existir. Você criou algo profundamente belo, que vai durar enquanto houver pessoas para ver a sua criação e elas vão gostar mais quando pensarem que aquele quadro veio das mãos de Diego Velázquez. Claro que isso é bobagem, a coisa é o que é, mas você vai nos culpar se lucrarmos com essa bobagem? Qual é o negócio legal que não lucra?

— Puxa, você me convenceu. Estou morrendo de vontade de falsificar outra vez — eu disse, ele riu e bateu na mesa.

— É por isso que eu gosto de você, Wilmot. Nesse negócio é preciso ter humor e um pouco de cinismo. Conto os momentos mais sofridos da minha vida, com seriedade germânica e *weltschmerz*, e você faz uma piada. Mas uma coisa eu não perdoo: me acusarem de não ser um mecenas do seu trabalho. Na verdade, eu sou. Acredito que, quando você se livrar da necessidade de se prostituir para as galerias e a arte comercial, vai desabrochar como pintor. Aqueles dois pequenos desenhos são a prova, e ficarei muito satisfeito quando isso acontecer.

— Não acha que é tarde demais?

— Claro que não! Joseph Cornell só ficou conhecido quando era mais velho do que você. Até Cézanne mal vendeu um quadro até ter a sua idade. E hoje, com todos os recursos, pode-se garantir a fama. Você ficaria pasmo de saber como é corruptível o mundo da crítica de arte. Além do mais, você é bom. Eu podia fazer com que ficassem famosos pintores que não têm o talento que você tem no dedo mindinho.

Ele descansou o garfo na mesa e olhou satisfeito para as conchas vazias de *scampi*. As minhas estavam pela metade e, quando o garçom passou, eu disse que podia levar meu prato.

Krebs observou:

— Espero que minha conversa não tenha tirado seu apetite. Não? Que bom, talvez agora possamos falar desta droga que você tomou e da ilusão de ser Velázquez.

Bom, claro que ele ouviu a história de Mark, isto é, as primeiras experiências em Nova York, e contei o resto como passei o ano de 1650 em Roma, enquanto saboreávamos morangos selvagens *capriccio dio Wanda*, xícaras de *espresso* e uma grapa. A garrafa ficou na mesa e bebi várias doses.

Quando terminei de contar, ele disse:

— Bom, só acredito porque ouvi de você.

— Pois eu ainda não acredito e aconteceu comigo.

— É, e me permita dizer, Wilmot, antes com você do que comigo. Eu não tomaria essa droga por nada.

— Por que não? Você podia acabar como Holbein.

— É, ou Bosch. Ou metido outra vez durante dez horas em um esgoto de Dresden, com merda até o nariz. — Ele estremeceu. — De qualquer modo, é um fenômeno interessante. Você toma uma droga e passa por fatos que estão fora dos limites da explicação racional. Escuta, você conhece a tese de que temos cinco corpos?

— Não, mas não sei se quero conhecer, pois vou ficar mais assustado do que já estou.

Ele sorriu como o cientista louco em um filme B, com um sadismo irônico, ou talvez não tão irônico.

Depois explicou:

— Bom, primeiro temos o corpo que a ciência e a medicina tratam, a carne, os nervos, os elementos químicos e por aí vai. Depois, o segundo corpo, é a representação do corpo na mente, que nem sempre combina com a realidade do primeiro corpo, membros-fantasmas etc. mais a noção de nós mesmos e a percepção de que ela existe nos outros também, como quando sentimos o vulto de uma pessoa próxima ou olhamos nos olhos de alguém.

Ele me encarou e riu.

— Terceiro, temos o corpo inconsciente, origem dos sonhos e da criatividade. Os místicos misturam o segundo corpo com o terceiro para encontrar a alma, nas palavras deles. Os que conseguem isso são os únicos realmente despertos; todos os demais são robôs escravizados pela mente coletiva ou dirigidos pelas normas sociais. O quarto corpo é o corpo mágico, com o qual as pessoas podem estar em dois lugares ao mesmo tempo ou atravessar muros, curar doentes ou acabar com os inimigos. Por fim, há o corpo espiritual, que Hegel chamou de *zeitgeist*, aquele que pode controlar todos os outros corpos e também a história.

— Você acredita nisso?

Ele deu de ombros.

— É só uma teoria. Mas explica algumas coisas, por exemplo, como você pode se tornar Velázquez. Ajuda a explicar também por que o mais educado e culto país da Europa se submeteu ao poder absoluto de um cabo ignorante. Garanto, Wilmot, eu estava lá, era apenas um menino, mas estava *lá*. Senti o poder. Nos meus primeiros anos de vida consciente, eu vivia o sonho de outra pessoa, e o mesmo aconteceu com meu pai, que não era bobo. Até hoje, é difícil acreditar que aquele poder era coisa deste mundo. E, quando acabou, assim que ele estourou os miolos, senti uma espécie de alívio, de despertar de um longo pesadelo, e todos os alemães que eram conscientes na época dirão a mesma coisa. Olhamos as ruínas em volta e nos perguntamos: Como isso aconteceu? Como é que alemães comuns fizeram coisas tão horrendas? Houve quem dissesse que os alemães são naturalmente violentos e antidemocráticos, mas não é uma explicação satisfatória. Os franceses aterrorizaram a Europa durante muito mais tempo que a Alemanha e são considerados um modelo de civilização. Os escandinavos foram monstros destruidores durante trezentos anos e hoje todos lá são carneiros, incapazes de matar uma mosca. Além disso, se somos tão terríveis por natureza, como somos hoje o país menos militarista do mundo? Então, na minha opinião, se tais coisas misteriosas e inesperadas podem ocorrer em um país inteiro, quando um homem me diz que está vivendo em outras épocas e pensando como um homem que morreu há muito tempo, eu pergunto: por que não?

— É, para você é fácil dizer.

— Admiro a sua situação difícil, amigo. Por outro lado, mesmo sem, digamos, os meios artificiais que a intensificam, você ainda estaria envolto no mistério. Lembra do que Duchamp disse a respeito da arte? "Só uma coisa em arte é válida: o que não pode ser explicado." Acho que até o seu Dr. Zubkoff concordaria que a capacidade criativa da mente humana vai além da explicação humana. Vou lhe dizer uma coisa, Wilmot. Sou um homem muito bem-sucedido, isto é, tenho bastante dinheiro, e a minha família, o que restou dela, vive muito bem. Conheço homens que são ainda mais ricos para saber que não sou como eles; não me interessa juntar mais dinheiro do que posso gastar durante a vida. Não sonho em ter o Museu Werner Krebs, nem a Fundação Beneficente Krebs. Eu planejo e negocio, compro e vendo há mais tempo do que você tem de vida, acho, e confesso que a rotina fica meio chata e, no fundo, penso, talvez eu me descuide e acabe preso ou morto. Isso é animador durante algum tempo, mas essa animação também desaparece e, na verdade, prefiro não ser preso nem morto. Então, o que vou fazer? Não sei. Aí, saído do nada, aparece na minha vida Charles P. Wilmot Jr. e de repente sou de novo um rapaz vendendo meu primeiro quadro roubado.

— Fico contente por estar feliz, Sr. Krebs. — E estava mesmo. Eu sabia muito bem o que acontecia quando Krebs não estava satisfeito com alguém.

— Estou feliz. Vou dizer o que é mais impressionante em você, Wilmot. Você é um gênio, mas não é filho da puta. Lidei com esses tipos antes e não tem graça. Mas *gosto* de você, gosto mesmo. E nós dois vamos nos divertir *muito*. Há uma coisa que quero fazer há mais de cinquenta anos e acho que você pode me ajudar a conseguir, mas... desculpe, tenho que atender a essa ligação.

Ouvi uma musiquinha tocada em espineta, a *Tocata e fuga em ré menor*, de Bach, e Krebs tirou o celular do bolso interno do paletó. Virou um pouco para o lado e falou rápido, em alemão.

Terminei minha grapa com uma sensação estranha após aquele discurso de Krebs. Pensei no comentário de Lotte sobre colecionadores que se apaixonam por artistas e naquela menina por quem Frankenstein se apaixona e na personagem Fay Wray com King Kong. Lotte citava sempre uma frase de La Rochefoucauld que diz que há situações na vida em que você precisa ser meio louco para fugir delas. Se fosse verdade, pensei, eu estava ótimo.

Dois dias depois, mudamos para Madri e nos hospedamos em duas suítes no Villa Real. Nosso grupo era formado pelo Rei (Krebs), o Primeiro Assassino (Franco), o Bobo (eu) e um novo integrante, o Segundo Assassino (Kellerman), que nos encontrou no aeroporto de Madri na Mercedes mafiosa de sempre. Concluí que ele, um grande e educado lourinho de lindos dentes, era um empregado do esconderijo de Krebs nas montanhas da Bavária. Franco também tinha lindos dentes, o que não é comum nos europeus. Uma vez comentei isso com ele e fui informado de que *Herr* Krebs faz questão de oferecer tratamentos odontológicos para toda a equipe, pagos do próprio bolso. Um mecenas descarado, o *Herr* Krebs, não me surpreenderia de saber que ele arrumava casamentos também.

No final das contas, era interessante fazer parte da pequena corte dele. A vida de um criminoso internacional não é cansativa, daí ser tão popular. Ele e eu acordávamos tarde, comíamos bem, percorríamos galerias e museus, à noite andávamos por praças amenas, comíamos *tapas*, ouvíamos música e discutíamos arte em alto nível.

É, era bom mesmo ir a todo canto de Mercedes, se hospedar naquele hotel maravilhoso e jamais se preocupar com aonde estava indo. Ser americano na Espanha já não era tão bom, pois a porcaria iraquiana tinha começado e explodiram as bombas no metrô de Madri; eu notava olhares raivosos, uma agressividade sutil e comentários grosseiros pelas costas dos americanos que andavam, distraídos, ao redor do hotel.

O hotel era cinco estrelas, claro, antigo por fora e, por dentro, lustroso como um jato de combate, mobiliado com couro e aço escovado, todo equipado. Krebs disse que eu não podia telefonar sem permissão e obedeci, mas não falou nada sobre e-mail. Nossa suíte tinha conexão sem fio e pude navegar na internet e consultar vários sites sobre memória e loucura, mas não encontrei uma organização que consertasse o que havia de errado em mim. Pude também me comunicar com meus filhos, trocar e-mails com Milo e mandar links para sites e vídeos legais; Rose me escreveu "Oi, PaiPPai, estou óótima" e anexou fotos de um desenho. Lotte não respondeu às mensagens que enviei para ela.

Então, uma noite fomos de carro rumo ao oeste da cidade, em uma rua comercial no outro lado do Bailén. Em um loft vazio, iluminado como se fosse dia por enormes holofotes portáteis, encontramos dois rostos conhecidos: Baldassare e Salinas, do Palácio de Liria. Salinas nos disse que os testes de amostras de tinta tinham sido ótimos, a tira da tela era quimicamente idêntica a outras de quadros autênticos de Velázquez. Ele pareceu lastimar dizer isso, talvez estivesse pensando melhor naquilo tudo, ou talvez fosse a sua fé curatorial na tecnologia que recebesse um golpe mortal. De qualquer modo, entrávamos obviamente na segunda fase.

Sobre uma mesa de tampo de vidro encostada a outra igual, vi a minha *Vênus* e outro quadro do mesmo tamanho, muito parecido com *A pesca milagrosa*, de Jacopo Bassano, exposta na Galeria Nacional de Washington. Os dois tinham sido retirados do chassi e colocados nas mesas, o Bassano estava preso nas pontas por pequenas bolsas de couro para balas de revólver. Percebi que o falso Velázquez estava sob um vidro grosso pouco maior que a tela. O loft era abafado e tinha cheiro de prédio velho, terebintina e algum produto químico que não consegui identificar.

— O que há, Werner? — perguntei.

— Bom, você vê que temos o seu maravilhoso quadro mas, como eu disse, por mais maravilhoso que seja, não será considerado autêntico sem a procedência comprovada. O que acha do outro quadro?

— Parece um Bassano — respondi.

— Sim, mas qual deles? Bassano teve quatro filhos, todos pintores que não fizeram nem a metade das obras valiosas do pai.

— Igual à minha história — ironizei. — Mas esse ótimo quadro é muito parecido com o exposto em Washington. Aliás, como você distingue um Bassano dos outros?

— É quase impossível, sem prova de procedência. Mas esse em particular foi vendido como um Jacopo para o duque de Alba, em 1687. Desde então, ficou na família, portanto sua origem é a melhor possível.

— Sim, mas o que isso tem a ver com o Velázquez? — perguntei e, a seguir, dei um grito de susto.

Baldassare tinha dado uma larga e densa pincelada de branco no meu falso *Vênus;* um segundo após, entendi por que fez aquilo e por que estávamos todos ali. Baldassare sorriu, irônico, e continuou a pintar por cima do nu.

— Você vai colar o Bassano em cima da *Vênus* — concluí, e meu rosto e minha cabeça começaram a transpirar. Naquele instante, finalmente, eis a coisa em si, a falsificação comprovada, sem bobagens sobre obras de arte indiferençáveis e cuidados com o comprador e a quem estamos ofendendo. Por isso nós quatro tínhamos de estar lá, o mesmo motivo para um pequeno mafioso precisar se preparar para virar grande. Eu tinha de colocar a mão na massa.

— Vou, só que esse não é um Bassano — disse Krebs.

— Não é?

— Não, é uma obra do seu mais famoso antecessor, Luca Giordano. Está assinada sob a tinta. O duque foi enganado e, dessa vez, Luca não confessou. Durante trezentos anos, o quadro foi visto como um Bassano até que Salinas limpou-o e radiografou-o como um procedimento de rotina. Viu a assinatura do falsário e me telefonou.

— Por quê? — perguntei. Estava vendo Baldassare remover a minha pintura com o que eu pensava ser o melhor branco escamoso do século XVII.

— Por causa da procedência. O nosso curador aqui presente acaba de descobrir que um quadro que talvez fosse avaliado por 250 mil euros agora não vale mais do que 20 mil. Isso ocorre muito em museus. Às vezes, eles continuam a expor o quadro mudando a autoria, identificando, por exemplo, como "obra da Escola Tal". Outras vezes, simplesmente vendem. Salinas resolveu que o quadro deveria ser vendido. Agora, esse homem travesso vai fazer uma pequena fraude com a conivência de seus superiores no museu, claro. Suponha que ele coloque esse quadro discretamente no mercado como sendo de Jacopo Bassano. Os americanos adoram velhos mestres, e um deles certamente vai comprar esse. Por isso, Salinas ligou para o nosso amigo Mark Slade.

— Ora, quem mais poderia chamar?

— É, e se podemos enganar um americano, melhor. Hoje, existe alguém que goste deles? Talvez você tenha percebido isso, não? É um fato muito triste. Mark é bom também sob outro aspecto. Ele se especializou em vender para americanos ricos obras procedentes de museus que precisam de dinheiro. Todos os museus têm quadros demais para mostrar, coisas de segunda classe que ficam enchendo o porão e que eles não querem colocar em leilões para não serem acusados de desfazer o patrimônio nacional ou a coleção mantida por doações de algum rico idiota. Portanto, a discrição é um detalhe muito importante.

A essa altura, Baldassare tinha borrifado um líquido claro na tela de Bassano. Com cuidado, virou-a para baixo em um grande vidro fino, um pouco mais largo que a pintura, e pesou-a novamente. Depois, escovou as costas da tela com um produto químico cujo cheiro não identifiquei, mas que devia ser algum solvente sofisticado. Aguardamos.

Andei pelo loft e descobri que eles tinham colocado na central de falsificação algumas espreguiçadeiras de couro, uma mesa baixa, um enorme *cooler* cheio de cerveja e *tapas* frias. Os móveis eram novíssimos, ainda estavam com as etiquetas, e as bebidas eram de primeira. Lembrei-me do que Krebs disse sobre o investimento feito por seus parceiros silenciosos: alguém estava gastando dinheiro a rodo.

Baldassare serviu comida e bebidas, puxou uma espreguiçadeira para um canto e deitou-se. Krebs e Salinas conversaram tranquilamente em espanhol, conversa para a qual eu não estava convidado; era evidente também que Baldassare não queria papo comigo. Peguei meu bloco de esboços e desenhei a cena, uma versão menos dramática do quadro *A forja de Vulcano*, de Velázquez, e fiquei pensando no que aconteceria se, em vez de Apolo, a polícia entrasse ali de repente.

Mas isso não ocorreu. Após duas horas, o relógio de pulso de Baldassare soou um pequeno alarme, e fomos olhar as mesas. Baldassare e Salinas colocaram luvas cirúrgicas e, com espátulas de aço, tiraram devagar a camada de tinta do quadro de Bassano da tela antiga. Demorou um pouco. Estava tudo em silêncio, a não ser por poucos diálogos entre os dois. Quando a tela finalmente foi retirada, só pude ver a camada que estava por meio da pintura; a imagem estava virada para baixo sobre o vidro. Baldassare pegou-a pelas pontas, girou-a e, com todo o cuidado, colocou-a na camada úmida de branco escamoso que cobria a falsificação. Jesus e os pescadores assustados apareciam pelo vidro. Ele então prendeu as pontas das duas placas vidro com pequenos clipes de aço.

— O que acha? — perguntou Krebs a Baldassare.

— Bom. Vou borrifar um pouco de solvente para soltar o vidro do quadro, depois deixo uns dias no forno, faço um tratamento químico, dou uma lavadinha e você terá um maravilhoso sanduíche. Aí retiro o vidro de baixo e fixo no chassi original de Bassano. Não leva mais de quatro ou cinco dias.

Nós nos despedimos e deixamos Baldassare no loft. Na rua, um carro esperava por Salinas. Depois que ele foi embora, Krebs e eu entramos no nosso carro. Perguntei:

— Quais são os planos agora?

— A próxima fase, obviamente, é colocar o nosso quadro no mercado. Salinas vai ligar para Mark. Ele mostrará o quadro como um autêntico Jacopo de origem garantida. Mark vai perguntar pela análise radiológica. Salinas será contra o teste na presença de testemunhas.

— Mas ele *radiografou* o quadro.

— Sim, mas na presença de um técnico altamente corrupto. Não há registro desse teste, e o técnico não vai falar nada. Resumindo: Salinas vai explicar para a chefia dele que não radiografou porque seu olho clínico disse que devia ser uma falsificação de Luca mas, como isso era mera suspeita, resolveu ver se conseguia o preço de um Bassano autêntico. Sua negativa em fazer o raio-X será registrada.

— Não entendi — observei. — Salinas sabe que o Bassano falso é um Velázquez. Os superiores dele acham que trata-se apenas de um Bassano falso e que estão enganando um americano idiota ao cobrarem o preço de um Bassano autêntico. Então por que Slotsky continua não querendo fazer o raio-X depois de tanto esforço conseguindo um?

— Ah, tenho a impressão de que ele ficou com pena. Depois da discussão, pediu desculpas a Salinas por duvidar da palavra de um cavalheiro espanhol e na mesma hora fez um cheque pelo preço do Bassano. Esse negócio também tem muitas testemunhas. A equipe do museu ri durante o caminho até o banco. Obviamente, depois que Mark receber e levar o quadro de volta para os Estados Unidos, vai resolver radiografar com testemunhas de confiança e descobrir o Velázquez oculto. Esse fato é comunicado ao mundo, o exame técnico e a curadoria confirmam a autenticidade da obra, e colocamos o quadro em leilão. Claro que o museu do Palácio de Liria fica furioso, mas o que podem fazer senão demitir o pobre Salinas?

— Espera aí: *leilão*? Você me disse que essa seria uma de suas discretas vendas para um bilionário.

Ele sorriu e deu de ombros.

— Menti. Não era bem isso: sinceramente, eu não esperava que o trabalho ficasse tão bom, então achei que seria preciso uma venda particular, mas não para a nossa *Vênus*. Essa vai sair pelo melhor lance.

No dia seguinte, levantei cedo e fui até o saguão do hotel. Costumamos tomar o café da manhã no quarto, mas naquele dia eu não estava com vontade de comer com Krebs e seus dois rapazes, então disse que ia acordar cedo e percorrer os museus. Era possível ir aos três grandes (Prado, Reina Sofía e Thyssen) a pé do hotel, e eu queria olhar quadros que certamente não eram falsos. Krebs fez sinal para mim e disse:

— Franco vai lhe acompanhar. Vamos embora hoje às 2 horas da tarde.

— Para onde?

— Você vai ver. Algumas pessoas querem conhecer você.

— Que pessoas?

Ele sorriu e trocou um olhar com Franco.

— Divirta-se no museu — disse, com um aceno de despedida.

Fomos ao museu Thyssen-Bornemisza, que era o mais perto. É a coleção de um cidadão suíço nascido na Holanda, com um título de nobreza húngara, que morou quase a vida inteira na Espanha e foi um dos grandes colecionadores de arte do século passado. Gostava dos expressionistas alemães e comprou muitos a bom preço nos anos 1930, quando os nazistas, que seu primo Franz estava ajudando a financiar, tiraram-nos das galerias alemãs por considerá-los depravados. Trata-se de uma ótima pequena coleção de pós-impressionistas, impressionistas menos importantes e um punhado de velhos mestres, entre os quais um Luca Giordano assinado. É um *Julgamento de Salomão*. O grande rei usa um peitoral de ouro e tem cabelos louros como Alexandre, o Grande (engraçado, não parece judeu), as duas mães brigam, e o carrasco segura desajeitado o bebê por um pé, enquanto empunha a espada. É um pouco rubensesco e um pouco rembrandtesco, uma típica obra do final do período barroco, com belo desenho, mas as expressões parecem macilentas, e a superfície de tinta é horrenda. A única exceção está à esquerda, o rosto de um anão, um maravilhoso retrato grotesco que não estaria deslocado num *capriccio* de Goya. A falsificação de Bassano era bem melhor do que tudo aquilo, pobre coitado.

Voltei para o quarto meio deprimido, tomei um ou dois drinques do minibar e assisti na tevê ao jogo Bayern contra Arsenal. Pouco depois do meio-dia, ouvi uma batidinha na porta que ligava meu quarto à suíte de Krebs, e avisaram que o almoço estava servido. À mesa com Krebs, o cardápio era sopa de peixe e carnes frias acompanhadas de vinho branco e cerveja.

Naquele dia, os jornais alemães davam ampla cobertura a mais um plano terrorista; conversamos sobre isso e contei da instalação de Bosco sobre o 11 de Setembro e do tumulto que se seguiu. Krebs disse que gostaria de ter assistido. Foi totalmente a favor de Bosco e disse que aquela era a reação americana típica ao ataque terrorista: fútil e pueril. Menos de 3 mil mortos e dois prédios de escritórios destruídos em um país de 300 milhões de habitantes? Era uma piada, e a reação artística adequada era outra piada. Nossa reação grotesca foi motivo de riso para o mundo, apesar de as pessoas serem muito educadas ou muito assustadas para se manifestarem Considere o que são 700 mil civis mortos em um país de 6 milhões de habitantes, as perdas da Alemanha nos bombardeios aliados, sendo que, em algumas cidades, *tudo* foi destruído!

E não houve qualquer reação da arte, seja na poesia, na pintura, no teatro. Sobre os nazistas e os judeus há muitas manifestações artísticas para que não esqueçamos jamais etc., mas sobre a destruição das cidades alemães, nem uma palavra. Fomos nós que começamos tudo, merecíamos aquilo e pronto. Mas os americanos eram inocentes, jamais fizeram nada de ruim, nada que sugerisse uma ligação entre uma política externa agressiva, uma interferência violenta e contínua nos problemas internos de outros países e esse fato, ah, não, isso não tinha nada a ver com o assunto.

O engraçado nisso era que Lotte concordava com Krebs, apesar de ter estado na parte inferior de Manhattan quando os aviões atingiram as Torres Gêmeas e apesar também de ter um filho que ficava azul quando respirava qualquer poeira. Lotte achava que a reação certa ao terror era a coragem. Você arrumava a confusão, ficava enlutado pelos mortos por um determinado tempo e seguia em frente. Contei isso para Krebs, depois falamos da arte e de como lidava com os diversos horrores do mundo. Disse nunca senti necessidade de tocar nesse assunto no meu trabalho, o que me deixava um pouco alienado. Pintar no cavalete um quadro a óleo enquanto o mundo explodia? Ele perguntou qual foi o pior século na história da Europa, afora o XX. Foi o século XIV. Teve a Peste Negra, que dizimou a metade da população do continente, epidemias de fome devastadoras e guerras que se sucederam quase sem intervalo. Mas continuaram produzindo arte: Giotto, Van Eyck, Van der Goes.

— Quer dizer que a beleza nos salva? Pensei que beleza fosse coisa do passado e que agora o que interessa é o conceito — observei.

— A questão não é salvar ou não, acho que eu já disse isso. Se Deus realmente existe, acho que só não nos destrói porque criamos a beleza para ele se deleitar. Acho também que, por nos submetermos ao terror e à beleza arrebatadora, não damos chance ao desespero que levaria à destruição total da espécie. Conhece Rilke?

Ele recitou em alemão, naquele jeito solene que as pessoas sempre declamam poesia, depois traduziu:

— "Pois o belo é apenas o começo do terror que não conseguimos suportar. E adoramos tanto o belo porque ele desdenha tranquilamente nos destruir." Portanto, Wilmot, você também é um terrorista como seu amigo Bosco, embora mais sutil. O público não se rebela contra você, mas talvez devesse.

— É, mas os nazistas eram considerados grandes admiradores da arte, porém isso não impediu a capacidade destrutiva deles.

— Nem tanto. Os nazistas, nós, nazistas?, foram apenas grandes saqueadores. Queriam as coisas que mostrassem poder imperial e todos tinham mau gosto. Gente cafona.

— Apesar de Adolf Hitler ser pintor. Isso sempre me faz sentir muito mal em relação à minha profissão — confessei.

— Hitler foi um pintor muito ruim e ignorante. Acho que morreu achando que Michelangelo Merisi, conhecido como Caravaggio, e Michelangelo Buonarroti eram a mesma pessoa.

Certo, é divertido conversar sobre arte, e realmente melhorei um pouco, pois me lembrou da saída que eu tinha quando as coisas iam mal entre Lotte e eu: falávamos sobre arte. Talvez fosse *essa* a intenção. Mas procurei tirar vantagem da discussão casual para me informar um pouco.

— Como você está fazendo tanto mistério, imagino que essas pessoas que vamos encontrar sejam seus sócios mafiosos. Ou mecenas. São amigos?

— Podem ser chamados de representantes do grupo que idealizou este projeto.

— São parecidos com os nazistas? Ao mesmo tempo assassinos e admiradores da arte?

Ele me olhou duro, depois sorriu.

— Wilmot, você insiste em perguntar. Por favor, não pergunte nada hoje à tarde! Entendo que queira saber um pouco sobre nossos amigos, muito bem. Mas só de uma maneira geral. — Serviu-se de uma taça de vinho e deu um gole. — Vemos coisas interessantes no mundo de hoje. Dizemos que moramos em uma aldeia global, o que é verdade, mas o que nem sempre se fala é que se trata de uma aldeia medieval. A lei, o império, digamos assim, acabou. O fanatismo religioso se espalhou. A arte passou a ser apenas uma pilhagem, sem qualquer valor ou intenção além disso. Por um lado, nas chamadas democracias, temos uma classe política formada por hipócritas sem graça, rainhas da beleza e valentões eleitos pela propaganda e pelo dinheiro. No império que existia antes, assistimos à apropriação da propriedade estatal por meros bandidos. O resto do mundo é governado, como sempre foi, por chefes tribais. Assim, grandes massas da nova opulência são seguidas por pessoas que não passam de brutos amorais, na maioria das vezes, exatamente como ocorreu na Idade das Trevas, ou na Alemanha dos anos 1930. Grande parte do mundo é controlada por uma espécie de *condottiere*. Mas, ao contrário dos *condottieri* originais, esses homens gostam de agir nas sombras. Não me refiro, entenda, aos líderes que vemos na tevê, mas aos comandados: os funcionários corruptos das empresas, os quebra-galhos, os saqueadores da América Central e da África. Essa classe se mistura com os bandidos de hoje, os mais respeitáveis chefões do tráfico de drogas, os contrabandistas de armas, a tríade asiática, Yakuza e assim por diante. Como eles agem às escondidas, querem ter símbolos de status que possam olhar diariamente e assim saber que são alguém, por isso roubam arte de museus e coleções.

— Sim, mas isso não tem nada a ver com falsificação. Por que esses caras estão se envolvendo nessa operação, em particular?

— No geral, eles não se envolveriam, pois a falsificação de arte, como você sabe, sempre foi um negócio insignificante. Mas nos últimos anos tudo mudou. O valor de mercado dos quadros de grandes nomes mortos aumentou drasticamente. São comuns os leilões de centenas de milhões de dólares. E esse dinheiro atrai o tipo de gente da qual estávamos falando. Como vendi quadros para essas pessoas durante um tempo, quando pensam em arte, elas me procuram. Perguntam: Krebs, pode fazer isso? A princípio, eu recuso. É claro que temos a técnica para fazer isso, mas, na realidade, quem ousaria falsificar uma grande obra de um velho mestre?

Ele então deu um largo sorriso, um tapinha na minha mão e depois disse:

— Foi aí que conheci você.

— Só de ver as capas e anúncios de revistas que eu fazia, você concluiu que eu era capaz?

— Claro que não. Quer dizer, eu já estava interessado em você, mas quando Mark me mandou aqueles dois quadros, das estrelas de cinema como Maria, imperatriz da Áustria, e o inacabado *Os bêbados*, vi o que você podia fazer. Mark então me contou que você estava tendo alucinações de que era Velázquez, consequência de uma droga que tomou, parecia loucura, fantasia, mas os quadros existiam. Então, fiz meus contatos e recebi a autorização e o apoio necessários.

— E Mark me pagou 10 mil dólares por um quadro inacabado.

— Só 10? Ele me cobrou 35. — Krebs riu e acrescentou: — Valia qualquer preço. E claro que não é uma cópia em qualquer sentido real. Você recriou o quadro *como* Velázquez, embora eu não tenha a pretensão de entender como isso pode acontecer.

— Bem-vindo ao clube.

— É, mas a essa altura não interessa saber como e por que a coisa acontece. — Ele bateu palmas, mostrando que a conversa tinha terminado. — Portanto... descrevi nossos patrões. Daqui a pouco você vai conhecê-los. — Acabou de beber o vinho, passou o guardanapo nos lábios e jogou-o sobre o prato. — Agora, temos de nos arrumar. Tomar banho, fazer a barba, vestir as melhores roupas. Precisa de algo? Sapatos, camisa, alguma coisa?

— Não, tenho tudo. Mas como vai ser, uma espécie de entrevista de emprego?

— Não exatamente. Eles querem ter certeza de que Charles Wilmot existe. Querem vê-lo pessoalmente.

Uma hora depois, Franco levou Krebs e eu para um hotel perto do Aeroporto de Barajas, os três vestidos como se fossem ao enterro de alguém importante, de um chefe de Estado, talvez. Subimos para a cobertura e passamos por uma pequena tropa de homens de preto, educados, mas firmes, que conferiram se não carregávamos nada letal, e aí entramos na suíte. Havia três sujeitos sentados lá: um oriental, um que parecia italiano ou francês e um careca de olhos gélidos e maçãs salientes de eslavo. Não fui apresentado, e ninguém se apresentou. O francês conduziu quase toda a conversa em inglês. Sentei em uma cadeira lateral e fiquei observando os acontecimentos, que se desenrolavam em volta de uma mesa no meio da sala. Tentei não ouvir, mas percebi que falavam sobre determinadas peças de arte perdidas no mercado secreto. Após uns vinte minutos, Krebs fez sinal para eu me aproximar da mesa.

Os três homens olharam para mim mas, como era de se esperar, considerando o estilo de vida deles, as expressões eram perfeitamente ilegíveis: eu podia ser um avião que viam passar na janela. O sujeito provavelmente francês disse:

— Então, você é o pintor. Ouvimos falar muito em você.

— Obrigado — falei.

— Vejamos do que é capaz. Faça um retrato meu.

— Desculpe, o que disse? — perguntei.

— Quero que faça um retrato meu. Use este papel aqui!

Ele passou pela mesa uma folha de desenho tamanho padrão. Achou, com razão, que eu tinha comigo algum instrumento para desenho.

Tinha um lápis, mas aquele cara ficaria impressionado com uma ousadia, então usei a caneta-tinteiro. O rosto dele era interessante, devia ter uns 50 e poucos anos, com aquele nariz comprido de francês, apontando para baixo e terminando em uma bolota; a boca tinha lábios grossos; os olhos, pequenos e negros, com olheiras profundas; queixo oval, pescoço grosso, cabelos negros e espessos como crina de cavalo, um pouco grisalhos dos lados, a cara de um cardeal corrupto da corte do Rei Sol.

Portanto... caneta na posição vertical à distância de um braço, um lugar-comum no desenho, mas que realmente é útil para transferir as proporções da pessoa para o papel: a forma geral do rosto, o triângulo formado pelos olhos e a boca têm de ser perfeitos, ou não haverá semelhança; comece por esses três pontos e depois faça o quarto ponto marcando o alto da cabeça, os lados, o queixo, a ponta do nariz; mais um ponto no limite dos olhos e da boca. O desenho cresce na folha, os olhos, a boca, as sombras formadas pelo nariz e lábios. Trabalhei cerca de meia hora, umedecendo um dedo para espalhar os tons cinzentos e, quando qualquer acréscimo seria excessivo, passei a folha para ele por cima da mesa.

Ele olhou, mostrou para os companheiros, houve o costumeiro relaxamento que se sente quando o desenho fica parecido com o retratado. Mágico, um pouco assustador. O retrato parecia com ele, frio e bruto; não o fiz bonito, vi que ele gostou e, ao mesmo tempo, se irritou. Sim, sou eu, mas quem é você, seu sacana, para *me* ver?

Colocou a folha dentro de uma pasta de couro sobre a mesa, sem a pretensão de me pedir, nem eu me opus. E assim foi a reunião. Mais alguns minutos falando principalmente sobre amenidades e saímos. No carro, na volta, perguntei para Krebs por que o homem me pediu que fizesse o retrato.

— Porque, como eu lhe disse, queriam conhecer você. Ter certeza de que você era mesmo esse artista incrível. Se era mesmo Charles Wilmot.

— Não acreditavam em você?

— Não. São homens que sobrevivem por terem certeza. E se eu tivesse arrumado um impostor?

— Mas pelo amor de Deus, por que você faria isso?

— Ah, talvez para guardar o verdadeiro Wilmot para mim e apresentar qualquer pessoa como sendo o artista — ele respondeu, casualmente. — Um testa de ferro. Agora, caso eles resolvam se livrar de você, sabem quem é.

Passaram-se alguns dias após esse fato: três, dez? Não lembro, é o problema de quem não tem compromissos. Como, quer dizer que a semana já acabou? Nosso estilo de vida nos tirava do ritmo normal, além de, no meu caso particular, a noção de tempo ter sido extirpada do meu cérebro, surrada e devolvida invertida e confusa. Eu não tinha mais celular, então estava tão isolado quanto um ser do século XVII. Em tese, podia ligar do telefone do hotel, mas eles me avisaram gentilmente para não fazer isso e, óbvio, saberiam se eu ligasse.

A tramoia prosseguiu. Segundo Krebs, Mark tinha realmente "descoberto" o Velázquez escondido e requisitado especialistas de Yale e Berkeley; reuniu eruditos e eles fizeram testes. Como esperávamos, os testes da perícia confirmaram que o quadro era do século XVII. Claro que a proveniência era indubitável. O Palácio de Liria reclamou, mas o que podia fazer? O quadro foi comprado de boa-fé como um Bassano, o museu sabia que era um Bassano falso e o fato de haver um Velázquez autêntico escondido embaixo significava que o tiro saiu pela culatra, o enganador foi enganado. E os especialistas examinaram o estilo, a pincelada e o resto e concluíram que sim, deve ser mesmo, é um Velázquez realmente, viva.

Naturalmente, houve quem contestasse, sempre há, sobretudo porque não conseguiam engolir a coisa: o severo dom Diego não podia ter feito um quadro tão impróprio. Nós compreendíamos que tais pessoas iam procurar qualquer sinal de escândalo, de falsificação, portanto aquele era o momento mais vulnerável, tanto para a *Vênus* quanto para mim. Krebs parecia querer me manter vivo por motivos pessoais, e eu estava mais do que disposto a continuar a encenação, embora com certa curiosidade em saber por quê.

Certa manhã, Franco e eu fomos ao Prado, estava um dia lindo, primavera em Madri, temperatura amena, flores desabrochando nos canteiros, um perfume no ar vindo do jardim botânico que ficava perto. Em frente ao museu, passei alguns minutos olhando a grande estátua de bronze escurecido que mostra meu amigo Velázquez, queria que ele descesse da cadeira na qual estava sentado, colocasse o braço no meu ombro e me desse algum conselho paternal. Por um segundo, fiquei completamente tonto, com a visão turva, o prédio do museu ficou indefinido, eu via no parque o palácio do Bom Retiro como era no século XVII e, como se estivesse lá apenas por um segundo (algo que nunca aconteceu antes), meio que coloquei o pé no freio e voltei ao presente. Tinha acabado de adquirir uma nova habilidade? Era útil.

Naquele dia, evitei olhar os quadros de Velázquez e fiquei no último andar do museu, com os Goya. Certo, trata-se de um cara que percorreu o caminho mais difícil, conseguindo encomendas de conventos porcarias e igrejas do interior. Passa anos fazendo cartões para uma loja de tapeçaria, vem para Madri, é nomeado pintor do rei, estuda os quadros de Velázquez, pensa, ah, isso é que é perfeição, o retrato de um mundo barroco que ainda estava intacto (cheio de honra, glória, nobreza, tudo aquilo). Aí, ele diz dane-se, vai pintar o mundo despedaçado que vemos nos pesadelos e também o mundo do seu tempo, o sangrento tema dos pesadelos trazidos à tona pelos sonhos da razão. Eis o retrato que ele fez da família real, o oposto de *As meninas,* marionetes bobos em uma redoma de vidro, sem ar, os pés mal tocam o chão. E as *majas* que pintou são bonecas, ninguém jamais pintou tão mal um nu: os braços estão errados, os peitos são malucos, a cabeça está torta sobre o pescoço; mesmo assim, essa boneca feita de partes isoladas tem uma incrível força erótica. Os pelos púbicos ajudam, trata-se do primeiro sexo feminino exposto na história da arte europeia. Um mistério, mas funciona.

Franco me acompanha discretamente, olhou bastante para esse quadro, claro que é o preferido dele, por que não?

O que eu andava pensando àquela altura? Estava na minha fase goyesca e pensava em morte e loucura, em horrenda solidão; em Lotte, que, se pudesse, me salvaria, se eu deixasse; a coisa mais real que conheço é ela e as crianças; pensei também em meu pai (sempre, quando penso em Goya), no que ele poderia ter sido, como ele viu a guerra, por que não colocou aquela ira e amargura na sua arte, um contemporâneo perfeito de Francis Bacon, era quem ele devia ter sido. Mas resolveu ser quase tão famoso quanto Norman Rockwell.

E lá estava eu em frente ao *Saturno comendo um dos filhos*, de Goya, aquele olhar insano, as órbitas saltadas enquanto arranca a cabeça da vítima. Não existe nada parecido na arte, a carne amarela e pútrida do titã em uma luz que vem do inferno e aí ocorre um instante de descorporificação e desapareço: saí do Prado e voltei ao ateliê de meu pai, aos 10 anos mais ou menos. Não tenho permissão para ficar lá onde ele guarda as coisas velhas, mas estou na idade curiosa, quero saber quem é esse titã que controla meu mundo. Pela porta fechada do ateliê, sinto cheiro de papel, tela, cola e, principalmente, dos charutos que ele fumava e da terebintina.

Na ponta dos pés, alcanço uma pilha de esboços amarrados com barbante. São excitantes, secretos, têm uma história, estão gastos, as capas marcadas e sujas, um deles molhou, encolheu e manchou. Desamarro o barbante e eis a guerra como ele viu, Okinawa, aviões, navios, tanques, todas as lindas máquinas de matar, os rostos de jovens fuzileiros navais captados em um terror desumano, paisagens com crateras cavadas por granadas, postos de socorro iluminados por lanternas de batalha, os cirurgiões com máscaras parecendo figuras de Bosch enquanto examinam os jovens feridos. Páginas e páginas de mortos, americanos e japoneses, lindamente pintados em aquarela, todas as maravilhosas maneiras como explosivos poderosos, estilhaços e fogo transformam o ser humano em lixo: corpos com tripas para fora; dobras de intestinos expostos, incrivelmente compridos, esticados no chão; caras esmagadas, olhos dependurados de globos oculares ensanguentados; as conhecidas formas negras que imitam a arte, horrendamente "modernas", de quando os corpos humanos queimam, coisas que jamais imaginei. Ninguém vê essas coisas, são como fezes, não podem ser mostradas em público; é preciso estar lá para ver.

Claro que gostei muito dos esboços, o menino sórdido que eu era, surrupiei-os e levei-os para o pequeno "ateliê" no meu quarto, com um cavalete para criança e tintas de primeira qualidade. De Goya a Velázquez, eu queria aprender como fazer, como pincelar, o movimento, dar forma, espalhar a tinta, e fiz uma traumática amputação, um rosto sem mandíbulas, concreto, brilhante, dava náusea. Usei folhas e folhas do caro papel Arches (jamais faltava material de arte, ele costumava comprar às toneladas) e depois de semanas tentando, consegui fazer o brilho do osso na carne cortada. Uma tarde, meu pai me descobriu com os cadernos de esboços espalhados pelo quarto, a pintura ali no bloco de papel, e ficou furioso.

Não era só uma questão de ter mexido nas coisas dele: ele ficou irritado demais, louco, mais do que se eu tivesse querido copiar uma das capas do *Post* ou o retrato de um empresário. Não, ele tinha escondido aquilo, e eu descobri. Mais que isso: eu *vi*. Eu queria não a porcaria do desenho, mas o Goya oculto nele e, além do *mais*, eu também *sabia* fazer aquele tipo de desenho aos 8 anos.

Ele me bateu com a droga do papel, praticamente a única vez que fez uma coisa assim. Lembro da surra que ficou arquivada em não-mexa-nas-coisas-do-papai, mas não do resto: a tinta foi apagada, ficou apenas aquela superfície lisa e sem sentido.

Tenho uma foto tirada mais ou menos nessa época, que Charlie deve ter levado com ela: estou no chão do nosso jardim de inverno, desenhando no meu caderno de esboços, e papai está sentado em uma cadeira de vime, segurando um drinque e me olhando com uma expressão esquisita; não de orgulho paterno, mas de dúvida e medo. Naquele momento lá no Museu do Prado, entendi. Sempre pensei: Sim, ele é filho da puta sob vários aspectos e um merda com minha mãe, mas pelo menos me incentiva como artista, se orgulha do meu talento. Mas naquele momento vi que não, era o contrário, todas aquelas aulas de desenho e pintura. Naquele momento, eu *realmente* me lembrei delas, pois minutos atrás eu tinha 10 anos e sei o que ele fez, a sutil deturpação, a crítica. Queria que eu fosse exatamente igual a ele, uma caixa trancada, uma bem-sucedida mediocridade. Lembrei-me outra vez do fantástico loft na Hudson Street, o quadro, e foi como levar um soco no estômago, perdi o fôlego por um instante.

— O senhor está bem?

Franco olhava a minha cara, e eu o via completamente turvo. Fiquei achando que ia ficar cego, uma cegueira histérica, talvez um ato de misericórdia e respondi:

— Sim, estou ótimo. Por quê?

— Porque está chorando — ele riu, nervoso.

— Não é choro, é pólen, sofro de alergia na primavera — explico. O que era uma mentira, como toda a minha vida. E que porra devo fazer com isso agora, essa revelação, essa compreensão? Alguém já disse que a compreensão é um prêmio de consolação e ah, é mesmo.

A essa altura, eu não conseguia mais olhar quadros, e saímos no Paseo, a larga avenida que fica em frente ao museu, aguardamos o sinal abrir para atravessar, junto com uma multidão de turistas — ao contrário do que acontece em Roma, em Madri as pessoas esperam os carros pararem. Eu estava na calçada, sob uma nuvem pútrida de autopiedade, quando algo bateu com força nas minhas costas e me atirou na frente de um ônibus.

Caí de joelhos, com o ônibus quase em cima de mim — vi uma tira de tinta vermelha e, acima dela, o para-brisa do monstro —, e fui puxado para cima com uma força que quase arrancou meu braço; a ponta do para-lama bateu no meu calcanhar, arrancou meu tênis, e o ônibus freou com um rangido.

Caí em cima de Franco, cara a cara com ele, como duas espreguiçadeiras empilhadas no deque da piscina. Ele tinha me puxado com tanta força que caiu de costas. Saiu de baixo de mim e ficou observando a multidão, mas quem me empurrou tinha sumido. Ajudou-me a levantar e percebi que alguma coisa na minha perna esquerda não estava bem. Segundo Franco, o sujeito tinha se esgueirado pela multidão e me empurrado pela direita. Não achamos que tinha sido acidente, nem um ato cometido por um doido.

Voltei mancando ao lado dele para o hotel, que, por sorte, ficava a poucos metros. Agradeci por ter salvado a minha vida; ele deu de ombros e disse:

— Tudo bem.

Voltamos à suíte, e ele cuidou de mim como uma mãe, trouxe gelo para o meu calcanhar machucado, pediu para o *concierge* do hotel comprar outro par de tênis e me serviu um uísque. É, estava apenas cumprindo suas obrigações mas, de todo jeito, foi ótimo, uma forma seca e árida de contato humano, mas era melhor do que o horrendo isolamento em que eu tinha ido parar. Alguém tentou me matar, mas eu estava com mais medo da vida do que de morrer dali a pouco. Fiquei estranhamente calmo. Tinha a sensação de que meu pai era assim em Okinawa, ou não teria podido ver o que viu e transformar em arte.

Krebs estava em algum lugar com Kellerman e, quando voltou e soube da tentativa de assassinato, imediatamente transformou o nosso pacato e mal-afamado grupinho no Afrika Korps: deu ordens, mandou a infantaria se espalhar. Uma hora depois, estávamos a caminho do aeroporto.

— Para onde vamos? — perguntei quando entramos no carro. Já tinha perguntado antes, mas ninguém se incomodou em responder.

— Para Munique, consegui um jato — ele disse.
— O que tem lá?
— Muitas maravilhas culturais, mas não vamos ficar na cidade. Este é o único aeroporto de grande porte que fica perto da minha casa.
— Está me levando para a sua casa?
— Estou. Acho que só lá posso garantir a sua segurança até essa coisa terminar, o quadro ser vendido, e meus sócios serem pagos.
— Seus sócios tentaram me matar — acusei. Acho que eu estava meio irritado por ele não ter feito mais alarde. Ah, meu caro Chaz, você me perdoa? Desculpe, está se sentindo bem? Mas ele não fez nada: ouviu Franco contar o que aconteceu e mal olhou para mim enquanto nos preparávamos para ir embora.

Deu um tapinha na minha perna e disse:
— Anime-se, Chaz. Faça de conta que você é Caravaggio, que foi acusado de assassinato, ou Michelangelo, que desafiou o papa, ou Veronese sob o domínio da Inquisição.
— Eu jamais quis ser algum desses sujeitos.
— É, você queria ser Velázquez, com uma nobre sinecura no palácio real, usando um libré e recebendo um saco de *reales* de ouro a cada quatro meses.
— É, pensei que fosse conseguir isso.
— Você sabe que Velázquez teve de ir à perigosa Itália duas vezes e não só para ver quadros. Ele se meteu em um caso arriscado com aquela mulher, como você mesmo contou, e pintou aqueles maravilhosos nus, não foi?

Olhei firme para ele.
— Isso foi uma fantasia, era a droga acabando com a minha cabeça.

Ele virou, olhou para mim e foi esquisito, como se ele tivesse se transformado em outra pessoa ou como se eu o visse direito pela primeira vez. O jeito levemente louco que ele costumava ter sumiu, ele pareceu cansado e velho e, de certa forma, mais cuidadoso. Não tenho ideia de como isso aconteceu. Pareceu que ele me olhou por muito tempo até dizer:

— É mesmo? Você passa muito tempo em um mundo de fantasia, não? Talvez a história de você falsificar um Velázquez que todo mundo considerou autêntico também seja uma fantasia. Ou talvez seja mesmo autêntico. Como você vai saber?

— O que quer dizer com como eu vou saber? Lembro de cada porra de pincelada naquele quadro.

— É, e a sua memória está cheia de coisas que não aconteceram, como você mesmo diz. Portanto, essa não é uma afirmação importante.

— Mas o quadro é real, eu vi. Vi Salinas examina-lo. Vi você disfarçar o quadro com aquele falso Bassano.

— É mesmo? Escute, você sabe quem eu sou?

— Claro que sei. Você é Werner Krebs, marchand e líder criminoso que, por algum motivo, está querendo foder com a minha cabeça.

— Meu amigo: a sua cabeça está fodida, como você mesmo diz, e não posso fazer nada por ela. E por que faria, se sou tão criminoso? Talvez, na verdade, eu esteja tentando trazer de volta à realidade um artista psicótico, porém brilhante. Talvez eu seja um psiquiatra contratado por sua família para levar você à minha clínica na Baváira.

— Certo. Mas minha família não se trata em clínicas na Baváira, lembra? Lotte mal consegue pagar o aluguel, tenho um filho doente, e o filho do meu primeiro casamento não daria um tostão para salvar a minha vida.

— É, mas isso talvez seja apenas uma paranoia. Suponhamos que, na verdade, você seja um artista conhecido e famoso que costuma vender suas obras por preços de seis dígitos e que todas essas lembranças de fracasso e frustração façam parte da sua psicose.

Então, toda aquela história ocorrida em Nova York que eu estava reprimindo foi saindo da minha cabeça e arrancando grande parte da ideia que eu fazia de mim mesmo. Resultado: um terror paralisante. O que sei? Eu não sabia responder à pergunta feita por Montaigne. Tremi. Suei. Isolei-me: os sons do trânsito e a voz de Krebs pareciam vir através de um vidro grosso.

— Wilmot — ele disse, naquela voz calma e profissional.
— Acredite quando digo que, embora você seja um pintor brilhante, não consegue separar a realidade do que seu cérebro sofrido cria e da droga que lhe deram.

— Encontramos aqueles bandidos. Depois, fui empurrado em cima de um ônibus. Eu me lembro disso — garanti, sério.

— É, é assim que você interpreta a sua presença frente a uma, digamos, junta de médicos de saúde mental: acredita que eles são bandidos internacionais. E você *pulou* na frente do ônibus, Wilmot. Por isso Franco precisa acompanhar você a toda parte. Você podia ter ficado bem machucado. Bom, de qualquer modo, chegamos ao aeroporto.

— Não vou mais falar com você — eu disse.

Ele sorriu.

— Lamento, mas veremos o que acontece. Estamos apenas começando o nosso relacionamento — ele disse.

Eles me tiraram do carro e me colocaram em um avião. Fiz o que mandaram, sem vontade, andando devagar como um daqueles tristes veteranos de guerra com danos cerebrais que vemos nos documentários. Voamos para fora da Espanha em um elegante jato para seis passageiros que levou Krebs, Franco, Kellerman e eu. Kellerman ficou na traseira dormindo o tempo todo, roncando; Franco sentou-se ao meu lado, e Krebs levantou-se para falar ao celular em alemão.

— Franco, você viu o cara que me empurrou em cima do ônibus? — perguntei, quando estávamos em uma nuvenlândia.

— Que cara? Você pulou — ele respondeu.

Besteira perguntar, claro, pois Franco era fiel lacaio do rei. Apesar de Krebs ter negado, dito que Franco trabalhava para os bandidos. Quem sabia a verdade? Seria aquela a primeira peça do quebra-cabeça? Será que havia mesmo bandidos?

Reclinei a poltrona e tentei não pensar em nada. É mais difícil do que parece, embora digam que os santos fazem isso o tempo todo. Deve ser bem relaxante não pensar.

Aterrissamos, entramos em uma enorme Mercedes, só eu, Krebs e Franco (Kellerman foi incumbido de fazer alguma coisa) e fomos na direção norte, rumo à A9. É uma maravilha andar em um carro poderoso em uma autoestrada alemã: não há limite de velocidade, e os camponeses são espertos, ficam longe da pista da esquerda. Levei um susto ao ler as grandes placas azuis dizendo *Ausfahrt Dachau*; adoro os alemães: eles lastimam o que houve, mas não *tanto* a ponto de mudar o nome de uma cidade que é uma maldição em todos os países civilizados. Comentei isso com Krebs, e ele me olhou do jeito que se olha uma criança que fala em cocô na mesa do jantar; ficou dizendo para onde íamos, uma parte da Bavária chamada Fränkische Alb, pelo jeito um lugar muito bonito, bem isolado, mesmo na populosa Alemanha. O pai dele tinha comprado a casa pouco depois da guerra e mais um enorme terreno ao redor. Grande parte da região era uma reserva natural, mas ele tinha direito a caçar e pescar na sua terra. Eu gostava de pescar? De caçar?

Respondi que sim e perguntei se fazia parte do tratamento.

— Claro — ele respondeu, como convinha. — Tudo faz parte do tratamento. Mas acho que o melhor será você ter a família por perto. Falei com sua ex-mulher, e ela aceitou vir visitá-lo. Sinceramente, tenho muita vontade de conhecer seus filhos.

Comecei a chorar.

Fiquei encolhido no canto do carro, com a testa encostada no vidro frio, olhando o suor e as lágrimas escorrerem pela janela, pensando: Ah, aposto que ele estava querendo conhecer meus filhos, assim exerce controle absoluto sobre mim, este grande manipulador. Quem eu pensava que ele era? Sim, essa é a pergunta que Jesus fez aos apóstolos, mas no meu caso não houve resposta. Pensei nas possibilidades que passavam pela minha cabeça, a lógica é um consolo, sinal de que o cérebro ainda funciona. Não, na verdade os loucos são totalmente lógicos, as premissas que eles usam é que são falsas. Ao percorrer as lembranças, meu teatro cartesiano iluminado encenava todos os trabalhos de merda que fiz, os detalhes dos quadros, o meu loft, as comidas que comi, toneladas de comida chinesa e pizza, as crianças no loft, a mudança para o Brooklyn, os móveis da nossa casa, minha vida com Lotte, o sofrimento do divórcio... É, estava tudo na minha cabeça, concreto, claro, visível, com som e até cheiros, vinte anos de vida.

Depois, lembrei da minha vida como Velázquez e foi igual: moendo os pigmentos; preparando a tela; minha esposa Juana; as conversas com meu professor e sogro Pacheco; as caminhadas com o rei nos jardins do Bom Retiro; o retrato dele, com sua cara feia e gentil, tudo igualmente real. Além disso, tenho as mesmas lembranças vívidas de um ano inteiro que nunca existiu e nenhuma lembrança de três meses que, pelo jeito, existiram. Eu sabia que aquilo não podia ser verdade, mas então para que serve a memória? Para nada, e sem aquela confiança existencial, eu não era *ninguém*, estava igual ao paciente de *O homem que confundiu sua mulher com um chapéu*, uma grave disfunção cerebral, como aqueles caras que acham que as esposas são robôs enviados pela CIA.

Outras explicações? Uma enorme conspiração? Incrível, não se trata apenas de esquizofrenia, é uma esquizofrenia *paranoica*. Paranoia relacionada à memória, claro; os pacientes com mal de Alzheimer atacam os filhos, desconfiam deles, quem são todos esses estranhos que fingem gostar de mim? Estava acontecendo comigo também, era inevitável. E Shelly Zubkoff: será que *aquilo* aconteceu mesmo, ou também foi uma fantasia, uma desculpa para sair da realidade, da mesma forma que os raios emitidos pela CIA que exigem o uso de capacetes de estanho?

Por que Krebs faria uma coisa dessa? Se ele é um criminoso, por que ainda estou com ele? Ele está com o quadro. Seria mais adequado me dar um aperto de mãos e dizer adeus Wilmot, ou um soco na cabeça. Pensei em Eric Hebborn, o maior falsário do século passado (afora eu), que teve a cabeça partida em Roma, um crime jamais solucionado. Como uma pessoa como Krebs lida com falsários que foram além da fase em que eram úteis? Será que está planejando me matar em seu laboratório secreto nas montanhas? Não, Franco me salvou e trabalha para Krebs. A menos que ele tenha me *empurrado* e depois fingido me salvar para eu ficar assustado e grudar em Krebs, um instrumento dócil que põe a minha família sob suas garras. Pergunto de novo, caso isso seja verdade: por quê? Então, por que aumentar essa zona escura e pesada, aquela entrevista. Vai ver que foi inteiramente armada, um espetáculo com atores para eu considerar Krebs meu protetor e não meu perseguidor. Mas por que essa coisa toda, como se, só por medo, eu fosse fazer o que ele quer? Eu faria, confesso, pois sou um medroso total.

Mas tudo isso é só o que um paranoico *pensaria*, a tentativa desesperada de uma mente perturbada de encontrar explicação racional que não envolva o Grande Fato: que tudo que lembro das últimas décadas da minha vida é falso. Que eu sou Outra Pessoa. Assim, meus pensamentos ficam girando, com Krebs sentado ao meu lado, sou uma mosca presa na teia de seda dele. Não posso olhar para ele.

Por trás de todos esses pensamentos, como uma úlcera supurada que você não consegue nem olhar, estava o que tinha acontecido em Nova York, aqueles quadros. Aquilo era real, e uma voz insinuante dentro da minha cabeça dizia: Ah, Chaz, volte, volte para a sua única e verdadeira vida.

Está bem, merda, é fácil ficar sentado aqui e contar ou tentar contar o que passou pela minha cabeça naquela maldita viagem de carro, mas é bem mais difícil lembrar dos sentimentos, como um hamster girando na roda, o carro rodando sobre gelo, sem controle. Acabei respirando devagar e profundamente e admirando as maravilhas da natureza. Não toda a paisagem deslumbrante da autoestrada, que era principalmente um borrão, mas viramos em uma via secundária ao sul de Ingolstadt e rumamos para oeste, na direção do Sol. O dia amanheceu nublado, mas à tarde clareou, um dia de primavera no antigo centro da Europa, florestas de abetos negros e faias brotando com aquelas folhas de um incrível tom verde-claro difícil de conseguir com tinta; é fácil demais fazê-lo ácido, clorado, as cores em bisnaga não são boas, tem de usar por baixo um leve cinza e verdes feitos com ultramarinho e amarelo-cromo, camadas finas sobre o branco, maravilhoso em contraste com o verde-escuro dos abetos vermelhos. E havia campos de amarelo forte e intenso de semente de colza e outros campos verdejantes de trigo, e as sombras das nuvens voando por cima de tudo, com uma luz diferente a cada instante.

De vez em quando, passávamos por uma cidade com praças antigas rodeadas de casas de madeira com tetos salientes e igrejas construídas com pedras da região e campanários com relógio revestido de mosaicos de várias cores, feito por algum maravilhoso artista anônimo do barroco, e me senti bem em ver tudo aquilo. Depois, as cidades foram rareando e subimos uns 50 metros mais ou menos, a floresta se aproximou da estrada e entramos nela, escura, com feixes de luz passando entre as árvores, que ficavam mais vermelhas à medida que o sol baixava, o tipo de efeito que era transcendente no barroco e *kitsch* no final do século XIX, quilômetros de paisagens germânicas enchendo museus de terceira classe. Depois, descemos uma alameda de faias que se enroscavam no alto e, finalmente, a casa.

Acho que eu tinha imaginado um castelo do Drácula, de pedras negras escorrendo água, torres góticas e gárgulas, mas era apenas um grande chalé bávaro de três andares, com o habitual teto inclinado e vigas de madeira. Eu queria que a casa emanasse perigo, mas apenas estava ali, rude e simples como pão de centeio. Deve ter sido a sede de uma grande propriedade. Havia outras construções em um estilo mais moderno em volta; uma delas, a garagem. Franco parou o carro na frente da casa, e nós saltamos.

Gostei de ver os empregados juntos na frente da casa para receber o patrão de volta. Um casal de meia-idade, *Herr* e *Frau* Bieneke, (ela, governanta; ele, mordomo, copeiro ou como se quiser chamar), de jeito simples e competente; duas jovens criadas, Liesl e Gerda, me olhando, tímidas; a cozinheira *Frau* Bonner, de avental, com o rosto vermelho e desanimado; dois homens, Revich e Macek, de aparência eslava, cujas funções não são definidas, mas que obviamente eram seguranças. Krebs fez as apresentações com gentileza senhorial; a equipe assentia com a cabeça e sorria; eu assentia com a cabeça e sorria. Todos tinham dentes ótimos. Entramos, e Krebs deixou que *Herr* Bieneke mostrasse meus aposentos e as dependências do chalé.

Passamos pela saleta de entrada e chegamos ao que parecia ser o salão principal, e nesse ponto minha imaginação foi finalmente saciada: piso de pedra com tapetes orientais espalhados, móveis escuros e pesados, de couro vermelho com tachas, lareira de pedra; chifres de cervos pelas paredes com duas cabeças de javalis acima deles, uma armadura completa em um canto e, sobre a lareira, um grande troféu, um escudo com um brasão e cerca de uma dúzia de espadas e lanças. Em frente à lareira, para completar o esplendor teutônico, havia um tapete de pele de urso, de boca aberta, como se rosnasse.

Fiz o roteiro completo. No último andar, aposentos dos criados; Bieneke e a esposa moram em uma fazenda dentro da propriedade. O patrão tem uma suíte, escritório, quarto e estúdio no térreo; vi a porta de tudo, mas não o interior. Nos fundos da casa, uma maravilha, um enorme ateliê de artista, e Bieneke me conta que o pai de *Herr* Krebs mandou acrescentar à casa. Uma parede de janelas ligando a uma claraboia dois andares acima, um cavalete de pintor profissional, os apetrechos habituais, armários com gavetas. Sinais de pintura antiga, respingos esmaecidos, nenhum cheiro de terebintina, o cômodo não era usado havia muito tempo. Pergunto. O velho pintava um pouco, e *Herr* Krebs também, quando jovem, mas hoje não mais. Interessante.

Sob o andar principal ficam a cozinha, as despensas e uma porta nos fundos que leva ao porão. Descemos a escada. Tudo trabalhado em pedra antiga, autêntica, no mínimo do século XVII, arcos e nichos onde se poderia armazenar barris de vinho e cerveja, que agora têm prateleiras com garrafas de vinho e um aquecedor central. Em um canto, uma pequena porta de madeira maciça, baixa, enfiada na parede, parece da construção original. O que tem lá dentro? Nada, senhor, um velho poço, perigoso, fica sempre fechado. *Ahá*, eis o segredo, pensei, a sala do Barba Azul, onde ele guarda as esposas mortas, as lembranças nazistas, as arcas com moedas de ouro.

Depois, subimos uma escada para o segundo andar, com pesado corrimão entalhado, e passamos por um corredor que leva a um quarto, o meu. Ótimo quarto, mobiliado com simplicidade: uma cama de madeira com dossel, colcha xadrez, travesseiros de plumas, uma mesa, cadeira, as lamparinas de sempre, uma porta para o banheiro, felizmente tudo do mais moderno, nada do que se poderia esperar; era óbvio que foram feitas muitas reformas caras no passado recente.

Duas moças serviram o jantar para Krebs e eu, comida forte e adequada: sopa, costeletas de porco, *spaetzle*, bolo recheado. Pouca conversa, eu estava quase mudo pois, se você não é ninguém, não tem muito a dizer. Assim, ele me contou a história da casa, que era de 1694, casa de campo de um criado da monarquia bávara. Passou por várias reformas. Prosseguiu comentando as delícias do campo, as estações do ano. Caça javali e pode me levar junto se eu quiser, se eu ainda estiver lá no outono. Há também um rio, podemos pescar trutas. Não me opus à conjectura dele de que eu seria um hóspede por tempo indefinido. Não se fala mais em psiquiatria. Nós agora somos companheiros. O vinho ajudou. Bebi quase uma garrafa de Reno.

Após o jantar, ele me convidou para ficarmos nos fundos da casa, em seus aposentos particulares, saboreando charuto e conhaque. Disse que lá era mais confortável e era mesmo, um cômodo grande que parecia um moderno museu de design. As paredes eram creme, os móveis, todos de couro, aço escovado, vidro, mármore e madeiras raras, com lindas formas, os melhores apetrechos de ateliê, tudo feito à mão e estupidamente caro: uma escrivaninha, uma espreguiçadeira que parecia confortável, um elegante divã, do tipo que um paciente psiquiátrico saudável deveria se deitar e contar ao Dr. Krebs seus traumas de infância. O pé-direito era alto, e a sala tinha uma parede de vidro abrindo para a noite e um riacho iluminado, com bosques escuros ao fundo. Havia também uma parede coberta de livros, a maioria enormes tratados sobre diversos artistas, e várias prateleiras de livros médicos em diversas línguas europeias, além de um aquário com peixes tropicais encaixado na parede, com peixes-palhaços e outros, coloridos, nadando. Um sofisticado sistema de som de aço cinza parecia feito sob encomenda e tocava baixo um concerto de violino de Mozart. Acima do aparelho de som, havia fileiras de prêmios e diplomas emoldurados. Estavam escritos em latim, mas consegui ler em todos o nome de Werner Krebs.

Na parede clara que sobrava havia três quadros: uma paisagem do monte Santa Vitória, de Cézanne; uma odalisca em um quarto rosa, de Matisse; e, no meio, um retábulo grande, de moldura dourada, mostrando a Virgem com o menino e os nobres que encomendaram a obra, pintados por algum mestre flamengo.

Krebs me entregou um copo de conhaque e perguntou se eu era capaz de identificar o autor da peça.

Dei um gole no conhaque e disse:

— Parece um Van der Goes.

— Certo. Um dos primeiros trabalhos, mas que já mostra simpatia pelo homem comum que lhe deu fama. A Virgem e o anjo estão no centro, mas repare nos criados espiando pela janela, as caras sofridas. Um toque bem Van der Goes. Ele era da Congregação dos Irmãos da Vida Comum, ou seja, quase um monge. Enlouqueceu devido à fama cada vez maior e às exigências que ele se fazia para ser humilde. Um caso triste.

— A peça é autêntica?

— Interessa saber? Tem técnica, a iconografia é correta, e o fervor religioso brilha em cada canto do painel. Você sente. Se um espectógrafo mostrasse branco-titânio na tinta, será que essas qualidades, esse sentimento, acabariam?

— Bom argumento, mas acho que você não ia pendurar um quadro falso no seu ateliê. Onde conseguiu? Roubo nazista?

— Para ser sincero, sim — ele respondeu, gentil. — Como os outros. Eu não aguentava me separar deles. Acho que é um defeito de todos os marchands.

— Quer dizer que seu velho pai realmente levou os quadros de Schloss.

Ele me olhou estranho, surpreso, um pouco irritado, depois divertido.

— Não, não levou.

— E aquelas duas caminhonetes saindo de Munique?

Ele sorriu e falou:

— Muito bem, você andou pesquisando a minha vida. Louvável. Mas só conseguimos levar uma das caminhonetes para a Suíça, a outra, com os quadros de Schloss, foi atingida durante o bombardeio de Dresden. Uma imensa lástima que o mundo perdesse para sempre tanta beleza. Gostaria de ver algo pelo qual tenho um interesse particular?

Eu já estava bêbado, o vinho e o conhaque tinham me deixado mais solto. A loucura continuava em ebulição por dentro, mas o suposto eu verdadeiro tinha retomado um pouco sua ousadia. Perguntei:

— Isso quer dizer pornografia, doutor?

— Uma espécie — despistou, indo para o final do cômodo. Abriu uma porta e fez sinal para eu entrar. Era o quarto dele, bem maior que o meu e mobiliado como o de celebridades da tevê. As paredes tinham diversos quadros pequenos, mas só olhei para um.

— Onde conseguiu *aquele*? — perguntei.

— Em um leilão da Christie's, há alguns anos. Notável, não?

Era mesmo. Um pequeno óleo, de uns 20x15cm mostrando à esquerda dois fuzileiros navais adolescentes, de pé, um deles acendendo o cigarro, o outro olhando para nós com o habitual olhar distante. No centro do quadro, um soldado japonês se contorcia em chamas sem que lhe dessem qualquer atenção, a mão crispada se estica em direção ao céu inclemente. Atrás dele, um fuzileiro com um lança-chamas, causa óbvia do fato e, no mesmo plano, outro grupo de fuzileiros fumando, conversando, relaxando. O céu tinha um tom sujo de começo de noite e atrás, uma colina queimada e esburacada com uma caverna expelindo fumaça como os portões do inferno. O quadro tinha sido pintado com a pincelada forte e corajosa de *A rendição de Breda*, de Velázquez. Pareceu-me um quadro histórico de qualidade similar e podia-se dizer que, ao fazê-lo, o pintor pensava naquela cena anterior: companheiros, hoje a guerra é assim, sem sentido, com jovens camponeses embrutecidos fazendo churrasco de gente; repare na ausência de cavalheiros da corte se cumprimentando com uma reverência no campo de batalha. O quadro era assinado com o conhecido monograma de meu pai e datado de 1945.

Krebs observou meu rosto enquanto eu olhava o quadro e perguntou:

— Você acha a cena deprimente?

— Acho mais deprimente o desperdício de talento que o tema do quadro. Como ele pode ter feito isso e tido a vida que teve? — falei.

— Você poderia se fazer a mesma pergunta.

— Deveria e faço. Isso faz parte da minha terapia, doutor?

— Se você quiser.

— Quero que me diga por que está fazendo essa falsa rotina psiquiátrica.

— É falsa? Você parece especialmente interessado em falsificações, Wilmot. Eu me pergunto por quê. Venha, quero lhe mostrar mais uma coisa.

Saímos do quarto e voltamos para o ateliê. Krebs tirou da estante um livro de arte grande. Fez sinal para eu me sentar em uma de suas deliciosas cadeiras de couro e colocou o livro no meu colo. A capa era um quadro realista mostrando uma linda ruiva. Estava reclinada em uma cadeira roxa de pelúcia e segurava em cima do sexo um espelho de mão de madeira onde se refletia um pênis. O título era em letras grandes, de imprensa: WILMOT. O livro era uma brochura, mas a impressão era de qualidade, cara. Fiquei com a visão turva; pisquei. Minhas têmporas começaram a apertar, e o pesado jantar alemão começou a mexer no meu estômago.

— Que diabo é isso? — perguntei.

— É um catálogo *raisonné* da sua exposição no Whitney Museum, há alguns anos — respondeu Krebs.

Não dei atenção ao que estava escrito, fiquei folheando as páginas. Reconheci alguns trabalhos da minha primeira e única exposição em galeria; os demais eram iguais aos quadros da Enso Gallery e àquele que estava no cavalete no loft da Hudson Street. Fiquei sem saber o que dizer, mudo, com a boca seca.

— Pegue e olhe com atenção. Talvez traga alguma lembrança... — disse Krebs.

Levantei, fazendo o livro voar longe como se fosse algum inseto repugnante que tivesse grudado no meu colo sem eu perceber. Saí do quarto rápido, sem falar mais nada e andei pela casa sem rumo, o cérebro congelado.

Acabei no ateliê. Estava tudo escuro, claro, tateei as paredes até encontrar uma tomada de luz. Por que fui parar lá? Era um bom lugar para se suicidar, afinal um ateliê tem muitos solventes tóxicos. Havia uma janela também: jogar uma corda por cima da viga, subir em um banquinho, pular.

O cavalete tinha uma tela enorme. O cheiro de terebintina aumentou, alguém estava pintando. Não era eu.

Ouvi passos se aproximando, e as luzes mudaram, não era o brilho duro de lâmpadas fluorescentes, mas a luz cinzenta do dia filtrada por uma janela alta. Pé-direito alto em um cômodo grande, paredes cobertas de quadros, um espelho em uma parede, portas cofradas.

Ela pergunta:

— O senhor está pronto para me pintar?

Percebo que sim, vi minha paleta com as cores, ela com o vestido de veludo azul-escuro que pedi, de debrum prateado.

— Sim, estou. Por favor, fique perto da janela, na luz. Levante o queixo. Junte as mãos. Mais alto. Assim.

A tela já estava preparada, eu ia dar a camada final. No vestido, uso esmalte com calcita, toques de azul na gola e nas dobras. Quero transparência e velocidade, trabalho com a tinta mais rala, leitosa, esparramo no rosto com o pincel grande, para lá e para cá. Sua Majestade pediu um retrato de grupo mostrando-o com a família para ser colocado em seus aposentos particulares, e venho pensando e trabalhando nele há várias semanas. Sempre pergunta quando vou terminar e respondo logo, Majestade, ele sorri; tenho fama de lento, motivo de piada na corte.

Pinto os pontos mais destacados e a cara horrorosa dela, os cabelos castanhos e finos. Vou colocar na cena mais um anão e um cachorro também. Os punhos das mangas, o traje brilhante. Basta. Deixo a paleta sobre a mesa.

— Posso ver o quadro, dom Diego?

— Se quiser.

Maribárbola bamboleia em volta do cavalete e olha a tela. Minutos depois, diz:

— Nunca vi nada parecido com esse quadro.

— Não *existe* nada como esse quadro — garanto.

— Não. O senhor fez meu rosto como se estivesse sendo visto através de um vidro enevoado. Por quê?

— Por gosto. Quero que as pessoas olhem o centro do quadro, por isso as figuras que estão nas pontas são indefinidas.

— É, o senhor quer que olhem a infanta e as meninas. Há outro motivo: quando vemos uma coisa feia, apertamos os olhos para que fique turva. Mas o senhor fez Suas Majestades os mais indefinidos de todos, ali naquele espelho sem graça. Eles também estão feios. Talvez tenha se cansado de pintá-los. Mas o verdadeiro centro do quadro não é a infanta. É o senhor, o pintor. Isso é bem inteligente. O quadro é inteligente. Acha que Sua Majestade vai gostar?

— Ele gosta de todos os meus quadros.

— É. Não é comum um homem tão idiota quanto o nosso rei permitir que um criado seja tão inteligente, sem que seja uma aberração da natureza. Não acha que a inteligência causa suspeita na Espanha? Faz supor que a pessoa tem sangue judeu.

— Em minha genealogia não há nenhum judeu até a mais remota antiguidade.

— É o que o senhor está sempre dizendo, Sua Majestade faz de conta que acredita, e nós todos temos de fingir também. O senhor vai conseguir a sua cruz de cavaleiro, dom

Diego, não se preocupe. O senhor pinta a verdade com inteligência, como nós, bobos da corte, dizemos a verdade e, como eu digo: nosso rei gosta da verdade, mas só quando vem de gente como nós.

— Eu não sou uma aberração da natureza.

— Ah, dom Diego, o senhor é, sim. Não tem ninguém igual ao senhor no mundo. Eu sou comum como pão, comparada ao senhor. Sou irmã gêmea da infanta, comparada ao senhor. Mas nossos amos, que são os bobos maiores, não percebem, pois o senhor tem corpo de homem e não de anão. Garanto que, se o senhor parecesse com El Primo, poderia pintar como pinta agora, mas não seria camerlengo. Na verdade, El Primo é o homem mais inteligente da corte, ou quase, mas a cabeça dele fica a apenas 90 centímetros dos pés e por isso ninguém se incomoda com o que tem dentro. Se o senhor puder me dispensar agora, preciso divertir a infanta. Vou dar saltos, assoviar músicas e esperar que a criança idiota, que Deus a abençoe, não tenha feito travessuras de novo e, se tiver, que não me chicoteiem, mas outra pessoa. Desejo que tenha um bom-dia, dom.

Ela sai. Chamo meu criado para limpar os apetrechos de pintura. Volto para meus aposentos e mudo de roupa. Nessa manhã, tenho um encontro com arquitetos e decoradores para as comemorações do onomástico da rainha. É fraqueza minha conversar a sério com os bobos da corte. Mas quem sobra aqui no palácio para eu conversar? Não se pode comentar nada importante com os criados; meus iguais são todos rivais, e os que estão acima de mim não têm nada a dizer. Se eu tivesse um filho... mas não tenho, e meu genro, embora seja uma pessoa ótima, não tem cultura nem talento com o pincel. É meu destino estar só no mundo.

Mas eu *tenho* um filho. É a primeira coisa que penso ao acordar. Tenho um filho. Ou não? Talvez Milo seja outra fantasia. E Rose, e Lotte. Enquanto pintava *As meninas,* conversei com Maribárbola, a anã que está na parte inferior direita do quadro. Isso é tão real para mim quanto qualquer lembrança da minha suposta família. E agora... há sempre um momento (em geral, curto) em que você acorda e não sabe direito quem é ou onde está, sobretudo quando está viajando e acorda em um quarto estranho e tal. Aí, os neurônios do cérebro trazem você do inconsciente, recarregam suas baterias e pronto, você está de volta.

Mas naquela manhã isso não ocorreu. Ou naquela noite, pois o quarto estava escuro. Eu não tinha ideia de quem era. Havia algumas possibilidades e consultei uma lista mental: eu podia ser Chaz Wilmot, artista mercenário, falsificador de um quadro considerado uma das grandes obras de Velázquez, fugindo de bandidos. Podia também ser Chaz Wilmot, bem-sucedido pintor nova-iorquino, que no momento se encontrava louco e em tratamento psiquiátrico, com muitas lembranças falsas, tão falsas quanto aquela conversa com uma anã barroca. Ou podia ser Diego Velázquez, o que ocorria durante pesadelos. Ou alguma mistura de todos. Ou outra pessoa completamente diferente. Ou talvez isso fosse o inferno. Como eu podia saber?

Então, fiquei apenas deitado lá, respirando, tentando controlar meu coração, que batia forte. Não adiantava levantar nem fazer nada. Há pacientes em hospitais psiquiátricos que têm o cérebro em perfeitas condições e que há décadas não querem se mexer. Naquele momento, entendi por quê.

Dali a pouco, minha bexiga me avisou que queria ser esvaziada. Eu sabia que tinha de levantar e achar um penico do século XVII ou um banheiro, mas isso significava mexer o corpo, o que era difícil de considerar. Vi então por que os pacientes de enfermarias isoladas preferiam ficar no meio dos próprios excrementos o dia inteiro. Era possível se acostumar com a sujeira, mas não com o terror de se mexer em um mundo totalmente hostil e estranho. Seus pés podiam parar. Como não? Ou, se você andasse, os monstros podiam lhe pegar, se eles, criados na sua loucura pessoal, realmente existissem. Ou você podia se transformar em outra pessoa. Melhor ficar parado. Urinei na cama.

Vi algo cinzento e algumas formas, uma luz bem fraca. Estava no quarto da casa de Krebs. Talvez. Eu podia estar na China, ou no laboratório do Dr. Zubkoff. Parecia o meu quarto na casa de Krebs, mas as semelhanças são enganadoras, ah, como são. Os pintores enganam o tempo todo, ou costumavam enganar.

Não dormi até a luz do dia entrar no quarto. Tentei não pensar, mas os pensamentos vinham. O tempo passou. Pessoas entraram e saíram do quarto, me limparam e puseram em outra cama. Uma mulher tentou me dar comida com uma colher, mas não abri a boca, ataquei-a e gritei até que uns homens entraram e amarraram minhas mãos à cabeceira da cama. Foi ótimo. Assim eu não ia a lugar nenhum.

Uma batida na porta, ou pelo menos foi o que pareceu. Fiquei completamente parado, esperando que a pessoa fosse embora. Não, outra batida, e alguém pergunta:

— Chaz? — Era uma voz conhecida? Como eu podia saber?

Barulho de porta abrindo, um clique, e o quarto foi inundado por uma luz horrorosa: eu enxergava tudo! Encolhi-me embaixo das cobertas para esconder o rosto. Senti um peso na cama ao meu lado, alguém mexeu na colcha, uma voz. Era a voz de Lotte, deveria ser um fato confortador, sentia tanta falta dela, ou alguém sentia. Queria que eu me levantasse, implorou, as crianças estão preocupadas. Há quanto tempo estavam ali? Fiquei pensando. Eles estão mesmo ali?

Ela tirou a colcha de cima do meu rosto, e não tentei me esconder. É melhor ficar totalmente passivo. Ela se parecia muito com minha mulher Lotte, mas o rosto estava turvo, desfocado, como a cara da anã no meu quadro. Tocou o meu rosto e disse

— Oh, Chaz, o que houve com você?

Eu também queria saber, queria mesmo.

Não sabia o que dizer para ela. Não queria perguntar. Não queria saber com quem ela era casada.

Ela disse:

— Ando tão preocupada. Krebs disse que você teve uma recaída e estava dizendo coisas desconexas, delirando. Vim para cá assim que pude.

Remexi na memória até achar minha voz, que soou estranha aos meus ouvidos.

— Eu estava pintando a família real. Sou o maior pintor da época.

— Olhe para mim, você sabe quem eu sou — ela ordenou.

— Você parece com Lotte. É verdade? — e dei uma risada que soou horrível. Os doidos são sempre mostrados rindo. Quando a realidade some, quando o sentido das coisas desaparece, o que sobra é essa hilaridade horrenda.

E lágrimas. Chorei, ela me consolou e talvez a realidade do corpo conhecido, o cheiro dos seus cabelos, o perfume que ela usava, tenham funcionado em um nível cerebral mais profundo do que aquele que me fazia sofrer tanto, e fiquei mais calmo. Ela falou lenta e carinhosamente, como costumava fazer com as crianças, disse para me levantar que Krebs tinha ajeitado tudo, achava que a presença da família me ajudaria a sair daquela crise.

Na minha cabeça então, no meio do mais absoluto pavor emocional, achei que a única coisa que eu podia fazer naquele momento era manter a sensatez dos sábios e dos adesivos de carro e simplesmente considerar a memória como não confiável, deletar o passado e o futuro, viver de instante a instante e ver o que acontecia. Assim, seja lá quem fosse aquela ótima mulher, não ia pedir que ela confirmasse nem negasse nada sobre o meu passado ou sobre quem era Krebs; deixaria apenas que me guiasse, e a seguiria.

Eu disse:

— Minha memória está toda confusa.

— Mas você se lembra de *mim*, não é? E das crianças?

— Lembro. Como estão as crianças?

— Ah, animadas com a viagem de avião e com este lugar. É muito lindo. Tem uma pequena fazenda ao lado. Ficaram lá a manhã toda, com patos, cabritos e tudo mais. Contei para você que descobri uma clínica ótima para Milo em Genebra? Eles acham que podem ajudá-lo.

Eu disse que isso era ótimo e falei que estava muito bem, para ela não se preocupar. E me mexi como um daqueles robôs de controle remoto, aperta um botão para sair da cama, outro para tomar banho e assim por diante; me vesti, saudei o mundo, e a vida, de certa maneira, prosseguiu.

Foi minha filha, Rose, que fez a diferença. Eu a cobri de beijos, abraços e conversas carinhosas com uma intensidade que deixou nós dois surpresos. Nos dias que se seguiram, passei horas com ela, não estou mais ocupado, tenho todo o tempo do mundo. Ela era a única pessoa que não achava que eu era louco, me aceitou como era, não se importou com a opinião dos outros. A gente pode se apoiar em uma criança, muita gente faz isso, embora seja injusto com ela, pois deveria ser o contrário. Rose e eu andamos pelo bosque, chapinhamos em riachos, fizemos alguns projetos artísticos. Ela achou uma picotadora de papel em algum lugar e fez uma grande colagem mostrando a fazenda e os animais, mas não tinha papel rosa suficiente para os porcos.

Ficamos muito tempo na fazenda, sempre acompanhados por Franco. É lá que o casal Bieneke mora e alguns empregados fazem o serviço; as coisas são bem feudais por aqui, os caras chegam a usar shorts de couro de tirolês. Nesta época do ano, há filhotes de animais. Rose ficou encantada, é como se o livro de bichos de Richard Scarry tivesse virado realidade. O tempo está lindo, com nuvens fofas, lembra um quadro de Constable, estamos rodeados de felicidade, a não ser por nosso filho morrendo no quarto, mas esta é a melhor coisa de viver no presente: não interessa o que *vai* acontecer ou o que *já* aconteceu.

Acho que, como sempre, fui uma pessoa agradável para os outros, talvez um pouco sem graça, mas ninguém pareceu se incomodar. Lotte me tratava com muito carinho, parecia que eu era uma bomba prestes a explodir ou, melhor, como ela sempre tratou Milo, como alguém que pode acabar a qualquer momento. Já Milo estava seco e formal comigo, está em uma idade em que ter um pai doido é muito preocupante. De minha parte, evitava ao máximo ficar com ele. Não aguentava a cara que fazia ao me ver.

Certa manhã, quando estávamos na fazenda, Rose me trouxe um patinho, e consegui concentrar toda a atenção naquela bola dourada e no prazer que minha filha sentia com o pato e o dia, que pareceu durar um tempo incrível, como os dias de verão. Rose conseguia me puxar pela fazenda sem eu reclamar, como se eu fosse um grande brinquedo de rodas.

Entramos no estábulo das ovelhas. Havia carneirinhos. Enquanto olhávamos, ajoelhei e disse baixo para minha filha:

— Posso pedir uma coisa?

— Pode. É uma brincadeira?

— Mais ou menos. Vou fazer de conta que não sei nada, e você tem de me dizer as coisas, combinado?

— Que coisas?

— Por exemplo: como eu me chamo?

— Chaz. Diminutivo de Charles.

— Muito bem! E onde moro?

— No seu loft.

— Onde você, mamãe e Milo moram?

— Na nossa casa. Fica na Congress Street, 134, no Brooklyn, em Nova York. Sei o número do nosso telefone também.

Dei um abraço forte nela.

— Tenho certeza de que sabe, querida. Obrigado.

— A brincadeira é só isso?

— É, por enquanto — eu disse.

Que dia maravilhoso!

Ficou melhor ainda. Almoçamos na fazenda com os empregados, grandes, louros e suados que foram muito simpáticos com a minha filha e a minha esposa em alemão. Rose fala francês e ficou encantada de ver que havia outra língua em que as pessoas podiam ser simpáticas com ela; conseguiu se comunicar um pouco, com Lotte fornecendo frases que eram ao mesmo tempo divertidas e úteis. Como rimos!

Mas após o almoço, achei que talvez pudesse ter imaginado as respostas de Rose. Fiquei irritado comigo só de pensar nessa ideia idiota e assim fui de mansinho até a cozinha e conversei com as criadas e com *Frau* Brenner. Estavam ocupadas fazendo bolos, por isso consegui facilmente pegar um facão em uma gaveta e enfiar na manga da camisa. Era um velho facão preto, com o cabo de madeira rachado, portanto não deviam usá-lo muito e não sentiriam falta. Mas a lâmina ainda era afiada. Eu me senti bem por ter uma arma. Achava que, se algum dia eu soubesse quem eram meus verdadeiros inimigos, usaria o facão neles. Testei-o nos pulsos, fiz só um arranhão. Essa também era uma possibilidade que me passou pela cabeça.

Naquela noite, iríamos jantar com sua excelência o mágico do mal, e pediram que nos vestíssemos de acordo. Lotte achou ótimo ter de preparar-se para o jantar. Usei o terno comprado em Veneza, ela arrumou um lindo tubinho brilhante cor amarelo-Nápoles. Estava linda na sala de jantar, com os cristais, os móveis de mogno lustrosos e o balde de champanhe de prata, com Krebs sorrindo em seu *summer* como o marechal do Reich Göring, mas não tão gordo.

O jantar também estava delicioso, ou teria sido, se eu não tivesse bebido tanto. Esqueci que um porre me tirava do estado em que estivesse, daí os bêbados ficarem sempre falando do passado e prometendo coisas para o futuro, esse também era o motivo pelo qual os Alcoólicos Anônimos estão sempre aconselhando viver um dia de cada vez. Mas tínhamos acabado de comer o javali com repolho vermelho, Krebs e Lotte conversavam animados sobre o que estava em exposição em Nova York, e Lotte falava em Rudolf Stingel, que parece que usa painéis de isopor lascados, linóleo e carpete industrial em vários formatos, que pendura na parede para fazer as pessoas esquecerem a beleza e terem a sensação de que tudo é mesmo uma merda, e ela disse que ele estava fazendo uma exposição individual no Whitney Museum e falou claramente algo sobre a minha exposição individual no Whitney.

Krebs ouvia, afável, enquanto meu sangue gelava; aí, Lotte olhou bem para mim e, com um meio-sorriso indeciso, disse:

— Foi uma exposição maravilhosa.

É, minha Lotte.

Antes que alguém pudesse me impedir, levantei, sai correndo da sala de jantar, fui pelo corredor até o escritório de Krebs, entrei e me tranquei lá dentro. Fiquei procurando, não sei direito o quê, alguma *prova*, algum objeto concreto que pudesse usar para comprovar as lembranças que tinha de mim como um pobre pintor comercial. É, engraçado, não? Quando vivi a situação, detestei, mas pensando nela, me pareceu a coisa mais valiosa do mundo, como quando apreciamos o que achamos ser nosso verdadeiro eu. E eu *não* queria ser o pintor daqueles nus sensuais, por isso procurei aquele objeto. Devo dizer que procurei meio estabanadamente e acho que quebrei algumas coisas lindas. Enfiei o facão em alguns pertences de Krebs.

Uma chave mexeu na fechadura, e saí pelas portas envidraçadas, dei a volta na casa, entrei na cozinha. Havia um telefone de parede lá, tirei o fone do gancho e disquei o número da minha irmã, da organização onde ela trabalhava, certamente alguém lá poderia dar um recado urgente para ela na África, por favor, seu irmão não sabe quem ele é, você pode ajudá-lo? Mas o que ouvi foi "Impossível completar a ligação com o número discado, por favor, tente novamente." Eu não tinha tempo, pois eles estavam vindo atrás de mim, então subi a escada dos fundos. Tinha de achar Rose, agora era a única pessoa que poderia me ajudar, pois talvez eu tivesse inventado Charlie também. Se conseguisse falar com Rose e perguntar algumas coisas de novo, estaria tudo bem.

Ela estava no corredor segurando seu cobertor rosa. Caí de joelhos na frente dela.

— Rosie! O que está fazendo fora da cama?

— Estava com medo, papai, ouvi as pessoas gritando. — Realmente, as pessoas estavam gritando em alemão. E andavam a passos pesados no andar de baixo.

— Está tudo bem, Rose. Olha, vou levar você para a cama de novo, mas antes quero fazer aquele jogo outra vez, certo? Diga onde eu moro, onde você mora e coloco você na cama, conto uma história e fica tudo certo.

— Não quero, papai, estou com medo.

— Ora, Rosie... onde papai mora? — Eu sabia que era errado, como sabia que era errado queimar mil dólares por semana em cocaína, mas fiz isso também. Pensei: Tenho de saber, tenho de saber isso agora, ou vou morrer.

Imagino qual era o meu estado naquele momento, pois vi o terror nos olhos de Rose. Ela começou a chorar. Segurei-a pelos ombros e a sacudi.

— Diga, droga! — gritei. Rose berrou e ouvi Lotte gritar atrás de mim. Quem não gritaria vendo um louco ameaçando uma menininha com um facão? Aí, fui jogado para trás por um braço que me agarrou pelo pescoço, o facão voou, Franco e um dos eslavos me seguraram gritando. Krebs apareceu e puxou minha calça para baixo e injetou alguma coisa em mim que desligou meu cérebro.

Voltei à consciência em uma salinha branca, amarrado com fitas macias em uma cama de hospital, a boca estava com gosto ruim e seca como jornal velho. Grasnei um pouco, alguém deve ter ouvido, pois uma enfermeira, ou alguém que deveria ser uma enfermeira, veio, tomou meu pulso, me deu um copo de água com canudo para beber. Disse algumas coisas em alemão, palavras que deviam ser tranquilizadoras, e pouco depois um rapaz animado entrou no meu campo de visão. Usava jaleco branco de laboratório e aqueles pequenos óculos pretos retangulares que estavam na moda. Disse que se chamava Schick e que era o psiquiatra encarregado do meu caso.

Eu disse:
— O mundo é o que for.
Ele piscou e sorriu.
— Ah, sim, Wittgenstein. O senhor o estuda?
— Não, foi só uma citação que lembrei — respondi.

— Ah, não tem problema. Sabe aonde está, Sr. Wilmot?
— Em um hospital?
— Sim, um pequeno hospital perto de Ingolstadt e essa é a enfermaria psiquiátrica. Sabe porque está aqui?
— Sou doido?
Ele sorriu de novo.
— Bom, o senhor teve uma espécie de esgotamento, delírios, amnésia etc. Nesses casos, quando não há histórico e evolução rápida, procuramos causas físicas, e tenho o prazer de lhe dizer que encontramos uma. Enquanto o senhor estava inconsciente, fizemos uma tomografia computadorizada, e seu cérebro é perfeitamente normal sob todos os aspectos.
— Que ótimo — aprovei.
— É. E pode me dizer que implante é este que o senhor tem? Apareceu na tomografia.
— Não tenho implante nenhum.
— Tem, sim, bem pequeno, na parte posterior do seu braço esquerdo.
— Não sei do que está falando.
— Bom, isso pode ser parte da sua amnésia, não? De qualquer maneira, vamos retirá-lo e ver do que se trata. Escute, o senhor agora sabe quem é?
Eu não sabia, mas contei a história que ele queria ouvir, pintor de sucesso que fica furioso, acha que é um pintor fracassado e, enquanto falamos, de repente fez bastante sentido. Pensei então: Que coisa estranha inventar isso, fingir que sou um tremendo fracasso em vez do pintor de sucesso que, evidentemente, era. Fiquei mais calmo do que há muito tempo não ficava. Claro que eles tinham me dado algum remédio e estava fazendo efeito. O implante? Bom, eu tinha certeza de que havia alguma explicação, algum procedimen-

to médico necessário que tinha me escapado. Nos últimos tempos, não tinha me comportado como eu mesmo e podia ter esquecido que me puseram um implante. Mas, na verdade, nada parecia me animar. Quando ele viu como eu estava calmo, soltou as amarras. Tive uma conversa muito agradável com o Dr. Schick e aí ele foi embora.

Almocei, tomei um comprimido e dormi um pouco, uma enfermeira entrou e deu alguma injeção de anestesia no meu braço, fez alguma coisa com um instrumento e saiu. Perguntei se podia ver o que ela tirou do meu braço, mas não consegui que me entendesse, ou talvez não fosse permitido. Dali a pouco, dormi de novo.

Quando acordei estava escuro, mais do que um hospital costuma estar, e não havia mais aquele cheiro de hospital. Levantei da cama e saí do quarto, entrei em um largo saguão de pé-direito alto, paredes cobertas de tapeçarias e, de vez em quando, um quadro grande. Com a fraca luz amarela das velas nos castiçais da parede, vi que ali havia pessoas também, guardas com elmos e alabardas, homens e mulheres de preto com golas de renda. Nenhum deles notou minha presença. De um cômodo, ouço choro e pessoas rezando baixo. Continuo andando, passo por vários aposentos até chegar a um quarto com uma pessoa no leito de morte. Vejo lá a futura viúva, a filha, o genro, os padres e os que vieram prestar suas últimas homenagens. Na cama de altos dosséis está o moribundo. O quarto tem um cheiro forte de cravo-da-índia.

Fico aos pés da cama e olho a cara macilenta e exaurida, o homem abre os olhos, me vê diz:

— Você! Sei quem você é, estava nos meus pesadelos do inferno. É um demônio?

— Não, apenas um pintor como você. Não teve pesadelos com o inferno, mas com o futuro.

— Quer dizer que continuo sonhando?
— Talvez. Talvez eu também esteja. Ninguém mais está me vendo aqui, e isso é real, pelo menos para você.
Ele fecha os olhos e balança a cabeça.
— Então, vá embora. Estou doente.
— Está morrendo, dom Diego. Este é seu último dia no mundo.
— Então por que fica me atormentando? Deixe-me em paz!
— Não tive escolha, tomei um remédio que vem das Índias Ocidentais e que me fez vir até você. Não sei explicar como foi, mas no futuro somos mais sensatos sobre essas coisas do que vocês na sua época. De todo jeito, cá estou e gostaria de lhe perguntar uma coisa.
Ele abre os olhos, aguardando.
Pergunto:
— Que fim levou o último retrato que você fez de Leonora Fortunati, aquele em que você aparece refletido no espelho?
— Como você sabe disso? — ele pergunta e seus olhos fundos se arregalam.
— Eu sei de tudo, dom Diego. Sei do senhor quando era criança, correndo atrás da vendedora de cravos vermelhos e do padre que o levou de volta para casa, como aprendeu a pintar, a sua viagem a Madri, quando foi recusado e como voltou de novo e se transformou em pintor do rei e como se sentiu quando ele tocou pela primeira vez no senhor, e sua conversa com Rubens e suas duas viagens à Itália; e sei de Leonora, que pintou para Heliche e como aprendeu com ela as artes do amor.
Ele demora um pouco a falar de novo, mas não tenho certeza se fala mesmo. Talvez seja um tipo de comunicação mais sutil.

— Ela morreu. A peste negra chegou a Roma, o filho morreu, ela ficou doente e me escreveu. Disse que queimou o quadro. Queimei a carta.

— Pode ser, mas o quadro voltou a existir. Vi com meus olhos.

— Bem, como estou conversando com um fantasma, o que é impossível, suponho que também seja possível que um quadro queimado volte a existir. Era um quadro maldito, mas muito bom. O que você viu era uma falsificação. Acho que a mulher não mentiu quando viu as marcas da morte no próprio corpo.

Ele se cala, talvez perdido na lembrança por um instante. Depois, pergunta:

— Você disse que é pintor... Quer dizer que, no futuro, pintam?

— Sim, conforme a moda, não como o senhor pintava.

— Mesmo no meu tempo, ninguém pintava como eu. Diga, os reis da Espanha ainda guardam meus quadros e gostam deles?

— Sim, e o mundo todo também. Daqui a alguns anos, Luca Giordano vai apontar seu quadro da família real e chamá-lo de teologia da pintura. Milhares de pintores aprenderam com sua obra.

Um leve sorriso se forma nos lábios secos.

— Aquele rapaz napolitano... como ríamos dele! — Dá um longo suspiro e diz: — E agora, Sr. Fantasma, devo, como o senhor fala, me ocupar de morrer e quero pensar em Deus e não em coisas que aconteceram há muito tempo e das quais me arrependo.

— Mas era um quadro maravilhoso.

— Sim, uma maravilha — ele concorda, mas talvez não se refira ao quadro, ou não só ao quadro.

Despeço-me:
— Adeus, Velázquez!
E ele responde:
— Vá com Deus, Sr. Fantasma, se não for um demônio.

Mais tarde, deitado na minha cama de hospício, pensei naquela longa noite: O que fazer com isso? A explicação mais simples é que se trata de um sonho intenso, uma espécie de conclusão para a coisa toda, agora que estou oficialmente melhorando. Mas cheirei as mangas do meu roupão de banho e senti aroma de cravos-da-índia. Ou será que imaginei isso também? Como a minha brincadeirinha com Rose. Imaginei que ela deu o endereço de artista fracassado de Chaz? Senti-me muito culpado por assustá-la no corredor da casa de Krebs, mas só de um jeito vago e distante, como algo que aconteceu há muito tempo com outra pessoa. Foi bom nada disso me incomodar sob o efeito daqueles remédios maravilhosos.

Então, dormi um sono profundo e sem sonhos; de manhã, ao passar pela porta a caminho do banheiro, olhei por acaso pela janelinha e quem vi, senão Krebs? Estava conversando com o Dr. Schick e outro homem, cuja cara eu conhecia bem, porque fiz um retrato dele em Madri. O Dr. Schick parecia explicar alguma coisa para ele, que concordava. Bom, então, como Krebs deu a entender, o outro deve ser da área de saúde mental. Embora continue com cara de bandido.

Cerca de uma hora depois, após o café da manhã, o Dr. Schick entrou no quarto e tive uma longa consulta. Contei toda a minha história e o que era pintar, principalmente os quadros que estava fazendo, os nus lisos, e questionei por que eu devia me considerar um pobre mercenário cheio de princípios e não um rico pintor da moda. Ele disse muitas coisas boas sobre a fragilidade da mente, que às vezes não resiste à tensão entre necessidades e desejos opostos. Disse também que o meu caso era comum até em pessoas muito bem-sucedidas. Contei do salvinorin, ele franziu as sobrancelhas e concluiu:

— Bom, não é de estranhar!

Perguntei o que tinha no implante que retiraram, ele disse que não sabiam. Estava vazio.

— O que seria? — insisti.

— Eu teria que adivinhar, pois não tenho seu histórico médico aqui. Mas esses dispositivos deram bom resultado quando usados na administração de antipsicóticos. Alguns esquizofrênicos se recusam a tomar os remédios e essa é uma das formas de administrá-los.

Concordei que essa podia ser uma explicação, e conversamos mais um pouco sobre o controle dos meus sintomas. Ele me receitou calmantes e também Haldol, com o qual eu me daria muito bem, pois era um paciente quase perfeito para esse medicamento, disse.

Devia ser mesmo, pois alguns dias depois tive alta. Sentei em um banco ao sol, fora do hospital. Tentei me lembrar de como pintei aqueles nus que tinha visto, feitos por Wilmot, e os fatos que ocorreram naquela vida foram voltando. Minhas exposições entre ricos e famosos, eu pintando os quadros, e pouco a pouco me lembrei de alguns acontecimentos. Incrível o que a mente é capaz de fazer. Dali a pouco, Franco apareceu em uma Mercedes, entrei e voltei para a casa de Krebs.

Eu me perguntava por que Lotte não foi me visitar no hospital e soube que ela foi levar Milo para a clínica na Suíça e carregou Rose junto. Tudo certo. É constrangedor ficar doido, principalmente o tipo de doido que eu era, que esqueceu a vida que teve com outra pessoa. Nessa vida, nós ainda éramos casados? Não perguntei.

Passaram-se alguns dias. Eu tinha de admitir que minha vida não era ruim. Tinha poucas responsabilidades, nunca exigiam a minha companhia, e eu podia entrar em todos os lugares, menos no escritório de Krebs. O tempo simplesmente passava. Depois que voltei do hospício, não peguei em um pincel ou lápis, mas sabia que ia acabar pegando, talvez como um artista marginal, como aqueles esquizofrênicos brilhantes que cobrem quilômetros de papel com suas manias, ou talvez eu me inclinasse mais pela maioria e transformasse a minha loucura em dinheiro de verdade, como fizeram Van Gogh, Cornell e Munch. Ou voltasse a pintar os caros nus.

Senti uma certa tensão na casa. Haviam marcado a data do leilão da *Vênus*, em Nova York. Faltavam, acho, apenas três dias para o Dia D, e o mundo da arte e das altas finanças (são diferentes?) estava agitado como um cesto de enguias. Vi um exemplar do *Der Spiegel* com uma foto grande do quadro na capa e a chamada garantindo que o leilão teria lance mínimo de 110 milhões de dólares. Não pude ler a reportagem. Eles restringiam meu acesso aos meios de comunicação: ordens médicas.

Mais tarde, naquele mesmo dia, Kellerman me passou uma ligação no celular: era Lotte, falando de Genebra. Disse que a clínica especial de ricos tinha examinado Milo por dentro e por fora e dito que, sim, por mais ou menos 1 milhão de dólares ele poderia ficar como novo. Precisava de alguns órgãos, mas não seria necessário entrar em uma horrenda fila, portanto eles estão prontos para começar assim que dermos o ok. Ela disse também que Milo parece um pouco mais fraco. Talvez fosse pela esperança de ficar bom.

Ainda bem que Lotte perguntou ao homem da clínica qual a origem dos supostos órgãos do transplante, e ele não entendeu por que ela perguntou. Ela explicou então que não queria que os órgãos viessem de pessoas assassinadas só para fornecê-los, e o cara ficou pasmo por ela pensar uma coisa assim, estavam na Suíça e eram pessoas muito corretas. Não, eles têm acertos com pessoas que trabalham em profissões de alto risco e, pagando adiantado, conseguimos os órgãos não prejudicados quando, por exemplo, um paraquedas não abre. Eles também custeiam a educação de um monte de crianças, e quando eles precisam economizar, as famílias autorizam que eles façam um corte no orçamento, digamos assim. Bem racional e cuidadoso, parece uma fábrica de laticínios, especialidade suíça. Lotte só não perguntou se isso era legal, no sentido literal.

Discuti com Krebs sobre a finalidade do dinheiro daquele plano. Pelo que entendi, 1 milhão de dólares estava à minha disposição em uma conta suíça por todos os quadros vendidos por ele ao longo de minha vasta produção, que ele vinha representando há anos. Lamento que você não lembre do que não aconteceu e também do que aconteceu, Wilmot, mas, êpa, você é doido! Levei na brincadeira, ou o Haldol levou. O fato é que não consigo deixar de gostar dele e acho que ele realmente gosta de mim.

Naquela noite, entrei no quarto de Rose e fiquei pensando quando os veria de novo, se é que algum dia isso aconteceria, e vi pregada na parede uma das colagens que ela fez com papel picotado. Era um dos porquinhos roliços em um gramado verde. Pelo jeito, ela conseguiu um pouco de papel rosa. Claro que eu tinha bom olho e boa memória para cores, na falta de outros atributos, e alguma coisa nas tiras de papel rosa que ela usou para fazer os porcos me lembrou algo: muitas tinham pequenas partes de um intenso vermelho garancina.

Procurei pelo quarto de onde vieram as tiras e dali a pouco encontrei, enfiado no fundo de uma gaveta da escrivaninha, um sacola plástica transparente cheia de restos de papel picado, principalmente rosa. Levei para meu quarto e juntei as tiras no chão. Por sorte, era uma máquina de picar papéis em tiras e não em confetes, assim dava para refazer a folha. Em 1979, quando os estudantes iranianos invadiram a embaixada americana em Teerã, grupos de mulheres reconstruíram muitos segredos da CIA retirados da cestas de papel picado. Fiquei sentado lá a noite inteira fazendo a mesma coisa, usando cola em bastão. Quando acabei, não ficou perfeito, mas dava para ver o que era.

Acabei, passei a madrugada e o começo do dia pensando no que eles tinham feito comigo e também por que eu não estava mais irritado do que deveria. Eu não estava zangado, só triste. Aliviado? Um pouco, mas sobretudo triste. Como ela podia ter feito aquilo? Mas eu sabia a resposta.

No lado oriental da casa, havia um pequeno terraço com piso de pedra, uma mesa e um guarda-sol onde Krebs gostava de tomar o café da manhã sozinho, ler meia dúzia de jornais e, suponho, planejar seus próximos crimes. Não era para ninguém incomodá-lo lá, mas achei que aquela situação era especial.

Segui o sol da manhã e segurei a minha colagem na cara dele.

Ele olhou um instante, suspirou e disse:

— Essa Liesl! Francamente, já pediram mil vezes para, antes de qualquer coisa, ela queimar os sacos de papel.

Mostrou uma cadeira para mim.

— Sente-se, Wilmot. O que você acha que essa colagem mostra?

Respondi:

— Um Photoshop de um quadro falso, inacabado, que vi pela última vez em um loft onde eu supostamente morava, na Greenwich Street, em Nova York. Fiquei tão arrasado que não olhei mais de perto, senão teria visto que era uma imagem enorme de impressora na tela, depois artisticamente finalizada com pincel e envernizada. Imagino que as imagens naquela galeria falsa também foram feitas assim.

Ele não disse nada, ficou só com uma expressão divertida.

Eu disse:

— A galeria de quadros, o loft, a mudança da porta, a minha fechadura, aquele sujeito no apartamento de Bosco. E você procurou Lotte também. É... não sei como chamar: loucura? E como você sabia que o remédio causaria aquele efeito em mim? Quer dizer, que eu me sentiria ligado a Velázquez? Você não podia ter planejado isso.

Ele continuou calado.

— Não, claro que não — prossegui. — Você apenas tirou proveito de um fato já existente. Eu estava tendo alucinações de que era Velázquez e, com os quadros, provei que tinha talento. Portanto, claro, você tinha de falsificar um Velázquez.

— Continue, é fascinante.

— E você implantou aquele negócio no meu braço para dar o remédio lentamente, e eu ter alucinações mesmo depois de Shelly não estar mais administrando a droga.

— Certamente podia ter sido feito assim. Os funcionários subalternos do sistema de saúde americano são muito mal pagos. Podia ter sido naquele hospital para doentes mentais em Nova York.

— Então Zubkoff também estava metido nisso.

— Você vai ver que ele é totalmente inocente. Se tais fatos viessem à tona, então Mark Slade seria o instigador de toda a trama nova-iorquina. Daqui para frente, tome mais cuidado com seus confidentes.

— Mas *por quê*? Por que você se meteu em tantos problemas e despesas?

— Bom, se aceitei colocar você nisso, diria que foi por causa do que aconteceu com Jackie Moreau.

O nome soou como um choque.

— Ele morreu — eu disse, suspirando.

— É, assassinado. Ele fez um ótimo Pissarro e um Monet para nós. Mas não ficou de boca fechada. Tentei protegê-lo, me impediram. Então, não ia me arriscar com você. Tentei explicar que, em uma coisa assim, o falsário sempre acaba falando, eles não conseguem fechar o bico. E as pessoas que lidam com este nível de falsificações compreendem. Mas ninguém ouve um maluco. Na minha opinião, a loucura salvou sua vida.

— E você achou que a solução era me enlouquecer? Por que não me procurou, contou a história toda e pediu para eu fingir que era doido?

Ele negou com a cabeça.

— Mesmo que você estivesse certo, isso não teria funcionado. Você é um artista, mas não um ator. Acha que aquele cavalheiro que lhe pediu que fizesse um retrato dele em Madri acreditaria em uma fraude? Não, você tinha de ser realmente louco, com testemunhas, confirmado por médicos de fama inquestionável. E vai continuar doido pelo resto da vida, se quiser viver.

— Por isso aquele cara estava conversando com Schick no hospital — concluí. — Estava conferindo se eu era doido mesmo.

Ele deu de ombros.

— Se você acha que é isso.

— Portanto, você concorda que não sou um pintor de sucesso e que pintei aquele Velázquez falso?

— Não concordo com nada. Espere um instante, vou lhe mostrar uma coisa.

Ele se levantou e fiquei olhando a cadeira vazia. Dali a pouco, voltou com o que parecia ser um álbum de fotos com capa de couro. Entregou-me, abri o álbum. Todas as páginas ímpares tinham uma foto colorida de um quadro preso com cantoneiras antigas no grosso papel preto; na página em frente, datilografada em alemão, estava a origem do quadro. Eram 28 fotos, sendo vários Rembrandt, um Vermeer, dois Franz Hals e alguns mestres holandeses do século XVII, de boa qualidade, exceto dois. Um deles, um Bruegel de um grupo patinando em um canal congelado e o outro, o retábulo de Van der Goes que vi aquela vez, no escritório de Krebs. Fora esse, eu não conhecia nenhum dos quadros.

— O que é isso? — perguntei.

— Bom, você lembra que contei da caminhonete incendiada em Dresden? Esses eram os quadros que estavam na caminhonete.

— Menos o Van der Goes.

— Sim, que foi retirado e colocado em outra caminhonete por motivos não esclarecidos. Mas é garantido que os quadros desse álbum queimaram. No dia em que você percorreu esta casa, deve ter notado uma portinha no porão, sempre trancada. Dentro, tem um poço que foi fechado com tijolos em 1948. Imagine se eu, por algum motivo, quisesse tirar os tijolos e contratar uma famosa construtora para isso e que, por baixo dos tijolos, encontrássemos todos esses quadros. Seria maravilhoso, não?

Levei alguns segundos para entender, e era uma ideia tão absurda que tive de rir.

— Você quer que eu falsifique 27 quadros.

Ele também riu.

— Quero. Maravilhoso, não?

— Mas você jamais conseguirá vendê-los. A família Schloss e as autoridades internacionais...

Ele abanou a mão.

— Não, não faria uma venda aberta. Já expliquei isso a você. Há um vasto mercado particular para quadros de alto valor. Seria fácil usá-lo, depois que a notícia da descoberta fosse divulgada em um determinado ramo do mercado. Desde a guerra, todo mundo se pergunta onde estariam os quadros perdidos da família Schloss e claro que se sabe que meu pai teve acesso a eles. Os quadros venderiam como pão quente.

— Uma oferta interessante — avaliei.

— Não é? E claro que isso mais que firmaria o seu trabalho e custearia todas as despesas com o tratamento do seu filho.

— Ah, pois é. Estou curioso sobre uma coisa — eu disse, pensando em Lotte e no meu velho amigo Mark e em como eles contribuíram para a trama. — Como você colocou Mark e Lotte nisso?

— Você quer dizer como hipótese?
— Se você preferir.
— Com dinheiro, claro. Mark vai levar uma comissão enorme na venda do Velázquez. Parece que ele não gosta muito de você. Ficou bem satisfeito de saber, como ele disse, que vai foder com a sua cabeça.
— Lotte também não gosta de mim?
— Pelo contrário, gosta muito. Concordou em nos ajudar para tirar você para sempre da sua ridícula e miserável vida de artista comercial e conseguir os cuidados médicos adequados para seu filho, o que você jamais conseguiria dar. Não existe amor maior do que esse, abrir mão da pessoa amada para que ela possa se tornar o que deveria.
— Eu deveria virar um falsário louco?
— Eu não colocaria dessa forma, Wilmot. Sim, você ficou louco, como foi planejado. Quer dizer, você acha que é Diego Velázquez! Pode haver loucura maior? É um caso de literatura médica. Você tem longos períodos de amnésia nos quais acredita que pintou os quadros dos velhos mestres. E coisas assim.

Fiquei olhando para ele um bom tempo, literalmente de boca aberta. Parecia um filme, um melodrama ruim onde o vilão explica ao indefeso James Bond como vai explodir a cidade. Mas Krebs não tinha a menor cara de vilão, nenhum sorriso malicioso, só uma expressão preocupada e paternal.

Não senti nenhuma raiva.

— Krebs, você não acha muita arrogância fazer isso com alguém?

— É, acho que sou um filho da puta arrogante. Sou assim por natureza, além de, claro, este ser o nosso vício nacional. Mas lembre-se, Wilmot: você sempre foi doido, sem qualquer interferência minha. Quando começamos tudo isso, você era um artista neuroticamente limitado, incapaz de fazer um trabalho decente, escravo de preços ridículos para fazer porcarias de anúncios ou o que quer que fosse. Para um artista com o seu talento, essa é a verdadeira loucura. Por outro lado, você agora tem dinheiro e liberdade para fazer o que quiser.

— Desde que o que eu queira seja falsificar quadros para você.

— Acho que isso não vai tomar muito do seu tempo. Não tem mais a desculpa de precisar batalhar para sustentar a família e vai encarar a tela em branco sem essa obrigação. Pode pintar para você. Talvez você desabroche como nunca, talvez não. Espero que seja a primeira opção, claro. Talvez você seja o pintor que vai resgatar a arte da pintura em cavalete por mais mil anos.

— Ah, *deixa* comigo! — ironizei, e nós rimos. Não dava para não rir.

— Outra coisa — ele avisou. — Acho que, no fundo, você não gosta dessa história de falsificação. Queria dar beleza ao mundo, e o mercado de arte não tem mais espaço para isso; essa é uma forma de fazer isso e também de dar um soco no olho deles. E é o que eu também quero. Os quadros da família Schloss voltarão a existir, depois de serem destruídos pelo que meu pai e a maldade do meu país fizeram. E ninguém jamais saberá a diferença.

— Você podia devolvê-los à família Schloss.

— Podia. Talvez devolva alguns. Mas tenho minhas despesas, e o mecenato custa caro. Afinal de contas, preciso manter Charles Wilmot feliz.

— Precisa. Vejo que você não acha mais que eu sou um pintor figurativo de sucesso, que já expôs no Whitney.

— Não acho nada — ele disse. — Você é que, infelizmente, não consegue dar coesão à sua história ou lembrar o que ouviu há um minuto. Por exemplo, não sei o que você pensa que estávamos falando. Eu me lembro de uma conversa sobre as aquarelas de Winslow Homer.

Fiquei olhando para ele um segundo e tive de achar graça, o riso veio borbulhando de dentro de mim e continuou por um bom tempo. Ele tinha toda a razão. Podíamos ter discutido qualquer coisa. Minha engenhosa colagem podia nem ter existido. Aliás, depois que parei de rir, enxuguei os olhos e recuperei o fôlego, descobri que a colagem tinha sumido da mesa. E onde estava aquele pequeno implante? Quem ia saber?

— Que bom, você está contente — ele disse, e percebi que estava um pouco sem jeito ao constatar. Ou seja, ele queria que eu ficasse louco, mas não tanto.

— É, agora sei por que sempre desenham os loucos rindo. Sabe, Werner, aqui é um lugar agradável, mas acho que vou levar meu traseiro lunático de volta para Nova York. A menos que eu ainda seja um prisioneiro.

— Você nunca foi prisioneiro, a não ser de si mesmo. O que vai fazer em Nova York?

— Ah, ajeitar minhas coisas. Dar uma olhada naquele quadro que você disse que eu não fiz.

— Não fez mesmo. Salinas descobriu o Velázquez perdido no meio dos muitos bens do duque de Alba. Não me pergunte como. Todas as maquinações de Mark eram só para ajudar Salinas a contrabandear o quadro para fora da Espanha. Ele realmente tinha um falso Bassano pintado por cima. Talvez a própria Leonora Fortunati tenha mandado fazer o quadro para proteger-se e a seu famoso amante. Como você mesmo me contou.

— De todo modo, é uma boa história. Werner, você *jamais* diz a verdade?

— De certa maneira, eu *sempre* digo a verdade — garantiu ao levantar-se e apertar minha mão. — E estou sempre ao seu dispor — afirmou, voltando para a casa.

No dia seguinte, Franco me levou de carro para Munique, onde peguei um voo para Londres e depois para Nova York. Hospedei-me no Hilton do centro, liguei para Mark e tivemos uma ótima conversa, sem qualquer menção às inúmeras traições dele, embora parecesse um pouco nervoso. Convidou-me para a festa do leilão, comentou de passagem que você estaria lá e aceitei.

Quando eu terminar de falar, irei transferir todos os arquivos que você acabou de ouvir para um CD, vou à festa de Mark e o entregarei a você. Por que você? Não sei, sempre me pareceu uma espécie de observador neutro e fico curioso para saber como vai usar isso. Talvez possa me dar alguma pista sobre essa história toda, atribuindo a ela mais sentido do que eu consegui. Você pode querer analisar o quadro também, se conseguir chegar perto dele. Você pode achá-lo muito interessante.

Eram 4 da manhã quando terminei de ouvir o último arquivo. Caí na cama meio vestido e dormi quase até o meio-dia, quando tocaram o alarme do relógio e o meu celular. Era minha secretária, louca atrás de mim. Liguei para a recepção do hotel, mas nenhum Chaz Wilmot tinha aparecido ou telefonado, o que estranhei. Achava que toda a finalidade de entregar o CD era nos encontrarmos e discuti-lo. Quando vi os recados no celular, havia um de Mark Slade me convidando para o leilão naquela tarde e perguntando se eu tinha alguma notícia de Chaz.

Eu planejava voltar a Stamford, tinha uma reunião às 13 horas, mas liguei para o escritório e remarquei, ainda estava enfeitiçado pela estranha história de Chaz e pouco disposto a discutir detalhes do seguro de um parque temático. Passei um tempo fazendo ligações, assinando papéis, respondendo e-mails e coisas assim. Depois, tomei banho, me vesti e peguei um táxi para a Sotheby's.

Poucos minutos após eu chegar lá, Mark largou um grupo de senhores de aparência próspera e me chamou para um canto. Naquele dia, estava cheio de si e da expectativa do negócio que ia fazer. Pelo jeito, o clube dos rapazes bilionários estava presente em peso, vindos da Europa, Japão, Oriente Médio, América Latina, pois aquela era uma oportunidade única para arrematar um Velázquez. O último quadro dele tinha sido vendido em 1970, um retrato de Juan de Pareja, comprado pelo Met no leilão da Christie's por 4,5 milhões de dólares. Não haveria outro quadro em um futuro previsível. Perguntei a ele se o Met iria arrematar aquele quadro também, e ele disse de maneira alguma, está fora do alcance deles. Quem compraria, então? Ele mostrou uma mulher em um sério terninho cinza, nos fundos da sala, ao lado dos telefones onde pessoas que não estavam no local passavam os lances para seus agentes no leilão. Ela usava os cabelos pretos repartidos no meio e presos em um coque, batom vermelho e esmalte da mesma cor. Pele azeitonada. Isso prova que ela vem da Espanha, disse Mark.

— Você quer dizer do Prado?

— Não, quero dizer da porra do reino da Espanha. Você devia observá-la ao telefone.

Então, passou a falar em Chaz, perguntou de novo se eu tinha estado com ele na festa, e respondi que sim e na mesma hora ele perguntou se Chaz tinha dito que pintou o Velázquez, confirmei. Não falei no CD. Mark disse que temia que Chaz fizesse isso, coitado. Soube que ele teve um esgotamento nervoso? Respondi que não sabia, mas que ele me pareceu meio esquisito. Meio! Mark disse que Chaz tinha saído do hospício e não sabia por que soltavam caras como ele e contou como conseguiu aquele trabalho para Chaz na Europa e como ele tinha endoidado e começado a acusar as pessoas de drogá-lo e a achar que podia voltar no tempo e ser Velázquez, pintar os quadros do grande mestre, inclusive aquele ali, e que se esquecera de boa parte de sua vida real. Eu disse que isso era horrível, Mark concordou e acrescentou que a loucura ajudaria muito na venda dos quadros de Chaz, caso ele produzisse alguma coisa. As pessoas adoram histórias de artistas doidos, pense em Pollock, em Munch, em Van Gogh, acrescentou.

Portanto, essa foi a versão de Mark e, depois que terminou, ele me trocou por dois sujeitos de terno e barba em formato retangular que pareciam vindos do deserto, e fui me sentar. O leilão começou com meia dúzia de peças para animar, que foram arrematadas logo, depois os funcionários, usando luvas brancas, trouxeram o Velázquez, e a plateia agitou-se. O leiloeiro disse que essa é a *Vênus com autorretrato*, de Diego Velázquez, também chamada *Vênus de Alba* e contou um pouco da história do quadro e que os lances começariam em 100 milhões de dólares. À medida que cada lance subia meio milhão, havia quatro compradores decididos e no final de cada série o leiloeiro olhava para o fundo da sala, e a senhora da Espanha fazia um sinal com a cabeça, até que os demais foram desistindo, e o Prado arrematou por 210 milhões de dólares, o preço mais alto que um quadro já obteve. Assim, os barões da nossa época aprenderam a lição que os reis do tempo de Velázquez tinha ensinado aos seus barões: por mais rico que você seja, não se pode competir com o rei, e o que estávamos vendo ali era a própria Espanha recuperando seu tesouro roubado. Ninguém teve chance.

Isso foi há quanto tempo: dois anos, dois e meio? Nesse período, Chaz Wilmot sumiu completamente de vista. Sempre achei que seria preciso uma bomba nuclear para tirá-lo daquele loft, mas pelo jeito ele levou o que quis e largou o resto. Soube disso pela moça da galeria de Lotte Rothschild. Lotte trabalhava mais que nunca, a julgar pelos preços que estava pedindo. Não procurei encontrá-la. Bom, pensei, adeus Chaz, embora ele não fosse uma parte muito importante da minha vida. Imaginei que estivesse internado em alguma clínica na Suíça.

Por acaso, fui chamado para uma reunião em Barcelona com um consórcio europeu para construir um enorme parque de diversão perto da cidade. Tive uma reunião que durou o dia inteiro, e a que estava marcada para o dia seguinte foi mudada para dois dias depois em Madri. Assim, tive um dia livre na cidade que era uma das minhas preferidas, tão linda quanto Paris, mas sem aquela pose. Os catalães até gostam dos americanos, talvez porque hoje os espanhóis não gostem muito. Estava um dia lindo, quente, mas não tórrido, com uma brisa que afastava a neblina de sempre, então peguei um táxi para o Parc Güell e fiquei andando entre as esculturas de mosaicos, sentei no terraço e vi os turista olhando Gaudí.

E lá, no meio do caminho, entre africanos vendendo óculos de sol, artesanato e lembranças baratos, tinha um sujeito com um cavalete fazendo retratos em aquarela dos turistas a 10 euros cada. Achei que era um ótimo preço, então entrei na fila e sentei na cadeirinha que ele fornecia. O artista, de chapéu de palha e óculos de sol, estava bem bronzeado e usava uma barba farta, com toques grisalhos. Começou a fazer meu retrato sem dizer uma palavra. Levou uns dez ou vinte minutos, aí tirou o papel do cavalete e me entregou.

Lá estava eu em toda a minha glória. Ele me fez nos trajes de um poderoso espanhol do século XVII, exatamente como Velázquez costumava fazer e tão bom quanto aquele que fez 25 anos antes, na faculdade.

Convidei:

— Chaz, vamos tomar um drinque.

E ele sorriu para mim, me pareceu meio tímido e pediu para um dos africanos cuidar das coisas dele. Fomos num pequeno café e sentamos sob um guarda-sol de uma marca de cerveja.

— Por acaso, você estava me procurando? — ele perguntou.

— Não, foi puro acaso. Por que, você está se escondendo?

Pedimos ao garçom para trazer uma cerveja clara e quando ele se afastou, Chaz disse:

— Não, é só porque gosto de ser discreto.

— Bom, você conseguiu — reconheci. — O que andou fazendo esse tempo todo? Retratos na calçada por 10 euros?

— Entre outras coisas. O que achou do seu retrato?

Olhei o retrato de novo.

— Ótimo. Cheio de vida. Sinceramente, tem mais de mim do que eu gosto de mostrar. É incrível que você consiga usar aquarela em vez de pastéis, como os outros artistas de rua. Seus fregueses gostam?

— Alguns, outros gostam *muito*. E uns poucos acham porcaria, não estão bonitos.

— Como na vida real. Mas você certamente não se sustenta com isso — observei.

— Não, tenho outras fontes de renda.

Nossas bebidas chegaram e Chaz falou rápido em espanhol com o garçom, algo que não entendi. O homem riu e saiu.

— Então por que faz? — perguntei.

— Porque gosto. É uma arte totalmente desvalorizada, anônima e um simples prazer para os que conseguem ver, e até os que não conseguem acabam gostando de seus retratos depois. Na Idade Média, os artistas viviam disso na Europa. Tenho também um ateliê onde pinto bastante.

— Pinta o quê?

Ele sorriu sem graça.

— Ah, nus lisos, caprichados, exatamente como aqueles que eu fazia antes. É divertido. Faço outras coisas também.

Nesse ponto, o tom foi propositalmente indefinido, e mordi a isca.

— Você trabalha para Krebs. Refaz aquela coleção perdida no incêndio em Dresden — eu disse.

— Talvez. Embora você não possa confiar em nada do que eu digo. Ou seja, sou um louco que faz retratos na rua por uns trocados.

— Mas você não é louco. Provou isso. Era tudo fraude.

— É mesmo? Talvez eu tenha inventado isso também.

— É, mas espera aí, Chaz. Centenas de pessoas conheciam você, há registros, devolução de impostos... quer dizer, você pode ter tido alguns problemas de memória, mas tinha uma vida que pode ser comprovada.

— Não — ele disse, com certo ímpeto. — Ninguém tem uma vida que pode ser comprovada. Um pequeno tumor no lugar errado do seu cérebro, e você não é mais você, todos os registros do mundo não vão alterar isso. Se você não pode confiar na sua memória — e eu não posso —, então o registro da sua vida, o testemunho dos outros, perde o valor. Se alguém mostrasse um monte de documentos e o testemunho de dúzias de pessoas dizendo que você era, digamos, um encanador do Arkansas, você acreditaria? Se sua suposta esposa Lulubelle e seus cinco filhos jurassem sobre uma pilha de Bíblias que você era Elmer Gudge, de Texarkana, você ia dizer, puxa, bom, eu tive uma fantasia de que era um cara do ramo de seguros, natural de Connecticut, mas isso mudou, me passa minha chave de grifo? Claro que não, porque sua memória está perfeita. Mas se você não pudesse mais confiar em sua memória, e sua atual mulher olhasse para você e perguntasse quem é, como seria?

Essa conversa estava me deixando desconfortável, por isso eu disse:

— Deve ter sido duro aguentar a decepção com Lotte. Suponho que você não a veja mais.

— Por quê?

— Bom, ela traiu você, não foi? Desde o começo devia estar envolvida na fraude, fornecendo fotos, e traiu descaradamente, antes de você enlouquecer. A menos que você tenha perdoado.

— Não havia nada a perdoar, e ela não me traiu. Eu traí a mim mesmo. Ela apenas me fez enxergar isso. De certa forma, sou grato a ela. E se não a vejo muito não é pelo que ela fez, é por vergonha.

— Como assim?

— Sabe quando você olha em um caleidoscópio, dá uma batidinha nele, e as mesmas pecinhas de vidro formam uma imagem completamente diferente? Foi o que aconteceu. Naquela noite do leilão, saí da festa de Mark e peguei um táxi para o meu loft. Quando cheguei, o lugar era desconhecido, tive sensações horríveis como se fosse uma sepultura antiga habitada por maus espíritos e, apesar de eu morar e trabalhar lá há anos, era como se entrasse naquele lugar pela primeira vez. Não achava as minhas coisas, não reconhecia nada, como se outro eu tivesse ficado lá todos aqueles anos. Comecei a ficar muito dopado, aí tive aquela revelação, o caleidoscópio clicou, e eu vi. Vi que não havia diferença alguma entre mim e Suzanne.

Ele me olhou bem, de um jeito que parecia exigir uma reação, então eu disse:

— Bobagem. O problema dela era não ter talento e querer ser admirada. Você tem muito talento.

Ele retrucou:

— É, você também não entende. É a *mesma merda*! Ter talento e deixá-lo de lado é exatamente como não ter e querer ser admirado. É tão patético quanto. Não é nobre. Não é nobre usar as técnicas de Vélazquez para fazer um anúncio de perfume e rir por dentro do cliente que não percebe as nuances. É uma vida infernal e sou grato a Lotte e a Krebs por me tirarem disso.

— Enlouquecendo você.

— Não, por me fazerem louco de um outro jeito — ele disse e deu aquele sorriso das pessoas satisfeitas.

Eu não tinha a menor ideia do que ele estava falando. Esperei um pouco e disse:

— Eu não acredito. Não sei por que você simplesmente não ligou para a sua irmã. Ela sem dúvida desfaria toda a trama.

— Certo, a minha irmã, Charlie. Mas não consegui encontrá-la em lugar algum, na época. Um anônimo doou para ela um monte de dinheiro para construir um hospital de campanha no Chade, e uma das exigências dele era ela ir imediatamente para lá, e você deve lembrar que eu não tinha telefone. Ela ficou incomunicável durante seis semanas e então, quando liguei na noite em que tive uma crise de fúria, a ligação caiu em uma mensagem dizendo que aquele número não existia, embora com certeza a organização já estivesse funcionando. Passei um tempo achando que tinha inventado a minha irmã também.

— Você usou o telefone da casa de Krebs. Pode ser que tenham interceptado a ligação.

— É, e combinaram para Charlie ir embora e tudo o mais que me deixou louco. Uma organização secreta internacional com tentáculos por toda parte. Não vê como isso soa maluco?

Soava mesmo, então mudei de assunto.

— Quer dizer que sua irmã voltou da África?

— Ah, sim. Na verdade, ela mora comigo em... no lugar onde moro. Ela vem e vai de missões de caridade, mas nos damos muito bem.

— Como você sonhou quando garoto.

— Exatamente. — De novo, ele deu aquele sorriso satisfeito.

— E Milo? Imagino que tenho sobrevivido.

— Sim, recebeu o transplante, está ótimo. É um adolescente, como nós nunca imaginamos ver. Os frutos da minha maldade.

— Por falar nisso, você algum dia confirmou se pintou aquela *Vênus* de Velázquez?

— Interessa? Você sabe de tudo o que aconteceu. O que *você* acha?

— Acho que você é um pintor fantástico, mas não é Velázquez.

Concordo que dizer isso foi um pouco cruel, mas alguma coisa no desenrolar dos fatos me irritava. Era como quando alguém para você na rua com uma dúvida, e você responde de forma educada, para ajudar, digamos assim, e dali a pouco percebe que o cara é maluco, e você perdeu seu tempo e sua boa vontade.

— Tem razão, eu não sou louco, mas você já olhou o quadro com atenção? O quadro, não o cartaz — ele disse.

— Não, mas vou para Madri amanhã. Quero ver o quadro e suponho que você não tenha tido mais visões... ou seja lá como chame. Aquelas visões em que você acha que é ele.

— Não — ele respondeu, em tom de lamento. — Depois que o vi morrer, nunca mais. Acho que já tenho problemas suficientes para resolver comigo mesmo.

— Não tem interesse em descobrir a verdade?

— "O que é a verdade?" — ele perguntou, imitando Pôncio Pilatos. — Não vai querer uma resposta. Lembra do curso básico de humanidades e do texto de Bacon, *Sobre a verdade*? Olhe ao redor, meu amigo. A verdade acabou. Hoje, tudo é manipulável, até a fotografia; a arte, para começo de conversa, é uma mentira. Picasso disse isso, e eu concordo. Todos nós mentimos, desde as histórias que contamos para nós sobre nossas vidas até as profundezas dos nossos pensamentos íntimos. Mas de alguma forma, não sei qual, talvez por meio daquilo que a minha irmã chama de graça, essas mentiras acabem produzindo algo que todos nós reconhecemos como verdade. E quando pinto um quadro, espero que tais milagres ocorram.

Eu não soube o que argumentar, e a conversa ficou meio desanimada. Falamos de outras coisas, cidades da Europa, de como ia o mundo, e nos separamos amigavelmente.

No dia seguinte, fui para Madri e passei a manhã em uma reunião discutindo como enfrentar os riscos do terrorismo e da sabotagem no setor de lazer, uma área que está em crescimento nas estatísticas de cálculo de seguros. Almocei com meus colegas, depois andei até o Prado; tinham colocado o quadro na Sala Doze, na parede à direita de *As meninas*, o que era um grande elogio, pensei. Poucos podem ser comparados com *As meninas*.

Uma pequena multidão tinha se juntado em volta do Quadro Mais Caro do Mundo; a atração irresistível do sexo e do dinheiro se uniam ali, e um segurança ao lado do quadro cuidava para que as pessoas não demorassem demais e atrapalhassem a visão dos outros. Esperei até chegar a minha vez e, ao ficar em frente ao quadro, notei os pequenos suspiros das pessoas, como se dissessem: Ah, se o amor pudesse ser assim, se o sexo pudesse ser assim sempre. Lá estava ela reclinada, obviamente a mesma modelo que tinha posado para a *Vênus olhando-se ao espelho*, só que neste ela estava de frente, com a mão escondendo o sexo, não com a palma para baixo, mas para cima, uma piada, oferecendo-se não para nós, mas para o homem suado refletido no espelho de moldura preta, o mesmo sujeito que se via segurando a paleta no centro do grande quadro, à esquerda.

Sabe, acho que todo mundo com alguma experiência no amor tem gravado no coração a imagem da garota que foi embora, aquela que vem à cabeça nos momentos de ócio, nos inevitáveis vazios de saudade, por mais satisfeito que você esteja com sua esposa e seu lar. Era isso que atraía naquele quadro, pensei; Velázquez tinha pintado, de alguma forma maravilhosa e misteriosa, A Garota. Mas, no meu caso, literalmente, pois quando pude, afinal, ver a *Vênus de Alba* de perto, vi que o corpo que o artista havia pintado era um que eu tinha conhecido de forma íntima, embora rápida demais, algumas décadas antes. Lembro especialmente de uma pinta pequena logo abaixo do umbigo, à direita. Só pude vê-la duas vezes, infelizmente, até meu velho amigo Chaz Wilmot surgir naquela festa de ex-alunos e tirar Lotte Rotschild da minha vida.

Provavelmente, foi melhor ele ter feito isso, pois Diana é uma esposa muito mais conveniente para alguém como eu. E pode ser que eu também esteja imaginando isso, uma simples pinta preta: quem, após tantos anos, consegue lembrar o local exato em que ficava? Mas é o tipo de coisa que Chaz faria, o maldito filho da puta.

E aí eu tive de andar na fila, dei a volta atrás da multidão e fiquei um instante na frente do melhor quadro do mundo, *As meninas*, de Velázquez, e pensei em como ele deveria realmente ser. Não consegui uma resposta e fui embora, voltei para a longa e cinzenta sanidade da minha vida.

NOTA PARA O LEITOR

Este livro é uma ficção, mas Diego Rodriguez de Silva y Velázquez foi, claro, um pintor que existiu. Os detalhes de sua vida fornecidos aqui são baseados nos registros históricos e, pelo que consta, ele foi um homem muito fechado. Os especialistas divergem sobre o local onde pintou o quadro conhecido como *Vênus olhando-se ao espelho*, hoje exposto na National Gallery, em Londres. Alguns dizem que foi em Madri; outros, que pintou em sua segunda viagem a Roma, em 1650. Escolhi a segunda opção, para tornar a história mais divertida. A identidade da mulher que posou se perdeu no tempo. Velázquez pode ter pintado o quadro para o marquês de Heliche, que era, na verdade, um conhecido libertino, e há algumas provas de que fez outros nus na época, os quais desapareceram.

O Palácio de Liria é um museu em Madri e, pelo que sei, tem reputação imaculada, jamais tentaria reconhecer como autêntico um duvidoso quadro suspeito de um americano.

Salvinorin A é uma droga que existe, extraída da planta conhecida como *Salvia divinorum*, usada em rituais de feitiçaria pelos índios mazotecas do México. Os efeitos de viagem no tempo descritos aqui foram registrados na extensa literatura sobre essa droga, descritos por alguns de seus usuários. Continua sendo uma droga legal mas, por motivos óbvios, não se tornou uma substância popular para fins recreativos.

Este livro foi composto na tipologia Minion Pro,
em corpo 11,5/15,3, e impresso em papel off-white 80g/m²,
no Sistema Cameron da Divisão Gráfica
da Distribuidora Record.